DE MONDE EN MONDE

DU MÊME AUTEUR

La Vallée Heureuse, L'Aire, 1991, 2001

Nouvelle lyrique, Verdier, 1994

Orient exils, Autrement, 1994/Payot, 2003

La Mort en Perse, Payot, 1997, 2012

Loin de New York. Reportages et photographies (1936-1938), Payot, 2000, 2006

Où est la terre des promesses ? Avec Ella Maillart en Afghanistan (1939-1940), Payot, 2002, 2004

Visions d'Afghanistan, Payot, 2002 (hors commerce)

Le Refuge des cimes, Payot, 2004

Rives du Congo/Tétouan, Esperluète, 2005

Hiver au Proche-Orient, Payot, 2006, 2008

Les Quarante Colonnes du souvenir, Esperluète, 2008

Voir une femme, Metropolis, 2008

La Quête du réel, La Quinzaine littéraire-Louis Vuitton, 2011.

Les Amis de Bernhard, Phébus, 2012

AUX ÉDITIONS ZOÉ

Annemarie Schwarzenbach, Ella Maillart, Nicolas Bouvier, *Bleu immortel. Voyages en Afghanistan*, 2003

Lettres à Claude Bourdet 1931-1938

ANNEMARIE SCHWARZENBACH

DE MONDE EN MONDE

REPORTAGES 1934-1942

Introduction de Nicole Le Bris

Traduit de l'allemand par
Dominique Laure Miermont et Nicole Le Bris

Photographies d'Annemarie Schwarzenbach

ZOE

Les Éditions Zoé sont au bénéfice d'une convention de subventionnement avec la Ville de Genève, Département de la culture.

La publication du présent ouvrage a bénéficié du soutien de ProHelvetia, programme Moving Words.

prohelvetia

Nous remercions également le Pour-cent culturel Migros

MIGROS
pour-cent culturel

et la Fondation Oertli, à Zurich, pour l'aide accordée à ce livre dans le cadre des échanges entre les régions linguistiques de Suisse.

www.editionszoe.ch
Maquette de couverture : Silvia Francia
Illustration : Annemarie Schwarzenbach, Persépolis, avril 1934

ISBN 978-2-88182-850-8

Introduction

Comment, pourquoi devient-on reporter quand on s'appelle Annemarie Schwarzenbach? Déjà peut-être, précisément, pour briser les limitations qu'impose cette identité même. Naître sous ce nom en 1908, c'est naître en quelque sorte prisonnier d'un statut social particulier. C'est être apparentée par sa mère à Bismarck; c'est appartenir, grâce à la fortune édifiée par son père dans l'industrie de la soie, à la haute société de Zurich; et se trouver ainsi puissamment incitée à un certain type d'existence, et plus encore à un certain type de pensée. On est, dans cette famille, résolument conservateur, attaché à une organisation sociale au sein de laquelle on a réussi; épris d'ordre et d'autorité, et, sauf exception, très vite enthousiasmé par Hitler. Or les convictions d'Annemarie, très profondes, la portent à l'exact opposé. Elle publie en 1931 un Éloge de la liberté*; et affirme dès 1930, dans un article intitulé* Position de la jeunesse *et qui fit quelque bruit, que l'ordre ancien est définitivement caduc, qu'il faut, dit-elle, « repartir de zéro; car sur un ordre mauvais nous ne pouvons rien bâtir de nouveau. Et un ordre qui a pu engendrer la guerre mondiale est mauvais. » – Il y a entre ces positions et celles de son milieu des incompatibilités, qui expliquent en partie que la jeune femme ait eu besoin, les années qui suivent, de partir sur les routes du monde. Sans jamais renier sa famille, à laquelle elle est profondément attachée, il lui a fallu impérieusement se désolidariser de l'ordre qu'autour d'elle on s'obstinait à défendre. Et le plus clair moyen de rompre, c'est encore de s'en aller… Dans ces voyages ou ces exils, réaliser des reportages, c'est* *encore manière de s'opposer; de s'opposer à une façon de voir, à une façon de vivre. Se faire reporter, ce fut pour Annemarie combattre la myopie suicidaire qui affectait son milieu, qui plus largement affectait l'Occident en proie aux nationalismes obtus: ce fut offrir une ouverture sur le monde, et peut-être contribuer à ce que l'Occident ouvrît les yeux sur lui-même.*

Elle ne se voyait pas comme reporter de vocation. La seule vocation qu'elle se reconnût – celle-là enracinée dès l'enfance, et qui fut l'axe de sa vie – était la littérature, était de faire œuvre d'artiste. En héritière authentique du romantisme, elle se faisait de l'artiste l'idée la plus haute: « L'artiste [est] le bien-aimé des dieux, c'est d'eux qu'il reçoit la parole, et il prend place entre eux et les hommes, comme héraut et médiateur[1]. » À tort sans doute (pensons à quelqu'un comme Albert Londres), elle n'était pas d'emblée prête à accorder au reportage le statut d'œuvre d'art. Mais on peut avancer avec certitude que le journalisme, tel qu'elle l'a pratiqué, correspondait lui aussi chez elle à un besoin très profond, à une hantise même: « voir, apprendre, comprendre[2] », pour prendre part, *comme elle aimait à dire, et travailler à un avenir meilleur.*

La première série de reportages qu'on va trouver dans ce recueil correspond à ses débuts de professionnelle du journalisme. Partant au Proche-Orient en 1933, c'est la première fois qu'elle se trouve « accréditée » par des organes de presse – en l'occurrence trois, et non des moindres: la Zürcher Illustrierte, *la* Neue Zürcher Zeitung, *et* Die Weltwoche. *Comment ce pas s'est-il franchi?*

En mai 1932, désormais en possession de son doctorat d'histoire, Annemarie, dans une lettre à son professeur d'université, C.J. Burckhardt, se déclare déterminée à choisir une activité

1 *Conversation* (1929). Inédit.

2 Lettre en français à Ella Maillart, dimanche de Pâques 1939.

professionnelle. On lui a proposé à Berlin, dit-elle, toute sorte de choses : édition, journal, et même cinéma. Mais elle sent régner dans cet univers trop de compromission, et ne peut se résigner à s'y investir en n'y mettant que « la moitié de [son] cœur. » Elle voudrait « un travail plus pur. Et qui reste proche de l'aventure et de la vie. » Elle se verrait volontiers, dans le cadre de « recherches, fouilles archéologiques, etc., travaillant pour des revues, ou en collaboration avec un bon photographe, avec un peu de chance aussi pour des films culturels[3]. »

Ce projet va prendre corps en octobre 1933. Un voyage de formation à l'archéologie au Proche-Orient va lui donner l'occasion d'un accord qui fait d'elle, en particulier, la « collaboratrice » attitrée de la *Zürcher Illustrierte*. Ce n'est pas seulement hasard favorable. À cette date Annemarie n'est déjà plus une inconnue dans le monde du journalisme. Elle a publié, outre *Position de la jeunesse*, quelques articles sur le cinéma, et quelques autres sur l'Espagne. Elle a fait partie du trio de rédacteurs d'un guide Piper pour la Suisse. On est déjà en mesure d'apprécier sa vaste culture, qu'elle a constituée au travers d'études d'histoire, mais aussi de littérature et de philosophie; et qui, au service d'une capacité remarquable d'analyse et de synthèse, lui permet de *mettre en perspective* le présent dont elle rend compte. Quant à son talent d'écrivain, il éclate dans les débuts de son œuvre littéraire. Annemarie a fait paraître des nouvelles, dont *Nouvelle lyrique* en 1933, et un premier roman, *Les Amis de Bernhard* (1931), dont les qualités formelles ont frappé, par exemple, le rédacteur en chef de la *Neue Zürcher Zeitung*. De façon générale les lecteurs attentifs ont pu, dans cette production naissante, sentir à l'œuvre cette « passion de l'esprit », qu'elle évoque ainsi, en termes ardents, dans *Conversation* :

---

[3] Lettre écrite à Munich, 15 mai 1932.

«Il manque [à notre temps] une vertu: la passion de l'esprit.

(...) Il nous faut d'abord briser les chaînes.

Les chaînes des êtres et des choses. Il nous faut d'abord quitter la grande route pour des chemins hasardeux.

(...) Laissons-nous saisir. Sa force nous pénètre et fait de nous des instruments. Cette vertu neuve fait de nous des instruments qui servent.»

Phrases qui constituent, en germe, le programme de toute une vie.

Servir, donc. Et déjà en ouvrant les chemins de la connaissance. À l'époque le voyage en Orient est encore une aventure. Ces contrées sont mal connues. Donner à voir d'autres mœurs, d'autres civilisations, c'est pour Annemarie décloisonner les esprits, aider à ce qu'émerge une conscience de l'aventure humaine et de son unité. Puis, au retour d'Orient, en 1936, se forme le projet d'une campagne de reportages aux États-Unis: l'Europe ne sait pas assez la vie qu'y mènent certaines populations, laminées par la Grande Dépression, et plus largement par une forme de modernité terrifiante. La détresse des exploités, la bataille du syndicalisme naissant et du New Deal, ses réussites et ses limites, – la jeune journaliste sera là-bas pour en rendre compte.

Si loin qu'elle se trouve pourtant, un tourment l'accompagne toujours. Dès le début des années 30 elle a pris conscience de la maladie qui gagnait l'Europe, du nazisme rampant et des horreurs dont il est gros. Le sentiment aigu qui l'anime, outre l'angoisse, est celui d'une responsabilité à assumer. Il n'y a en effet rien à attendre d'aucune Providence.

«Cette époque nous apprend qu'il n'y a pas d'optimisme, pas de foi en quoi que ce soit qui s'appuie sur autre chose que la foi en nous-mêmes –

(Les choses qui nous semblent précieuses, celles auxquelles nous croyons: elles vivent si nous les préservons.)[4] »

Ainsi ceux qui ont « la passion de l'esprit », au premier chef les intellectuels, les artistes, ont le devoir absolu de se battre au nom de l'« esprit » lui-même, honni par l'anti-intellectualisme nazi, – c'est-à dire pour l'intelligence éclairant la conscience, sur quoi se fondent les valeurs humanistes, la liberté, la tolérance, la solidarité, le souci de la personne.

Le souci de servir cette cause, qu'elle voit comme celle de la dignité humaine, mènera Annemarie à travers l'Europe, et à nouveau en Amérique, et même jusqu'en Afrique où elle espérait se mettre au service de la France Libre – on verra avec quel succès… Mais dans ce combat difficile une grave déception mine souvent son courage. Elle ne doutait pas que, dans la lutte contre le nazisme, la Suisse allait rejoindre les Alliés – mais la Suisse n'est pas entrée en guerre. Annemarie est très attachée à son pays natal, fière de lui, heureuse de montrer, dans ses articles, l'esprit d'aventure, le courage, les capacités créatrices de ses compatriotes expatriés – mais dans ce moment crucial de l'histoire européenne sa patrie lui semble avoir trahi ses propres principes fondateurs.

Annemarie Schwarzenbach mourut en 1942. Elle ne vit donc pas la fin du combat dans lequel elle s'était engagée tout entière. Mais ses articles la montrent soucieuse, en pleine guerre, audelà de la lutte pour certaines valeurs, de réfléchir sur les voies nouvelles à chercher pour une Europe dont, malgré tout, elle se refuse à accepter le déclin. Et en dépit de ses désillusions, c'est encore au modèle politique offert par la Suisse qu'elle continue de songer.

---

4 Lettre à Claude Bourdet, Hambourg, 16.4.1933; cf. p. 26, *Lettres à Claude Bourdet 1931-1938,* Zoé 2008.

Telle fut dans ces articles la forte implication *de leur auteur. D'un autre côté il faut pourtant tenir compte, en les lisant, de contraintes extérieures qui s'imposèrent à son écriture en raison même du genre auquel ils appartiennent. Le reportage n'est pas un miroir qu'on promène à sa fantaisie le long d'un chemin. Déjà simplement parce qu'à des lecteurs de revues ou de journaux on est conduit d'emblée à offrir nécessaire mesure d'insolite, d'exotisme, d'anecdote, de* choses vues. *Plus gênant: il a pu arriver à Annemarie de subir de fortes pressions. Ainsi au Portugal, dépendante de son entourage diplomatique lié au pouvoir salazariste, elle se vit recommander certains sujets, et même un certain ton*[5]*. Et parallèlement il est clair qu'elle y pratiqua l'autocensure, pour éviter d'être interdite de publication. Dans quelle mesure n'a-t-elle pas dû taire certaines choses au Congo, on peut se le demander, étant donné les démêlés qu'elle y connut avec les «autorités». – Même de directeurs de journaux bienveillants et amicaux, un reporter peut redouter certains refus. L'un d'eux apparaît au travers d'une lettre du 2 septembre 1933 à Otto Kleiber, directeur de la* National-Zeitung. *On y voit clairement comment le contenu des reportages est par avance cadré, à la fois par les attentes qu'Annemarie suppose dans son lectorat, et par les décisions du journal.*

«Je renonce volontiers aux juifs de Palestine – et je vous propose de vous envoyer à la place une série sur des lieux très peu connus – par exemple les zones montagneuses d'Asie Mineure et de Syrie, et ensuite sur la Perse. La longue route qui traverse toute l'Asie Mineure est très rarement empruntée. Il y aura matière à des articles d'actualité une fois à Ankara, ensuite en Irak, à propos du roi Fayçal et des Assyriens persécutés. Je n'utiliserai donc les descriptions archéologiques que lorsqu'elles

---

5 Cf. *Annemarie Schwarzenbach, La Quête du réel,* collection «Voyager avec…», éd. La Quinzaine littéraire-Louis Vuitton, 2011, p. 78.

Studenten – in drei Ländern

BILDBERICHT VON
DR. ANNEMARIE CLARK-SCHWARZENBACH

Will man erfahren, wie es um ein Land bestellt ist und um Charakter und Geistesverfassung einer Nation, so tut man gut daran, sich an die Studenten zu wenden. Was ein Bauer, ein Arbeiter, ein Arzt oder Ingenieur aussagt, gilt zunächst nur für seinen Stand und muß erst sorgfältig geprüft werden, bevor man es verallgemeinert. Die Studenten aber sind im besten Sinne ein freier Stand, sie sind noch nicht an einen Beruf, an eine Klasse gebunden, müssen nicht für eine Familie sorgen, nichts hindert sie, so zu urteilen, wie es ihnen ums Herz ist, und sich für das zu interessieren, was «in der Luft liegt». Und sie, die späteren Aerzte und Juristen, Landwirte und Lehrer, sie bestimmen das werdende Gesicht

Estland: Jan Alamae, Student der theologischen Fakultät an der estnischen Landesuniversität Tartu, ist ein typischer Vertreter der «ersten gebildeten Generation» Estlands. Ein Bauernsohn — mit unverbrauchter Energie und ruhigem Selbstbewußtsein. Er und seine Kameraden wissen, daß ihr Land sie brauchen wird, sie fühlen sich in Uebereinstimmung mit dem Staat und der Gesellschaft, in der sie leben und an deren Zukunft sie teilhaben und mitarbeiten werden.

Estonie. Jan Alamae, étud. théol. à l'Université de Tartu, est un représentant typique de la jeunesse actuelle estonienne, jeunesse énergique, sûre d'elle-même, optimiste, dont le premier idéal est de servir la patrie.

La jeunesse universitaire des Etats de la Baltique

Le futur «Climat» politique, économique et social d'un pays dépend en grande partie de la jeunesse qui l'habite et surtout de ceux qui, demain, en formeront l'élite intellectuelle: les étudiants. Notre éminente collaboratrice Madame Annemarie Clark s'est rendue sur les rives de la Baltique et y a interrogé nombre de jeunes universitaires sur leurs préoccupations présentes, leurs projets d'avenir et leurs conceptions politiques.

Schweden: Die schwedischen Studenten sind nach altem Brauch in «Nationen» organisiert, d. h. nach den Landschaften, aus denen sie stammen. Die «Nationen» wohnen, z. B. in Upsala, in ihren besonderen Internaten. Obwohl die Tradition im studentischen Leben eine große Rolle spielt, existiert doch kein enger, von gesellschaftlichen Vorurteilen belasteter «Korpsgeist». So fügen sich diese beiden Studenten trotz des feierlichen Fracks unbefangen in die Volksmenge, die in Gripsholm während eines Jubiläumsfestes die Ankunft des Königs erwartet.

Suède. Les étudiants suédois ne sont pas constitués en corps ou en sociétés, mais ils sont groupés par «nations», c'est-à-dire par provinces d'origine. Bien que les traditions estudiantines jouent en Suède un rôle considérable, les «nations» n'ont aucun esprit frondeur et hostile à l'égard de la vie de société. Voici, revêtus du frac protocolaire, deux étudiants venus saluer le roi lors du 400me anniversaire du château de Gripsholm.

Zürcher Illustrierte, 11 mars 1938, n° 11, p. 300-301. Études – dans trois pays. Reportage illustré.

Estland: Diese kleine Studentin ist «Fuchs» in einer weiblichen Korporation der Universität Tartu. Man hat die studentischen Traditionen der alten Universität Dorpat übernommen, sie aber den modernen Verhältnissen angepaßt. Früher studierten hier die Söhne russischer Beamter und deutscher Barone, jetzt studiert die männliche und weibliche Jugend der neuen estnischen Nation.

Estonie. Cette petite jeune fille n'est encore que «fuchs» dans son corps d'étudiants. Aujourd'hui, les Estoniens ont le droit de se constituer en corps d'étudiants et d'étudiantes. Il n'en fut pas toujours ainsi, au temps des nobles barons, quand Tartu se nommait Dorpat, seuls les Baltes et les Russes avaient ce privilège.

Schweden: Sozialdemokratischer Student, ein Angehöriger jener neuen Schicht schwedischer Studenten, welche aus dem Proletariat hervorgegangen, dem akademischen Leben neue Antriebe geben. Aufgenommen im äußersten Winkel von Estland, wo er an der russischen Grenze während der Sommerferien die russische Sprache lernt.

Suède. C'est à Petseri, dans cette petite ville de langue russe enclavée sur le sol d'Estonie, que Nils Kellgren est venu passer ses vacances d'été pour apprendre le russe. Nils Kellgren est étudiant à l'Université de Lund (Suède). Il est social-démocrate et se dépense généreusement pour faire triompher ses conceptions politiques parmi les étudiants suédois qui, pour la plupart, sont «nationaux», c'est-à-dire conservateurs.

ihrer Nation. — Diese Rolle und Aufgabe der akademischen Jugend tritt in den kleinen Baltischen Staaten besonders hervor, denn dort, wo die nationale Selbständigkeit erst nach dem Weltkrieg in zweifachem Befreiungskampf gegen Russen und Deutsch-Balten errungen wurde, dort galt es, eine «erste Generation» von Gebildeten zu erziehen, Söhne von Bauern, Enkel von Leibeigenen. Die alte Universität Dorpat, wo einst Russen und Deutsche studiert hatten, wurde nun, umgetauft in Tartu, das Zentrum der jungen estnischen Nation. In Finnland-Suomi vollzog sich ein ähnlicher Umschwung, aber auf friedlichere Weise: dort verloren die Schweden ihr Bildungsmonopol, die jungen Finnen rückten nach, selbstbewußt, optimistisch, unbelastet von politischen und ökonomischn Krisen. Suomi wird teils von Skandinavien, teils von der Baltischen Ländergruppe reklamiert — die neue Generation blickt aber mehr nach Schweden, wo die bürgerliche Jugend in alter studentischer Tradition erzogen wird. Prosperität und lange Friedensperiode und die Entfernung von den europäischen Zentren und Brandherden haben die Schweden «entpolitisiert». Erst der Konflikt zwischen der fortschrittlichen Sozialdemokratie und dem saturierten Bürgertum hat die Jugend aufgerüttelt: die bürgerlichen Studenten vereinigen sich in nationalistischer Opposition gegen die neue proletarische Schicht, die zu den Hochschulen strömt. Aber in diesem reichen und sozial vorzüglich organisierten Land ist auch diese Spannung und Spaltung gemäßigt.

Finnland-Suomi:

Diese beiden Studenten aus Helsinki sprechen wenig von ihrem Studium, noch weniger von politischen oder sozialen Problemen. Höchstens beklagen sie sich darüber, daß sie als «Finnländer» schwedischer Herkunft nicht mehr die gleichen Privilegien besitzen wie ihre Väter, sondern nun mit den jungen Finnen konkurrieren müssen. Dafür nimmt der exklusive schwedische Segelklub, dem die beiden angehören, keine «Finnen» auf...

Finlande. Ces deux étudiants sont avant tout d'émérites yachtmens. Ils ne s'occupent guère d'autre chose que de voile. Leurs études, leur avenir, ne semblent guère les inquiéter présentement. Tout au plus se plaignent-ils du fait que «Finlandais», c'est-à-dire d'origine suédoise, ils sont tenus à l'écart par les «Finnois» et obligés d'apprendre cette langue pour obtenir un jour une situation.

seront particulièrement passionnantes et accessibles à un plus grand public.»

Pas d'article donc sur la situation en Palestine, malgré l'intérêt d'Annemarie pour ce thème, qui trouvera place compensatoire dans les nouvelles de La Cage aux faucons[6]. *– L'incompréhension peut aussi porter sur la manière de ses textes. Le rédacteur de la* Thurgauer Zeitung *commenta en ces termes ses articles envoyés des USA:*

«J'avais espéré recevoir d'A. Clark des articles sur les réalités de l'Amérique; au lieu de cela elle m'a envoyé des textes dans lesquels elle décrit surtout ses sentiments personnels. (...) J'espère que les articles d'Alaska répondront mieux à notre demande d'informations objectives[7]. *»*

De fait, la tendance naturelle d'Annemarie en littérature était celle du lyrisme personnel; et au début de sa carrière de journaliste, elle dut nettement la combattre. «Je travaille, moi, à m'exprimer. À trouver la sûreté de style (...) pour les articles. À être nette, claire, objective», écrit-elle, en français, à Claude Bourdet[8]. *Ce qui put d'ailleurs constituer pour elle une discipline saine, et même une fructueuse expérience de langage, peut-être source en partie du style de* La Cage aux faucons. *Quoi qu'il en soit, elle retrouva vite sa pente naturelle, et semble avoir de moins en moins tenté de faire le départ entre journalisme «objectif» et littérature personnelle; en sorte que ses articles, à la fin de sa vie, prennent parfois le tour d'un poème en prose ou d'un journal intime.*

---

6 Recueil de nouvelles publié de façon incomplète en France sous le titre *Orient exils*.

7 Cf. Dominique Laure Miermont, *Annemarie Schwarzenbach ou le mal d'Europe*, éd. Payot 2012, p. 312. Annemarie avait épousé en 1935 le diplomate français Claude Clarac. Elle adopta le pseudonyme de «Clark» pour ne pas risquer de nuire à la carrière de son mari. – L'enquête en Alaska n'eut pas lieu.

8 Lettre du 08.02.34, p. 54 du recueil déjà cité.

Le temps a passé, presque trois quarts de siècle. Notre regard de lecteur sur ces textes n'est plus celui qui les accueillait en leur temps. Jadis ils ambitionnaient d'alerter sur une actualité brûlante; à nous, ce qu'ils apportent est un recul historique à partir duquel mieux lire notre présent. Et aujourd'hui, loin de nous offusquer de ce qu'ils ont parfois de très personnel, gageons que nous sommes beaucoup à aimer retrouver en eux la petite musique inimitable qui signale pour nous la présence maintenue d'Annemarie Schwarzenbach.

Nicole Le Bris, septembre 2011

I

PROCHE-ORIENT (1933-1935)

Entre 1933 et 1935, Annemarie Schwarzenbach fit trois séjours au Proche-Orient.

Son premier voyage (octobre 1933-avril 1934), qui la mène d'Istanbul à Persépolis, lui permet de visiter avec un groupe d'archéologues une dizaine de sites de fouille, principalement en Turquie, en Syrie, en Irak et en Perse.

Après avoir accompagné Klaus Mann au Premier Congrès des Écrivains Soviétiques de Moscou (août 1934), elle se rend à Téhéran en passant par Tbilissi et effectue son deuxième séjour (septembre-décembre 1934) à quelques kilomètres de Téhéran, sur le site de l'antique Rhagès où elle travaille comme archéologue. C'est pendant cette période qu'elle rencontre le diplomate français Claude Clarac, en poste à Téhéran.

Au moment de leur mariage, célébré le 21 mai 1935 à la légation française de Téhéran, Annemarie effectue son troisième séjour en Iran (avril-octobre 1935).

Au cours de ses quatre séjours au Proche-Orient, Annemarie Schwarzenbach écrivit une soixantaine d'articles.

Noël syrien

National-Zeitung, 8 janvier 1934

Le froid s'installa en Syrie du Nord la veille de Noël. Quelque temps plus tôt encore, le vent seul était froid, l'air était aussi doux que chez nous au début de l'automne, et le soleil chauffait les murs abrités des maisons. Puis vinrent plusieurs jours d'averses ininterrompues; les lits asséchés des rivières se remplirent, les routes furent inondées. Entre Alep et Alexandrette une partie de la voie s'effondra, et la distribution du courrier fut interrompue jusqu'à ce que les ouvriers arabes aient remblayé le trou, profond de deux mètres. Quant au chemin qui reliait la maison de la mission au village arabe de Reyhanli, il s'était transformé en un cours d'eau large et torrentiel. Hussein, le chauffeur, tenta de se rendre au bourg en utilisant de grandes planches, mais il fit demi-tour au bout d'une heure, trempé jusqu'aux os. De l'autre côté du torrent les petits Arabes du village jetaient des pierres dans l'eau, qui les emportait comme des fétus de paille.

Le second jour un Arabe réussit à traverser le torrent à cheval. Et dans l'après-midi nous pûmes aller avec la Ford jusqu'au village.

Puis vint le froid. L'eau gela dans les champs et se prit en grandes mares lisses et bleuâtres. Dans la maison de la mission, un grand feu brûlait toute la journée dans la cheminée de la grande salle; les vitres embuées laissaient entrevoir la plaine glacée sous le soleil, sur un fond féerique de montagnes enneigées. Car durant la nuit la première neige était tombée là-haut.

C'était le Ramadan, le grand jeûne des musulmans. De quatre heures du matin à quatre heures du soir ils ne devaient ni manger, ni boire, ni fumer. Le 24 décembre, nous fîmes un tour de reconnaissance à travers la vallée de l'Afrin en emmenant Mahmoud, le contremaître égyptien, afin qu'il négocie pour nous avec les paysans. Ce fut le jour le plus froid de cet hiver-là. Un vent glacial soufflait sur les collines, transperçant manteaux et gilets de cuir. Nous n'avions rien emporté à manger, excepté quelques bananes, et nous n'arrivâmes à Alep qu'à la tombée de la nuit. Il était presque 4 heures, et soudain le minaret de la Grande Mosquée s'illumina de tous ses feux devant la colline sombre de la citadelle.

C'était le signal qui annonçait aux fidèles la rupture du jeûne. Mahmoud nous demanda d'arrêter la voiture, descendit, et revint avec un paquet de gâteaux aux noix qu'il partagea entre nous.

Le froid persistait. Les Arabes circulaient dans les rues de Reyhanli, la tête emmitouflée – mais les pieds nus. La plupart toussaient. Les enfants grelottaient, assis devant leur cahute; sous l'auvent des tentes noires des nomades, les jeunes femmes aux cheveux couleur de henné attendaient la nuit.

Le jour de Noël, les commerces chrétiens d'Alep étaient fermés. Au club des Arméniens une fête avait lieu, on entendait des chants de Noël et le son des cloches de Bethléem. Mais sous les vastes voûtes sombres du bazar régnait l'activité de tous les jours. Les âniers tournaient les coins de rue en criant, les vendeurs de laine, les fabricants de sandales, les fripiers étaient accroupis dans leurs minuscules échoppes. Nous bûmes du café chez un marchand de tapis grec qui nous montra des tissus d'or de Damas et des couvertures kurdes d'Anatolie.

La nuit, à trois heures et demie, j'entendis dans la ville des coups de feu, suivis aussitôt d'aboiements et de cris – des cris de femme, semblait-il – et d'aboiements. J'ouvris la fenêtre qui donnait sur le balcon de ma chambre d'hôtel, et vis en bas des calèches passer au galop, doublées par des automobiles qui klaxonnaient. Un officier en uniforme rouge se précipita hors de l'hôtel; un escadron de gardes portant le turban jaune des « troupes du Levant » descendit la rue d'un pas rapide.

Les fenêtres du restaurant grec Gerassimos étaient illuminées. Derrière les vitres j'aperçus des officiers. À l'extérieur, des enfants admiraient le décor de rameaux de pin dont l'hôtelier avait orné ses croisées.

Au coin de la rue, les cochers arabes allumèrent un feu et y versèrent du pétrole. Des flammes géantes jaillirent, et à leur lueur jaune j'aperçus les corps sombres des chevaux, les têtes voilées des cochers et leurs visages luisants. Accroupis autour du brasero, ils se mirent à chanter, d'une voix aiguë et rauque, leurs tristes mélopées.

Puis de nouveaux coups de feu partirent de la citadelle et se répercutèrent sur les toits. La lumière du minaret de la grande mosquée s'éteignit. Sur le moment je ne le remarquai pas; mais soudain la ville fut plongée dans l'obscurité et la rue redevint silencieuse. Une journée de jeûne recommençait pour les musulmans.

Sous ma fenêtre les cochers arabes dormaient, tout emmitouflés, sur le siège de leur voiture.

Le lendemain soir nous prîmes le train pour Tripoli. Dix heures de voyage dans un wagon glacial et bondé. Mais au matin, à sept heures, quand nous montâmes dans l'autobus pour continuer notre route, l'hiver était fini, la chaîne enneigée du Liban faisait une éblouissante toile de fond à la fertile plaine côtière, devant nous la mer piquetée de voiliers blancs s'étendait jusqu'à l'horizon mouvant. Nous traversâmes une petite ville où ne vivent que des chrétiens. Des pères et des nonnes aux grandes cornettes flottantes nous croisèrent, devant une petite chapelle était placée une madone parée de fleurs rouges. Puis ce fut le quartier arménien à l'entrée de Beyrouth, et tout un groupe de prêtres arméniens barbus qui solennellement marchaient d'un pas vif vers l'église couronnée d'un dôme. Une cloche tintait.

Les vitrines de Beyrouth étaient décorées : arbres de Noël constitués d'un rameau de pin, pyramides de mandarines, de chocolats, de noix – et même, dans l'entrée de l'hôtel se dressait un sapin d'Alexandrette paré de pommes de pin argentées.

Rien, mis à part les tarbouches, les fez et les turbans, ne rappelait qu'on se trouvait, non pas dans un port du midi de la France, mais dans la grande « échelle »[1] de Syrie et du Grand Liban.

Ainsi passa Noël. Comme nous longions les rochers de la côte, nous vîmes en bas, sur l'étroite bande de sable, trois petits Arabes se jeter dans les vagues, et s'éloigner à la nage en poussant des cris de joie.

Un voyage à Damas

Die Weltwoche, 2 février 1934

Soir dans la citadelle

Alep. Vers le soir, nous montons à la citadelle, la plus grande, la plus belle et la plus importante de toute la Syrie. Elle est située au milieu de la ville, couronnant une large colline escarpée – ou plutôt l'investissant de ses murs seldjoukides crénelés, avec ses tours en avancée comme des sentinelles, et des échauguettes en hauteur comme des nids d'oiseaux sur les blocs rocheux. Une route fait le tour de la grande colline, route animée pleine de chameaux et d'ânes trottinant, de marchands ambulants qui s'égosillent et de

---

1 L'expression « échelles du Levant » désigne certains ports et villes de l'Empire ottoman, situés au Proche-Orient ou en Afrique du Nord, et qui avaient reçu un statut particulier à la suite d'accords entre la France et la Sublime Porte, dès François 1er et Soliman le Magnifique. Renonçant à certaines de ses prérogatives, le Sultan accordait à ces villes une administration française et le droit de commercer en terre d'Islam.

femmes voilées de noir qui passent furtivement et sans bruit comme des oiseaux de nuit. Imposante est la porte de la forteresse : deux tours carrées reliées par un pont reposant sur de hautes arcades. Les dimensions paraissent surhumaines, les gardes minuscules, minuscules leurs guérites bleues et blanches, et minuscules les soldats, qui font monter leurs chevaux sur les vieux pavés. Car tout en haut, sur le vaste plateau de décombres, se trouvent aujourd'hui les casernes et les écuries de la garnison française.

On monte à l'intérieur de la tour d'entrée. D'énormes portes métalliques sont frappées de fers à cheval. Au-dessus, des bas-reliefs sont encastrés dans les murs. On y voit des petits lions qui jouent, semblables à ceux qui gardent les portes des Hittites, et le corps de serpent contorsionné de la déesse Ishtar. Des passages bifurquent, des escaliers raides débouchent dans la grande salle du couronnement, blanche, vide et dépouillée de sa splendeur. Par des trous carrés dans le sol on voit en bas le grand escalier, on aperçoit les mulets et les soldats noirs, le bruit de leurs pas résonne, très amplifié par les voûtes. Plus haut encore, on trouve des chambres funéraires avec des sarcophages romains, des fondations de maisons, dans les couches les plus profondes d'antiques murailles de pierre. La colline entière est un bloc de passé, l'œuvre de siècles et de millénaires, presque entièrement rendue à la poussière. La grande mosquée a été détruite par les Mongols – le peuple des grands chefs et fléaux de Dieu, qui n'ont laissé derrière eux que des vestiges d'incendie et des monceaux de ruines.

La tour de la mosquée sert aujourd'hui de tour de garde – et sur le parapet de devant est assise une sentinelle, un Africain en turban clair. Il nous tourne le dos et reste assis, immobile, le regard fixé sur la ville. Nous l'interpellons, il se retourne, nous crie en arabe de monter et nous montre de la main, par-dessus les toits, le soleil couchant.

« La mer », dit-il, et avec un grand geste circulaire : « L'Europe – l'Afrique. » Nous nous asseyons près de lui sur le mur

La citadelle d'Alep (Syrie), décembre 1933

et regardons en bas. Après un court silence, il continue en français, nous indique un lieu au-delà des jardins fertiles et des vergers, et annonce : «Alexandrette et Antioche – des ports, beaucoup de bateaux» – puis, là où des routes blanches vont se perdre dans des collines grises : «Des villages arabes», et finalement, se tournant vers la plaine orientale : «C'est là que commence le désert, c'est là qu'est le chemin de Bagdad» – il prononce ce nom mystérieusement, comme s'il s'agissait d'invoquer le monde par-delà le désert. Puis il se tait de nouveau.

Tout devient alors silencieux, le jour sans bruit cède à la nuit. En bas, entre les murs de la grande mosquée, deux béliers noirs se battent, dressés l'un contre l'autre comme sur les bas reliefs de Tell Halaf. Des petits faucons planent juste au-dessus de nos têtes, tout près, poussent de brefs cris rauques, s'élèvent brusquement et laissent flotter leurs ailes aux reflets métalliques dans le ciel bleu pâle. Puis la lumière s'éteint, les pierres deviennent grises, et en même temps se lève un vent glacé.

Tandis que nous redescendons, en haut de la tour au-dessus de nous sonne une trompette. Nous voyons les soldats noirs et bruns se précipiter hors de leurs baraquements et se rassembler, quelques-uns descendent rapidement le sentier devant nous et disparaissent dans les passages sombres, d'autres nous dépassent, conduisant des mulets chargés de deux barriques d'eau. À peine avons-nous passé la porte que les énormes battants de fer sont refermés par des mains invisibles.

Alep (Syrie). Portrait d'enfant, décembre 1933

Sur la route de Damas

On frappa à ma porte en plein milieu de la nuit. Je me retournai et vis entrer Mahmoud, le grand Égyptien. Une rafale de vent arriva de la cour en même temps que lui, j'aperçus l'espace d'un instant la lanterne se balançant au-dessus de l'entrée principale et un pan de ciel noir. Mahmoud posa une tasse de thé près de mon lit, alluma le poêle à pétrole et disparut de nouveau. Je regardai ma montre : il était quatre heures du matin.

Quand j'entrai dans la salle à manger, un quart d'heure plus tard, deux fenêtres étaient éclairées : celle de l'assistant du musée et celle de l'anthropologue de la mission. Le bâtiment de la mission est construit symétriquement autour d'une cour carrée, si bien que toutes les pièces donnent directement sur cette cour. Il n'y a ni portes de communication ni couloirs. La nuit, les voitures sont garées dans la cour; dès le coucher du soleil on ferme le lourd portail à deux battants; pour l'ouvrir il faut un homme aussi costaud que notre chauffeur Hussein, ou que notre serviteur, Choukri.

Nous prîmes un petit déjeuner copieux : jus de tomate et œufs, bananes, haricots blancs et café. Puis les battants du portail grincèrent, le moteur de la voiture en bois de la mission démarra, les phares éclairèrent l'étroit chemin pierreux qui menait à Reyhanli.

À l'arrière de la voiture étaient entassés des bidons d'essence ainsi qu'un bidon d'huile, un panier à provisions, et une caisse contenant une précieuse tablette cunéiforme : notre mission était de la livrer intacte à Damas.

Dans le village, nous croisâmes les veilleurs de nuit, puis, sur la grand-route, une patrouille à cheval. Les soldats avaient relevé les capuches de leurs manteaux et s'étaient couvert la bouche avec des foulards. C'est dans cet équipage que, portant leur fusil dans le dos, ils effectuaient leur ronde de nuit solitaire.

L'obscurité céda peu à peu la place à une étrange aube incolore. Aucune lueur du côté de l'est n'annonçait le soleil levant, le disque blanc de la lune se détachait toujours sur le ciel gris.

Nous laissâmes derrière nous la fertile vallée de l'Afrin. Une route large et toute lisse conduisait vers le sud-est, nous nous rapprochions de plus en plus de la lisière du désert de Syrie, immense glacis frontalier absolument vide, qui fait rempart et sépare la Syrie de l'Irak et de la Mésopotamie. Ici et là, un tertre noir s'élevait dans la plaine, un de ces « tells » qui abritent les vestiges des villes antiques. Les huttes en terre battue des villages de l'Afrin et de l'Oronte firent place à celles des Arabes, en forme de ruche. De temps à autre, nous rencontrions, au pied des collines, des campements de nomades.

Les nomades vivent dans des tentes carrées basses, en feutre noir; parfois on en compte juste cinq, parfois vingt et davantage, leurs ânes et leurs chameaux pâturent sur les maigres champs voisins.

Nous roulions depuis plus de deux heures dans la grisaille uniforme de la plaine, quand soudain, à l'est, nous aperçûmes le soleil, semblable à un gros ballon voilé suspendu dans le ciel.

Un instant auparavant, c'était l'aube, transition inquiétante entre la nuit et le jour. Brusquement le paysage fut inondé d'une douce lumière filtrée par des bandes de brouillard, et tout ce qui un instant plus tôt était froid, se réchauffa, la pierre inanimée devint vivante sous le rougeoiement, et les étendues jusque-là grises et ternes, si lassantes pour les yeux, s'irradièrent d'un éclat mordoré.

Un grand tell surgit devant nous, avec à son pied, semblable à une forteresse, le quadrilatère enserrant les maisons arabes de terre battue, pains de sucre pointus ou ruches toutes rondes. Un étroit sentier serpentait jusqu'au sommet de la colline, où se dressait une petite maison solitaire au toit en coupole.

Nous fîmes halte, descendîmes de voiture et marchâmes jusqu'au village. Il était composé de petits quadrilatères formés par des murs en terre battue qui délimitaient la cour d'un chef de famille. À l'intérieur de cette enceinte s'élevaient les coupoles, deux, trois et davantage, selon la richesse du propriétaire. De vieux cheiks très riches possédaient souvent une cour pourvue de nombreux dômes, ce qui lui donnait l'allure d'un petit village fortifié. Les hommes pauvres ne possédaient pas de cour, seulement une unique petite hutte à coupole, avec une entrée arrondie où leurs femmes accroupies pétrissaient leur pain.

Comme nous approchions du village, trois vieillards franchirent la porte du mur d'enceinte, nous saluèrent en portant la main à leur cœur et à leur front, et nous interpellèrent d'une voix rauque. Notre chauffeur Hussein – l'unique Turc de la mission – refusa de leur répondre, car les Arabes détestent les Turcs, et les Turcs méprisent les Arabes.

Mais le jeune anthropologue, qui travaillait déjà depuis deux ans en Syrie, put s'entretenir avec eux sans trop de difficultés. Ils étaient accompagnés de grands chiens blancs qui commencèrent par se ruer vers nous avec fureur, mais retournèrent ensuite se coucher en gémissant aux pieds de leurs maîtres. Nous demandâmes à ces derniers pourquoi ils leur coupaient les oreilles.

« Dans le désert, il y a des loups, » dirent-ils, « et dans la montagne, il y a des chacals. Quand les chiens les attaquent, ils s'accrochent à leurs oreilles et ne les lâchent plus. C'est pourquoi nous les leur coupons. » L'un des hommes nous montra un petit chien qui venait manifestement de subir cette opération, la blessure saignait encore, elle était affreuse à voir. Nous demandâmes ensuite si l'on avait trouvé quelque chose sur le tell – mais ils répondirent seulement que c'était une montagne sacrée, demeure d'un saint ou d'un mage.

Un homme âgé, très âgé, qui vivait dans la petite maison en haut de la colline.

Reprenant la route, nous ne tardâmes pas à nous retrouver dans le brouillard. C'était un brouillard très dense, jaune, semblable à une épaisse fumée. Les phares n'étaient d'aucun secours, nous roulions donc avec une infinie lenteur, le temps passait, nous nous sentions prisonniers, il semblait que l'obscurité, sous la forme de ce désert jaune, ne dût jamais finir. Des caravanes de chameaux surgissaient devant nous; les hautes selles s'élevaient et s'abaissaient en mouvements fantomatiques. Une autre fois, nous vîmes ces étranges animaux bifurquer en silence et avec gravité dans le champ qui bordait la route, et disparaître.

Enfin une borne. À un croisement, un gros bloc de pierre où étaient écrits des noms en arabe et en français. Sur un côté, il portait l'inscription « BAGDAD 850 km », et une flèche indiquait la direction où commence le grand désert.

Mais nous ne trouvâmes pas « Damas » sur la pierre. Nous avions dû nous tromper quelque part sur la route, ou manquer un croisement.

Nous essayâmes de nous repérer sur la carte. Nous disposions encore de trois heures de jour et de deux bidons d'essence. Hussein accepta de parler arabe et de demander son chemin de temps à autre aux paysans et aux caravaniers.

Nous fîmes un détour d'environ 180 kilomètres.

Je me souviens que nous traversâmes un certain nombre de petites villes, que le brouillard se dissipa et fit place à la nuit, que Hussein chanta des chants turcs et que nous étions horriblement fatigués.

Finalement, nous franchîmes un col entre deux croupes de montagne dénudées, puis nous descendîmes une longue route en lacets. En bas, l'air s'emplit soudain de douceur, il y eut des arbres, de véritables bosquets le long de la route, une route large et de nouveau goudronnée, si bien qu'il nous semblait rouler presque sans bruit.

Aussitôt après, nous vîmes des réverbères, des rails de chemin de fer, un faubourg étendu et bruyant. La tour de la célèbre mosquée des Omeyyades surgit au-dessus des toits. Hussein, qui chantait toujours, fut apostrophé par un policier : « *Sens unique*[2] ! », des autos venaient vers nous en klaxonnant furieusement, – mais déjà nous nous arrêtions au centre de la ville de Damas, devant l'entrée de notre hôtel.

Vol de nuit au-dessus du désert

National-Zeitung, 8 février 1934

Il était deux heures et demie du matin, à mon hôtel de Damas, quand on me réveilla. La nuit était claire, et je crus d'abord, à voir les rues si blanches, que c'était déjà l'aube. Deux personnes de la « French Air Line » vinrent me chercher en voiture, un serveur porta mes bagages dehors, tout alla très vite – et déjà nous roulions sur la grand-route qui mène à l'aéroport entre des collines désertes. Nous rencontrâmes une caravane. Les chameliers, assis entre de multiples paquets, se balançaient en chantant. Les bêtes avançaient d'un pas lent, et on entendait à leur cou tinter leurs clochettes.

Nous les dépassâmes, et aperçûmes de loin les lumières rouges de l'aéroport. Un petit embranchement partait de la route principale, la voiture passa entre les ateliers et les hangars, puis elle s'arrêta près du grand trimoteur dont les hélices tournaient déjà, faisant jaillir des gerbes d'étincelles bleues.

Des mécaniciens couraient en tous sens, il faisait très froid, les deux pilotes, vêtus de leur épaisse combinaison de cuir,

---

2 En français dans le texte.

attendaient près de l'appareil et contemplaient son grand corps tout tremblant. Nous montâmes à bord, on apporta des couvertures et des chaufferettes pour les pieds, la porte se referma, la lumière s'éteignit; nous roulâmes sur la piste entre les projecteurs rouges, et peu après nous survolions les lumières de la ville et les jardins de Damas qui s'étendaient tout en bas: oliviers et palmiers, grands vergers luxuriants, enclos carrés, puits, taches sombres des terres cultivées – le tout baignant dans une lumière blanche et laiteuse; puis la route, serpentin surgi du désert et menant à cette contrée bienheureuse, car fertile et irriguée, terme de toute peine – comme disent les surnoms poétiques de la ville de Damas dans la langue arabe, si inventive.

Mais bientôt la nuit redevint noire, et la lueur disparut. Seules demeuraient les collines, qui ondulaient à perte de vue de tous côtés comme le drapé d'un vêtement. Parfois on apercevait un village : une place forte, défendue par les murs aveugles, sans fenêtre ni ouverture, des maisons situées à la périphérie extérieure. À l'intérieur, les cours succédaient aux cours, les rues aux rues, et, aux extrémités est et ouest, une piste quittait le village et se perdait dans la nuit.

Bientôt, les villages disparurent à leur tour. Plongés dans une nuit totale, nous survolions un monde non advenu : le désert.

L'aube ne se leva que deux heures plus tard. Jusque-là, nous n'avions vu que les gerbes bleues des hélices tournoyant tout près de nous. Maintenant, derrière nous, le ciel restait d'un bleu pastel, tandis que devant nous il virait au noir et se brisait en vagues violettes et bleu acier sur la muraille rouge de l'orient. Les roues de feu s'éteignirent; au-dessous de nous le désert, s'arrachant au sommeil, émergea de la nuit originelle, et la lumière pâle de l'aurore tomba sur nous comme sur les premiers hommes.

Puis le soleil parut, et ce fut comme l'explosion d'un immense incendie. Pendant un temps assez long on ne vit plus rien.

Le pilote ouvrit la porte de la cabine et me fit signe de le rejoindre au poste de pilotage. Des rideaux noirs protégeaient les yeux des rayons du soleil. Par les interstices, je pus voir au-dessous de nous la lumière gagner du terrain, et les dunes, l'une après l'autre, s'illuminer, se partager en versants d'ombre et de lumière, et prendre forme. Ce mouvement se propageait en tous sens, pareil à une légère ondulation, et le désert, mort, terne et sans couleur l'instant d'avant, se mua tout entier en un large fleuve doré.

Le pilote me montra des chacals, et sitôt après des gazelles qui s'enfuyaient au-dessous de nous, toutes blanches, escortées par leurs ombres. Bientôt les collines disparurent, et il n'y eut plus que du sable et de grandes étendues, et parfois des endroits où le vent avait formé une butte minuscule et où des anneaux se dessinaient dans le sable, semblables aux lignes de niveau d'une carte d'état-major. Ici et là un oued, un lit de rivière complètement sec, et parfois aussi des points d'eau, profonds miroirs oblongs et noirs.

Quand le jour fut complètement levé, nous vîmes la « route du désert » – la route des caravanes, devenue aujourd'hui celle des grosses automobiles, qui, partant de Damas, mettent deux jours à traverser le désert. Côte à côte sur une grande largeur, de multiples traces de pneus, venues on ne savait d'où, menaient à Fort Rutbah, dont déjà le château d'eau s'apercevait de loin.

Et une demi-heure plus tard, le pilote me montra, vers l'est, encore à bonne distance, l'Euphrate tout miroitant.

Le paysage se transforma très vite. On vit reparaître les collines, et d'innombrables entailles, au fond desquelles l'eau concentrait comme un cristal le scintillement de la lumière. Elles étaient bordées de petits champs, et peu après de plus grands, terre noire, sillons soigneusement tracés. Il y avait des tentes de nomades, enfermées dans un rempart d'épineux. Des chameaux, entre les enclos, tendaient le cou. Nous vîmes une caravane au moment où elle démarrait. En tête le conducteur, monté sur la croupe d'un âne, avançait déjà dans le désert. Quelques chameaux encore à genoux attendaient leur charge, d'autres, déjà en marche, suivaient l'âne le long d'une piste étroite tracée dans le sable, qui menait à l'est au bord d'un grand lac. Sa surface bleue étincelait comme une lame de couteau, et je crus d'abord à un mirage.

Il y avait des fellahs marchant derrière leur charrue, et des buffles arpentant placidement les champs. Des palmiers se dressaient, noires silhouettes au bord du large Euphrate. Partout se manifestait la vie, l'activité paysanne, les travaux de la plaine. Je songeai : depuis cinq mille ans le même paisible spectacle s'offre à celui qui vient du désert. Un bloc jaune et friable, vestige de l'une des antiques ziggourats du pays, s'élevait sur le rivage, solitaire rappel du passé.

Soudain, l'ombre de notre avion glissa sur lui comme un oiseau géant.

Les prestes gazelles avaient fait place à des troupeaux de moutons paissant sur les premiers herbages encore maigres. Nous vîmes de la verdure, des jardins, une grande palmeraie sur le rivage florissant. Un pont, une petite ville arabe, de la fumée au-dessus des terrasses des toits. De minuscules personnages, tout en bas dans les cours, levaient la tête, protégeaient de leur main leurs yeux éblouis et nous suivaient du regard.

Puis le pilote me toucha l'épaule et me dit quelque chose que le vacarme des moteurs m'empêcha d'entendre, déjà l'avion s'inclinait, près de moi le fleuve et les palmeraies prirent la place du ciel, et la mosquée aux tours dorées se précipita vers moi à toute allure. L'océan des maisons de Bagdad nous encercla, de plus en plus proche, presque au-dessus de nous, puis il s'éloigna de nouveau, tout rentra dans l'ordre, et déjà nous roulions sur la piste d'atterrissage.

Bagdad

National-Zeitung, 23 février 1934

La rue principale de Bagdad s'appelle la « Newstreet ». Construite par les Turcs pendant la guerre mondiale, elle est aujourd'hui bitumée. Il y a quelques années, de fortes pluies la transformèrent, comme il arrive souvent dans ces circonstances, en un fleuve de boue sans fond. On raconte qu'un jour une voiture tirée par deux chevaux a disparu sans laisser de trace, mais Bagdad est la ville des contes des *Mille et Une Nuits*, et les histoires racontées dans les bazars modernes perpétuent magnifiquement cette tradition ancienne.

Quoi qu'il en soit, la « Newstreet » n'a rien de commun avec les autres grand-rues que je connais. Échoppes et boutiques s'y pressent les unes contre les autres, et au coin des rues des marchands entretiennent avec soin un minuscule feu de bois pour vendre aux passants des galettes de viande, des œufs durs et des betteraves. À cause du soleil, les policiers portent des casques munis d'un couvre-nuque et se tiennent sous des guérites rondes. Il n'y a pas de tramway, mais énormément d'omnibus, petites caisses tintinnabulantes en fer-blanc ou en bois. Ils ont des itinéraires précis, mais si l'on a envie d'aller à un autre endroit, le chauffeur dit « zen » – c'est-à-dire « bon », et il fait demi-tour, même si c'est à l'autre bout de la ville. Parfois les autres voyageurs s'en rendent compte, ils bondissent de leur siège et s'écrient: « Qu'est-ce qui se passe? Nous voulons aller à la Porte Sud ! » – alors on se met d'accord pour un « petit détour » et les gens se calment. Ils ont toute la journée devant eux

En dehors des omnibus, il y a aussi des taxis, mais on les utilise peu. Par contre, les « arabanas », fiacres tirés par deux chevaux, trottinent du matin au soir le long des ruelles de la ville; ces chevaux arborent de petites amulettes bleues, ont l'air harassés et mal en point, et ils n'ont pas grand-chose à voir avec les beaux chevaux arabes des bédouins que l'on voit dans le désert. À Bagdad aussi, il y a beaucoup de cavaliers, de muletiers et d'âniers, et comme ils craignent la circulation bruyante de la rue, ils circulent sous les arcades, qui sont réservées en principe aux piétons et ressemblent de loin à celles de Berne. En face, sur l'autre rive du Tigre, il y a aussi un tram que des chevaux tirent sur ses rails.

La vieille ville de Bagdad, telle que le calife Mansour l'édifia, était ronde comme une forteresse; au centre se dressait le palais royal des Abbassides. Située sur la rive ouest du Tigre, elle ne tarda pas à s'étendre au-delà de ses murailles et devint la ville la plus prestigieuse de l'Orient, la résidence fabuleuse de Harun al Rachid et le cœur du monde islamique. Mais au XIIIe siècle, elle fut rasée par le Mongol Hulagu, et au cours d'un deuxième assaut des Mongols, sous le règne de Tamerlan, non seulement la ville neuve fut brûlée, mais les digues du réseau de canaux, très développé à l'époque, furent détruites. Les merveilleux jardins, les champs et les vergers qui entouraient la ville, tout fit place au désert. La Bagdad qui fut construite plus tard était une ville très pauvre. La ville ancienne, détruite par les guerres, ravagée par les Turcs et les Perses et malmenée par la guerre mondiale, n'a pas été restaurée, et Bagdad n'a jamais retrouvé sa splendeur d'antan.

Aujourd'hui, Bagdad est une résidence royale, mais l'État irakien n'a pas les moyens d'en faire une capitale mondiale, contrairement à ce qu'ont pu réaliser les Turcs avec Ankara. Il est possible qu'on n'en ait pas le désir – ici, les apports de la civilisation occidentale n'ont pas autant de prestige que dans la Turquie nouvelle, loin de là, et des gens clairvoyants pensent qu'une adaptation trop rapide resterait superficielle et serait mauvaise pour le peuple. Quand, au cours du dernier voyage du roi Faysal, un journal montra le souverain portant uniforme et chapeau à l'européenne, le bazar y vit le signe qu'il était de nouveau tombé sous l'influence des Anglais.

Ces derniers ont beaucoup moins transformé Bagdad qu'on ne le croit. Ils ont fait sans aucun doute beaucoup pour la ville, mais sans rien lui enlever de son caractère oriental – et depuis la mort de Faysal, les Anglais apparaissent encore moins qu'avant sur le devant de la scène. Bien sûr, ils ont leur « club », leur terrain de golf, et une meute – ils organisent des chasses à courre et ont leur « dancing » tous les samedis –, mais tout cela, ils le font entre eux. Alors que Damas et Beyrouth sont remplies de troupes françaises, à Bagdad on ne rencontre pas un seul soldat anglais, exception faite des Assyriens qui montent la garde devant la demeure du commandant de l'« Airforce ». Le grand champ d'aviation anglais se trouve à Hinaidi, à dix kilomètres de Bagdad – dans peu de temps, il sera transféré dans le désert, où on peut s'attendre à ce qu'il fasse très peu parler de lui.

La ville de Bagdad se développe donc tranquillement – on a même parfois l'impression qu'elle ne se développe pas du tout. Seul son aéroport témoigne des progrès du monde moderne. Il y a encore dix ans, il fallait vingt et un jours pour aller d'Alep à Bagdad; maintenant, les avions de la compagnie française « Air Orient » font le trajet Damas-Bagdad en quatre heures.

Les endroits où les siècles se sont figés, ce sont bien sûr les souks et tout le quartier du bazar. Les souks sont le règne de l'obscurité et de la fraîcheur; on s'y perd comme dans les dédales d'un labyrinthe. Les marchands de laine, de soie, de fourrure sont assis en tailleur dans leurs échoppes; les marchands de fourrure reçoivent leur marchandise de Perse, où l'on chasse panthères et léopards, les marchands de soie offrent à des prix dérisoires des étoffes en provenance du Japon. Jouxtant le bazar, il y a les ruelles des artisans : tailleurs, tanneurs, orfèvres. Les tailleurs sont presque tous originaires de l'Inde, les orfèvres sont des juifs ou des chrétiens de la région de Mossoul. Il y a aussi une « Bankstreet» où l'«Anglo Persian Bank» et l' «Ottoman Bank» ont leurs bureaux, et où les changeurs juifs, assis sur le pavé, font sonner les pièces d'argent. Les cafés de cette rue constituent la Bourse de Bagdad – c'est là que se croisent les Persans avec leurs coiffes noires et leurs manteaux en peau de mouton teinte en jaune, les Arméniens et les juifs, les jeunes «effendis» arabes dans leurs costumes européens peu seyants. Très dignes avec leurs longs manteaux et leurs blancs keffiehs, quelques riches bédouins se mêlent aux bruyantes négociations. Les cris qu'on entend dans cette rue sont abominables, et on n'est pas mécontent d'y échapper en empruntant l'une des étroites ruelles secondaires pour descendre jusqu'au fleuve, où accostent les grosses péniches et où des caravanes de petits ânes apportent les marchandises de la ville. Là, mariniers et «hamals» sont assis à même le sol, autour du feu d'un cuisinier qui leur fait rôtir des brochettes d'agneau. Les «hamals» sont les porteurs de Bagdad, en majorité des Kurdes, la population la plus pauvre de la ville. Ils portent les cheveux mi-longs et les teignent comme les bédouins avec du henné. Ils ont pour tout vêtement une courte chemise et une blouse déchirée, et ils transportent sur leurs bâts des fardeaux que même à trois, d'autres hommes ne pourraient soutenir. On les rencontre dans les rues: les jambes arquées, le buste incliné presque à l'horizontale, le front ceint d'un bandeau qui permet de répartir le poids – ils courent ainsi, couverts de sueur, à l'aveuglette, risquant à tout moment d'être renversés par les fiacres et les omnibus.

Il y a à Bagdad des quartiers où les gens vivent comme des nomades, dans des baraques faites de nattes tressées ou dans des tentes noires en peau de chèvre. Parfois, ils ne sont séparés que par un mur de terre ou une étroite ruelle d'un autre quartier rempli de belles villas bien construites et de magnifiques jardins qui descendent jusqu'aux rives du fleuve.

Bagdad n'existerait pas sans le Tigre – et en cela elle ressemble à toutes les villes de Mésopotamie qui, depuis la nuit des temps, n'ont vécu que grâce aux fleuves, et qui disparurent dès que le cours de l'un d'eux changeait ou qu'un canal s'ensablait. Aujourd'hui encore, une grande part de la vie active se déroule au bord du Tigre. Quand on y descend, on peut observer les différents types de bateaux qui sont poussés contre le pont Maude, les péniches, les bacs, et ces barques toutes rondes en bois bitumé qui n'existent que sur ce fleuve. Sur les rives, les pêcheurs déambulent, jetant de temps à autre leurs petits filets. Mais pour prendre de gros poissons, il faut s'éloigner de la ville et pêcher à partir d'un bateau. Tous les jours, à dix heures et demie, on ouvre le pont Maude pour laisser passer le vapeur qui se rend à Bassorah. Les Anglais ont installé ce pont après la prise de Bagdad par le Général Maude. Il était conçu pour être provisoire, et on parle depuis très longtemps de construire deux grands ponts bien solides. Mais la situation s'éternise, et de toute façon on s'est déjà habitué à ce pont branlant que les véhicules ne peuvent traverser que dans un sens à la fois – et qui monte et descend selon le niveau des eaux du Tigre.

Imamzade Haschim

National-Zeitung, 12 avril 1934

Quand au XIIIe siècle les Mongols s'abattirent sur le monde et que Hulagu, Gengis Khan, Tamerlan – gigantesques figures d'épouvante que l'humanité terrifiée baptisa les « Fléaux de Dieu » – déferlèrent avec leurs hordes sur les plateaux d'Asie Mineure, en Perse comme ailleurs ils incendièrent des villes, massacrèrent les populations par centaines de milliers, et firent un désert de lieux naguère florissants. Nombre de fidèles se réfugièrent alors dans les montagnes et se cachèrent dans des endroits peu accessibles. Même là on les découvrit et on les mit à mort. D'autres furent poursuivis dans leur fuite, et massacrés là où l'épuisement les avait arrêtés.

Sur les lieux où avait ainsi coulé le sang d'un « Imam », d'un saint personnage musulman, on érigea souvent par la suite, en souvenir et dans un souci d'expiation, une petite mosquée qui portait le nom du martyr et servait parfois aussi de tombeau. On trouve encore de ces « Imamzade » très haut dans la montagne, près de chemins caravaniers peu fréquentés ou en des lieux très retirés.

Un jour de mars, nous quittâmes Téhéran pour aller visiter l'Imamzade Haschim, situé à 2980 mètres d'altitude dans la chaîne des Monts Elbrouz. Après deux heures de voiture, nous arrivâmes à neuf heures du matin au village de Damavend; mais depuis le village, pour faire l'ascension du sommet qui porte le même nom, il faut encore trois jours de marche. Au sommet, qui s'élève à 5670 mètres, s'ouvre un grand cratère, qui était déjà éteint aux temps préhistoriques, car aucune mention ne nous est parvenue d'une quelconque activité volcanique en ce lieu.

Le village de Damavend, entouré de jardins, est situé au bord d'une petite rivière, et possède un joli pont de bois, un bazar rustique, un vieux cimetière à l'abandon, et deux mosquées dont les coupoles, l'une blanche et l'autre bleu-vert, s'élèvent au-dessus des toits couleur d'argile. Damavend fut dévasté par Gengis Khan. De tous ses habitants, seuls survécurent, dit-on, ceux qui avaient réussi à se réfugier dans la mosquée blanche. Le Grand Mongol lui-même y aurait pénétré; aujourd'hui, parmi les maisons ocre, elle a le même air paisible que chez nous une église de village.

Nous expliquâmes que nous voulions louer des bêtes pour la montée. Une demi-heure plus tard la cour de l'auberge était remplie d'ânes et de mulets: nous en choisîmes sept. Quatre hommes devaient nous accompagner. Nous nous juchâmes sur les selles bien rembourrées, et, aux cris longuement modulés des muletiers, la petite caravane se mit en branle.

La chevauchée se fit d'abord le long du fleuve, entre des jardins et des champs fraîchement labourés. Nous suivions un ancien chemin caravanier encore très utilisé aujourd'hui, qui conduit au Mazandéran, au nord du pays, par-delà les montagnes. Nous rencontrâmes de nombreuses caravanes de mulets, qui transportaient du riz de cette province fertile jusqu'à Téhéran et jusqu'aux villages de la plaine. Après les premières pentes commença la zone des neiges. Le chemin traversa une large vallée. Entre les étendues blanches s'étalaient des taches sombres, l'eau dévalait de la montagne en mille ruisselets désordonnés, et sur les rives luisaient des saules, blancs comme chez nous les troncs des jeunes bouleaux. Sur le flanc sud d'une colline, un troupeau de bœufs paissait. Mais dans la traversée de la face nord, nos montures s'enfoncèrent dans la neige jusqu'aux jarrets.

Bientôt nous mîmes pied à terre, laissant les muletiers nous suivre avec les bêtes, car le chemin devenait de plus en plus difficile et nous avancions plus vite à pied.

Au bout de trois heures nous arrivâmes au col. L'Imamzade Haschim, avec son dôme blanc et ses murs gris, se trouvait dans une dépression de la crête rocheuse. Dans le soleil de midi étaient assis des hommes à la peau brûlée de soleil et à la barbe teinte en rouge, les yeux protégés par des lunettes bleues : des muletiers. Ils fumaient d'énormes pipes et buvaient du thé, que le propriétaire du tchaikhane préparait à l'intérieur du sanctuaire, dans une pièce au plafond bas.

Quand nos mulets et nos ânes nous eurent rejoints, on déchargea les provisions, les couvertures et les poustines – ce terme désigne des manteaux en peau de mouton

Dans un village de pêcheurs en Syrie, 1934

Irak, le barrage d'Hindiya sur l'Euphrate, 1933/34

teinte en jaune; nous nous installâmes sur le toit de la mosquée, entre des petits dômes d'argile, pour préparer notre repas.

On surplombait la route des deux côtés: au sud elle décrivait de grands lacets à travers la pente raide que nous venions de gravir; au nord elle traversait une vallée très enneigée, au milieu du massif derrière lequel s'étendaient les basses terres du Mazandéran et la mer Caspienne. Une caravane cheminait lentement vers l'Imamzade. Les mulets paraissaient complètement épuisés; à tout moment l'un d'eux butait, tombait dans la neige et y restait, sans force, la tête baissée, jusqu'à ce que les muletiers, à grands cris, le contraignent à se relever. Parfois près de la moitié des bêtes tombaient en même temps, et toute la caravane s'arrêtait.

Après le repas, nous suivîmes la crête vers la gauche sur à peu près un kilomètre, progressant péniblement avec de la neige jusqu'aux genoux. Enfin, derrière une chaîne de montagnes, émergea la pyramide blanche du Demavend. La vue sur le lointain était superbe, et les massifs blancs de l'Elbrouz, une des régions les plus solitaires du monde, faisait une toile de fond sublime. Au sud, encadrée par ses montagnes enneigées, la plaine de Téhéran s'étendait comme une mer sombre.

Rien de plus grandiose que ce paysage: les chaînes succèdent aux chaînes, les plaines succèdent aux plaines, et le regard s'élance à l'infini: un panorama véritablement surhumain.

À quatre heures nous entamâmes la descente. La route était maintenant déserte, les dernières caravanes avaient quitté le col avant nous.

Lorsque nous retrouvâmes les régions basses où régnait le printemps, le soir tombait. Les troupeaux rentraient, les moutons se pressaient vers l'abreuvoir, il y avait des bœufs noirs à grandes cornes.

De nouveau nous mîmes pied à terre, les muletiers sautèrent joyeusement sur nos selles et trottèrent vers la vallée en chantant.

Le ciel du crépuscule était tendu de bleu, et il se mit vite à faire très froid.

Quand nous arrivâmes au village de Demavend, il faisait nuit noire.

Un petit port au bord de la mer Caspienne

National-Zeitung, 20 avril 1934

C'est à peine un port, plutôt une bourgade de pêcheurs, presque un simple hameau à l'embouchure d'un fleuve. Le fleuve a nom Babeil – mais sur beaucoup de cartes il n'en a pas. La petite ville, elle, s'appelle Mashhad-i Sar, et tous ceux qui voyagent le long de la Caspienne et dans la province du Mazandéran la connaissent – surtout les marchands de caviar de Téhéran et de Pehlevi, et ceux des grands ports russes.

Mashhad-i Sar n'est pas un carrefour important. Mais deux bonnes routes, où la circulation est facile, y conduisent : celle de la côte, qui vient de la ville de Rasht, à l'ouest, par Lahijan, Ab-i Garm, Deno et Aliabad, et celle du sud qui mène au massif de l'Elbrouz et au col de Firuzkuh, à 2200 mètres d'altitude. Par-delà s'étend l'immense haut plateau iranien. Par temps clair, au-dessus des arbres de Mashhad-i Sar, on voit émerger les chaînes enneigées, avec en leur milieu le beau sommet en dôme du Damavend.

Il y a aussi une liaison maritime. Bien sûr il vient peu de bateaux à Mashhad-i Sar. Juste, tous les quinze jours, un petit vapeur russe qui accoste pour charger le caviar, le riz et le coton – à chaque fois c'est tout un événement. Riz et coton poussent dans le Gilan et le Mazandéran – ce qui représente l'ensemble de la zone côtière du Nord de la Caspienne. Mais, près de Mashhad-i Sar, cette riche bande de terres cultivables est particulièrement large; la forêt vierge n'occupe que la bordure des montagnes à l'intérieur des terres, il n'y a pas de grands marécages, et les dunes de sable n'occupent qu'un espace très étroit; du bétail y pâture entre les genêts: zébus noirs avec leur bosse de graisse sur l'échine, moutons aux cornes en spirale, et chèvres au long poil.

Au reste, la petite ville est environnée d'une vraie campagne. De petits chemins circulent parmi d'opulentes prairies et entre les rizières inondées, soigneusement quadrillées de digues. Les fermes se dissimulent à demi entre des bosquets de peupliers noirs et de grands saules argentés; ce sont des petites maisons à un étage, blanchies à la chaux, avec de larges toits de chaume qui descendent très bas, des étables et des granges très allongées, des cours bien propres, où se pavanent des poules, des dindons et des paons. Les paysannes portent, par-dessus de longs pantalons noirs, d'amples jupes multicolores évasées. Elles ne sont pas voilées. Elles portent toutes, au lieu du sombre fichu noir habituel en Perse, des foulards blancs ou de couleur sur une petite coiffe ronde. – Ajoutons qu'en ce moment, les arbres fruitiers sont en fleur, abricotiers, pommiers et cerisiers: les arbres de culture dans les grandes prairies, les sauvageons sur les dunes, au milieu de buissons infranchissables.

Vers l'intérieur des terres Mashhad-i Sar a l'allure d'un joli village paysan. Un établissement thermal surmonté de multiples petites coupoles herbues s'élève à la croisée de deux rues; le bazar commence juste à côté: deux ou trois ruelles, couvertes par endroits, bordées des deux côtés de rangées d'échoppes en bois. On y trouve des épices, des fruits, du poisson, des peaux de mouton, des cordes en coton toronné, des bougies, des pots de terre, des nattes de paille. Et aussi des étoffes, cotonnades et soie, et même du velours, toutes produites dans le pays, tissées dans les fermes.

Mais le quartier le plus important de la petite cité est le port. C'est un port naturel, constitué par l'embouchure du fleuve, large et calme. Par devant, sur toute la largeur de l'embouchure, la mer qui se brise produit continuellement une bande d'écume blanche et mouvante. À droite s'élève le nouveau phare. L'ancien, désaffecté, est un peu plus à l'intérieur des terres, sur une dune, tel un veilleur oublié. D'habitude on ne trouve dans le port aucun bateau à moteur, ni bien sûr le moindre vapeur. En revanche on y voit toute une rangée de lourds bateaux de pêche avec de hauts mâts solides, des voiles jaunâtres, des cordages enroulés. Sur le fleuve naviguent aussi des pirogues faites de troncs d'arbres évidés. On les utilise pour la pêche sur le fleuve. D'habitude, deux hommes l'occupent: l'un, assis à l'arrière, dirige l'embarcation avec un aviron court, comme un canot canadien; l'autre, debout à l'avant, épieu en main, transperce les grands saumons, les meilleurs poissons de la région.

Mais la capture des esturgeons joue ici un rôle bien plus important que la pêche fluviale. À Mashhad-i Sar, une grande pêcherie spéciale, propriété commune des Russes et des Persans, s'y consacre. On sait que les esturgeons remontent dans l'embouchure du fleuve pour frayer. C'est pourquoi on le barre au moyen de filets munis de gros hameçons. Quand ils tentent de passer, les poissons sont pris au piège. D'ordinaire les bateaux rapportent leurs prises vers neuf heures du matin: les esturgeons sont aussitôt débarqués, découpés, et le caviar prélevé. On utilise aussi les arêtes et une substance blanche, élastique, qui se trouve dans l'épine dorsale du poisson; la chair est salée dans de grands tonneaux de bois, puis vendue. Quant au caviar, il est pressé, salé et mis en boîte sur place. Ainsi conditionné, il est prêt pour l'expédition, et les vapeurs russes le transporteront dans les grands ports – excepté une petite quantité qui partira pour Téhéran par la route.

Manifestement la plus grande partie de la population de Mashhad-i Sar vit des revenus de la pêche, de la pêche à l'esturgeon en particulier. Le commerce du coton et du riz ne vient qu'au second rang, car ces produits de la terre ne sont pas commercialisés sur place, mais la plupart du temps envoyés à Rasht et vendus là-bas. Les échanges entre Mashhad-i Sar et la Russie sont d'ampleur réduite; en outre ils ont beaucoup régressé ces dernières années en raison d'une nouvelle réglementation russe. Le caviar est donc en fait le seul lien entre Meched et le reste du monde. On ne perçoit rien ici de la vie agitée, presque mystérieuse, qui d'habitude caractérise même les plus petits ports. En définitive, la mer Caspienne est une mer intérieure où ne peuvent flotter que les pavillons russe et persan. Ses rivages donnent accès à des zones encore très mal connues : à l'est la steppe turkmène, avec l'énigmatique « mur d'Alexandre », et les grandes collines de ruines dont l'histoire nous est encore tout à fait inconnue.

Mashhad-i Sar, environnée d'une riche et florissante campagne, a cependant quelque chose d'un ultime poste de garde. Dès qu'on s'écarte du cercle protecteur de ses petites maisons et de ses haies vertes, on se trouve sur une plage solitaire et sans fin, au-dessus de laquelle des vols d'oies sauvages filent vers l'Est en criaillant.

Pluie à Tbilissi

National-Zeitung, 10 octobre 1934

Il pleuvait quand je suis arrivée à Tbilissi. J'avais roulé toute la journée, et d'heure en heure le brouillard s'était épaissi. Il avait enveloppé peu à peu les hautes cimes du

Caucase et rempli les vallées de blancheur cotonneuse. Au début de l'après-midi un soleil blafard perçait encore les parois ondulantes de brume en suspension ; bientôt il s'éteignit complètement, il se mit à faire froid, et le soir n'arriva qu'au terme d'un long crépuscule. Sur des collines au bord de la route nous apercevions les murailles de forteresses en ruine. Parfois le regard plongeait inopinément dans les profondeurs d'une vallée fluviale encaissée. Puis l'air se fit doux, les nuages s'élevèrent, et dans la lumière mordorée du soir le paysage vallonné et fertile de la Géorgie s'offrit à nos yeux. La nuit tomba tandis que nous suivions le cours du fleuve Kura. Une centrale électrique s'élevait au bord de la route, par de grandes fenêtres on apercevait les turbines noires. Sortant de larges ouvertures, l'eau se précipitait sur l'énorme paroi lisse et blanche du barrage; la lumière vive la transformait en un fleuve d'argent. Ensuite apparurent devant nous les lumières de la ville de Tbilissi. Elles emplissaient une large vallée et montaient, isolées, en longues files étirées, à l'assaut des collines environnantes. Il se mit à pleuvoir, et les lueurs tremblotaient et se réfractaient dans les gouttes lentes et lourdes.

Comme souvent à l'entrée des grandes villes orientales, notre route, une large route de caravane, rencontrait d'abord des maisons éparses. Elle n'était pas pavée, de profondes rigoles sableuses s'y creusaient, en plusieurs endroits elle était défoncée, et parfois aussi elle s'élargissait arbitrairement en larges esplanades. Des cours ouvertes étaient éclairées par des lampes vacillantes, des buffles se reposaient au bord de la route, et des ânes attendaient, attachés devant les galeries ouvertes des auberges. C'étaient les faubourgs de Tbilissi. Bientôt le tableau se fit plus citadin, les maisons se resserrèrent et grandirent en hauteur, des vitrines, des kiosques de fleuristes, des affiches défilèrent, multicolores. Voici que s'alignaient maintenant les larges façades des nouveaux bâtiments officiels; la chaussée avait en son milieu des tramways, et sur ses bords, des trottoirs et des rangées d'arbres, luisants de pluie. Nous nous trouvions au centre de la ville nouvelle, de la capitale, avec ses universités, ses écoles, ses instituts, ses cinémas et ses grands boulevards, ses établissements publics, encore ouverts et très éclairés à cette heure tardive : des flots de gens s'écoulaient par les grandes portes et emplissaient les rues, sortaient des magasins et des débits de vin, stationnaient à l'abri de la bruine, dans les embrasures des portes; et les gens qui se hâtaient à l'européenne, avec leurs parapluies et leurs caoutchoucs, se mêlaient à ceux qui, à la manière orientale, flânaient sans hâte, jouissant de la fraîcheur du soir, femmes coiffées d'un fichu noir, hommes en bonnets brodés ronds, pieds nus ou en sandales. Sans se préoccuper de la pluie, bruyants, chantants, ils allaient leur chemin avec gaieté et nonchalance.

Le lendemain, il pleuvait toujours. La ville gisait sous un ciel de plomb, et les nuages s'abaissaient jusqu'aux crêtes du Schachat et du Ssololak, et jusqu'au large dôme de la Montagne de David. Le chemin de fer à crémaillère qui y grimpait disparaissait dans le brouillard en même temps que ses rails luisants.

Dans la pénombre de la vénérable basilique d'Antschischati brillait, répandant une grâce incertaine, le visage gravé dans l'argent de sa célèbre sainte. Au-dessus de la base de la cathédrale, qui forme une croix massive, s'élevait son dôme octogonal, semblable à la coupole d'une mosquée. La cathédrale se dresse en ce lieu depuis le VIIe siècle. Son nom est : Ssion-Ssobor.

Vers midi, le ciel s'était vidé. Les nuages s'écartèrent, et quand je descendis au bord de la Kura, le soleil apparut un instant et s'abattit comme un filet d'or sur l'eau brune.

Huit ponts relient les deux rives. Je m'arrêtai sur le dernier et regardai vers l'amont et vers l'aval. De tout côté des maisons modestes se serraient les unes contre les autres, par petits groupes que la croissance de la ville repoussait presque jusque dans le fleuve: déjà elles se suspendaient, avec leurs fenêtres aveugles et leurs fragiles galeries, au-dessus de la rive abrupte. Elles avaient des murs brunâtres et couleur d'argile, et des toits plats affaissés sous le fardeau de l'âge.

Quittant le pont, je m'engageai dans les ruelles sombres, tortueuses, saturées d'humidité et d'odeurs diverses. J'étais dans la ville asiatique, maintes fois incendiée et pillée par les Huns et les Seldjoukides, les Mongols, les Perses et les Byzantins, et toujours ressuscitée: maintenant repliée sur elle-même entre fleuve et montagne, dominée par les lugubres ruines d'une forteresse sur une crête en surplomb – la Tbilissi ancienne, voisine de la ville moderne, mais une voisine devenue étrangère.

On voyait, pressés contre les barreaux des grilles, des têtes d'enfants, les visages plats des petits Mongols, aux yeux bridés, et ceux des Géorgiens, café au lait, avec leurs beaux yeux sombres en amande. Dans les cours attendaient des chevaux attelés à des fiacres d'un autre âge; des artisans travaillaient dans des échoppes obscures; à travers la fumée et les étincelles rouges on apercevait des chaudronniers, qui martelaient des samovars à la façon des célèbres forgerons d'Ispahan. La place du marché était silencieuse et vide après la pluie.

Sous le toit de la longue halle, des enfants jouaient et chassaient les chiens des étals des bouchers en leur jetant des pierres. Les chiens disparaissaient sans bruit derrière les maisons, où déchets et ordures dévalent jusqu'au fleuve.

Des ruelles montantes aboutissaient au Bazar des Soixante Peuples, où on marchande et négocie en soixante langues, orientales et occidentales. Sur le bourdonnement régulier de multiples voix se détachaient les cris des vendeurs de melon, et la mélopée étrangement triste des jeunes garçons vendant des cigarettes ou proposant leurs services comme cireurs de chaussures ou porteurs.

La nuit tomba de bonne heure. À travers le crépuscule bleuâtre une pluie fine se remit à tomber. Une épaisse fumée s'échappait des verres des lampes à pétrole, et au-dessus des coupoles d'un vieil établissement de bains flottait un panache de fumée blanche. Le mot « Tpili », qui en géorgien signifie « chaud », a donné son nom à la ville, par référence à ses sources sulfureuses chaudes. L'ancienne Tbilissi conserve ses bains orientaux de jadis. Dans des salles à coupole, l'eau chaude coule dans des bassins hexagonaux, et les gens, enveloppés dans des serviettes, respirent les vapeurs humides. Devant l'entrée de l'un de ces bains se tenaient des femmes en burnous rayés, le visage à demi-caché, des cruches de terre à la main. De jeunes hommes marchaient sous la pluie fine, traversaient la rue, et disparaissaient à l'intérieur de l'établissement. Dans le bazar on fermait maintenant les échoppes et les boutiques. Les commerçants arméniens, géorgiens et juifs rentraient chez eux. Sur un gril rougeoyant, un jeune Caucasien retournait des chachliks[3] et les vendait aux Turcs et aux Persans. Là où s'étendait la ville neuve, le ciel était éclairé d'une lueur jaune. On entendait de loin les coups de corne des tramways, les klaxons des voitures, les divers bruits du soir; des sons entrecoupés tombaient d'un appareil radio et se posaient sur la rumeur chantante de la rue. Les lampes d'un café s'allumèrent, les hommes trempés s'engouffrèrent à l'intérieur et emplirent l'espace de buée, de fumée et du bourdonnement de leurs voix. Les jeunes garçons restèrent dans la rue. Les Tatars, qui vivent en dehors de la ville dans des chariots bâchés, prirent le chemin du retour. Ils portaient sur l'épaule des poules dans des baluchons. La pluie dégouttait du bord de leurs hauts bonnets en épaisse fourrure.

---

[3] Brochettes de viande.

La conquête de la Perse par Alexandre

Atlantis, octobre 1936

Dans les représentations courantes, la conquête par Alexandre le Grand du royaume achéménide se trouve presque toujours étroitement associée à sa campagne d'Inde – comme si la guerre contre Darius Codoman n'avait été que le prélude à une entreprise plus importante, et que la possession de l'Inde fût le principal objectif de la politique d'Alexandre. Ce faisant, on confond la partie et le tout, car à l'aune du réalisme politique, la conquête de la Perse fut l'œuvre qui couronne la vie d'Alexandre, – alors que la campagne d'Inde constitua seulement un écart aussi risqué qu'aventureux, qui d'ailleurs allait lui coûter fort cher.

C'est le personnage même d'Alexandre – jeune héros élevé au rang de dieu – qui de son vivant déjà incita ses contemporains à s'attacher à la légende plus qu'aux faits, et à monter en épingle l'épisode le plus romanesque d'une vie extraordinaire. L'histoire du jeune roi macédonien était suffisamment connue, grâce à une abondante tradition, pour qu'il ne fût pas besoin d'inventer, de créer une légende d'Alexandre, un roman d'Alexandre. Il est des cas où le manque d'informations, ou leur disparition, a pu inciter à tirer parti de ces lacunes : c'est ainsi qu'au Moyen Age, alors qu'on ne savait presque plus rien de la grande époque des Achéménides, les poètes persans créèrent durant une période d'exaltation nationale toute une histoire légendaire, dont les héros continuent de nos jours encore d'habiter la conscience populaire. Voilà comment les monuments construits à l'apogée de la Perse, les palais et tombeaux royaux de Persépolis, portent aujourd'hui le nom des figures légendaires Roustam et Djemschid.

Alexandre, lui, est devenu l'objet d'un culte héroïque, beau sujet d'étude pour qui voudrait voir comment se construit un mythe, sans qu'il y ait rupture de la tradition. Ont écrit sur lui, sur son époque et sur ses exploits : son chancelier Callisthène, Clitarque – sur l'œuvre duquel s'est appuyé le grand historien Diodore pour son *Histoire universelle* –, Trogue Pompée, dont l'œuvre nous est parvenue dans l'Abrégé de Justin, Quinte-Curce, Strabon et Plutarque, célèbres chroniqueurs et biographes du temps de l'empire romain. Arrien enfin, le plus connu des biographes d'Alexandre, s'est inspiré des œuvres d'Aristobule, de Ptolémée et de Néarque. Le matériau ne manque donc pas ! Or Callisthène, qui aurait dû en sa qualité de chancelier fournir une chronique fidèle des événements, montre déjà une forte tendance au romanesque – ce qui explique que les romans autour d'Alexandre, notamment ceux qui viennent de l'Égypte hellénistique, ont souvent été qualifiés de « Pseudo-Callisthène ». Arrien de son côté, pourtant sans conteste historien sérieux, donne au second grand ouvrage qu'il écrit dans la foulée de *l'Anabase*, le titre *Inde*, participant de ce fait sinon à la surévaluation, du moins à l'incroyable succès populaire de l'entreprise indienne.

Bien sûr, on peut disputer pour savoir jusqu'où, après avoir conquis la Perse et pris en charge l'héritage des Achéménides, Alexandre croyait, en entamant la campagne d'Inde, poursuivre la même mission. L'idée qu'il se faisait de la géographie a dû jouer son rôle. Il est possible qu'il ait voulu, non pas consolider l'empire conquis et s'assurer ainsi une hégémonie mondiale, mais réaliser le rêve d'atteindre une terre autre, un monde qui répondît mieux à son ambition exacerbée, fascinée par ce qui lui était encore inconnu, par le pays de légende qu'était l'Inde.

Ce qui est sûr, c'est que, quand Alexandre, en 334, franchit l'Hellespont avec une petite armée d'à peu près 30 000 fantassins et 50 000 cavaliers, il se sentait le continuateur de la lutte traditionnelle de la Grèce contre la Perse, et voulait être considéré comme tel. Ce n'était pas un acte téméraire que de s'engager avec si peu de forces armées contre un empire cinq fois supérieur : car cet empire avait perdu l'unité intérieure qu'il possédait sous Darius Ier; depuis longtemps la royauté menait une lutte farouche contre les satrapes, qui occupaient déjà plus ou moins la position de princes territoriaux; des pans entiers de l'empire se soulevaient contre le pouvoir central, par exemple la Phénicie et l'Égypte; au lieu d'une armée nationale, on avait de plus en plus recours à des mercenaires, souvent des Grecs; des commandants grecs, à l'instar des frères Mentor et Memnon, exerçaient un pouvoir et une influence considérables – phénomènes qui rappellent le rôle des Germains dans l'empire romain déclinant.

C'est contre cet empire en voie de désintégration que marcha Alexandre, et dès le début il fut victorieux. Rapidement se succédèrent la bataille du Granique, la conquête de la Phrygie, de la Lydie et de la Cilicie, et la victoire d'Issos, qui ouvrait au Macédonien la route de la Syrie et de la Phénicie.

Jusque-là l'itinéraire à suivre était tout tracé. Mais la façon dont Alexandre parvient ensuite à conquérir la totalité du vaste empire perse relève du génie.

Non loin de Ninive-Mossoul, de l'autre côté du Grand Zab, il bat Darius dans la plaine de Gaugamèles. On appelle aussi cette bataille la bataille d'Arbèles – une énorme colline de ruines surmontée d'une forteresse arabe s'élève aujourd'hui au centre de la ville, qui porte encore son ancien nom, Erbil. C'est là, à travers les montagnes du Kurdistan, que s'ouvre la route de la Médie, où Darius chercha refuge. Alexandre ne se lança pas immédiatement à sa poursuite, il préféra se diriger droit sur Babylone, qui lui ouvrit ses portes. La première capitale de l'empire tombée, c'est ensuite le tour de Suse. Alexandre y prit possession du trésor impérial, et l'on rapporte que les statues d'Harmodios et d'Aristogiton, autrefois enlevées par Xerxès, s'y trouvaient également et qu'elles furent alors rapatriées à Athènes. Alexandre se consacra ensuite à la conquête du haut plateau iranien. Il brisa la résistance du satrape Ariobarzanès, qui tenait les défilés, et atteignit Pasargades au début de l'an 330. Cette ville est l'ancienne capitale des Achéménides, elle abrite le tombeau de Cyrus, désormais il était donc facile de conquérir également Persépolis, la citadelle royale splendide entre toutes. Alexandre brûla les palais – on ignore les raisons qui l'ont poussé à cet acte effroyablement sacrilège. Quoi qu'il en soit, l'incendie de Persépolis, qui comptait au nombre des merveilles du monde, fut le symbole de la défaite et du désastre subis par les Achéménides.

C'est alors seulement qu'Alexandre poursuivit le roi : passant par la Médie et sa capitale Ecbatane, l'actuelle Hamadan, il se dirigea vers le nord, bivouaqua à Rhages, dont les ruines jouxtent Téhéran, et traversa les Portes Caspiennes. Entre-temps le malheureux Darius s'était fait assassiner dans sa fuite par Bessos, son satrape. Il ne restait plus à Alexandre qu'à châtier cruellement l'assassin. Vient ensuite la partie la plus extraordinaire de cette impressionnante conquête : il faut prendre le Touran, bastion de la religion et des coutumes persanes. L'Hyrcanie et la Parthie se sont soumises; traversant la Parthie et la Drangiane – aujourd'hui situées en Afghanistan –, Alexandre gagne l'Hindou Kouch (Paropamisos), qu'il franchit au printemps 329. Et malgré la résistance des tribus guerrières, qui disposaient de forteresses dans la montagne à travers tout le Turkestan, Alexandre, non content d'avoir conquis Bactres et Maracanda-Samarcande, franchit l'Oxus et arriva au Iaxartes, c'est-à-dire à l'extrême nord du territoire persan.

Il fonda des villes, entre autres Herat, Khodjent, Kandahar, qui sont de nos jours encore des villes importantes, et qui montrent que cette campagne n'était pas l'acte d'héroïsme aveugle d'un aventurier.

Jusque-là Alexandre a accompli une mission d'une portée incommensurable. Cette mission s'était dessinée progressivement, Alexandre est entré en scène et en action quand l'heure fut venue. Depuis longtemps les forces de la culture grecque aspiraient à l'expansion, au-delà des frontières étatiques et nationales. Depuis longtemps on sentait que les peuples orientaux étaient réceptifs à cette culture et la soutiendraient. Évagoras de Chypre, un Grec, vassal du Grand Roi de Perse, avait déjà fait montre de tendances hellénistiques. Mausole de Carie s'était fait bâtir un tombeau en forme de temple ionique surmonté d'un attelage de quatre chevaux. L'hellénisme n'est ni le produit d'une volonté consciente, ni un cadeau qui se retrouva pour ainsi dire par hasard, comme par un tour de passe-passe, entre les mains du jeune Alexandre béni des dieux. Alexandre a accompli l'œuvre appelée par la nécessité : il a mis un terme à l'empire perse – et par là même à la vieille civilisation babylonienne qui s'y était maintenue –, et, en Grèce, il a détruit les entraves étatiques et nationales, libérant les forces culturelles, qui allaient aussitôt se répandre et exercer une énorme influence.

Jusque-là Alexandre avait une tâche qui l'entraînait bien au-delà de tout projet personnel, il était le porteur et l'incarnation d'une des idées les plus fructueuses de l'histoire du monde.

Mais ensuite il partit pour l'Inde – à travers l'Afghanistan, descendant l'Indus et l'Hydaspe, combattant des princes indépendants. Parmi ceux-ci seul Poros eut une certaine importance. Plus dangereux étaient les brahmanes, qui partout poussaient le peuple à résister à l'envahisseur étranger – mais le danger suprême fut l'hostilité de la nature : les pluies durèrent soixante-dix jours, la maladie affaiblissait le moral des troupes, même les vétérans d'Alexandre menaçaient de se révolter. Alexandre prétexta un sacrifice de mauvais augure pour éviter de traverser l'Hyphase, et interrompre sa progression.

Au cours de l'été 325, on atteignit l'océan. Néarque conduisit la flotte par le golfe Persique jusqu'à l'Euphrate,

Alexandre, une fois de plus au prix d'énormes difficultés, emprunta la voie terrestre, c'est-à-dire le désert de Gédrosie, l'actuel Balouchistan, et arriva enfin à Suse.

Cette expédition avait été une entreprise hasardeuse, doublée d'une absurdité politique : car pour faire du gigantesque royaume qu'il avait conquis la première puissance du monde, Alexandre n'avait pas besoin de l'Inde. Bien plus, ses années d'absence – on avait cessé de croire qu'il reviendrait du pays fabuleux – ont remis en question cet empire, l'œuvre de sa vie. Dès ce moment on vit se profiler ce qui allait se produire après la mort précoce d'Alexandre : la désagrégation de l'empire et son partage entre les diadoques, la fin de l'unité du Proche-Orient.

Toutefois la force d'expansion culturelle de l'hellénisme ne fut pas affectée par la désagrégation politique. Elle gagna en richesse et en diversité et survécut plusieurs siècles à Alexandre.

Expédition un vendredi en Perse

National-Zeitung, 30 octobre 1934

Vivant en pays musulman, nous tâchons de nous adapter à ses usages. Le vendredi est sacré. Le jeudi soir nous allons en ville et prolongeons les soirées très tard, parce que nous pouvons faire la grasse matinée le lendemain. Aussi, quand l'un de nos assistants annonça qu'il allait consacrer le prochain « djouma »[4] à une expédition sur une montagne du nom de Bibi Shar Banum, où il voulait explorer une grotte, personne ne le crut. Il le fit pourtant bel et bien, et moi avec lui. Nous avions convoqué huit de nos ouvriers à l'heure habituelle, c'est-à-dire « un peu avant le lever du soleil ».

4 Vendredi en arabe.

Comme c'était un jour de congé, ils arrivèrent un peu plus tard. L'heure qui précède le lever du jour est la plus froide, c'est bien connu. Brien et moi, dans la cour, chargeâmes dans le camion pelles, pioches, corbeilles et lampes à pétrole, après quoi nous réveillâmes le garçon de cuisine, qui dormait sous sa peau de mouton. Après notre thé se présentèrent deux ouvriers. Ils annoncèrent que les autres allaient arriver. Nous attendîmes encore une demi-heure. Le portail s'ouvrit alors, et un groupe serré de quarante ouvriers s'y engouffra. « Qu'est-ce que vous faites là ? » leur avons-nous crié. – « Mais vous nous avez convoqués ! » – « Nous n'avons besoin que de huit personnes ! Vous pouvez tous rentrer chez vous ! » Médusés, ils regardèrent les huit grimper dans le camion. Au milieu d'un chœur de bons souhaits furieux, nous franchîmes avec fracas le portail, puis le gué, et une fois sur la vieille piste caravanière, nous partîmes vers l'est, en direction de la montagne.

À ce moment le soleil s'éleva au-dessus de la citadelle, et un flot de lumière inonda les jardins. Devant nous les montagnes étaient encore dans l'ombre. La route des caravanes ressemblait tantôt à un lit de rivière à sec, tantôt à une carrière de pierres. Notre camion tanguait comme une barque en pleine mer et gémissait de tous ses vieux essieux. Parfois la direction restait bloquée, et nous penchions lentement sur le côté. Alors les ouvriers derrière criaient « *Chube, chube* » – littéralement : « Bien, bien », mais en l'occurrence, plutôt : « Arrêtez avant qu'il ne soit trop tard ! » Brien continua jusqu'à ce qu'une profonde crevasse nous contraigne finalement à stopper. Un jeune garçon fut chargé de garder le camion, et la montée commença. Les ouvriers se mirent à courir à toute vitesse. Arrivés au pied des rochers, ils s'effondrèrent, épuisés : « Tähtil », réclamèrent-ils – « une pause ! »

La pente était raide, nous n'étions pas entraînés, et nous avions derrière nous un jeudi soir et peu de sommeil. Nous escaladions un éboulis entre les rochers. À peu près à mi-pente, nous fûmes rejoints par le soleil apparu par en haut. Ali Asker – ce qui signifie Ali le soldat – courait devant, agitant sa pioche et se moquant des traînards. Son grand amusement était de soulever des pierres avec sa pioche pour les jeter en bas. Ma conscience d'alpiniste s'insurgea, et je lui criai de faire attention. « Ne t'inquiète pas », me répondit Ali Acker à pleine voix. « Toi et le monsieur, je ne vous toucherai pas. »

Au bout d'une heure nous atteignîmes enfin l'arête. Les ouvriers louèrent Allah, firent de grands signes, et interpellèrent à grands cris le jeune homme qu'on apercevait, minuscule, à côté de l'auto miniature tout en bas dans la plaine.

Le soleil était maintenant haut dans le ciel et frappait les rocs brunâtres, encore glacés par le froid de la nuit. L'altimètre indiquait que nous étions montés de 1300 pieds. De chaque côté s'ouvrait une perspective admirable : vers l'est, les chaînes de montagne se succédaient en vagues régulières, grises et rougeâtres, qui finissaient par se fondre dans une brume violette. Au-dessus de cette houle de lumière et d'ombre s'élevait, solitaire, étincelant, le Damavend. De son sommet enneigé, des coulées blanches rayonnaient comme les pointes d'une étoile. À l'ouest s'étendait la plaine, ou plutôt une vallée d'une immense largeur, fermée à son extrémité par des montagnes qui nous apparaissaient comme des chaînes de collines basses. Le sol en était semi-désertique, brunâtre et comme délavé, mais richement émaillé d'oasis, où l'on distinguait, entre les arbres et les vergers, les murs jaunes des villages. Au-dessus du vert sombre des frondaisons planait le vert lumineux des coupoles de mosquée, dont la nuance évoquait l'herbe coupée. Comme on était vendredi, peu de caravanes circulaient sur les routes, mais de grands troupeaux de chameaux pâturaient de-ci de-là, et à intervalles réguliers la plaine était ponctuée, non par des poteaux télégraphiques, mais par les taupinières rondes des canaux. Nous nous trouvions exactement au-dessus du petit monastère de Bibi Shah Banum, construit à mi-hauteur de la montagne, sur une terrasse rocheuse en saillie. Nos regards plongeaient dans la cour proprette et sur la coupole verte et couleur ocre. Une fumée s'élevait, les moines se préparaient un petit déjeuner de fête – et dans la plaine, s'égrenant sur la piste blanche de la petite route, on apercevait les silhouettes noires de femmes en pèlerinage.

Pendant ce temps, nos hommes avaient cherché l'entrée de la grotte. Ils nous apportèrent du duvet d'oisillon et une patte d'âne, qu'ils avaient trouvés sous un rocher. Comme Brien leur montrait la véritable entrée – de dimension réduite, cachée sous des plaques de pierres, ils nous regardèrent avec cette timide méfiance que leur inspiraient la plupart de nos actions. « Là-dedans? » demanda Ali Asker. « Oui, oui », répondit Brien. « Il faut avancer. Ensuite il y a un long couloir étroit, puis une grande et belle salle. »

Ali Asker alluma une lampe et se mit à ramper dans l'ouverture de la grotte. Il rampa résolument pendant 20 mètres, puis s'arrêta. « Taman », déclara-t-il. « Assez. »

Brien lui prit la lampe des mains. « Froussard », dit-il. Couchés sur le dos, nous progressâmes péniblement dans l'étroit passage. Puis se présenta une forte inclinaison, nos pieds se balancèrent dans le vide, trouvèrent des marches, artificielles, soigneusement taillées de main d'homme dans la pierre – et nous atteignîmes la salle dont avait parlé Brien.

Ali Asker inclinait maintenant à considérer Brien comme un prophète. Le sol de la grotte était jonché d'ossements. Dans le mur opposé on voyait une ouverture obstruée par des pierres – la lumière du jour filtrait faiblement par les interstices. Nous franchîmes l'obstacle et débouchâmes dans un étroit passage; mais une dizaine de mètres plus loin nous nous retrouvâmes à l'air libre. Cette seconde issue se trouvait du côté ouest du versant, au milieu des rochers. Selon nos calculs, la cavité devait mesurer plus de soixante mètres de longueur ! Nous appelâmes les ouvriers. Ils arrivèrent en courant, l'air incrédule, depuis l'autre entrée, et nous les envoyâmes tous dans la salle du milieu par le passage le plus court. Cordes, pioches, pelles et corbeilles suivirent, et le travail commença. À la faible lueur de nos lampes à pétrole, les os furent d'abord rassemblés et transportés à l'extérieur : une véritable pyramide de crânes s'éleva devant l'entrée. Puis nous fîmes creuser une partie du sol et trouvâmes cette fois, non pas des ossements d'animaux, mais des fragments de squelettes humains et deux crânes bien conservés.

Trois heures plus tard, la fouille terminée, Brien était assis devant le tas d'os et faisait le tri, soupesant les crânes de chacals, d'ânes, d'aurochs et de tigres. Il émit l'opinion qu'au moins un des tigres, peut-être en fait un léopard – avait dû trépasser en paix dans la grotte, car son crâne ne portait aucune trace de blessure.

Satisfaits de ce résultat, nous entreprîmes de redescendre. Encombrés par les lourdes corbeilles, les ouvriers glissaient dans les dangereux éboulis, en déclenchant des avalanches de pierres et de poussière. Nous n'aurions pas pu choisir un plus mauvais chemin. Quand enfin nous fûmes en bas, nous avions les genoux flageolants, les mains et les chevilles en sang.

Nous grimpâmes dans le camion. La chaleur d'une longue matinée s'était concentrée à l'intérieur. Nous roulâmes aussi vite que possible.

Vers deux heures, nous contournions la colline de la citadelle, quand nous vîmes, en plein milieu du gué, notre Ford roulant dans notre direction.

Au volant, dans son costume gris foncé des grands jours, notre architecte.

Il se pencha à la portière et nous fit signe.

« Vous ne savez pas qu'on nous attend à une heure en ville pour déjeuner ? » cria-t-il. « Et vous savez quelle heure il est? Mais au nom du ciel, qu'est-ce que vous fabriquez dehors un vendredi? »

Le gué

National-Zeitung, 11 décembre 1934

Une route caravanière longe notre jardin[5]. C'est une très vieille route, très fréquentée, et, du matin au soir, nous entendons les ânes braire, les grelots sonner au cou des chameaux, et les lourdes charrettes grincer en passant le long du mur. La route relie Téhéran à la riche plaine de Veramin, qui est le grenier à blé de la capitale, et de là au semi-désert des Portes Caspiennes. À Veramin se tiennent de grands marchés aux chameaux. Et en cette période d'automne, les troupeaux descendent des montagnes et gagnent les pâturages d'hiver dans la grande cuvette fertile. L'ancienne route passe en plein milieu. Elle est faite presque uniquement de pierres, et présente de profondes ornières creusées par les voitures et les animaux de bât. Depuis notre portail d'entrée, les caravanes se signalent de loin sous la forme d'un nuage de poussière jaune, qui se rapproche lentement.

Entre la propriété et la route coule un large ruisseau de faible profondeur. À l'endroit où il a le moins d'eau s'offre un gué, qui se trouve tout près du portail. Et nous pouvons entendre les cris farouches des gens qui poussent leurs animaux dans la rivière, et le bruyant clapotis de l'eau quand les bêtes y glissent depuis la berge. Les chameaux, attachés les uns aux autres par une corde lâche, s'approchent en une longue procession régulièrement espacée. Mais sitôt qu'ils aperçoivent l'eau, ils s'arrêtent net, et les chameliers

---

5 Il s'agit du jardin de la mission archéologique dirigée par le Professeur Erich Schmidt sur le site de Rhagès.

se mettent à hurler. Inquiets, les chameaux tendent le cou, reculent et se serrent peureusement les uns contre les autres. Toute la caravane se disloque. Le chamelier qui monte l'animal de tête tente de le ramener vers la rivière. Du haut de sa selle, il lui imprime de grands mouvements de poussée en lui enfonçant ses talons dans les flancs. Et tous ses compagnons appellent, crient, et empêchent les chameaux de reculer et de s'entortiller dans la longe.

Soudain, il réussit à faire avancer l'animal de tête, qui se décide à entrer dans la rivière, d'un pas léger et chaloupé. L'eau lui éclabousse les pattes. Alors toute la masse se défait comme d'elle-même, les chameaux se remettent en file et avancent, abaissant leur long cou pour poser leur mufle sur l'eau fraîche.

Avec les ânes, les choses sont beaucoup plus simples. Ils arrivent en troupeaux, blancs, gris et bruns, et se serrent les uns contre les autres autant que leur charge de sacs le leur permet. Souvent ils disparaissent presque entièrement sous leurs ballots démesurés de paille ou de foin. Ils avancent patiemment, au petit trot, les oreilles tombantes, et s'engagent dans le gué sans hésitation.

Non loin d'ici, à mi-pente, s'élève un sanctuaire gardé par quelques vieux mollahs. Il surplombe de très haut la route. C'est un lieu de pèlerinage où les Persanes viennent prier pour avoir des enfants. Elles passent souvent devant notre jardin: dix ou vingt femmes, ou même plus, enveloppées dans leur tchador, joyeuses, perchées sur de tout petits ânes, qui se trouvent eux-mêmes recouverts par le long tissu noir. Et souvent, vers le soir, des bergers arrivent de Veramin avec leurs troupeaux de moutons. Sur leurs flûtes rustiques ils jouent toujours la même mélopée, qui est comme la musique triste de ce pays. Les moutons, rassemblés par de grands chiens blancs et poussés en avant, affolés, plongent dans la rivière en une seule masse noire. Ils y restent d'abord, tout le troupeau frémissant au rythme des vaguelettes, puis ils se relèvent et sont à nouveau poussés en avant. Bêlements, notes de pipeaux.

La nuit, c'est différent. La maison où je dors se trouve tout au bout du grand verger, et près du mur. C'est un haut mur jaune, en terre battue. De l'autre côté, il y a le fleuve et la route. Et les caravanes passent constamment. Sitôt que la nuit et la fraîcheur sont tombées, elles quittent les khans de Téhéran et s'annoncent de toutes leurs sonnailles. Ce sont de grandes cloches qui ont un son mat, lourd, comme un bourdonnement. On dirait des instruments magiques, des trompettes enchantées, des gongs, accrochés aux flancs des animaux, accompagnant leur démarche traînante, balancée et rythmique.

On croirait voir couler le long de la rivière une rivière jumelle, faite de corps de chameaux, de bosses oscillantes et de sonnailles tintinnabulantes. Et c'est ainsi toute la nuit.

Une maison de campagne persane

Tapuscrit, 15 juillet 1935

La propriété du beau-père d'Ali est située non loin de Téhéran, au-delà des premiers contreforts montagneux du Nord-Est, dans la vallée du Djarder Rud. Comme le Djarder Rud reçoit les eaux d'une autre petite rivière en bordure de la propriété, celle-ci s'appelle Golandnak, ce qui signifie « La rencontre des deux rivières ». C'est un joli nom.

Le beau-père d'Ali appartient à l'une des grandes familles persanes qui ont fourni des généraux, des diplomates et des gouverneurs de province aux derniers Kadjars. (...)

En son temps le beau-père d'Ali avait lui-même été gouverneur. Cent ans plus tôt, le traité donnant la ville de Bakou à la Russie avait été signé par son propre père. Le vaillant vieillard avait une barbe qui lui tombait jusqu'aux genoux, et son chapeau haut-de-forme, aminci à l'extrémité, mesurait au moins cinquante centimètres. Conformément à sa volonté, ce patriarche reposait dans le jardin de Golandnak, sous un érable qui passe pour être un des plus grands arbres de Perse. Je n'en doute pas, j'ai pu constater sa taille par moi-même. – C'est donc là, dans une petite chapelle, que se trouve le sarcophage, recouvert d'une lourde plaque d'albâtre gravée d'une inscription arabe en lettres élégantes. Le petit-fils de cet homme, Nezam, le beau-frère d'Ali, nous dit[6] que l'hiver, en souvenir du défunt, un mollah lit quelques versets du Coran devant le sarcophage – pourquoi seulement en hiver? J'ai oublié de poser la question. Cet été, la chapelle des aïeux servait à entreposer une partie des bagages, des ballots de tapis et des coffres en bois, – et les petits frères ou demi-frères de Nezam, ses cousins et ses neveux, les petits-enfants et les arrière-petits-enfants de l'ancêtre s'ébattaient joyeusement autour de la plaque tombale. Dans l'ombre merveilleusement fraîche du gigantesque érable, des lits étaient dressés, des femmes voilées de blanc étaient assises près de la source. Nezam nous dit qu'une partie de la grande famille de son père campait là. « C'est un des endroits les plus frais du jardin », dit-il, « mais je vous en montrerai d'autres. Ma tante est installée en haut, près du verger – et on a aussi dressé quelques tentes en bas, près du ruisseau. » – Souvenir d'un antique mode de vie nomade et patriarcal, de Jacob et de ses douze fils sous leurs tentes à Hébron ! (...)

Le Persan ne dit pas: «Je possède une maison de campagne» mais: «J'ai un jardin», et il a gardé le goût d'aller camper ou dormir à la belle étoile. L'essentiel, c'est l'eau : et les jardins persans déploient une magnifique profusion de sources captées, de piscines, profondes ou non, de fontaines ornementales, de cascades et de ruisselets. Il n'est pas rare

---

6 Claude Clarac et Annemarie avaient été invités par le maître des lieux.

qu'on détourne un ruisseau pour qu'il traverse la maison; ou bien on bâtit celle-ci autour d'une cour intérieure ornée d'un bassin – mais il s'agit là d'une influence de l'architecture mauresque.

La maison de campagne de Nezam est aussi simple que possible: un étroit corridor transversal, orienté de façon à recevoir le courant d'air frais de la montagne, avec deux petites pièces de chaque côté, et sur les façades nord et sud une terrasse à colonnes. Pas de cuisine, pas de salle de séjour – des pièces vides, un sol inégal recouvert de tapis. On campe dans la maison: il y a des matelas, des kilims, des coussins, et aussi quelques chaises et des petites tables. Le grand samovar est posé par terre, les femmes sont assises en cercle – elles portent encore le costume traditionnel, des pantalons sous de longs et fins foulards serrés à la taille comme des jupes courtes. Les enfants mangent du lait caillé dans des écuelles vertes. Les verres à thé sont sans cesse remplis.

En notre honneur on a dressé une table dans le corridor central. Nous mangeons du poulet rôti à la broche, enveloppé de pain persan, – du kebab, c'est-à-dire du mouton grillé sur une assiette de riz, mélangé à du beurre, des œufs crus et des épices, – ensuite des fruits, des concombres, du raisin, des pêches. On nous sert du vin russe du Caucase et du vin persan de Chiraz. Nezam finit son riz, et en redemande. Petit à petit la chaleur devient intense, le soleil tape dur sur la terrasse et sur le toit plat en argile. Nous allons faire la sieste dans les deux pièces orientées au nord, plus fraîches. Ensuite nous allons nager, et à la fin de l'après-midi nous nous promenons dans la propriété. (...)

Nous revenons par le jardin du haut, celui du père de Nezam, le propriétaire de ce paradis. Nezam nous conduit à tous les endroits qui lui donnent son charme: une source particulière, qui a une eau glacée venue de la montagne, un

Annemarie Schwarzenbach, Perse, 1934

Un vieux derviche au bazar d'Ispahan, Perse, 1934

bosquet de pommiers et de cognassiers, une prairie, où une tante pourvue d'une ribambelle de neveux a dressé sa tente – et enfin l'érable géant, celui à l'ombre duquel s'élève la chapelle funéraire de l'aïeul. C'est, de fait, un lieu d'une extraordinaire beauté; les puissantes racines de l'arbre semblent émerger du sol comme des vagues; sous le couvert de son ample ramure, il fait humide et frais; une source jaillit quelque part dans la mousse, et ruisselle, transparente et claire, sur un lit étroit de gravier. Sous les branches très basses on aperçoit une prairie ensoleillée où paissent quelques vaches, et très loin, derrière la verdure du jardin, à nouveau la chaîne de montagnes dénudées et le ciel bleu pâle du soir.

Enfin, après maints détours et petits arrêts, nous arrivons à la maison du vieil homme. Elle est un peu surélevée sur des fondations de pierre, au-dessus d'un jardin en esplanade, avec abondance de parterres fleuris, une fontaine verte et des ruisselets. Et du haut de la terrasse couverte de la maison, comme depuis une galerie, les femmes nous regardent. Il y en a au moins quinze, jeunes et moins jeunes, et des fillettes – apparemment épouses secondaires, filles, belles-filles, petites-filles du maître – la princesse elle-même ne se montre pas. Elles portent toutes le costume paysan – sans le « tchador » noir des citadines – la tête couverte de foulards blancs ou colorés, d'une étoffe légère, et qui laissent le visage à découvert. Elles sont assises par deux ou par trois près de la balustrade, prennent le thé, se promènent avec leurs nourrissons dans les bras. En bas, sur l'esplanade, nous éprouvons sous leur regard un peu de gêne, et nous avons des attitudes de gens qui jouent un rôle – – – On nous présente au maître de maison, un homme plein de dignité et d'amabilité, qui ne parle que persan et fait traduire par son fils quelques phrases courtoises à notre adresse : il dit par exemple que notre visite est pour lui un honneur, que, comparé aux beautés de l'Europe, son jardin n'est qu'une modeste propriété, mais qu'avec toutes ses fleurs et tous ses fruits, il est entièrement à nous.

Sur un haut trépied au-dessus du ruisseau on avait posé une corbeille débordante de pommes, de cerises, de pêches et d'abricots. Des jeunes filles (servantes, filles, épouses ?) descendirent de la galerie pour apporter du thé, du yaourt, du pain persan et un plat rempli de mûres blanches. Le yaourt avait été apporté au maître de maison par des métayers depuis ses terres du Mazandéran. (...)

Dans le jardin la chaleur tombait peu à peu, un vent frais descendait des montagnes et agitait l'allée des saules. On entendait des chevaux hennir. Un jeune homme muni d'un fusil, sac au dos, franchit la porte du jardin, un demi-frère de Nezam qui avait passé la journée à chasser dans la montagne.

Il était temps pour nous de partir.

Nous remontâmes en voiture, sur la pente d'éboulis au-dessus du mur du jardin, – là où la terre irriguée et fertile et la montagne désertique se côtoient de façon si surprenante. Quand nous eûmes traversé le fleuve et atteint le col, la lune se leva. Sous nos yeux, dans sa douce lumière, se déployait, massif après massif, l'immensité, la diversité monotone et nue des montagnes de Perse.

Une cité chrétienne au cœur de la Perse

National-Zeitung, 14 novembre 1935

Le nom de Djolfa est porté par deux villes, toutes deux en Perse, toutes deux peuplées d'Arméniens. L'une, qui a seulement un peu plus de trois cents ans, est située non loin d'Ispahan, l'ancienne capitale de la Perse, dont elle est en fait un faubourg, un quartier extérieur. L'autre Djolfa se trouve très loin, dans l'angle le plus au nord de la Perse, à la frontière avec l'Union Soviétique : c'est la Djolfa originelle, qui remonte à l'Antiquité, autrefois importante cité arménienne, aujourd'hui l'un des endroits les plus pauvres de cette province perdue à l'écart du monde. (...)

La nouvelle Djolfa fut fondée par Chah Abbas, l'un des plus grands souverains de Perse, dont le nom est associé à ce qu'il y a de meilleur et de plus accompli dans l'art persan. Il établit la ville près de sa résidence d'Ispahan pour y attirer les artisans arméniens du Caucase et tirer profit de leur habileté. Après quoi, de Djolfa il fit venir toute une colonie de ces artisans qu'il installa à Ispahan même, de l'autre côté du fleuve et des grands ponts. C'étaient des chrétiens : les Arméniens, qui ressemblent étonnamment aux premiers habitants hittites d'Asie Mineure tels qu'on les voit représentés sur de nombreux bas-reliefs, se sont, comme les Géorgiens, convertis très tôt au christianisme, si bien que cette minorité religieuse a gardé son type racial intact au milieu des Persans, des Kurdes, des Chaldéens et des Turcs : ils ont des crânes très droits et courts, le front bas, un grand nez et des yeux souvent proéminents, un profil en tête d'oiseau. Les prénoms chrétiens comme Johannes sont monnaie courante – les noms de famille se terminent pour la plupart en « ian » – par exemple « Valessanian » ou « Moukhtarian ». (...)

En Perse les Arméniens constituent une minorité importante, comme les Chaldéens et les Assyro-Chaldéens près du lac Ourmia. Il y a des villages arméniens aux environs de Téhéran : on les reconnaît en général à ce qu'ils sont mieux tenus, plus propres, construits avec plus de soin que ceux des paysans musulmans. Les écoliers arméniens sont éveillés et ambitieux. Les Arméniens représentent un fort pourcentage des médecins, dentistes et avocats du pays. Ils ne sont pas aimés – pas plus que les Israélites persans – mais sans qu'on puisse pour autant parler d'un problème de minorités en Iran. (...) Au Proche-Orient on s'habitue à voir éparpillés dans les populations islamiques dominantes, comme les Turcs ou les Persans, d'innombrables races différentes, des petits groupes religieux, des vestiges de peuples autrefois importants.

On tend aujourd'hui à penser que l'environnement, le climat, la configuration du paysage ont une influence décisive sur la psychologie des habitants. De fait, ces minorités prouvent bien que « le Sang et le Sol », que tout l'arsenal des prédispositions héréditaires et territoriales, ne sont pas seuls à déterminer les traits propres à un groupe humain. Le lieu par excellence pour enquêter sur les Chaldéens, c'est Ourmia. Pour les Arméniens, c'est la nouvelle Djolfa. Ils y vivent depuis plus de trois siècles, renforcés par un apport constant, mais très faible, en provenance d'autres villes ou d'Arménie même. Ils n'ont pas changé depuis que Chah Abbas les a fait venir à Ispahan : ce sont pour la plupart des artisans, et des gens relativement aisés. Ispahan, la plus belle ville de Perse, peut s'enorgueillir d'admirables mosquées du XVIe et XVIIe siècle – l'époque glorieuse de la Perse –, de places, de ponts, de palais et de caravansérails d'une grande beauté. Mais Djolfa, de l'autre côté du fleuve, est plus propre et en même temps mieux ordonnancée, plus resserrée qu'Ispahan. Le matériau de construction est le même : la brique crue –, mais les maisons sont différentes, plus solides, plus européennes. Le village s'organise autour d'une place de marché ronde avec des étals de fruits; c'est là aussi que se trouve l'entrée du bazar. Dans les maisons, on voit au rez-de-chaussée des femmes et des jeunes filles travailler à leur métier à tisser. Les femmes portent le costume traditionnel : fichus de couleur, longues et lourdes jupes aux plis serrés, courtes vestes brodées; elles ne se voilent pas le visage – sous leur fichu elles portent, comme les Juives, de petites coiffes rondes et rigides ornées de pièces d'or ou de perles multicolores. Les hommes, maigres et plutôt grands, ont une allure assez prolétarienne et sont vêtus tout à fait comme

Une roue à eau sur l'Euphrate, à la frontière entre l'Irak et la Syrie, 1935

des ouvriers européens. Au cœur de Djolfa se dressent deux églises anciennes. Vues de l'extérieur, avec leurs hautes coupoles d'argile jaune et leurs clochers séparés, on dirait de grandes mosquées de village. L'une est appelée la « cathédrale »; elle se trouve dans une vaste cour où, dans une maison tout à fait persane, avec une galerie à colonnes et beaucoup de portes en lieu et place de fenêtres, vit l'évêque de Djolfa. Dans un petit musée sont conservés des registres paroissiaux en caractères arméniens, calligraphiés et ornés avec art, ainsi que des icônes et des recueils de cantiques. La cathédrale produit sur le visiteur l'impression la plus étrange : il est clair que quelque chose ici nous rappelle les églises catholiques, ou du moins les églises orthodoxes d'Istanbul. De sombres fresques couvrent toute la surface des murs, illustrant les thèmes traditionnels : le péché originel et le Jugement dernier – l'Annonciation et la Crucifixion. Au milieu de tout cela – ce qu'on ne voit pas dans les mosquées – beaucoup d'or, ce qui rend le sombre encore plus sombre et mêle à la lumière de mystérieux frémissements. Mais cette impression d'un christianisme familier est brouillée par toutes sortes d'éléments orientaux : comme dans une mosquée, le sol est entièrement recouvert de tapis qui étouffent le son, et le parapet qui sépare l'autel des fidèles est en carreaux de céramique persane – tout comme la partie basse des murs. Ces carreaux sont sûrement fabriqués spécialement pour cette église, et sans doute par des Arméniens – des anges y planent, des agneaux s'y ébattent parmi des fleurs stylisées – et ces fleurs, réalise-t-on soudain, sont les mêmes que celles, toujours semblables, qui ornent les tapis de Senna ou de Ferahan.

Le soir on entend sonner des cloches, tandis que sur l'autre rive, à Ispahan, les appels à la prière descendent des hauts minarets.

On médite sur le lieu où l'on se trouve. Ispahan : ce nom exprime toute une époque, toute une culture – il renvoie à tout ce qui constitue la Perse, un faisceau de relations, de traditions, de souvenirs. En comparaison Djolfa n'est qu'un hasard, un corps étranger dans un pays dont le développement, en particulier sur le plan culturel, est étonnamment homogène. Mais pour moi Djolfa a été une expérience forte. Elle représente l'expression persévérante, obstinée, bien que modeste, d'un peuple qui n'avait avec ce lieu pas d'autres liens que ceux de l'intellect conscient et porteur de culture, et dont la cohésion reposait sur une communauté de foi. L'autre Djolfa, dans le semi-désert de l'Araxe, est morte de la pauvreté générale du pays – la nouvelle Djolfa, elle, coupée de tout, île dans le monde musulman, a encore son atmosphère propre, celle d'un peuple très proche de nous sur bien des points.

Adorateurs du diable en Perse

National-Zeitung, 29 janvier 1936

Les Persans furent longtemps persuadés que les habitants du Mazandéran pratiquaient la magie noire et pactisaient avec le diable. Le diable en question ressemblait comme un frère à celui des chrétiens : il avait un corps velu, une queue et des sabots de cheval, et des petites cornes. Des monstres de ce genre, à demi humains, hommes pourvus d'un pelage et d'une tête de taureau ou de lion, apparaissent sur d'innombrables bas-reliefs et cachets du Proche-Orient. Dans la citadelle d'Alep on peut voir, sculptés dans le roc, deux mignons petits diables exécutant une danse sous le symbole solaire hittite. Les héros apparaissent souvent travestis en animaux; la religion égyptienne nous enseigne qu'à l'origine, les dieux ne faisaient qu'un avec l'animal qui plus tard deviendra leur attribut, représenté à leur côté. Le rapprochement se fait aussitôt avec des créatures étrangement similaires de la mythologie nordique: les «louveteaux» – héros allaités par des louves et vêtus de peaux de loup – étaient-ils au départ représentés comme de vrais loups?

Le christianisme a subi sur plusieurs points l'influence du système religieux dualiste des Zoroastriens. Les juifs ne connaissaient pas le diable sous sa grimaçante figure démoniaque, mais le livre des Zoroastriens, l'Avesta, connaît cette figure et lui donne un nom: daeva. Déjà Zoroastre se plaint que les gens du Mazandéran rendent un culte au diable. Plus tard on envoya des héros par-delà les cols de l'Elbrouz, dans la contrée de la mer Caspienne qu'ils surplombent, pour tuer le grand démon. Mais il est toujours vivant: la secte des Yezidis, que l'on appelle «les Adorateurs du diable», existe toujours. Ils conservent dans leurs croyances des éléments chrétiens et zoroastriens mêlés de façon très singulière. Leur symbole est le paon; on trouve aussi un paon empaillé suspendu dans les tentes des danseurs persans qui pratiquent les anciens exercices guerriers à des fins cultuelles. Les Yezidis connaissent l'histoire de la révolte de Satan contre Dieu. Mais ils croient que le rebelle est rentré en grâce et qu'il a retrouvé sa place auprès de Dieu. On aurait enjoint aux anges de traiter Satan avec respect – c'est pourquoi les Yezidis ont soin de l'honorer; son nom est tabou, et rien ne peut faire plus grand peur à un adorateur du diable que d'entendre prononcer près de lui le mot «diable». Ils sacrifient au Christ, «ange dans un corps d'homme», un agneau chaque année, – mais ils en sacrifient trente au Mauvais, car il est plus difficile de se le concilier. Ils vénèrent le feu, la terre et l'eau, comme les Parsis; ils connaissent la coutume de la circoncision, et le baptême. Lors des mariages, le marié et la mariée partagent un morceau de pain. Ils ont pour la couleur bleue une répugnance superstitieuse.

Parmi toutes les sectes du Proche-Orient, celle des Adorateurs du diable est certainement l'une des plus curieuses.

Elle est assez largement répandue, en particulier en Irak, dans les environs de Mossoul – mais aussi dans le Caucase, à Tbilissi, en Arménie. Le diable a quitté le Mazandéran – mais sans que disparaisse le pouvoir maléfique qui répand fièvres et maladies – pouvoir que l'on attribuait à ses habitants, les Serviteurs du Diable. Là-bas, dans les jungles humides, dans les marais et les rizières, la malaria sévit durement. Dans ce climat tropical, de longues saisons des pluies alternent avec de très fortes chaleurs. Les forêts sont de véritables forêts vierges, où les lianes montent et descendent des branches aux racines, étouffant lentement les arbres sous leur étreinte. L'épais sous-bois est peuplé de tigres, de panthères, de chats sauvages, d'ours, de sangliers. Ils font irruption la nuit dans les hauts pâturages, emportant moutons et enfants. (...)

Il n'est pas étonnant que ces lieux et leurs habitants aient inspiré aux Persans une terreur superstitieuse. Eux, descendus des hautes terres iraniennes, étaient habitués à un air cristallin et pur, à un ciel transparent, à une clarté merveilleuse, à une terre aride, au spectacle austère d'un semi-désert et de chaînes de montagnes se succédant à l'infini. Ici, dans les basses terres, ils furent accueillis par un air lourd et saturé d'odeurs – des odeurs émanant de la mer, de la jungle, montant des marais dans lesquels pourrissaient des forêts, s'échappant des huttes où brûlait de la tourbe, entourant les villages. Ces villages étaient-ils ensorcelés? (...) La terre était fertile: il y poussait du coton, du tabac, du riz dans les rizières inondées. (...) Tel était tout le pays: un pays béni, la plus riche province de Perse, débordante de riz, de fruits et de pâturages, de charbon et de mûriers, de coton, de poisson. Mais c'était le pays des Adorateurs du diable, et le Mauvais au pied de cheval y était puissant, et aussi parfois le grand Magicien, maître de la fièvre. Et les gens ne s'enrichissaient pas et ne connaissaient pas la vraie joie de vivre. La fièvre leur suçait la moelle des os.

Pendant ce temps, beaucoup plus haut, au-dessus des forêts, les bergers vivaient dans les alpages lumineux, au milieu de leur troupeau à la pâture. Les uns étaient nomades et plantaient ici ou là, suivant la saison, leurs tentes noires, d'autres construisaient des huttes, à l'abri d'une pente à laquelle se collait le toit. Pas de fenêtre, la fumée âcre s'échappait par la porte, et c'est par la porte aussi qu'entrait, dans la pièce noircie, une lumière chiche. (...)

Tout en bas, on voyait la mer. Le vent qui sifflait emportait les nuages et les oiseaux migrateurs vers l'est, vers les steppes où s'arrêtait le royaume du grand Magicien, où les tribus nomades des Pendinisch et des Turkmènes Teke organisaient des courses pour leurs chevaux rapides, et où, sur les antiques routes de commerce menant vers le lointain Extrême-Orient, scintillaient les coupoles dorées, les portes et les tours des riches villes-oasis, – Boukhara, Merv, Samarcande.

II

ÉTATS-UNIS (1936-1937)

Invitée par la photographe américaine Barbara Wright, Annemarie Schwarzenbach réalisa en sa compagnie deux grands reportages.

Le premier les conduit d'abord dans le Maine (octobre 1936), puis dans la région minière des Alleghanies et à Pittsburgh (janvier 1937). Trois ans après l'entrée en vigueur du New Deal, la journaliste découvre sur le terrain les effets positifs de la politique de Roosevelt et l'émergence du mouvement syndical dirigé par John L. Lewis.

Le deuxième reportage (novembre 1937) conduit les deux femmes dans les États du Sud : Tennessee, Virginie, Alabama, Géorgie, Caroline du Sud et Caroline du Nord. Annemarie découvre et dénonce la forme moderne d'esclavage que représente le système du sharecropping (métayage), et les multiples formes d'exploitation des ouvriers en général.

Pendant ce séjour, Annemarie Schwarzenbach consulte à Washington les archives de la *Farm Security Administration,* qui contiennent les quelque deux cent soixante-dix mille clichés réalisés notamment par Walker Evans, Dorothea Lange, Russell Lee, Ben Shahn, Arthur Rothstein. Ses propres photos portent la marque de ce « documentalisme social ».

Ces deux reportages américains ont fourni matière à une quarantaine d'articles.

La grand-route américaine

National-Zeitung, 20 octobre 1936

Dès mon arrivée, on me mit en garde contre un phénomène qui me parut très caractéristique de ce pays, la grand-route américaine: «Elle vous donne une image fausse de l'Amérique», me dit-on, – mais je me demandais jusqu'à quel point une impression naïvement reçue pouvait donner une «image fausse»? On m'avait dit la même chose de New York – sans doute pour éviter que je me représente la «Mainstreet» des petites villes du Middlewest à l'image de Wallstreet, et les «pueblos» des Indiens du Nouveau-Mexique comme un mirage de gratte-ciels.

Je sais ce qui se cache derrière ce genre d'avertissement: les Américains en ont assez que les étrangers les considèrent comme des ramasseurs de dollars et des propriétaires de Ford tous identiques, – et leur pays comme le site d'implantation d'une gigantesque grand-route, avec stations-service et kiosques «Quick Lunch», et juste destinée à relier New York et Hollywood le plus commodément possible! Car les Américains sont individualistes, ils détestent être étiquetés, ils ne souffrent pas qu'on se mêle de ce qu'ils considèrent comme leur vie privée, ni qu'on la juge.

À la façon des pionniers de jadis, chacun se considère comme un «self-made man», ou comme ayant une chance de le devenir – et chacun défend de pied ferme les droits que lui donne son statut de citoyen d'un État démocratique. Pendant la campagne électorale, dans un État du Middle West, une grand-route fut fermée et interdite à la circulation parce que le Président devait y passer. Il y avait là une vieille Ford, propriété d'un fermier que les policiers voulurent convaincre de se garer au moins sur le bas-côté. L'homme refusa, expliquant qu'il avait payé ses impôts pour cette route aussi bien que le Président, et qu'il avait donc autant que lui le droit de l'utiliser chaque fois que ça lui chantait. Il argumentait toujours, quand la voiture du Président arriva et fut forcée de faire un écart pour éviter le fermier.

C'est vrai : la grand-route est, à peu de chose près, propriété de tous, – et sans conteste la propriété des conducteurs de Ford. Contre les généralisations les Américains peuvent bien regimber – elles ne sont pas dépourvues de justesse. Non parce que l'Américain ne serait pas individualiste – mais parce que, en tant qu'individu, il manque d'imagination. Et ce manque d'imagination lui-même a une cause : il vient du manque de temps généralisé, du fait que les Américains n'ont qu'un souci en tête, celui de gagner de l'argent, – il vient de leur sens pratique et de leur sens des affaires. – Revenons aux propriétaires de Ford : ils constituent une importante fraction de la population américaine, et ce sont eux les véritables inventeurs des « highroads », des grand-routes. On a commencé par inventer l'automobile bon marché comme moyen de transport en temps de guerre et en temps de paix, pour les voyages d'affaires et les distractions familiales. Et ensuite, pour les ouvriers et les petits commerçants, pour les fiancés et les pères de famille qui avaient acheté leur Ford à crédit, on construisit les routes. Chez nous, dans notre Europe démodée, les excursionnistes essaient de sortir des sentiers battus, de découvrir des endroits où pique-niquer à l'écart, de dénicher leurs propres points de vue. L'Américain n'a pas de temps pour tout cela. En revanche, le samedi et le dimanche, son plaisir est de couvrir, avec femme, enfant et appareil radio, d'énormes distances – par plaisir. Lui et ses semblables peuplent le noir ruban d'asphalte divisé par des bandes blanches en deux, trois ou quatre voies, qui file tout droit à travers une banlieue étrangement uniforme – sur des centaines de kilomètres. À l'origine, ces routes étaient purement utilitaires, souvent elles suivaient le tracé instinctif et sûr d'anciens sentiers indiens, souvent elles étaient l'unique lien de colonies de pionniers isolées avec le reste du monde, c'est-à-dire avec l'Est, avec les villes anciennes, avec la côte, avec les marchés. L'implantation de nouvelles bourgades se faisait de préférence à proximité de la route – ce qui donne ces étranges « villages » qu'on rencontre aujourd'hui, et qui n'ont rien de commun avec l'idée que nous nous faisons d'un village, – bourgades qui s'étirent des deux côtés de la route et qui ont l'air d'avoir été construites à l'instant, à la va-vite et provisoirement, par de nouveaux arrivants. Aujourd'hui au contraire, on s'efforce de tenir les agglomérations éloignées des « highroads », ou bien, à l'inverse, quand on construit de nouvelles routes, d'éviter les bourgs, pour que leurs habitants ne vivent pas dans la crainte perpétuelle que leurs enfants se fassent écraser. La grand-route a développé une vie propre, qui ne correspond plus nécessairement aux seuls besoins des transports, donc à un but utilitaire – mais aux distractions du week-end, et à une forme de tourisme unique en son genre, spécifiquement américaine. Des « banlieues » s'étirant sur plusieurs centaines de kilomètres – telle fut ma première impression. Puis je finis par me rendre compte que cette sorte de « banlieue » n'a jamais de fin, qu'elle était née, non pas des villes qui se trouvaient derrière moi et devant moi, mais de la grand-route elle-même. La grand-route attire à elle, des deux côtés, une mince bande de terrain. Là se forme quelque chose qui rappelle tout à la fois les banlieues, les champs de foire, les kermesses, les bazars, et les rues commerçantes d'une ville d'eaux désuète. Il y a d'abord en première ligne les stations-service, peintes de couleurs attrayantes, somptueusement aménagées, desservies par des jeunes hommes ou des jeunes filles très polis, qui semblent sortir du magasin d'accessoires d'une troupe d'opérette. À propos des stations-service l'initié sait deux choses : elles sont, aux environs de la grand-route, les seuls lieux à posséder des installations sanitaires bien équipées. Et – le pompiste est bien renseigné, non seulement sur les routes, mais aussi sur les questions politiques, comme, par exemple, les perspectives pour la campagne électorale, l'état d'esprit des fermiers d'alentour et des ouvriers des villes environnantes, le résultat probable du match de baseball du dimanche suivant. Il y a ensuite, un peu moins importants que les stations-service, les divers points de ravitaillement. Pas moyen, en conscience, d'utiliser un terme moins banal pour ces baraques, bars et boutiques, presque romantiques à force de banalité, où l'on trouve toujours la même chose à manger, et presque toujours de la même mauvaise qualité: sandwichs, hamburgers, hot-dogs, parfois soupe aux haricots.

Les hot-dogs – «chiens chauds» – se composent de petites saucisses entre deux tranches de pain, et les hamburgers, de beefsteak haché entre deux tranches de pain. Par sandwichs on entend tout, jusqu'au rôti de porc avec petits pois, pommes de terre et salade de pommes fruit avec mayonnaise – entre deux tranches de pain. Avec ça on boit du café, dix fois par jour, un café très dilué, avec beaucoup de lait stérilisé, dans des gobelets en verre.

Les aménagements qui tiennent la seconde place le long de la grand-route américaine sont les «tourists-camps». Les hôtels sont de mauvaise qualité et chers; de plus, une fois en route, on n'a pas envie de passer la nuit dans des agglomérations. Les camps pour touristes sont romantiques et pratiques à la fois. Des panneaux indiquent «cabines à louer», – et sur une pelouse, souvent au milieu d'une forêt, on trouve une rangée de petites cabines de bain en bois, qui se révèlent être des chambres à coucher: avec un lit gigantesque, un lavabo, une Bible. Le prix est en général d'un dollar par personne. Dans une baraque plus grande, la dynamique propriétaire du camp fait du café jusque tard dans la nuit et tôt le matin suivant. C'est donc là que l'on dort, – près de chaque cabine stationne une Ford, tel un fidèle chien de garde.

Pour utiliser la grand-route américaine il faut une certaine technique et quelque entraînement: il faut apprendre à rester sur la bonne voie, matérialisée par des bandes blanches, à faire la différence entre une mauvaise échoppe de hot-dogs et une bonne, entre des cabines pouilleuses et des cabines propres peintes de frais. En revanche on n'a pas de mal à s'y retrouver quand on lit la Bible le soir, ou, plus fréquemment, le livre de prières, car on trouve sur la dernière page une liste, une sorte de mode d'emploi: « Prière en cas de maladie, ou en cas de mauvaises affaires ». Ce qui manque, c'est un mode d'emploi qui aiderait le voyageur néophyte à affronter le fatras de conseils, avertissements, invitations, du genre: « Arrête-toi à un kilomètre d'ici, prends une douche, et sens-toi chez toi » – ou bien: « Retourne six cents mètres en arrière, tourne à gauche, et tu te régaleras de poulet pour 45 *cents* », – ou enfin: « Es-tu prêt à rencontrer ton Sauveur dès aujourd'hui? » Où finirait le malheureux qui suivrait tous ces conseils?

Mais une fois familiarisé avec les spécificités de la grand-route, avec son caractère général, on commence à porter son attention sur autre chose. Il y a les échoppes sur le bord de la route: elles ont des petits chevaux de manège multicolores qui sont naïvement censés amuser les voyageurs, mais elles offrent aussi toutes sortes de produits de la ferme, qui varient suivant l'État que l'on traverse à fond de train. Maïs, fruits, tomates, miel, poteries – et « mapple sugar » dans le Vermont montagneux, sont proposés à la vente. On découvre que les fermiers qui vivent trop loin d'un marché où écouler leurs produits, installent une échoppe au bord de la grand-route pour augmenter leurs rentrées d'argent. Et lorsqu'on vous propose des fleurs devant des maisons d'allure hollandaise, on sait qu'on se trouve en Pennsylvanie. Plus haut dans le nord en revanche, il y a moins de boutiques, la route n'a plus que deux voies parallèles, et zigzague sur des collines et à travers des montagnes très boisées et désertes. Ainsi on commence à prêter attention aux différences, et l'esprit se fait peu à peu réceptif à ces premières voix, qui mettaient en garde contre les grand-routes : elles ne donnent certes pas une image fausse, mais cette image n'a plus tant d'importance – ou en tout cas elle devrait à l'avenir en avoir moins. Car la conscience américaine évolue, elle reconnaît que la chasse au dollar, la Ford, et l'expansion d'une technique qui s'est émancipée de l'homme au lieu de le servir, ont engendré un esclavage. Et de même que la nouvelle, que la jeune Amérique se détourne de New York, la métropole, et découvre « l'Amérique » dans la variété des villes grandes et petites, – de même elle se détourne de la vie individuelle standardisée de la grand-route, et s'enfonce dans l'arrière-pays riche d'une diversité humaine et de multiples formes de vie, qui sont les sources d'un avenir meilleur.

La question de la démocratie vue depuis la nouvelle Amérique

Conférence pour la compagnie radiophonique de Zurich,
29 avril 1937

Jusqu'il y a quelques années, jusqu'à 1932 qui marqua le plus fort de la crise, la mentalité américaine était dominée par ce qu'on a appelé avec pertinence « le rêve américain ». C'était un idéal, un rêve, et en même temps la croyance optimiste, souvent teintée d'orgueil, que là, sur ce continent neuf, cet idéal était déjà atteint et largement réalisé. Le pharisianisme du monde puritain protestant anglo-saxon et l'indépendance durement conquise de l'immigrant, pionnier et self-made man, sont à l'origine de cette autosatisfaction américaine, et l'ont constamment renforcée. Les Américains croyaient – je n'exagère pas – que leur État était le meilleur, leurs institutions les plus parfaites, et que dans les domaines de la morale, du progrès matériel et du bien-être, ils étaient supérieurs à tous les autres peuples. Ils croyaient que leur pays était non seulement le mieux administré, mais aussi le plus riche de la Terre. La seule inquiétude profonde tenait à la question ethnique : car le vieux fond anglo-écossais, protestant en général, après avoir accueilli sans difficulté, et même avec amitié, les nouveaux arrivants allemands, scandinaves et hollandais, avait dû, depuis les années 1880-1890, subir l'arrivée d'un flot d'autres immigrants, Irlandais, Polonais, Russes, juifs, Italiens et Balkaniques. Or ceux-là, on s'en aperçut assez vite, ne se laissaient pas si facilement fondre dans le « melting-pot des peuples » ; ils étaient vigoureusement soutenus par l'Église catholique; l'afflux de ces gens, conjugué au nombre croissant de Noirs, menaçait de transformer de fond en comble le paysage ethnique nord-américain. Les Puritains, banquiers et commerçants de Nouvelle-Angleterre, les vieilles familles de Boston, les propriétaires des plantations du Sud, qui ne s'étaient jamais vraiment remis de la guerre civile, se posaient avec crainte la question : « Qu'adviendra-t-il de l'Amérique? » – c'est-à-dire, dans leur esprit, de la vieille Amérique anglo-saxonne protestante copiée sur la mère-patrie anglaise. Aujourd'hui encore, cette part de la population constitue de fait un îlot, une minorité conservatrice, intolérante, concentrée sur une autodéfense opiniâtre.

Car les choses changent en Amérique, et très vite. Depuis 1932 tant de choses ont changé, un bouleversement et un renouveau si profonds se sont produits, non seulement dans tous les domaines de la vie économique et sociale, mais aussi et surtout dans la conscience morale, que pour comprendre ce qui se passe actuellement là-bas, nous devons réviser intégralement la façon dont nous nous représentons le pays des gratte-ciels, la terre merveilleuse des possibilités infinies.

Quand le président Roosevelt fut réélu le 3 novembre 1936 à une écrasante majorité, la presse américaine, comme celle du monde entier, commenta et interpréta cette victoire électorale de façon très diverse, et même confuse – ce qui reflétait la complexité extrême des positions prises par les partis et par les courants politiques aux États-Unis. Le parti conservateur d'Amérique, le Parti Républicain, décrivait volontiers Roosevelt comme un communiste, ou bien comme l'une de ces figures tragiques qui cherchent une « voie médiane », qui jouent avec le feu et finiront eux-mêmes un jour par être pris dans l'incendie, – dans les milieux de gauche on craignait, à l'opposé, que le Président, élu avec une majorité si nette et n'ayant plus à compter avec une forte opposition réactionnaire, n'ait plus besoin du soutien des masses, et qu'en conséquence il relâche son zèle à leur égard, se déclare prêt au compromis, et prenne une orientation plus conservatrice. Enfin des gens de tous milieux et de toutes confessions lancèrent des cris d'alarme et s'unirent dans le soupçon absurde que Roosevelt allait forcément devenir un dictateur. Les événements des derniers mois, l'attitude du Président pendant la grande grève de l'industrie automobile, et surtout le discours prononcé par Roosevelt à Buenos Aires, ont quelque peu éclairci la situation. Le monde a prêté trop peu d'attention à ce discours, qui était pourtant, en un moment important, une grande profession de foi démocratique faite par un pays puissant, et qui montrait clairement dans quel camp se placeraient les États-Unis en cas de conflit européen. La loi de neutralité rédigée en mars a confirmé et précisé cette déclaration.

Mais comment a pu s'instaurer, lors de la campagne électorale et dans les commentaires juste après les élections, cette confusion, qui stigmatisait Roosevelt comme dictateur en puissance, et en même temps faisait du Parti Républicain, un parti conservateur, réactionnaire, soutenu pendant la campagne par quelques poids lourds de la finance, le porte-drapeau authentique de la liberté américaine? La « liberté » est-elle là-bas, comme dans beaucoup d'États européens, cette idée un peu exaltée, très galvaudée, et souvent dépouillée du meilleur de son sens et de son contenu?

Voit-on là-bas ce qu'on voit en Europe: la réflexion sur la forme à donner à l'État démocratique, l'effort de révision réaliste et nécessaire, dévalorisés, voire rendus quasiment impossibles, par les positions radicales prises par des groupes extrêmement actifs et virulents – positions que ne peut accepter l'esprit démocratique, bourgeois, fort de sa dignité et sûr de sa valeur? – Le risque étant que l'État démocratique, cette difficile conquête, si fièrement acquise au siècle dernier, se réduise à n'être plus que l'État du « laisser-faire », l'arène de chaotiques luttes d'intérêts; en suite de quoi on en vient facilement, jetant le bébé avec l'eau du bain, à rejeter et à ridiculiser l'État démocratique et libéral et le mode de vie correspondant, comme étant des formes désuètes et inadaptées aux conditions de la modernité.

Disons-le tout de suite: aux États-Unis cette dégradation et ce discrédit n'ont pas encore trouvé place; là-bas il va encore de soi que la liberté et la dignité d'un peuple, le progrès économique et la plus grande mesure possible de justice sociale ne peuvent se réaliser qu'en démocratie, et que lutter pour la permanence de cet idéal, pour son adaptation aux conditions transformées d'une époque hautement industrialisée et confrontée à des problèmes économiques et sociaux nouveaux, est le premier devoir et le plus urgent. Là-bas la résignation n'a guère cours – ce qui émerge plutôt, au vu de la tâche colossale dont il faut venir à bout, est une sorte de pessimisme courageux, extrêmement résolu, qui en particulier insuffle à la jeunesse une vigilance de tous les instants, un intérêt soutenu, une soif d'apprendre et une disponibilité à l'action, qui chez nous, malheureusement, ne se trouvent que dans les camps politiques extrêmes. Tout cela est nouveau et résulte de 1932, de l'expérience de la crise, des quatre années de la présidence de Roosevelt, qui fut marquée par des expérimentations audacieuses et rapides – et même souvent précipitées –, par de fortes interventions de l'État, par des innovations extraordinaires, et par une politisation générale de la vie américaine. Je dis: des nouveautés inouïes, car une partie de la population américaine, le fond puritain et anglo-saxon, se cramponne aux traditions et veut considérer certaines institutions, telles que la Cour suprême de Justice, comme inébranlables, et la Constitution comme un dogme éternel. C'est de cette couche sociale que proviennent les résistances contre Roosevelt, contre son premier programme économique, la NRA, maintes fois combattu, contre le «New Deal», contre cet élan vigoureux dont l'impulsion ne peut sans doute plus être brisée, et qui depuis 1932 modifie très fortement le visage et la mentalité ancienne des États-Unis.

Là-bas, en des temps maintenant historiques, et pourtant plus familiers à nos esprits que le temps présent, l'idée de liberté avait reçu une empreinte particulière. Jadis, si on émigrait en Amérique, ce n'était pas seulement pour fuir la misère, ou parce qu'on était un fils indigne, un bon à rien, un aventurier ou un chercheur d'or. Au XIXe siècle, des flots d'immigrants allemands et irlandais vinrent y chercher la liberté, après avoir en vain lutté pour elle dans leur pays et connu les révolutions réprimées, les persécutions et les désillusions. Et avant eux, les tout premiers colons, les Puritains et les Quakers, se réclamaient du droit à la liberté, droit qui se traduisit durablement dans l'auto-administration et le droit d'intervention, la liberté d'expression, et un goût marqué pour la liberté individuelle. On avait bâti soi-même sa chaumière et son fort, on l'avait entouré de palissades, défendu contre les Indiens et les concurrents européens, on avait défriché, pris possession, rejeté le joug du roi anglais et fondé à partir de l'ancienne colonie un État d'hommes libres. Nulle part la revendication démocratique n'était plus légitime, la liberté mieux à sa place que dans les jeunes États-Unis. Congrès, Cour Suprême, Président étaient des instances dont le poids respectif avait été soigneusement calculé, et qui garantirent longtemps un «équilibre des pouvoirs ». Et tandis que l'Europe ressentait les premières douleurs de la période industrielle, qu'une quatrième classe, le prolétariat, découvrait sa solidarité, la jeune et rude Amérique, avec ses richesses illimitées, était encore bien loin des difficultés sociales de ce genre, réservées à l'âge adulte d'une nation. Dans le Sud seulement, où des aristocrates anglais avaient acheté des plantations qu'ils avaient fait cultiver d'abord par des prisonniers, et plus tard par des esclaves noirs, se constitua dès le début dans la société une hiérarchie incluant tous les préalables à l'oppression sociale, qui est devenue aujourd'hui un des problèmes les plus épineux des États-Unis. La « ceinture du coton », avec ses millions d'hommes de couleur et de « pauvres Blancs » socialement déchus, ses cueilleurs de coton mal nourris, sans éducation, en proie à la malaria et à la pellagre, vivant dans l'endettement permanent et pratiquement dans l'esclavage – le « Old South » est le souci majeur du gouvernement américain. Mais s'il s'y trouvait dès l'origine des riches et des pauvres, des gens très capables et d'autres beaucoup moins, des gens qui réussissaient et des exploités – on n'y avait ni conscience de classe, ni solidarité, on n'y avait aucun scrupule à exercer impitoyablement le droit du plus fort. C'était la « liberté américaine », – liberté permise et justifiée aussi longtemps que l'Amérique était un pays neuf et sans maître attendant la colonisation et la prise de possession. Le sol paraissait inépuisable, personne ne se donnait la peine de le ménager. Les forêts du Nord étaient sans limites, personne ne se souciait de reboiser. Les immenses plaines du Middle-West semblaient offrir des pâturages et des champs à cultiver pour des générations; les richesses du sous-sol, les réserves de pétrole, les gisements de fer et de charbon et l'or, là où on commença à les exploiter, transformèrent des aventuriers en millionnaires. La place se faisait-elle trop rare dans les villes, la concurrence trop forte, alors les jeunes et les actifs émigraient vers l'Ouest, vers la frontière. L'histoire de l'émigration américaine connaît une quantité de ces « frontières de l'Ouest », toujours repoussées plus loin, jusqu'à ce qu'enfin soit atteinte la dernière, la paradisiaque Californie. Ceux qui quittaient les villes étaient remplacés par les émigrants, qui se chargeaient d'abord du travail le plus humble et le plus mal payé, pour monter ensuite degré par degré l'échelle sociale de la richesse. Il n'y avait qu'une seule morale : la sélection des plus capables, la justification par le succès. Et quand bien même le succès s'alliait au manque de scrupule – l'esprit puritain veillait à ce que cette sélection passât pour agréable à Dieu. Devenir riche était donc quelque chose comme un mérite moral – conception qui ne manque pas d'une cruelle ironie si l'on se rappelle comment se sont souvent constituées les gigantesques fortunes américaines. Mais en dépit de tout, – la loi du plus fort, la simple « loi du poing » telle qu'elle a régné au temps des pionniers d'un continent à conquérir, avait sa justification et sa raison d'être. Car la vie de pionnier était dure, la marche vers l'Ouest, le rêve américain, n'aboutissaient souvent dans la réalité qu'à un mauvais lopin de terre, qu'après des années de privations il fallait abandonner à ceux qui se pressaient derrière. La sélection par le succès a fait des Américains le peuple jeune, riche de réserves de force, d'initiative et de fraîcheur, qui peut aujourd'hui engager le combat pour l'organisation du futur avec plus de naïveté et d'optimisme, et le mener à son terme sans doute mieux que la plupart des peuples européens.

Mais l'histoire des pionniers est terminée, l'ultime frontière de l'Ouest est atteinte, – le mouvement des classes sociales s'est arrêté, désormais l'ouvrier reste ouvrier ou bien rejoint l'armée des huit millions de chômeurs, – le fermier à bail, endetté, qui a vu sa terre ravagée par les tempêtes de poussière, l'érosion et les inondations, perd tout espoir de devenir propriétaire de sa ferme, le petit-bourgeois reste petit-bourgeois, un petit nombre de possédants forme une nouvelle aristocratie. Quand la lutte pour l'existence se fait dans un cadre de concurrence, on ne se contente pas de conquérir de nouvelles terres, on le fait autrement, – quand il n'y a pas de place pour deux, le plus fort gagne et ruine nécessairement le plus faible. Et cet exemple est à prendre au pied de la lettre dans le domaine agricole: la terre fertile est depuis longtemps occupée, une partie de la population des fermiers s'est trouvée dès le début, par ignorance ou par pauvreté, sur des terres impropres à la culture et trop arides pour les nourrir. Depuis lors la guerre mondiale a entraîné une spéculation sur le blé; d'immenses prairies ont été converties en terres à blé, qu'on a laissé retomber en friche quand les prix des céréales ont de nouveau chuté – la mince couche superficielle de terre, sans protection, a été emportée par le vent, – et pendant les années de crise, se déclenchèrent pour la première fois les tempêtes de poussière dévastatrices qui menacent aujourd'hui de transformer une grande partie du Middle-West en désert, à moins qu'elles ne l'aient déjà fait. Au nord, jusqu'à la frontière canadienne, des sociétés d'exploitation du bois se sont emparées des forêts et les ont abattues sans scrupules, – et le sol resté nu est aujourd'hui littéralement dévoré par une érosion galopante. Et de plus en plus de petits fermiers et métayers ruinés rejoignent l'armée des «travailleurs migrants» de la grand-route américaine, qui apparaissent en Floride pour la cueillette des framboises, au Texas pour la récolte du coton, et auxquels, en 1936, la riche Californie a fermé ses frontières. D'immenses catastrophes, des images dramatiques d'inondations et de sécheresse, – révolte de la terre exploitée sans vergogne, vengeance des richesses naturelles pillées –, accompagnaient la crise économique, qui prenait dans les villes un tour aussi dévastateur. Ce qu'on a appelé la mort des banques a ruiné les actionnaires, petits épargnants et grandes entreprises. La surproduction, malgré tous les efforts déployés pour créer des besoins artificiels au moyen d'une propagande habile, porta jusqu'à 12 millions le nombre des chômeurs ! – En 1933, les mendiants firent leur apparition dans les rues de New York. Dans les « files d'attente pour le pain », les « cols blancs », intellectuels, ingénieurs, professeurs, faisaient la queue avec les chômeurs du prolétariat. La riche Amérique prit peur. La confiance en soi de l'Amérique, sa conviction d'être le pays le plus riche de la terre, subit un rude choc. Peu de temps auparavant, le Président Hoover avait annoncé qu'il n'y aurait bientôt plus un seul chômeur en Amérique, qu'il n'y aurait plus besoin d'un seul asile pour les pauvres. Et c'est le contraire qui se produisait. Et la crise n'était pas seulement un effondrement économique, c'était un effondrement moral.

America comes to age – L'Amérique devient adulte, tel est le titre d'un livre qui évoque les heures les plus noires de la dépression et le renouveau qui s'en est suivi.

C'en était fini du beau sentiment de sécurité, de la griserie de la « Prosperity », de la fièvre de la production croissante, fini du rêve américain de la liberté, qui, notons-le bien, avait toujours impliqué la liberté économique, la libre concurrence sans restriction. Et dans les premiers jours de la NRA, il devint clair que depuis longtemps déjà l'économie américaine ne fonctionnait plus « librement », qu'elle était dominée et contrôlée par un nombre réduit de consortiums avec leurs banques, leurs millionnaires et leurs actionnaires. La Révolution était aux portes, on sentait venir ses abominations, et Roosevelt fut élu comme le sauveur de la dernière chance. Sans exagération, c'est ainsi que çela s'est passé – bien que l'Amérique ait la mémoire courte et que la « Prosperity » renaissante apaise les esprits, – et même si aujourd'hui certains, qui refusent ou discutent les réformes parfois trop rapides, parfois trop radicales, et les soi-disant « tendances de gauche », c'est-à-dire les tentatives sociales de Roosevelt, sont tentés d'affirmer que les choses n'étaient pas si terribles, et que la crise aurait pris fin d'elle-même.

Ce sont les mêmes qui, le 3 novembre de l'année passée, donnaient leurs voix au rival de Roosevelt, le gouverneur du Kansas. Les mêmes aux yeux de qui les interventions dans l'économie effectuées par la première NRA, et la recherche d'une issue à la révolte du prolétariat des grandes industries, étaient un frein à l'initiative privée, imposé par un État outrepassant ses droits, et incompatible avec les principes de l'État libéral. Les mêmes qui, comme certains chez nous, voient dans tout contrôle économique le début de la dictature politique. – C'est ainsi que Roosevelt, personnalité tout à fait bourgeoise et libérale par ses origines et ses tendances intellectuelles, tolérant et franc de caractère, démocrate et pacifiste sincère, s'est vu présenté pendant la campagne électorale comme un futur dictateur, comme une menace pour les meilleures traditions américaines, et cela par l'opposition réactionnaire, par la presse Hearst, par le Parti Républicain. Mais la liberté à laquelle ces opposants pensaient ne revient pas. Les mêmes conditions produisant les mêmes effets, immanquablement la même crise se reproduira, si l'on continue à produire comme l'implique nécessairement le système de l'entreprise privée : le plus possible, au moindre coût possible. Combien il est difficile de contrecarrer la loi naturelle d'un système fondé sur la recherche du profit sans bornes, de la brider, on le sait aujourd'hui en Amérique, où – à peine entamée l'ère d'une nouvelle prospérité, on craint déjà une nouvelle surchauffe. Un seul exemple : l'industrie de l'acier travaille déjà à plus de 80 % de ses capacités, et l'on entend des gens prédire haut et fort que, dès avant les élections de 1940, une nouvelle crise de surproduction va se produire, et que cette fois, c'est inévitable, ce sera la révolution – dont on peut pressentir la démesure et l'horreur, quand on suit les grèves gigantesques et qu'on pense à la taille des États-Unis et à ses quelque 40 millions de travailleurs.

Mais la crise a certainement été l'éducatrice de la nation américaine. Quand le pire s'est produit, on a accusé l'État, et exigé son intervention. On a aussi compris par la suite que le chômage n'était pas un phénomène de crise, mais un problème durable. Il y a toujours huit millions de chômeurs, et même dans les années normales, il semble qu'il restera toujours trois ou quatre millions de sans-travail. Ces gens – citoyens américains eux aussi – doivent-ils être traités comme des parias ? Sous la direction de Lewis, leader syndicaliste expérimenté, les masses laborieuses expriment leurs revendications. Au cours de ces derniers mois, et même s'ils l'ont fait sous la pression de la grève sur le tas, – les chefs d'entreprise ont dû plusieurs fois consentir à s'asseoir à la table des négociations avec ce mineur gallois, à le reconnaître comme partenaire, et à reconnaître son syndicat comme représentant légitime des travailleurs.

Ce sont là des « innovations extraordinaires » – comme la réforme de la Cour Suprême, comme la reconnaissance, mi-avril, du Wagner Labor Act. Ce projet de loi avait été saboté la fois précédente par neuf vieillards, toujours les mêmes. Mais les Américains sont des gens réalistes – et, malgré leur pragmatisme lucide, des gens optimistes. Et ils se demandent: vaudrait-il mieux que ce même Lewis combatte dans l'*opposition*, donc comme révolutionnaire, pour les droits d'un tiers de la nation, pour les 40 millions d'ouvriers ? Serait-ce démocratique de refuser à ces 40 millions, et aux fermiers et métayers endettés, aux 10 millions de Noirs, le droit à l'existence, le droit d'être associés à la richesse et à l'avenir de l'Amérique ?

On a intitulé le second programme de Roosevelt – il s'agit en fait d'un *mouvement* – le New Deal – la nouvelle donne. Et, alors qu'il y a quelques semaines à peine, dans l'État de New York, une loi sur la limitation du travail des enfants se voyait rejetée, le meilleur de la jeunesse américaine lutte dans le New Deal pour sauver l'esprit de la démocratie et pour réaliser la « démocratie intellectuelle », le progrès social, le nouveau « rêve américain ». C'est un rêve très concret, très actuel, dont l'accomplissement représenterait pour nous un exemple et un espoir, et qui donnerait au monde la preuve que pour un peuple mûr et indépendant, et même dans les circonstances actuelles, la démocratie n'est pas une utopie, qu'elle est la forme d'État la meilleure et la plus respectable.

Le prêtre radiophonique

Tapuscrit, novembre 1936

Il n'apprécierait pas de voir son portrait voisiner avec celui du prophète à la peau sombre qui se décerne lui-même le titre de *Father Divine* – « Père divin » – , et que ses sectateurs considèrent comme une incarnation du Rédempteur, voire comme Dieu lui-même. « *Father Divine* » est un Noir, un petit homme simple qui ne parle pas à la radio, qui se contente d'un haut-parleur et qui est l'ami des pauvres et des plus démunis. Les « fidèles » de sa communauté sont des chômeurs, des Noirs, des femmes; dans ses réunions sont prévues non seulement des prières, des confessions et des sermons, mais aussi des repas distribués aux nécessiteux – et presque tous ceux qui y viennent sont des nécessiteux. *Father Divine* a souvent affaire aux tribunaux américains, mais aucun juge n'a encore pu découvrir d'où vient l'argent qui fait vivre la secte religieuse du petit Noir; lui-même en général n'a pas un cent en poche, et prétend ne pas se soucier de choses aussi terre à terre que l'acquisition des dollars nécessaires. Sa popularité croissante ne souffre en rien de ses multiples comparutions au banc des accusés. À un juge qui lui demandait s'il était vraiment « Dieu », il a refusé de répondre.

Father Coughlin prône la justice sociale, 1936

Mineurs, États-Unis, janvier 1937

Father Divine n'est pas un cas isolé – car l'Amérique est classiquement le pays des sectes religieuses sous leurs formes les plus diverses et les plus bizarres. Et au royaume des miracles de la technique, personne ne s'étonne qu'il réussisse au moyen d'un porte-voix à exciter un auditoire jusqu'à l'extase.

Le prêtre radiophonique est bien sûr plus ambitieux, mais au fond il travaille de la même façon. Prêtre pauvre d'une communauté catholique pauvre, il a eu l'idée de louer un émetteur-radio à New York pour lancer un appel enflammé à ses auditeurs, gagner leur cœur – et du même coup l'argent pour construire une église dans sa paroisse. Le succès a été rapide. Et depuis, Father Coughlin a développé sa méthode. C'est maintenant un grand orateur de radio, qui atteint par les ondes des millions de croyants – mais il ne parle plus de religion, il s'est lancé dans la haute politique. Pendant la campagne électorale de cette année, il avait son propre candidat, Lemke, que la popularité de son prêtre-propagandiste a complètement éclipsé. Et, avec les candidats des deux grands partis, Roosevelt et Landon, Father Coughlin est sans doute aujourd'hui l'homme le plus populaire et le plus écouté d'Amérique. Et pourtant il n'a rien de nouveau à annoncer – comme tout homme politique américain, il parle de programmes économiques, et bien sûr il a le sien, qui inclut des réformes sociales comme l'assurance vieillesse. Le Père Coughlin s'attaque à la « classe possédante », ce qui lui vaut d'être étiqueté « radical » par la presse conservatrice et de droite. Mais il s'en prend en même temps et de façon encore plus violente au président Roosevelt, qui tente avec peine d'instaurer, pour la première fois dans l'histoire des États-Unis, une assurance sociale obligatoire. Cela paraît illogique, et ça l'est en effet – mais Father Coughlin se soucie peu de logique, il préfère jouer sur les sentiments, les siens et ceux de ses auditeurs. Et quand il parle de politique financière, il le fait d'une manière si compliquée qu'il faut être un expert pour le contredire. Être contredit ne le gêne pas beaucoup, au contraire il s'enorgueillit de ne pas être un expert et de parler quand même de choses qu'il ne comprend pas. Car, comme il l'a déclaré un jour, c'est la voix de Dieu qui parle par lui. C'est sûrement là que réside le secret du succès de Father Coughlin – il utilise toutes les ficelles éprouvées de la démagogie politique, il attaque tout et tout le monde : les riches, les possédants, les conservateurs, les libéraux et les communistes, évite prudemment d'étayer ce programme entièrement négatif par des arguments logiques, mais il sait repérer le moment propice pour plonger son auditoire dans l'extase religieuse. On sait que les foules s'y prêtent encore plus facilement en Amérique qu'en Europe – et le prêtre radiophonique, le roi de la propagande aérienne, est un maître en psychologie et suggestion de masse.

La question s'est quand même posée pendant la campagne électorale de savoir ce que Father Coughlin espérait obtenir grâce à son intense activité, à ses allocutions radiophoniques, ses 500 secrétaires et ses 40 millions d'auditeurs, car tout se jouait entre Roosevelt et Landon, entre le Parti Démocrate et le Parti Républicain; et Lemke, le candidat de Coughlin, ne pouvait pas sérieusement faire figure de candidat d'un « Troisième parti ». Mais Father Coughlin est ambitieux. Et il sait que la popularité et la célébrité qu'il a acquises en tant que « prêtre radiophonique », et qui sont extrêmement contestées, constituent d'ores et déjà une force politique – même si cette force ne repose pas sur des bases solides.

Roosevelt est-il un dictateur?

Luzerner Tagblatt, 3 décembre 1936

La réélection de Franklin D. Roosevelt à la présidence des États-Unis a été saluée par les gouvernements étrangers et par la presse internationale avec une satisfaction et un enthousiasme bien supérieurs à ce que requiert la courtoisie diplomatique habituelle. Curieusement, chaque gouvernement a vu dans cette éclatante victoire du président démocrate le triomphe de ses propres principes. L'Union Soviétique a estimé qu'une victoire du plus progressiste des deux partis capitalistes d'Amérique valait mieux qu'une présidence républicaine réactionnaire à cent pour cent. Pour sa part, la presse italienne a déclaré que, par l'élection du 3 novembre, le peuple américain avait approuvé une forme de gouvernement qui, en Europe, serait qualifiée de dictature, et qui vise à concentrer le pouvoir politique et économique entre les mains d'un seul homme. De même, les journaux officiels du Troisième Reich voient, dans la majorité écrasante accordée à Roosevelt, le triomphe du principe du « Führer » sur le libéralisme mou de la vieille démocratie américaine. À l'opposé, l'Angleterre – et la France plus encore – considère l'élection de Roosevelt comme un acte de foi dans la démocratie, et comme la preuve qu'aujourd'hui encore un grand peuple peut résister aux puissances de l'industrie et de la haute finance et conserver entière sa liberté économique et financière.

Ces commentaires contradictoires, qui émanent d'organes gouvernementaux officiels et de journaux politiquement orientés, ne mériteraient pas qu'on s'y arrête si la même confusion d'idées ne se retrouvait pas en Amérique même. Le Parti Républicain – le grand parti conservateur et capitaliste d'Amérique – a tenté de jouer le « péril rouge » contre Roosevelt, en lui imputant des tendances communistes, et en essayant de démontrer que son programme de reconstruction économique, le « New Deal », annonçait purement et simplement la dictature économique de l'État et l'anéantissement de l'initiative privée. La grande masse du peuple s'est néanmoins déclarée pour Roosevelt, et les Républicains ont subi une défaite telle que l'opposition représentée par ce parti n'aura plus le moindre poids au sein du nouveau Congrès.

En attendant, la question de la dictature a été soulevée dans le camp même de Roosevelt; doutes et inquiétudes se font jour au sein de son électorat, qui, loin de constituer un tout uniforme, regroupe des progressistes de tendances très diverses, depuis l'aile droite, bourgeoise et libérale du Parti Démocrate, jusqu'à l'extrême gauche, depuis les professeurs d'économie politique, dont Roosevelt a fait depuis quatre ans, avec des banquiers et des dirigeants de l'industrie, ses conseillers économiques, jusqu'aux puissants dirigeants ouvriers aux positions extrêmes, qui exigent un contrôle accru de l'industrie privée, et souhaitent l'organisation de syndicats et la fondation d'un parti uni des paysans et des ouvriers (Farmer-Labour Party).

Le parti socialiste et le parti communiste d'Amérique ont subi des pertes aux dernières élections, ce qui s'explique par le fait que bon nombre de leurs membres, plutôt que de privilégier l'intérêt du parti, ont préféré apporter leur suffrage à Roosevelt. C'est au Front Unitaire ainsi constitué que les Démocrates doivent l'ampleur surprenante de leur victoire; le danger d'une réaction semble définitivement écarté, et Roosevelt, avec une majorité de onze millions d'électeurs, se trouve dans une position plus favorable qu'en 1932. L'application du « New Deal », programme de progrès économique et social qui représente, non seulement au plan matériel, mais aussi au plan moral, l'espérance d'un avenir meilleur pour 120 millions de personnes, va être poursuivie. Il ne faut cependant pas oublier que ce « New Deal » ne se présente pas comme un programme fixe et immuable, mais comme une série d'expériences, et que Roosevelt est la seule personne à décider de la marche à suivre pendant les quatre années à venir.

Les voix de l'opposition réactionnaire sont provisoirement réduites au silence. Des augmentations de salaire ont immédiatement suivi les élections, ce qui prouve que, malgré la défaite républicaine, le milieu des entrepreneurs n'envisage pas l'avenir de façon pessimiste – et la Chambre de commerce américaine, qui avait jusqu'alors combattu le « New Deal » sans relâche, semble maintenant décidée à soutenir Roosevelt. Le Président se déclare soucieux de l'équilibre budgétaire – un élément de programme qui appartenait jusqu'alors exclusivement à la propagande du Parti Républicain. On sait bien que le Président Roosevelt est décidé à sauver le capitalisme privé, qu'il considère comme la base de l'économie américaine. Il souhaite la collaboration de l'État, d'un État détenteur du contrôle économique, avec l'entreprise privée, et sa position actuelle lui permet sur ce plan d'être plus conciliant qu'au cours de la période préélectorale, où sa réélection dépendait des voix de la gauche. Ces partis et ces groupes de gauche ont d'ailleurs une crainte : c'est que Roosevelt, que rien n'oblige plus à faire montre de militantisme, fasse des concessions aux intérêts des entreprises privées et en arrive à négliger, ou même à compromettre, la réalisation de son propre programme de progrès. Or, en Amérique, laisser les coudées franches à l'entreprise privée dans l'industrie, et dans l'économie en général, ne veut pas dire que dès lors la concurrence peut jouer pleinement; cela signifie que le contrôle, au lieu d'être exercé par l'État, est exercé par quelques puissants consortiums et monopoles industriels. Et l'enjeu des quatre années à venir aux États-Unis, ce n'est pas l'alternative libéralisme politique ou dictature, liberté économique ou socialisme étatique : la question est bien plus de savoir qui contrôlera l'économie, c'est-à-dire qui détiendra le pouvoir effectif. Jusqu'ici, les milieux conservateurs et libéraux américains craignaient que les méthodes appliquées par Roosevelt ne mènent à un socialisme d'État, et, en dernier ressort, à une dictature de gauche. Depuis le 3 novembre, la situation a quelque peu changé. Nombre d'électeurs de Roosevelt aimeraient qu'il n'ait pas obtenu une majorité aussi large. Ce qu'ils craignent, c'est que la politique de Roosevelt prenne une orientation conservatrice, et c'est très exactement cette appréhension que formule Norman Thomas, quand il regrette que les partis de gauche aient négligé d'exiger de lui certaines garanties en contrepartie de leur soutien. Le Sous-secrétaire à l'agriculture R.G. Tugwell, l'un des premiers conseillers de Roosevelt, et l'un des hommes politiques les plus détestés de la droite, a signalé, aussitôt après l'élection, la situation désespérée des fermiers, et sa démission survenue quelques jours plus tard n'a pas peu contribué à inquiéter les groupements de paysans et d'ouvriers.

Dans ces circonstances, on peut dire que depuis le 3 novembre, l'opposition n'est pas anéantie, mais qu'elle a changé de camp. Les dirigeants ouvriers tels que Norman Thomas et John L. Lewis soulignent la nécessité pour tous les éléments progressistes des États-Unis de se regrouper, non seulement afin d'imposer, par eux-mêmes s'il le faut, leur programme, à savoir la fondation d'un Farmer-Labour Party, l'organisation des industries de production de masse, l'amélioration et la mise en œuvre de la loi sur l'assurance sociale, mais avant tout afin de pouvoir exercer, par cette opposition unifiée de la gauche, une pression suffisante sur le Président.

Roosevelt n'est pas un dictateur. Il n'a pas de goût pour ce rôle, ni les qualités requises. Au contraire, on lui a souvent reproché d'être influençable et de dépendre de ses proches conseillers. Jusqu'à présent, il a su prévenir une radicalisation de la gauche, il a réussi en quelque sorte à lui couper l'herbe sous le pied en se montrant attentif à ses besoins et à ses revendications, et en promouvant le progrès social dans les limites qu'autorise le contexte actuel, c'est-à-dire sans provoquer une révolution. Quant à savoir si les quatre années passées constituent la préfiguration de l'avenir, ou si le Président se contentera des résultats acquis et optera pour un conservatisme optimiste, cela dépendra sans doute uniquement de la puissance et de la force de conviction de la nouvelle « opposition de gauche ».

New York, novembre

Rencontre avec l'Union des Mineurs d'Amérique

ABC, 13 mai 1937

La plus ancienne organisation de John L. Lewis

Le 3 novembre 1936, un demi-million de mineurs américains se sont prononcés à l'unanimité pour la réélection de Roosevelt à la présidence des États-Unis. Certes ces 500 000 voix, même doublées par les voix en provenance de certains autres syndicats ouvriers, unanimes à voter pour le candidat démocrate, – ces voix n'ont pas eu un rôle déterminant dans l'immense victoire électorale de Roosevelt. C'était néanmoins un événement d'une portée extraordinaire : pour la première fois dans l'histoire du mouvement ouvrier américain, les syndicats, c'est-à-dire des groupements d'ouvriers organisés, ont agi en tant qu'unités politiques, transgressant de la sorte un vieux principe de la « American Federation of Labour ». Selon ce principe, tout Américain doit être libre de voter pour qui il l'entend, et les « Unions » – ou syndicats – n'ont pas à prendre une position publique sur le plan politique.

Les mineurs qui ont proclamé leur volonté unanime lors des élections présidentielles font partie du « United Mine

Workers of America», le syndicat le plus puissant et le plus efficace des États-Unis – le premier qui fut organisé par le leader ouvrier John L. Lewis. Les principes que l'ancien mineur a soutenus et imposés au sein de cette organisation sont ceux-là mêmes qu'il veut voir adopter au sein de l'industrie de l'acier, et au nom desquels est actuellement menée la grève chez «General Motors»: le droit pour les travailleurs de s'organiser en syndicats industriels, qui se différencient radicalement des anciens syndicats de branches, aussi bien que des «Company-Unions» mises sur pied à l'intérieur des entreprises, et en général tout à fait inopérantes.

Aujourd'hui, à l'époque de la production industrielle de masse, les anciens syndicats de branche, représentés par l'«American Federation of Labour», sont à l'évidence devenus complètement inefficaces. D'après leur schéma organisationnel, en 1918 encore, par exemple, les ouvriers et les employés de l'industrie de l'acier auraient dû se répartir en 22 catégories de métier différentes et en syndicats spécialisés correspondants. Ce qui rendait impossible la défense efficace des intérêts communs à tous les travailleurs de l'industrie de l'acier. Les employeurs, de leur côté, auraient eu à négocier avec 22 groupements différents pour prendre des décisions sur les questions de salaire, de temps de travail, etc. D'autre part, la «Company-Union» représentant les travailleurs à l'intérieur d'une entreprise n'a de fait aucun pouvoir, même quand il est possible d'élire les représentants des travailleurs – ces représentants sont des employés de la compagnie, ils dépendent donc de celle-ci tout autant que leurs camarades, dont ils sont censés représenter les intérêts. S'ils deviennent gênants, la société peut les licencier sous un prétexte quelconque.

Lewis réclame maintenant pour ses «syndicats industriels» le statut de représentants exclusifs pour tous les personnels actifs à l'intérieur d'une même industrie, et le droit pour les patrons de débattre collectivement avec leurs travailleurs par l'intermédiaire de la « Industrial Union » – un principe que Roosevelt lui-même a recommandé à plusieurs reprises comme solution à la question de la grève. Le « National Labour Relation Board » qu'il a créé est une instance d'arbitrage qui, par sa seule existence, reconnaît déjà le principe de la « négociation collective » (*Collective Bargaining*).

La grève de General Motors a partiellement atteint son but. L'organisation de l'industrie de l'acier par l'intermédiaire du CIO (Comité pour l'organisation syndicale de l'industrie) est en train de se faire. Pour les deux industries, le syndicat de l'« Union des Mineurs » a servi de stimulant et de modèle.

FÊTE DU TRAVAIL À LA MINE ISABELLA

Quand, par une brumeuse journée de janvier, j'allai chercher dans le bureau de la CIO, à Pittsburgh, des instructions et des lettres d'introduction pour mon voyage dans les districts miniers, la personne de John L. Lewis, à cause de la grève de General Motors, concentrait sur elle les projecteurs de l'actualité – Pittsburgh, bureau central de son état-major, avait pris plus d'importance que New York et Washington.

Je quittai la ville dans la soirée. À peine avais-je laissé derrière moi les quartiers industriels de Pittsburgh, illuminés par la gigantesque ceinture de flammes des hauts-fourneaux, que j'aperçus d'une hauteur une couronne de flammèches émanant d'autres foyers et dégageant une brûlante vapeur jaune : c'étaient les fourneaux à coke qui encerclent comme un rempart la ville minière de Uniontown.

C'est là que je devais rencontrer un syndicaliste, le responsable des « United Mine-Workers », qui habite, assez ironiquement, « Park Avenue ». Park Avenue est la rue la plus élégante et la plus chère de New York. À Uniontown, les choses étaient légèrement différentes. Je trouvai la maisonnette de la famille Held au bout d'un chemin de terre sans éclairage, sur une colline à la périphérie de la ville. Le mari était parti à une réunion.

« Le samedi et le dimanche sont toujours les jours les plus fatigants de la semaine pour lui », m'expliqua sa femme, qui se trouvait dans sa cuisine en train de baigner son petit garçon dans un baquet en fer-blanc.

Le lendemain – un dimanche – M. Held m'emmena à la mine Isabelle, à environ 20 miles. On devait inaugurer une salle de réunion et de fête, construite avec les moyens propres du syndicat. Le tableau présenté par le rassemblement était très impressionnant. Pour la première fois aux États-Unis, je vis surmontées toutes les oppositions qui entravent fortement le progrès du mouvement ouvrier et de tout progrès social en Amérique : sur les bancs étroits, Écossais et Irlandais étaient assis à côté des Slaves et des « Hunkies » (Hongrois) ; un fils de mineur tout blond tenait par les épaules son ami, un petit Noir aux cheveux crépus. L'atmosphère était festive, en même temps que retenue et grave – trois heures durant, on écouta avec une remarquable discipline, sans manifester aucune impatience, les exposés des orateurs, qui, de leur côté, parlaient avec clarté et sens pratique, sans démagogie, mais avec décision et optimisme en même temps.

Une salle de réunion – un bâtiment tout simple, la tribune arborant les couleurs américaines et les portraits de Roosevelt et de John L. Lewis – et une réunion de fête, où l'on a rappelé l'époque de la persécution, où l'« organisation » des travailleurs était interdite, pendant les années qui précédèrent 1933, quand la police en armes brisait tout rassemblement d'ouvriers, que chaque tentative de grève se heurtait aux mitrailleuses, que l'on réprimait dans le sang des manifestations pacifiques de femmes et d'enfants, que leurs maris étaient licenciés, des mines entières fermées, et les ouvriers abandonnés à la misère absolue. On fit l'éloge des acquis: un syndicat fort, uni, avec des représentants capables, qui jouissaient de la confiance des ouvriers et savaient négocier avec les employeurs de façon intelligente et pragmatique. On exprima l'espoir de voir pareil résultat bientôt atteint dans l'industrie de l'automobile, dans celle de l'acier, l'espoir que des temps meilleurs allaient venir, que le travailleur pourrait jouir d'un droit sur le produit de son travail, d'un foyer «avec des tapis, des gravures au mur, des fleurs devant la fenêtre»..., et on conclut en criant «Vive le Président Roosevelt.»

Une telle réunion était, me semblait-il, la chose la plus naturelle du monde – mais ici les hommes et les femmes ressentaient la liberté de se réunir, le droit d'avoir leur propre local, comme un immense progrès, comme un signe de libération!

« LIBERTÉ AMÉRICAINE »

Je pus m'en assurer les jours suivants: Uniontown et la mine Isabella, localités minières «organisées», où l'on travaillait, où l'on gagnait sa vie, où l'ouvrier pouvait vivre en paix et dans le respect de lui-même, ne sont pas du tout des phénomènes qui vont de soi. Pendant des jours, j'ai traversé le dramatique paysage des districts charbonniers d'Amérique, où la terre est noire et l'horizon dominé par les noirs terrils. Et toujours le même spectacle des «Company-towns» désolées – des villes minières hâtivement construites là où une mine de charbon promettait des profits – des rangées de minuscules maisonnettes de bois misérables, sans jardin, à même le sol noir, baraquements provisoires pour des hommes misérablement payés et sans aucune perspective de vie meilleure, ni pour eux-mêmes ni pour leurs enfants. «En Amérique, chacun est libre de construire son propre destin et son bonheur pour peu qu'il ait deux bras et du courage» – tel est le vieux refrain par lequel les milieux réactionnaires justifient l'absence de législation sociale, de mesures d'assurance et d'assistance. Mais quel est aujourd'hui le visage de cette « liberté américaine » ?

À Scottsrun, « cité minière à l'abandon », j'ai trouvé les chômeurs, jeunes et vieux, Blancs et Noirs, alignés au soleil le long du mur de l'unique drugstore, assis à attendre – attendant quoi ? Il y avait eu là un « enfant de la guerre », une mine qu'on avait ouverte précipitamment et surexploitée sans aucune précaution pour profiter du boom de la période de guerre – maintenant l'une des sociétés a fait banqueroute, la mine est fermée, les hommes qu'on a fait venir pour y travailler restent là, avec leurs femmes et leurs enfants, dans leurs logements misérables. Les Quakers, extrêmement actifs dans le domaine de la bienfaisance, ont instauré une soupe populaire à Scottsrun...

Westmoreland est tout l'opposé de ce lieu de désolation. C'est l'un des projets gouvernementaux lancés par Roosevelt, un de ces lieux où l'on offre une nouvelle existence à des mineurs au chômage tombés au fin fond de la misère. Les « colonies » se trouvent en plein milieu de la zone minière de la Compagnie Frick – beaucoup de puits y ont été fermés pendant les années de crise, d'autres ont été abandonnés plus tard, quand la Société a ouvert à l'Ouest de nouvelles mines plus faciles à exploiter. Beaucoup des colons de Westmoreland étaient sans travail depuis des années, privés de tout moyen d'existence. Au lieu de distribuer des aides en argent, aumônes improductives, le « Resettlement Administration » (Secrétariat aux Réformes Rurales), mandaté par le gouvernement, a acheté une pièce de bonne terre et construit des maisons ; une ferme coopérative avec un grand élevage de poulets a été mise sur pied. Les anciens mineurs y deviennent des fermiers actifs et capables ; ces hommes jadis passifs, logés dans des baraquements appartenant à leur employeur, et placés sous la coupe d'un « boss » tout-puissant, disposent maintenant d'un jardin, d'une maison, d'un travail; bien plus, devenus membres d'une colonie coopérative, ils mènent pour la première fois une vie où ils peuvent s'estimer eux-mêmes.

Droits de l'homme contre droits de la propriété

Westmoreland peut certes servir d'exemple d'« assistance productive » – mais les laissés-pour-compte de l'industrie américaine qu'on a installés ici à grands frais sont à peine quelques milliers. Il semble donc plus important, beaucoup plus important d'intervenir plus en amont et plus profondément, et de lutter pour que le « travailleur » ne soit plus, au nom de la « liberté », entièrement soumis à la conjoncture, au système du profit maximum et à l'arbitraire des patrons. Tant que ces forces seront sûres de l'emporter dans la bataille, les travailleurs se verront refuser le droit à l'organisation et à la représentation collective. John L. Lewis a su rassembler les forces dispersées du monde ouvrier en une seule puissance, que l'on craint et qui commande le respect. Il semble qu'aujourd'hui en Amérique ce soit le seul moyen pour que soit mis en pratique le principe : « *Human rights against property rights* » : « les droits de l'homme contre les droits de la propriété ».

Dans le Sud-Est de l'Amérique

ABC, 23 décembre 1937

L'enveloppe vide

Le 13 novembre 1937 parut dans l'hebdomadaire populaire américain *Colliers Weekly*, l'hebdomadaire des Mineurs du charbon, un article de Walter Davenport, qui portait ce titre sensationnel « ALL WORK AND NO PAY » (littéralement : « Rien que du travail, aucun salaire »).

L'auteur y examine les conditions de travail dans certaines usines textiles de Caroline du Nord et du Sud, caractéristiques, selon lui, de tout le Sud-Est des États-Unis. Des reproductions photographiques de bulletins de salaire (chaque semaine, l'usage veut que l'ouvrier reçoive une « enveloppe » avec son salaire) apportent la preuve de ce qu'affirme Davenport : « Des hommes et des femmes travaillent des années entières dans ces usines sans voir un *cent* d'argent liquide. »

Ce fait, qui paraît inouï, s'explique sans mal quand on connaît le système du « village d'usine », toujours en vigueur précisément dans les États du Sud : la terre, les maisons des ouvriers, la lumière et l'eau sont propriété de la Compagnie. Elle possède aussi le « magasin de la Compagnie », où les ouvriers peuvent – ou doivent – tout acheter, de l'appareil radio à la bière, des bleus de travail au pain quotidien. Ils paient, non pas en argent liquide, mais en bons d'achat. Les prix sont plus élevés que dans les commerces ordinaires, parce que les ouvriers ont des intérêts à payer sur leur crédit. Le compte n'est jamais soldé – sur le salaire hebdomadaire on prélève le montant des achats de la semaine, le loyer et le reste. Deux des enveloppes reproduites par Davenport faisaient état de salaires hebdomadaires de 14,40 dollars et de 13,60 dollars, qui tous deux, après déduction de tous les « frais », se ramenaient très exactement à zéro.

« Le Ku Klux Klan est de retour »

Une autre photographie illustrait l'article. On y voyait une affiche, découverte par Davenport sur le mur d'une maison dans un village d'usine, et qui portait l'inscription :

Le CIO est communiste.
Le communisme ne sera pas toléré.
Le Ku Klux Klan est de retour.

West Front Street, Knoxville (Tennessee), novembre 1937

Knoxville (Tennessee), novembre 1937

« CIO » est, on le sait, l'abréviation de « Comité d'Organisation Industrielle », le syndicat dirigé par John L. Lewis. Depuis sept mois environ, le TWOC (Comité d'organisation des ouvriers du textile), affilié au CIO, mène sa première grande campagne. Il n'existe aucun lien entre le Parti Communiste et le CIO. Mais l'accusation de communisme est un argument efficace dans la lutte contre le mouvement syndical. À l'ouvrier américain attaché à la religion, à la patrie, ou incurablement individualiste, on fait savoir que le CIO sape la religion, envoie les cotisations syndicales en Russie, est « enjuivé », et empiète sur les droits de l'individu. Cette propagande émane en partie du Ku Klux Klan, la société secrète responsable d'innombrables lynchages, qui poursuit d'une haine fanatique « nègres, juifs et catholiques ». Une organisation clandestine, née de la peur de la minorité blanche du Sud face à la race noire, et qui s'est donné aujourd'hui comme nouveau champ d'action le combat contre la classe ouvrière.

L'article de Davenport a eu un énorme retentissement en Amérique. Dans les États du Sud, pendant des semaines les journaux locaux ont été submergés par les réactions qu'il a provoquées. Les directeurs des usines textiles mentionnées par Davenport ont annoncé une enquête, qui était censée démontrer qu'il n'était qu'un agitateur, ou même carrément un menteur. Les résultats de cette enquête n'ont jamais été communiqués. Les bureaux du TWOC appuyèrent les assertions de Davenport en produisant de nouvelles preuves. Ma collègue américaine et moi-même lûmes l'article à Chattanooga, ville industrielle de l'État du Tennessee. Nous eûmes peu après l'occasion de le vérifier par nous-mêmes : les accusations de Davenport étaient scrupuleusement exactes.

« Le Vieux Sud »

À bord d'une Ford 8, munies de deux Rolleiflex, et avec trois semaines devant nous, nous partîmes à la découverte du sud de l'Amérique et de ce qui s'y passe réellement aujourd'hui. À Washington on parle beaucoup des « coulisses de la prospérité américaine », de « l'enfant malaimé de la nation », de « l'homme oublié de l'Amérique ». L'intérêt pour les États du « Vieux Sud » s'est éveillé il y a quelques années – quand la crise économique a contraint le Secrétaire d'État à l'Agriculture, Wallace, et les diverses administrations d'assistance fondées par le Président Roosevelt, à s'attaquer aux problèmes du système cotonnier, durement frappé. Les marchés étrangers se réduisaient, les prix du coton brut chutaient – l'Égypte, l'Inde, l'Amérique du Sud concurrençaient avec succès les États-Unis. En même temps, le centre de gravité de la production cotonnière américaine se déplaçait vers l'ouest, dans les plaines du Texas et de l'Arizona où des champs immenses se prêtaient à l'emploi du tracteur. Le mulet des petites exploitations du « Vieux Sud » – c'est-à-dire, plus précisément, les États du Sud-Est – ne pouvait pas rivaliser avec le tracteur. En outre le sol était épuisé par la monoculture du coton, conçue comme « culture de rapport ». Pour finir, le fléau de l'anthonome du cotonnier s'était abattu sur les plantations.

« Partage des récoltes »

Ce sommet de la crise n'était en réalité que la phase ultime d'une longue dégénérescence, qui a miné les forces morales du pays et des hommes de façon continue depuis la guerre civile américaine et la défaite du Sud. À ce moment, après la libération des esclaves, l'aristocratie des planteurs avait imaginé le système du « partage des récoltes », du « sharecropping », qui est devenu un solide rempart contre tout changement, tout progrès, et dont le rôle était d'assurer la suprématie d'une classe supérieure blanche peu nombreuse sur les anciens esclaves.

Les métayers ou « sharecroppers » – Noirs et Blancs, car un prolétariat rural de « pauvres Blancs » rejoignit rapidement les Noirs – recevaient la terre, les outils, un mulet, une cabane, et le crédit au magasin (qui appartenait au propriétaire du domaine) ; en échange, ils devaient céder une part de leur récolte de coton. De ce système l'argent liquide était pratiquement exclu. Le métayer restait attaché à la terre, et avec l'effondrement de la « prospérité cotonnière », la pauvreté, la mauvaise alimentation, la maladie, l'ignorance s'aggravèrent encore. Et plus les planteurs et les grands propriétaires s'appauvrissaient, plus ils se montraient rigides dans le maintien de tout un système de préjugés raciaux et d'oppositions de classe. Cet engrenage infernal, par lequel le déclin progressif de la « culture de rapport » entraîne une détérioration correspondante des rapports sociaux, ne pouvait prendre fin qu'avec celle du coton lui-même, qui lui avait donné naissance.

Les États du « Vieux Sud », où le coton est la principale récolte et où le pourcentage des Noirs dans la population est plus important que celui des Blancs, sont appelés « la ceinture du coton », « la ceinture noire », « la ceinture de la Bible », ou encore « le Sud profond ». À mesure que la propagande et le travail d'information du gouvernement Roosevelt faisaient leur effet, ce devint la mode en Amérique de s'intéresser aux pauvres métayers. On enregistra sur des disques les chants tristes des Noirs travaillant dans les plantations de coton, on photographia l'architecture à la fois somptueuse et sobre des maisons des planteurs, maintenant délabrées, et les misérables cabanes des cueilleurs de coton. – Le livre *Autant en emporte le vent*, qui évoque le sort d'une famille de planteurs ruinés par la guerre civile, remporta un énorme succès.

Union des métayers

À la même époque une poignée d'hommes et de femmes courageux, issus du prolétariat cotonnier, fondaient « l'Union des Métayers du Sud » (Southern Tenant Farmers Union), qui fut aussitôt implacablement combattue et persécutée, tant par les juges et les policiers locaux que par les planteurs et les grands propriétaires. Des prêtres noirs, qui avaient pris position en faveur de l'Union, parce qu'ils y voyaient un moyen d'inspirer l'amour du prochain et de surmonter la vieille haine entre les Nègres et les « pauvres Blancs », furent assassinés. Les cas de lynchage se multiplièrent. Les militants blancs écopaient de peines de prison avec chaînes, les Noirs étaient condamnés sans jugement aux travaux forcés dans les plantations. Parfois certains cas parvenaient à la connaissance du public. On s'indignait, on obtenait « révision ». Mais aucun moyen efficace ne semblait pouvoir être trouvé pour briser le lien tragique qui liaient entre eux le système des plantations, l'esclavage cotonnier, la politique locale et les préjugés sociaux. Le déclin du coton, les mesures prises par le gouvernement pour réduire la récolte et contrôler les prix, eurent pour seul effet visible d'accroître la misère. Ces dernières années, des milliers d'anciens métayers sont partis pour les villes ou bien grossissent la foule des « travailleurs migrants » sur les grand-routes, de la Floride à la Californie.

Il y a un an encore, on avait l'impression que le « Vieux Sud » était ruiné pour toujours, et qu'une fraction importante de la nation américaine était livrée à la déchéance et au désespoir.

Mouvement syndical et nouvelles usines

Depuis, John L. Lewis a envoyé ses organisateurs syndicaux dans les zones industrielles du Sud. Depuis plusieurs années déjà, les industriels du Nord transfèrent leurs usines dans les États du Sud, où les impôts sont moins élevés et les salaires plus faibles, et où le prolétariat agricole offre une réserve de force de travail non organisée et bon marché. Pour l'industrie, le Sud est une terre neuve et un *no man's land*, comme l'était tout le continent américain il y a cent ans, et même cinquante. Des possibilités illimitées s'ouvrent pour les esprits entreprenants, les individus énergiques, les pionniers. Mais tandis qu'autrefois l'esprit pionnier se justifiait par les réserves infinies de terre disponibles, aujourd'hui, si on investit des capitaux dans le Sud, c'est pour exploiter la force de travail humaine. Et on la trouve à bon compte là où règnent la misère, l'arriération et l'ignorance.

Toutefois, il existe aussi dans le Sud quelques industries locales anciennes. En Géorgie et en Caroline du Nord et du Sud, il y a des filatures de coton dont certaines remontent à l'époque de la guerre civile. Dans l'État d'Alabama, la « Ville d'acier » de Birmingham a soixante ans et compte 250 000 habitants. Dans les montagnes du Tennessee, on trouve des mines de charbon, mais déjà épuisées, et qui ont laissé sur le carreau une population d'anciens mineurs réduits à la misère. Les spécialistes de l'économie agraire affirment que ce qu'il faut au Sud, c'est un programme agricole rationnel. Il faut, disent-ils, protéger le sol, le préserver de l'érosion et l'amender avec des engrais artificiels – remplacer le coton par d'autres cultures, transformer le métayer en cultivateur indépendant. Aujourd'hui déjà, des colonies-pilotes et des projets de préservation des sols montrent ce qui peut être réalisé dans cette voie. Mais un programme agraire tout seul ne suffit pas. Il faut aussi des capitaux pour installer des industries, qui transformeront les matières premières et les produits agricoles. Au cours des six dernières années, outre d'innombrables usines textiles, pas moins de quatorze papeteries se sont créées. Elles transforment le bois d'une variété de pin à croissance rapide, particulière au Sud. La soie artificielle est une autre jeune industrie du Sud, qui utilise la même matière première. Ford a ouvert une usine d'automobiles à Memphis, Tennessee. En Géorgie, à Columbus, vieille ville du textile, se trouvent les usines Coca-Cola et la deuxième usine du monde d'égreneuses à coton. La fabrication de meubles à partir de bois locaux est une autre industrie récente.

Les usines de pneus Goodyear se trouvent à Gadsden, Alabama. Une firme concurrente, qui voulait elle aussi s'y établir, a abandonné son projet au vu de la situation: les ouvriers de Goodyear avaient fait grève contre les bas salaires, et Goodyear n'avait pas réussi à faire expulser de la ville les dirigeants syndicaux. Dans le district minier du Comté de Harlan, au printemps 1937, tous les ouvriers soupçonnés d'avoir quelque chose à voir avec les syndicats ont été licenciés. Plusieurs organisateurs furent abattus, d'autres empoisonnés au gaz, beaucoup jetés en prison sous un prétexte quelconque. L' «affaire» du Comté de Harlan fut référée au tribunal d'arbitrage du travail de Washington, le «National Labour Relation Board»; plusieurs chefs d'entreprise furent condamnés pour méthodes déloyales et voies de fait.

Les fonctionnaires et les organisateurs du CIO savent que la «migration de l'industrie vers le Sud» signifie une nouvelle phase d'exploitation, d'oppression et de violence. Mais il croient que la concentration d'ouvriers dans des centres industriels leur donne la possibilité d'organiser des syndicats, et que l'organisation est l'unique moyen de lutter contre l'exploitation de la «main d'œuvre bon marché», qui s'exerce actuellement dans les États du Sud. «Nous ne voulons pas de révolution. Nous voulons un syndicat fort, pour que le capital soit obligé de négocier à armes égales avec les ouvriers»: voilà ce que nous assurent à l'envi leaders syndicaux, ouvriers engagés, hommes et femmes dans les États du

Sud. Dans les milieux réactionnaires, j'avais entendu à plusieurs reprises exprimer l'opinion que le prolétariat blanc et noir du « Sud profond » était tellement dégénéré et désespéré, qu'il était inutile de lui offrir une « vraie chance ». De fait j'ai trouvé dans les zones cotonnières d'Alabama et de Géorgie des *sharecroppers*, noirs et blancs, qui, abattus par la faim, la pellagre et la malaria, végétaient dans une sorte de résignation hébétée. Terrible démission, mais dont la faute ne leur incombait pas.

Dans le même État, à peine à quelques heures des champs de coton épuisés et des cabanes délabrées où se passent ces vies prisonnières du système cotonnier, j'ai visité le « Pine-Valley-Project », où le gouvernement a installé d'anciens métayers comme fermiers indépendants. La colonie est exploitée collectivement. Les fermiers choisissent, suivant leurs goûts et leurs talents, entre plusieurs formes de production : culture maraîchère, élevage de volailles, laiterie, culture des pommes de terre ou du maïs. Les produits servent à leur usage personnel ou bien sont vendus par l'intermédiaire d'une coopérative. La réussite de ce projet démontre que dans cette région on peut remplacer le coton par d'autres produits, et que les anciens métayers deviennent des fermiers parfaitement capables et efficaces pour peu qu'on leur offre une « vraie chance ».

Il est assurément plus difficile de transformer le cycle industriel, qui fonctionne suivant le principe : « produire le plus possible, le moins cher possible ». Ce principe même l'assujettit à un mouvement de pendule : production effrénée, surproduction, crise. Dans le Sud des États-Unis, territoire relativement jeune et fruste, ces processus fondamentaux sont très visibles. Le contraste entre la perfection technique atteinte par l'industrie, et la misère et l'arriération de ceux qu'elle emploie, fait aujourd'hui du Sud, « l'arrière-pays de la prospérité américaine », le théâtre d'un combat d'une extrême actualité mené avec des moyens brutaux.

Max Meister devient un « cas » aux USA – Les tribulations d'un émigrant sans papiers

ABC, 4 novembre 1937

La Ligue pour la défense des travailleurs

New York, 22 octobre [1937]. « Vous écoutez la Ligue pour la défense des travailleurs. »

Cette ligue, je ne la connais que depuis ce matin – une dame intelligente et énergique de l'« American Civil Liberties Union » m'y a envoyée, munie d'une lettre d'introduction. Il faut s'habituer en Amérique à une foule d'associations, ligues et comités, qui ont tissé sur tout le pays une toile d'araignée inextricable ; ils ont des sièges au nord et au sud, à New York et à la Nouvelle Orléans, impriment des pamphlets, organisent des rassemblements, invitent des écrivains étrangers à faire des tournées de conférences, distribuent des conseils bons et mauvais, servent des causes plus ou moins importantes, ont des intentions plus ou moins honnêtes. Dans la plupart des cas, ils n'appartiennent à aucun parti, ils sont « indépendants », et leurs mots d'ordre sont les mêmes, à un poil près, que celui des postes à essence : « Au service du client ». Au début le néophyte est très impressionné, car, bien sûr, ce sont eux qui en définitive élisent le Président et qui distribuent les postes. Au bout de quelques mois, on a perdu toute illusion, ou bien, de déception, on est prêt à envoyer au diable toutes ces associations. Mais quelques mois de plus, et l'on a compris que si certaines de ces organisations sont « fake », de pures escroqueries, des machines à faire de l'argent et du sensationnel, qui comptent parmi leurs membres éminents des dames oisives, ambitieuses et sans aucun talent – d'autres en revanche sont influentes et bien informées, et même capables d'actions décisives. Elles sont un élément de la machinerie politique de cet étrange pays, où la vie politique se confond avec la vie personnelle, et où la vie personnelle est prisonnière de la vie politique – immense toile d'araignée où il est indispensable d'apprendre à s'orienter.

L'« American Civil Liberties Union » fait sans nul doute partie des organisations importantes, sérieuses, bien intentionnées – et la dame qui m'a envoyée à la « Ligue pour la défense des travailleurs » fait à coup sûr partie des conseillers bien intentionnés et sérieux. Ce que je voulais, c'était par exemple découvrir ce qu'il en est exactement de la « démocratie » en Amérique. Et si vraiment, vraiment, chacun pouvait s'y faire entendre, se plaindre et se défendre, vivre et travailler…

Un jeune homme intelligent me reçut. Je ne lui cachai pas que nous, les étrangers, nous avons du mal à y voir clair – et que nous sommes très désireux de recevoir des réponses positives, de constater que, selon notre vœu, l'Amérique est encore et reste toujours un havre de liberté, un lieu de saine raison. Il m'écouta – ce qui est déjà beaucoup –, et nota mon numéro de téléphone. Au bout de quelques heures à peine, il m'appela. « Je vais vous envoyer un jeune homme », me dit-il, « un Allemand du nom de Max Meister. À première vue, son cas semble sans rapport avec l'Amérique. Mais c'est un cas typique et donc important – un cas révélateur de la phase historique que traverse le monde. Et c'est de nous, les États-Unis, que dépend l'issue. Je veux dire l'issue pour Max Meister, pour un jeune être humain pris dans l'engrenage du monde actuel, et que nous, Américains, voulons sauver. »

Un jeune Allemand – un parmi des centaines

Dix minutes plus tard, Max Meister entre dans ma chambre. Il est blond, un peu embarrassé, très jeune encore, me semble-t-il. Mais en fait il n'est pas si jeune que cela, et il a déjà vécu bien des choses – assez pour une vie d'aventurier, si c'en était un. Mais justement ce n'est pas un aventurier. C'est un garçon tout simple, un ouvrier métallurgiste originaire d'un village de Thuringe, qui s'est trouvé au chômage en 1931. Maintenant, depuis quelques semaines, il a le droit de travailler à New York. Il est prêt à se faire balayeur ou n'importe quoi d'autre, pourvu qu'on lui permette de travailler, qu'on l'autorise à rester ici, où il pourra peut-être un jour exercer à nouveau son vrai métier, celui qu'il a appris en Thuringe !

« Asseyez-vous donc », lui dis-je. Nous buvons ensemble une bouteille de bière, et il commence son récit.

« Donc depuis 1931 j'étais au chômage… », puis il s'interrompt, me regarde et me demande : « Mais pourquoi voulez-vous savoir tout ça ? » – Je lui réponds : « Je veux l'écrire. » – « Ah bon », dit Meister, « vous voulez l'écrire. Mais mon cas n'a rien de spécial, il y a des centaines de gens comme moi que vous pourriez interroger, qui étaient en camp de concentration comme "politiques", et qui en sont sortis d'une manière ou d'une autre, ou pas du tout. » – J'essaie de lui expliquer : « C'est justement pour ça, justement parce qu'il y a des centaines de cas semblables. » Meister boit sa bière, secoue la tête. « Mais personne ne fait rien », dit-il. Il le dit sans amertume, sans colère, simplement comme quelqu'un qui par expérience sait à quoi s'en tenir. Puis il raconte son « cas » – un parmi des centaines.

« En 1933 j'étais à Königsberg. J'étais membre du Parti socialiste ouvrier, parfois j'avais un peu de travail, et quand Hitler est devenu chancelier, j'ai commencé à distribuer des tracts et à "faire de la politique". Quelques jours après l'incendie du Reichstag, les premiers d'entre nous ont été emprisonnés, et quelques semaines plus tard c'est moi qu'ils ont coincé. Je venais juste de finir de distribuer mes tracts, c'était le soir et il faisait chaud, et je me suis assis sur un banc dans le parc. Tout d'un coup arrivent une douzaine de policiers et un tas de SA, qui m'emmènent. À la fouille ils ont trouvé dans ma poche les livrets de l'Union des ouvriers métallurgistes, et comme je ne voulais pas donner les noms de mes camarades, ils m'ont battu, puis emmené au camp de concentration de Quedna. Là, j'ai été de nouveau interrogé par la Gestapo, à propos d'armes que nous avions cachées à Tilsit, et comme je n'ai rien dit, ils m'ont battu et mis à l'isolement. ça c'est le pire. On me donnait du pain et de l'eau, et de la soupe chaude un jour sur trois; j'étais toujours seul. Ensuite on m'a mis dans une cellule avec vingt camarades, et ça allait mieux, même si nous n'avions pas le droit de travailler; notre seule activité était l'exercice, et les brimades pleuvaient. La Gestapo ne brime pas, elle pose des questions. Quand on ne répond pas, on prend une correction, et quand on répond, on en prend une aussi parce qu'ils ne vous croient pas. Les SA, eux, aiment les brimades, et quand ça tombe sur des vieux, c'est terrible à voir. Et les plus rosses, ce sont les anciens camarades qui sont devenus nazis. Peut-être parce qu'en fait ils devraient avoir honte. »

FUITE EN FRANCE ET EN ESPAGNE

Meister fut relâché et quitta le camp de concentration en octobre 1933. Mais il devait se présenter tous les jours à la police. En tant que « politique », il n'avait droit à aucune aide, et fut loué par le bureau de placement à un fermier qui lui donnait 15 marks par mois, alors que lui-même en recevait 25 du bureau. Il finit par s'enfuir. Il arriva en Sarre sans papiers. Sans papiers – c'est là que commence l'engrenage tragique, tragiquement répétitif, auquel un nombre croissant d'êtres humains se voit livré par la stupide et cruelle machinerie de notre époque.

En Sarre, la commission de gouvernement « ne croit pas » Meister et refuse de lui donner des papiers. Il peut y rester jusqu'au référendum de 1935, jusqu'au jour de l'entrée de Hitler en Sarre. Ensuite, de nuit, il passe en France.

Sans papiers. « Il pleuvait cette nuit-là, alors le contrôle était moins strict. J'ai pu contourner le poste de garde français et plus tard prendre l'autobus pour Metz. » À Paris il se présente à un comité d'aide aux émigrants. On l'informe que sans preuve de son identité on ne peut rien pour lui. Il reste quatre semaines à Paris, puis part pour Marseille. La police l'arrête, puis le relâche en lui signifiant seulement qu'il doit se débrouiller pour quitter les lieux. Il franchit la frontière espagnole – en homme déjà bien rodé – et réussit à gagner Barcelone. « Là on m'a laissé tranquille », dit-il. « C'était très bien question liberté, mais pas du tout question travail. » Il se rend à Madrid, en cours de route il travaille chez un vigneron, à Séville comme jardinier chez un Allemand, entend dire qu'il y a du travail au Maroc; début 1936 il est à Ceuta. À la mi-juin, le port de Ceuta fait grève pour protester contre la faiblesse des salaires. Et d'un seul coup, du jour au lendemain, c'est la guerre.

Retour dans les geôles de Hitler

Ceuta est sur-le-champ occupée par les insurgés, qui font prisonniers une grande partie des travailleurs et tout l'équipage d'un bateau du gouvernement au mouillage dans le port. « On me remarquait à cause de mes cheveux blonds », dit Meister, « et en août, en traversant la rue pour aller manger, je me suis fait prendre par deux policiers. » On le remet au consul d'Allemagne à Tétouan, mais il s'échappe et gagne péniblement la frontière franco-marocaine.

Là un Arabe l'accoste et lui promet de lui faire passer la frontière clandestinement. Ils attendent qu'il fasse noir, mais à peine ont-ils dépassé le poste de douane espagnol que l'Arabe immobilise Meister et se met à hurler. Meister enlève une chaussure et le frappe en plein visage, jusqu'à ce qu'il tombe, mais entre-temps des légionnaires français sont arrivés, qui s'emparent de lui et le rouent de coups. À la douane française il raconte son histoire, mais on ne le croit pas, et on le renvoie aux Espagnols, qui l'expédient à Ceuta.

Le consul allemand est averti. Non sans fierté, Meister raconte que le vapeur « Contra », transportant des minerais de Melilla en Allemagne, reçut l'ordre de se détourner vers Ceuta exprès pour embarquer le prisonnier allemand. Au port de Emden la police monte immédiatement à bord et emmène Meister « enchaîné ». On le conduit au camp de Willhemshaven, de là à Köslin, de Köslin à Kiel, puis on le ramène à Köslin. On lui intente un procès politique, on cherche des témoins. Au moment où une fois de plus on embarque Meister dans un train avec cinq autres prisonniers, – il y a trois agents à la porte du wagon – il saute par dessus le garde-fou entre les amortisseurs, de là de l'autre côté des rails, et s'enfuit à travers champs dans l'obscurité, sans voir ni entendre s'il est poursuivi ou si on lui tire dessus. Il court jusqu'à épuisement. Autour de lui tout est calme, et il aperçoit, très loin, les lumières de la gare.

Il gagne Stettin, et plus tard Hambourg. D'anciens camarades le cachent dans les abris de leur jardin ouvrier, dans leurs caves. Le fuyard a plusieurs semaines de tranquillité, dans cette Allemagne où un peu plus tôt la police l'a transféré de ville en ville pendant des mois.

L'Amérique, pays de la liberté?

Nous voici en juin 1937. Meister est encore à Hambourg – la police, dit-il, n'y est pas si dangereuse. Il faut seulement faire attention sur les quais où accostent les bateaux russes. Mais à la fin les « bleus » commencent à le trouver suspect, et il décide de saisir la première occasion pour quitter le pays. Quai de la Hanse, il se cache sur le *Baghdad*, un paquebot norvégien qui se rend directement à New York.

« D'abord, nous sommes restés deux jours dans le port de Hambourg, et puis, après deux jours de mer, j'avais trop faim et j'ai frappé à la paroi. Quand ils m'ont fait sortir, on était tout juste encore en vue des côtes d'Angleterre. Les Norvégiens ont été très gentils avec moi, je mangeais comme les marins et j'avais autant de bière que je voulais. Mais comme je n'avais pas de papiers, à New York ils ont dû me remettre à la police. »

C'était le 7 juillet 1937. Des journalistes américains se rendirent en hâte à Ellis Island où Meister était au centre de quarantaine. On voulait le réexpédier en Allemagne par le même bateau. Entre-temps, il fut interrogé, photographié, son histoire parut le lendemain matin dans les journaux. Mais il n'avait pas de papiers. Une heure avant l'embarquement, la « Workers Defense League » intervint – tout à fait comme dans un film. Le « Committee for protection of Foreign Born » (Comité pour la protection des gens nés à l'étranger) se chargea de l'affaire : Max Meister a reçu une autorisation provisoire de séjour pour six mois. Il peut travailler – si par chance il trouve du travail – et peut espérer que les comités qui s'intéressent à lui réussiront à lui obtenir les papiers d'immigration.

« Sinon je serai renvoyé en Allemagne », dit-il – « et voilà tout. Voilà toute l'histoire. »

Pendant qu'il attend et nettoie des planchers, Max Meister est devenu un « cas ». Un cas qui montrera – dans trois mois – si ici, en Amérique, on peut réussir à arracher un être humain à « l'impitoyable et stupide machinerie »…

III

EUROPE DE L'EST (1937-1938)

Entre ses deux reportages américains, Annemarie Schwarzenbach passe huit mois en Europe. Elle projette d'écrire une biographie de l'alpiniste suisse Lorenz Saladin, mort quelques mois plus tôt (septembre 1936) en redescendant du Khan Tangri (7200 m), dont il venait de réaliser la première ascension. Pour ce faire, elle doit rencontrer les compagnons de route de Saladin et retrouver les documents laissés par le célèbre alpiniste.

Son voyage en chemin de fer à travers l'Europe de l'Est et les pays baltes lui permet de constater l'ampleur de la progression du national-socialisme à l'intérieur et au-delà des frontières du Reich.

Après son reportage dans les États du Sud des USA, Annemarie Schwarzenbach rentre en Europe (février 1938). Le 20 mars, elle part en Autriche pour tenter d'établir le contact entre les réfugiés allemands et les résistants autrichiens, et elle rend compte de l'état de ce pays annexé une semaine plus tôt par Hitler. Au mois de septembre, quelques jours avant les accords de Munich, elle est à Prague.

Une quinzaine d'articles relatifs à ces voyages ont été publiés dans la presse helvétique.

Petites rencontres en Allemagne

Tapuscrit, mai 1937[1]

Ce sont des petites rencontres que je raconte ici, des rencontres fortuites, dans le chemin de fer, dans une ferme, dans un café de la banlieue de Berlin, au kiosque à journaux. Ce sont des conversations de hasard avec des gens du peuple – et « l'homme du peuple » correspond, dans l'Allemagne national-socialiste, où pourtant il ne devrait plus y avoir que des concitoyens, à un concept social très prégnant. Concitoyens, ils le sont tous, naturellement, de l'ouvrier au ministre, le Dr Goebbels en est un lui-même. Mais la concitoyenneté est un concept pour ainsi dire abstrait, et qui ne correspond à aucune réalité. Ce qui existe dans la réalité, ce sont des cliques – et avant tout la clique privilégiée, étroitement soudée, des membres du NSDAP –, ce sont des groupes sociaux – en premier lieu la paysannerie allemande –, et « l'homme du peuple ». Mais en revanche – c'est officiel – la haine de classe, et par là même la lutte des classes, ont été vaincues et remplacées par l'idéal de la communauté nationale.

J'aimerais pourtant rapporter ici simplement ce que j'ai entendu « l'homme du peuple » dire ici et là. Sans prétendre à une analyse critique des événements et des situations, des principes et de leurs conséquences dans le Troisième Reich. Pour une telle analyse il faudrait peser l'importance des propos reproduits, les passer au crible de la critique. Voir par exemple si l'opinion d'un marchand de bois juif, dont le commerce a été ruiné par les nazis antisémites, est objectivement valable, c'est-à-dire si cet homme peut juger de l'état de l'approvisionnement en bois de l'Allemagne et s'il *est disposé* à en juger comme il se doit. Pour ensuite confronter son opinion avec les données statistiques sur la

---

[1] Paru chez Lenos, 1990.

sylviculture allemande, à condition de pouvoir disposer de statistiques correctes. Et s'il apparaissait que la sylviculture et la régulation de l'approvisionnement en bois, auxquelles, comme on sait, l'administration national-socialiste porte une attention particulière, ont produit des résultats favorables, il faudrait accueillir les dires du marchand de bois juif avec la compassion et la pitié que l'on doit au tragique d'un cas particulier.

Ou bien quand un petit voyageur de commerce spécialisé dans les partitions musicales me raconte que, pour un voyage d'affaires à travers les pays baltes, il lui faudrait quarante-cinq permis différents, et qu'il se plaint ensuite du manque de liberté sous le Troisième Reich, il faudrait poser la question de savoir si la multiplicité des papiers est une servitude typique de la nouvelle Allemagne, ou si elle n'est pas une conséquence inévitable et relativement anodine de tout système bureaucratique – et il faudrait savoir de quelle liberté au juste le petit voyageur de commerce veut parler. Quand Friedrich Schiller écrivit son ode à la liberté, ce n'était vraisemblablement pas par exaspération devant la difficulté à obtenir des laissez-passer – il haïssait les tyrans pour de tout autres raisons. Supposons d'ailleurs que le voyageur de commerce n'ait *pas* à se procurer quarante-cinq laissez-passer : dans ces conditions, ne serait-il pas nazi bon teint, on peut se le demander. Autre exemple : un paysan est mécontent parce qu'il est contraint de nourrir ses porcs avec du seigle allemand hors de prix, alors qu'il pourrait acheter de l'orge d'importation bon marché, et parce qu'il est contraint de prendre un bateau de « La Force par la Joie » pour aller de Stettin à Hambourg où l'appelle une foire agricole – et qu'il a le mal de mer pendant tout le voyage; dans ce contexte fâcheux, il faut se demander si l'on doit écouter ce paysan quand il affirme qu'Adolf Hitler et M. Darré ont ruiné l'agriculture allemande.

À propos du marchand de bois juif et de l'antisémitisme allemand, il faudrait en outre examiner si l'antisémitisme est lié par essence au national-socialisme, ou s'il ne représente qu'un aspect fâcheux, voire une aberration fortuite du système; examiner si l'antisémitisme nazi a des conséquences tragiques pour l'Allemagne entière et pour le monde entier, ou bien si, de façon extrêmement regrettable, il ne frappe qu'une minorité: les juifs allemands. Il faudrait également se demander si le manque de liberté en Allemagne n'est pas indispensable, inévitable, et s'il ne faut pas en passer par là dès lors qu'il s'agit de créer un ordre totalement nouveau dans un pays lourdement frappé par la guerre mondiale et l'après-guerre, un pays qui n'avait manifestement pas les qualités ou la maturité nécessaires pour assumer la liberté démocratique et la liberté parlementaire. Et il faudrait aussi se demander si, par exemple, la liberté illimitée de la presse est un idéal si désirable (voyez les excès de mauvais goût et le niveau déplorable du journalisme américain!), et si la restriction des libertés au plan intellectuel et artistique – en tant que phénomène secondaire typique de la dictature fasciste – a des conséquences si profondes et si néfastes (pensons seulement à la dépravation morale et spirituelle de toute une génération grandissant dans la barbarie!). Il faudrait se demander enfin si la plainte du paysan obligé de se ruiner en seigle rouge pour ses bêtes ne renvoie pas au principe absurde selon lequel il faut «protéger» l'agriculture allemande, c'est-à-dire assurer des prix élevés aux produits agricoles, ou encore si d'autres motifs, des motifs sociaux, pourraient justifier le maintien artificiel et dispendieux de la «paysannerie allemande».

En un mot: une analyse de fond devrait mettre en perspective les propos des Allemands issus du peuple ou d'une classe plus élevée, faire la différence entre tragédies collectives d'un côté, et malheurs individuels de l'autre. Mais les conversations et observations qu'on va rapporter ici n'ont pas à être commentées, ce sont des photographies, de purs documents humains. Et le marchand de bois juif, le voyageur de commerce, le paysan, tous, simplement en tant qu'êtres humains, peuvent revendiquer le droit d'être entendus. Et de l'ensemble de leurs voix et de celles de leurs « concitoyens » se dégage ce que, dans tout pays démocratique, on appelle « contrôle par l'opinion publique ». Mais il ne faut pas s'y tromper : bien que mises au pas et opprimées, ces voix sont présentes dans le Troisième Reich, et elles s'élèveront un jour, dans toute leur force et toute leur vitalité.

LA JOURNÉE DE LA CULTURE

Le train approche de la ville, une ville rhénane industrielle et de taille moyenne. Dans le compartiment, il fait presque noir. Les deux hommes qui sont montés à la dernière gare m'ont à peine jeté un coup d'œil – je suis plongée dans un livre – et ils ne s'occupent pas de moi davantage.

« Comment ça va chez toi ? » demande l'un d'eux. « La petite, Rosel, est-ce qu'elle est guérie ? »

« Toujours pareil : un peu de fièvre, et elle tousse toute la nuit ! »

« Tu devrais l'envoyer dans un sanatorium, elle a peut-être quelque chose au poumon… »

« Un sanatorium », répète l'autre, « ça coûte très cher et la caisse maladie ne rembourse pas. »

« Mais tu as ton salaire d'aiguilleur. »

« Mon salaire, bien sûr, mais aussi une femme et quatre enfants – et des impôts, des retenues, des cotisations tous les jours que Dieu fait. Ça ne me laisse même pas de quoi me payer une bière le soir ! »

Le premier essaie de changer de sujet.

« Qu'est-ce que tu vas donc faire en ville un jour ouvrable si tu ne peux même pas te payer une bière ? »

« Le service », répond l'autre, « demain, c'est la Journée de la Culture. Et apparemment la SA ne suffit pas pour le service d'ordre, alors ils nous ont convoqués. »

« Il y a aussi Goebbels qui va venir..., de quoi va-t-il parler ? »

« De la culture naturellement », répond l'aiguilleur d'un air maussade, « et si tu as un habit, tu peux aussi aller voir *Don Carlos* au théâtre de la ville. Si tu as un habit et si tu es prêt à payer douze marks. »

« C'est une bonne pièce, *Don Carlos* ? »

« Elle est célèbre parce qu'elle a fait scandale à Berlin, on a applaudi une tirade sur la liberté, je crois. Mais ce n'est pas pour nous, cette pièce. Et d'ailleurs, je suis du service d'ordre. »

Le lendemain matin, le portier de l'hôtel me donne tous les détails concernant le programme de la Journée de la Culture : défilé des SA, défilé des SS, défilé des Jeunesses Hitlériennes, défilé de la Ligue des Jeunes Filles Allemandes, défilé des employés du Service du Travail. La journée entière est remplie de défilés, il ne reste pas beaucoup de temps pour les manifestations culturelles. Le Dr Goebbels parle deux fois, et le soir, le Berliner Ensemble joue *Don Carlos*. Mais pour entendre le premier discours de Goebbels, le plus important, il faut avoir une invitation spéciale...

Le second, l'après-midi, à la manifestation de la jeunesse, dure sept minutes : les enfants, qui depuis l'aube ont défilé dans les rues en rangs serrés et qu'on a finalement disposés en groupes réguliers sur la place de l'Hôtel de Ville, sont bien trop fatigués pour pouvoir écouter.

Toujours est-il que les paroles du ministre de la propagande sont enflammées : il dit que le monde entier hait l'Allemagne, parce que le peuple allemand est le meilleur du monde. Que la jeunesse doit donc être en permanence sur le qui-vive. Que l'avenir appartient à la jeunesse. Et que la culture appartient à l'avenir. D'où justement la « Journée de la Culture». C'est un bon discours, et les enfants chantent ensuite avec enthousiasme, pour la dixième fois de la journée, le «Horst Wessel Lied», avant de repartir en bon ordre de marche. On voit qu'ils aiment défiler...

Par malheur, pour la représentation de *Don Carlos*, il n'y a plus de places. Le théâtre est petit, et trop de fonctionnaires du Parti et d'invités d'honneur ont droit à des billets gratuits. Je me rends tout de même au théâtre; si quelqu'un avait rendu son billet, je paierais les douze marks. Bien qu'il ne soit que six heures, et que la représentation commence dans deux heures, le théâtre est entouré d'un cordon de SS qui en interdisent l'accès. Le service d'ordre et l'organisation semblent vraiment représenter l'essentiel de la Journée de la Culture. Tous les membres du parti sont de la manifestation, et tous en uniforme, et s'ils n'ont pas le droit de pénétrer dans le théâtre, on les laisse prendre position devant, pour réserver le stationnement et ménager un accès aux Mercedes du ministre et de sa suite.

Je m'adresse à un SS: «Je voudrais aller à la caisse, pouvez-vous me laisser passer, s'il vous plaît ?»

«Personne ne passe», répond-il sèchement.

Son voisin me conseille sur un ton plus amène: «Essayez donc par l'entrée des artistes.»

Bien entendu, là aussi il y a une sentinelle, qui m'indique le bureau, et dans le bureau est installé un officier SA, qui m'envoie dans le bureau suivant. Un théâtre transformé en caserne, jamais encore je n'avais vu ça. Un inspecteur en uniforme nazi et manteau blanc me demande ce que je fais là. Du vestiaire des danseurs sort une habilleuse aux cheveux gris, qui lève le bras et s'écrie «Heil Hitler!» Pour finir on me dit que je dois m'adresser à la caisse de l'entrée principale, mais qu'il n'y a pas de billet, sauf si j'ai un permis spécial.

«À l'entrée principale, les SA ne me laissent pas passer», dis-je.

« Ce n'est pas mon affaire », me répond-on.

J'abandonne donc la partie, et j'assiste à la représentation solennelle de *Don Carlos* comme les autres citoyens, c'est-à-dire dehors. Devant le théâtre sont plantées les colonnes des filles et des garçons membres des Jeunesses Hitlériennes, ainsi que les ss de service. Ils attendent l'entracte, parce que le Dr Goebbels apparaîtra peut-être à la fenêtre du théâtre. Et pour passer le temps, ils chantent le *Horst Wessel Lied* pour la vingtième fois. Quant à moi, à la vingtième fois j'oublie de lever le bras droit – et aussitôt une femme me lance d'une voix furieuse : « Veuillez lever le bras immédiatement, ou nous vous signalons à la police. » Je suis terrifiée, non pas tant par la menace que par le timbre de la voix, et par le visage que je découvre, fourbe et déformé par une haine inconcevable. Et c'est juste le moment, me dis-je, où, à l'intérieur du théâtre, résonnent les plus belles paroles du Marquis Posa de Schiller – sur la liberté…

« Autrefois, ça n'était pas imaginable »

Ma compagne est juive, elle a seize ans, c'est presque une enfant encore. Elle est blonde et plutôt jolie, elle a un visage ouvert, intelligent. Mais elle est timide, presque peureuse, et bien qu'intelligente, elle parle bas, manque d'assurance en société, dans les conversations et les discussions. En fait, elle voulait passer le baccalauréat et, plus tard, étudier le latin et le grec. Mais, à l'école, elle n'en pouvait plus. Elle était la seule juive, et ses camarades, sans vraiment la maltraiter, la méprisaient et l'humiliaient. D'ailleurs, on l'aurait sans doute recalée au baccalauréat, et elle n'aurait sûrement pas pu faire des études universitaires. Elle n'a que seize ans, et elle sait déjà que sa vie est gâchée, vouée à l'échec. Son frère aîné a émigré en Suisse, où il ne survit qu'en écrivant de temps à autre quelques articles pour des journaux. Il voulait être médecin, il avait

Vienne, mars 1938

N.S. Volkswohlfahrt
Gau
Salzburg
ANGLO-
WIEN
KAUF KREDIT
BRIGADE

déjà fait la moitié du cursus… et sa petite sœur sait qu'elle serait un fardeau pour lui si – sans argent, sans métier, sans perspectives – elle allait le rejoindre en Suisse, en exil. Elle est parfaitement raisonnable, elle ne se révolte pas. « Je ne peux pas me battre », m'explique-t-elle, « je ne suis même pas capable de haïr qui que ce soit. Je voudrais qu'on me laisse tranquille. »

Au même moment, un jeune garçon en uniforme des Jeunesses Hitlériennes traverse la rue en courant et manque se heurter à nous. « Ah, Franz, bonjour, Franz », dit la jeune fille en rougissant, de joie ou de surprise. Le garçon hésite, puis il reprend sa course sans saluer. Eva ne dit rien, elle rougit seulement un peu plus, cette fois de honte et de confusion. C'est seulement quand nous arrivons en haut, chez sa mère, qu'elle m'explique, comme en passant : « Le garçon que nous avons rencontré tout à l'heure, Franz – c'est un camarade de classe. Il habite ici, dans le même immeuble que nous, au premier étage. Avant, c'était mon meilleur ami, c'est pour ça que je lui ai dit bonjour avec autant de chaleur. C'était stupide de ma part, je sais bien qu'il ne peut pas me saluer quand il porte l'uniforme. Une juive, et en pleine rue par-dessus le marché ! Il n'est pas méchant, Franz – c'était juste gênant pour lui de me rencontrer ! » Aussitôt après, on sonne à la porte. Eva court ouvrir. Sur le seuil, en uniforme brun, se tient Franz, son meilleur ami.

Pendant un instant, ils se regardent sans rien dire, comme s'il leur fallait se reconnaître après une longue séparation. Puis le jeune homme entre et essaie de prendre un air dégagé.

Devant l'entrée du « Commissariat de district » du Parti nazi, Salzbourg, mars 1938

«Je voulais te revoir», dit-il en évitant son regard. Elle hésite à répondre.

«Assieds-toi donc», dit-elle. Puis tout bas, avec une certaine précipitation: «Mais comment peux-tu prendre le risque de venir me voir? Et en uniforme en plus? Tu sais bien que c'est interdit!»

Maintenant, c'est à lui de rougir. «Je sais bien, dit-il en hochant la tête, mais personne ne m'a vu. Et puis, dans la rue c'est autre chose, les camarades, je veux dire les autres garçons des Jeunesses Hitlériennes, ils me dénonceraient, c'est sûr. Mais toi – je veux dire, nous, dans notre classe, on ne s'est jamais trahis les uns les autres. Pour nous, ça n'était pas imaginable…»

« Des bons à rien »

Les roues étroites de la carriole s'enfoncent dans le sentier sablonneux, et les sabots du cheval font un bruit sourd. J'ai accompagné le médecin de campagne dans ses visites – nous sommes allés chez le meunier, chez le garde forestier, dans une ferme dépendant d'un domaine seigneurial, et maintenant nous rentrons au village. Le meunier se plaignait de la goutte et en accusait la dureté des temps. Les maigres ailes fantomatiques de son moulin, réduites à l'immobilité, n'auraient même pas réussi, disait-il, à effrayer le vieux Don Quichotte. Et si la moisson de cette année devait être mauvaise, ou moyennement bonne, alors on aurait un «hiver de guerre» et la farine viendrait à manquer.

«Mais ce n'est pas cela qui donne la goutte», dit le médecin, et il voulut examiner le meunier.

Mais celui-ci secoua la tête. «Je sens la goutte quand je pense à la dureté des temps», murmura-t-il, d'un air obstiné.

«Mais comment savez-vous que la moisson sera mauvaise?»

La réponse du meunier fut pleine de sens : « Les nouvelles en provenance de la Prusse orientale sont mauvaises. Les gelées tardives ont fait de gros dégâts. Dans l'ancien temps, avant le chemin de fer, chaque mauvaise récolte signifiait la famine. Maintenant, on sait qu'il serait possible d'acheter des céréales et de les faire venir par le rail – depuis les pays qui en ont trop et qui sont prêts à les céder pour pas trop cher. C'est fait pour ça, le commerce mondial. » Et il ajouta : « Mon père voulait toujours que j'aie un vrai grand moulin en ville, un moulin industriel – il était pour le progrès. Mais ce n'est plus permis, un décret m'oblige à rester à la campagne en tant que meunier du terroir. Et pourtant, il n'y a même plus assez de seigle à moudre pour le vieux moulin à vent, et les boulangers sont forcés de mettre dans leur pain de la fécule de pomme de terre et de la farine de maïs, et une mauvaise récolte est tout autant à craindre que pendant la guerre. Croyez-moi, Docteur, c'est ça qui me donne la goutte ! »

Chez le garde forestier, même chose. Son enfant était malade ; juste une petite laryngite, mais il était soucieux et morose, et après la laryngite il en vint à parler de la dureté des temps. « On m'envoie un type », dit-il, « en uniforme bien sûr, un gars très jeune et stupide, et insolent par-dessus le marché. Il n'a jamais entendu parler de forêt, de bois ou d'exploitation forestière, mais il se déclare "expert-forestier", et il porte un uniforme, et c'est le préfet en personne qui l'a envoyé – alors évidemment il peut tout se permettre. "Reboiser", me dit-il, "il faut reboiser plus vite, l'Allemagne a besoin de bois, nous devons arriver à vivre en autarcie." Comme si on pouvait ordonner aux pins : " Poussez plus vite, au nom du Führer !" »

Le garde s'effraie un peu de ses propres paroles, mais il sait que le docteur est quelqu'un de bien, et moi – je ne suis pas d'ici, je suis étrangère : curieusement, cela semble lui donner confiance.

« Tout est là », me dit-il, « ces messieurs les fonctionnaires du Parti avec leurs titres ronflants, ce sont tous des bons à rien. Des gens qui ont échoué dans la vie, dans leur métier, même déjà à l'école – ils n'ont rien appris qui vaille, et maintenant ils veulent faire fortune dans le Parti. Pas vrai, Docteur? »

Le docteur dit doucement: « Vous exagérez. Il y a aussi des gens travailleurs et honnêtes parmi eux », puis il prescrit des cataplasmes pour l'enfant.

Dans la ferme où nous nous rendons ensuite, la femme d'un ouvrier agricole a accouché avec l'aide d'une sage-femme et d'une voisine. On n'a envoyé chercher le médecin que le lendemain, quand la jeune mère a été prise d'une forte fièvre. Le cas est sérieux; j'attends dehors, devant la maison basse en briques, et j'entends par la fenêtre ouverte les gémissements de l'accouchée, la voix apaisante du docteur, les vagissements du nouveau-né. Le père attend avec moi, c'est un jeune homme au visage grave, brûlé par le soleil – le médecin n'a pas voulu qu'il assiste à l'examen. Notre conversation a quelque chose de bizarrement décalé : l'homme ne dit pas qu'il a peur pour sa femme, qu'il se demande ce qui va arriver.

Il dit : « Maintenant, je n'entrerai pas au Parti national-socialiste. Maintenant, non – parce que c'est un garçon. »

« Vous voulez dire, parce que vous avez un fils … ? » fais-je, surprise.

« Eh bien oui. » L'homme regarde avec un sourire ses mains usées par le travail. « Une fille – ce ne serait pas si important. Cela fait longtemps qu'à la ferme ils me demandent pourquoi je ne suis pas au Parti. C'est mal vu, je le sais. Mais jusqu'ici, j'ai toujours trouvé une excuse. Et maintenant que j'ai un garçon, ils vont me harceler encore plus. Mais je sais ce que je sais. Ce garçon ne doit pas avoir un nazi pour père. Et plus tard, il n'entrera pas dans les Jeunesses Hitlériennes. Il devra aller à l'école, bien travailler, et faire mieux que moi. Je veux bien qu'il soit soldat

– ça c'est différent, nous n'avons rien contre les vrais militaires. Mais les nazis, ils ne font que singer les soldats, c'est une honte d'entrer dans leur jeu. »

La porte s'ouvre et le médecin nous rejoint.

« Pourquoi ne m'avez-vous pas appelé plus tôt ? » dit-il.

Le jeune ouvrier ne répond pas. Il regarde seulement le docteur et son visage, envahi par une pâleur subite, est comme pétrifié.

« Je vais faire envoyer l'ambulance de l'hôpital municipal », dit le médecin, « mais cela prendra quelques heures. Je ne pourrai téléphoner qu'une fois au village. »

« Et le bébé ? Que va devenir le bébé ? »

« La sage-femme s'en occupera. »

L'homme nous raccompagne à la carriole. C'est seulement lorsque nous sommes déjà installés sur le siège – le docteur a déjà saisi les rênes – qu'il demande :

« Docteur, ma femme ne va pas mourir? »

« À l'hôpital, on fera tout ce qui est possible – », répond le médecin sur le point de démarrer.

Mais l'homme l'arrête encore une fois, il se jette carrément sur les rênes et balbutie : « Docteur, il faut que vous vous occupiez d'elle vous-même, vous savez que le médecin-chef là-bas, c'est un nazi, je veux dire, il est incompétent, il a eu ce poste parce qu'il est nazi. Et moi, je ne suis même pas au Parti ! »

« Entendu », dit le docteur pour le tranquilliser, « je m'occuperai d'elle moi-même. »

L'homme fait un signe de tête, le regard absent, et nous laisse enfin partir.

« Qu'est-ce qui se passe avec le médecin-chef de l'hôpital ? », demandé-je, tandis que nous roulons sans bruit sur le sable – j'ai encore dans l'oreille cette phrase terrible : « … c'est un nazi, il est incompétent… »

Mon compagnon hausse les épaules. « C'est mon supérieur dans la corporation des médecins », me répond-il, « il n'est pas pire que bien d'autres médecins, mais les gens n'ont aucune confiance en lui. »

« Pourquoi ça? Parce qu'il est membre du Parti ? Vous voulez dire qu'on en est déjà à refuser sa confiance à quelqu'un du seul fait qu'il est nazi? »

Le docteur me répond très calmement: « C'est un peu ça. Cet homme par exemple a pris son poste sous l'uniforme de la SA. Il a succédé au Dr S., qui était un excellent médecin. Tout le monde sait, évidemment, que le Dr S. n'est pas parti de son plein gré, qu'on l'y a obligé parce qu'il était social-démocrate et parce qu'il n'a pas voulu renvoyer sur-le-champ une assistante juive. Et aussi parce qu'on avait besoin de postes pour les fidèles du Parti. Seulement le fait d'avoir bien mérité du Parti, par exemple en tuant un communiste ou en envoyant un juif en camp de concentration, ne vous rend pas apte à exercer la profession de médecin. Les gens le savent, c'est pourquoi ils n'ont pas confiance. »

Je demande encore: « Visiblement cet ouvrier agricole avait peur que sa femme ait à pâtir du fait qu'il n'est pas membre du Parti ? »

Le médecin ne répond pas tout de suite. Par-delà les champs cultivés, il regarde le soleil descendre, tel une boule de feu, vers la lisière noire de la forêt. Puis il dit, lentement, comme s'il voulait donner du courage, non seulement à moi, mais aussi à lui-même, et raffermir sa foi dans l'avenir: « Aujourd'hui, on a parfois très peur, parce qu'on n'est pas du même bord qu'eux. Mais bientôt on sera content de ne pas s'être sali. Oui, on sera content, et on sera fier ! »

Étudiants de quatre pays

ABC, 24 juin 1937

ALLEMANDS EN VOYAGE

À Dantzig, j'avais vu l'état d'esprit des étudiants de l'École supérieure d'enseignement technique : pris en main par le Parti national-socialiste, soumis à une organisation rigide, et, exception faite d'une poignée d'opposants, membres enthousiastes du NSDAP ou sympathisants du parti. J'avais été épouvantée par leur peu de curiosité d'esprit, leurs vues simplistes et l'absence totale de débat intellectuel ou critique, mais je me disais que le mouvement hitlérien devait avoir pour eux un sens révolutionnaire. C'est pourquoi, deux semaines plus tard, rencontrant un groupe de gens de Dantzig et d'étudiants allemands dans le train qui me menait de la petite cité estonienne de Petseri à la ville universitaire de Tartu, je m'installai près d'eux. J'avais dans l'idée que des jeunes gens, quels que soient le pays et le système politique dont ils dépendent, sont naturellement animés d'un certain idéalisme, et de plus portés à user de leur intelligence pour justifier leurs convictions et leurs actes. Les étudiants – neuf garçons et deux filles – me demandèrent mon impression sur les peuples baltes. J'avais particulièrement apprécié les Estoniens, leur dis-je. Mais partout j'avais eu une impression très favorable de la jeunesse, justement, de la « première génération » de ces nations devenues indépendantes après la guerre mondiale. J'avais été frappée par leur soif de connaissances, leur application, leur esprit ouvert et leur assurance. La seule chose gênante, encore qu'historiquement compréhensible, était leur nationalisme exacerbé, qui allait souvent jusqu'à la xénophobie et l'arrogance nationale. Mais c'était là un péché de jeunesse, que j'avais constaté aussi dans les États d'Orient, chez les Turcs et chez les Persans.

« Ce péché de jeunesse, on va le leur faire passer vite fait, me répondit-on, – la xénophobie dont vous parlez est exclusivement dirigée contre les Allemands, parce que les Allemands leur sont supérieurs à tout point de vue, parce que ces pays doivent leur prospérité à la culture allemande et au travail des Allemands; et ces peuples de paysans primitifs savent parfaitement qu'un jour la juste cause allemande triomphera de nouveau ici. »

« On sait bien que les pays baltes ont d'abord été colonisés par les Chevaliers Teutoniques et mis en valeur par les négociants allemands de la Hanse, dis-je, c'est un fait établi que les nationalistes lettons et estoniens ne contestent pas. Mais certains d'entre vous sont sûrement calés en histoire et ne nieront pas que, même s'il faut le déplorer, le rôle de la germanité dans la Baltique est terminé ; les jeunes nations baltes se développent à une allure surprenante, et dirigeront elles-mêmes leur destin à l'avenir. »

« Et les Baltes allemands, qu'est-ce qu'ils vont devenir ? »

« Il faudra qu'ils quittent le pays, ou qu'ils s'adaptent en tant que minorité loyale dans le nouvel État – au même titre que les Russes, les juifs et les autres minorités. »

« En voilà de drôles d'idées ! », déclara mon voisin, furieux. « Vous ne pouvez tout de même pas mettre sur le même plan un Allemand et des êtres inférieurs comme les Russes et les juifs. L'Allemand, de par la supériorité de son intelligence et de son caractère – que vous ne remettez tout de même pas en question ! – a vocation légitime à gouverner ces pays qu'il a conquis par les armes et imprégnés de sa culture. Et c'est justement pour ça que nous partons en vacances là-bas : pour entrer en contact avec nos compatriotes baltes et pour renforcer en chacun d'eux résistance et persévérance. »

« Vous n'allez pas vous faire bien voir des Estoniens avec ces façons de faire – et à mon avis, vous ne rendrez pas service à vos frères allemands », dis-je; mais la réponse fut qu'ils pouvaient se passer de la sympathie de ces peuples nouveaux.

Notre voyage nocturne dura quatre heures, assez pour me permettre de constater que ces onze étudiants, tous d'origines complètement différentes et dont seule une minorité venait de Dantzig, étaient vraiment « conditionnés » intellectuellement. Je leur demandai s'ils ne déploraient pas l'embrigadement de la communauté étudiante dans les organes du Parti, l'élimination de toute opposition, l'absence de tout débat critique, s'ils n'y voyaient pas un appauvrissement de la vie intellectuelle. Il se trouva un jeune garçon pour répondre à cette question : « Nous considérons la critique comme nuisible, dit-il; chez nous on veut éduquer les jeunes dans un même esprit, leur inculquer le sens de l'unité "völkisch". Mais vous, vous êtes étrangère, alors vous ne pouvez pas comprendre le concept de "völkisch", pas plus que le concept mystique de Führer, ni celui d'obéissance. » Je dus me rendre à l'évidence : bon nombre de concepts de cette nouvelle jeunesse me restaient inintelligibles, et les conversations avec ces étudiants m'inspiraient les pires inquiétudes...

Chez les Estoniens

À Tartu, la « Heidelberg de la Baltique », les étudiants que j'ai rencontrés, et qui représentent la jeunesse universitaire de la nouvelle Estonie, étaient très différents. L'université nationale est établie dans un bel édifice classique. Autour d'elle, une petite ville hospitalière et chaleureuse, dotée d'une cathédrale juchée sur une verte colline, de vieilles églises, d'une petite rivière indolente, de cafés joyeux, de tavernes accueillantes et de superbes maisons des corporations. À l'Université, on trouve réunis des fils de paysans, de négociants, de marchands de bois, de pêcheurs et de marins. Ces jeunes gens constituent la première génération de « gens cultivés », ce sont les enfants d'un peuple qui n'a pu arracher au régime tsariste son indépendance nationale qu'à la faveur de la guerre mondiale, au prix d'un double combat pour la liberté, contre les envahisseurs bolcheviques, puis contre les armées d'occupation allemandes et la « garde territoriale » des grands propriétaires baltes. Mais quand on parle avec ces étudiants de fraîche date, futurs agriculteurs, professeurs ou officiers, on se rend compte à quel point la revendication d'autodétermination était justifiée, à quel point la libération des Estoniens est venue à son heure. Rien n'indique que l'on a affaire à des fils ou petits-fils de serfs. Ils sont animés d'une forte conscience nationale, mais leur fierté est adoucie par la conscience qu'ils ont d'avoir encore beaucoup à apprendre. Leur intérêt pour la politique proprement dite est faible, mais dans les corporations on s'éduque mutuellement à devenir de bons citoyens. Et la haine à l'égard des anciens oppresseurs allemands comme la peur face au puissant voisin russe semblent déjà s'atténuer : on a accordé l'autonomie culturelle à ces deux minorités, et les étudiants allemands et russes ont leurs propres corporations pleinement reconnues.

Les Suédois

La vie estudiantine à Tartu ressemble un peu à celle que j'ai connue jadis dans la vieille ville universitaire suédoise d'Upsala. À l'époque, les étudiants suédois me semblaient former une société insouciante et très heureuse de vivre – si ce n'est qu'ils se tracassent pour leurs examens, d'ailleurs beaucoup plus difficiles que chez nous. En revanche ils se soucient fort peu de politique, des difficultés économiques, des problèmes sociaux – sujets qui passionnent la jeunesse dans les grands pays européens et en Amérique. Ces jours-ci pourtant, de retour en Suède, j'ai rencontré un jeune étudiant en économie, Nils Kellgren, dont l'intérêt pour les grandes questions de notre temps contraste agréablement avec l'indifférence presque gênante de nombre de ses concitoyens, et qui représente apparemment un nouveau type d'étudiant suédois : le jeune social-démocrate.

« Une grande partie de nos étudiants a l'esprit national », m'expliqua Nils, « en fait les nationaux-socialistes – il y en a ici aussi – ne sont pas du tout nationaux, ils ont le regard fixé sur l'Allemagne et importent de là-bas, donc de l'étranger, leur matériel de propagande. C'est exactement ce que l'on reproche partout aux communistes et ce pourquoi on les redoute – mais les nazis, eux, on ne veut pas les prendre au sérieux et on sourit avec indulgence de leurs "bêtises". Mieux vaudrait qu'on les craigne un peu plus. Avec nos nationalistes, c'est différent : ils sont réactionnaires, parce qu'ils sont issus de ces milieux bourgeois naguère détenteurs en titre des professions pour diplômés. Maintenant, nous avons un gouvernement social-démocrate et une vraie démocratie, où l'on voit les classes se mélanger et les castes disparaître. Les jeunes réactionnaires, dans nos universités, ce sont juste des gens qui veulent maintenir leurs droits supposés face aux revendications nouvelles du peuple éduqué. »

Je demandai si cette lutte était très dure, et il me fut répondu : « Nous n'avons pas de lutte des classes à proprement parler, ni rien qui corresponde au schéma de la classe populaire opprimée et misérable. Et naturellement, cela se sent aussi dans le milieu étudiant. »

Moscou et Leningrad

Dans un contexte pourtant très différent, j'ai entendu récemment certains étudiants russes tenir des propos du même genre. L'un d'entre eux, étudiant au Conservatoire de Moscou, parlait l'allemand couramment. Il me donna, au long de plusieurs entretiens, des informations sur sa vie et sur celle de ses camarades. En Union Soviétique, les étudiants qui font des études supérieures sont payés par l'État, c'est-à-dire qu'ils touchent une petite allocation mensuelle de 150 roubles, qui est réduite ou supprimée s'ils ne réussissent pas leur examen à la fin du semestre. Au second échec, on leur conseille d'abandonner les études et de choisir plutôt un métier manuel.

« C'est un bon système », me dit Gog, et il ajouta avec une fierté tranquille : « Je suis toujours le meilleur de ma classe, ce qui me vaut une prime spéciale. En plus, je joue le soir dans l'orchestre de l'Opéra pour un salaire de 650 roubles, si bien que je peux venir en aide à ma mère, à mon frère et à ma sœur. »

Comme je lui demandais si les grandes inégalités de salaires n'étaient pas vécues comme une nouvelle forme d'injustice sociale, il m'assura – et c'est une opinion typique, largement répandue chez les jeunes Russes – que « l'argent ne joue aucun rôle ». Si quelqu'un ne gagne pas beaucoup d'argent, il paie son logement moins cher, et des facilités plus grandes lui sont accordées pour élever ses enfants, pour bénéficier des soins hospitaliers ou d'autres services sociaux.

J'ai d'abord eu du mal à croire à ce rapport – ou à ce manque de rapport – à l'argent comme moyen de subsistance, mais tous mes jeunes amis l'ont ensuite confirmé. Ils savent que l'on prendra soin d'eux, ils croient que les richesses de l'immense Union soviétique leur appartiennent à tous et qu'elles suffisent pour assurer à chacun une existence convenable, et surtout : ils ignorent la crainte du chômage, le plus grand fléau de notre époque. Chacun de ces étudiants travaille et apprend avec très grand zèle, son ambition est stimulée en permanence, mais c'est une ambition étonnamment idéaliste : ils veulent devenir les meilleurs artistes, les meilleurs sportifs, les meilleurs techniciens, mais cela en dehors de tout esprit de compétition et de toute jalousie. Et ainsi grandit une jeune génération, qui a sur nous l'avantage d'un optimisme intact. Leur insouciante tranquillité, leur naïf orgueil devant la somme de ce qui a déjà été réalisé chez eux et de ce qui doit l'être encore, tout cela nous paraît presque stupéfiant, à nous autres, sceptiques citoyens de l'Europe centrale, mais leur sincérité et leur foi ne peuvent être mises en doute.

Une paire de chaussures tombe dans l'Inn

National-Zeitung, 23 mai 1938

Il y a environ deux ans et demi, par une nuit glacée de novembre, les gardes-frontière suisses de Martinsbruck entendirent des appels à l'aide désespérés. Ils sortirent de leur poste bien chaud, les appels venaient de la falaise escarpée et gelée qui surplombe la rive autrichienne de l'Inn. Du côté suisse, tout secours apparut d'emblée impossible. On eut l'idée d'amener une voiture aussi près que possible du rivage et de diriger les phares de façon qu'ils éclairent la falaise. Là, au beau milieu de la paroi de glace qui scintillait de façon inquiétante, apparut une forme humaine, celle d'un jeune homme aux vêtements en lambeaux, accroupi sur une saillie d'où il ne pouvait ni remonter, ni descendre. Un fugitif – un « apatride » –, un de ces hommes dont personne n'est responsable. Les Suisses n'avaient pas le droit de passer sur l'autre rive, d'ailleurs ils ne le pouvaient pas. Ils interpellèrent le jeune homme pétrifié de froid, les phares lui montrèrent la voie, de prise en prise, vers le bas, jusqu'à ce qu'il ait atteint la rive. Puis, on ne sut que faire. Il entra, pieds nus, dans l'Inn, pataugea jusqu'à ce que l'eau lui arrive à la taille, et fit demi-tour. On lui lança une corde, un peu de pain, une boîte d'allumettes. Il alluma un petit feu, on lui dit de patienter jusqu'au matin suivant. Mais une nuit, c'est long. Quand les phares s'éteignirent, chercher du bois lui devint impossible. Le feu s'éteignit lentement.

Le fugitif se coucha dans les cendres chaudes. Les gardes-frontière rentrèrent chez eux. Le lendemain matin, à la première heure, ils étaient de nouveau sur la rive. L'homme de l'autre côté ne bougeait pas. On le crut gelé. Soudain il se leva, vacilla, les membres à demi gelés, suivit les conseils qu'on lui criait de l'autre rive. Il se mit pour la seconde fois à escalader la falaise. Les Suisses vinrent à sa rencontre avec corde et piolet. Il fallut deux heures avant qu'ils l'atteignent et le ramènent sur le rivage. C'était la rive autrichienne. Il avait dix-huit ans. Un Hongrois, ou plutôt : un apatride. Les Autrichiens l'arrêtèrent sur le pont frontalier. On aurait voulu pouvoir l'emmener dans un endroit chauffé, lui donner quelque chose à manger et des vêtements chauds. Mais il était sur le sol autrichien. Impuissants, les Suisses virent qu'on l'emmenait comme un criminel. Ses loques gelées collaient à son corps maigre.

Peu de temps après, on trouva à proximité de la commune de Schlein un autre « apatride ». On l'envoya à l'hôpital de Schuls. « J'avais un camarade », raconta-t-il, « il a voulu retourner en Autriche. Nous sommes Polonais... » L'été suivant, durant la fenaison, des paysans trouvèrent le corps de ce « transfuge » au pied du Piz Mondin. On l'enterra dans le petit cimetière d'une commune suisse.

Un jour, trois fugitifs arrivèrent sur le pont frontalier de Martinsbruck. Deux hommes et une femme. La police suisse les prit en charge, leur donna à manger, puis leur fit franchir la frontière italienne. Là, ils furent repris. On les refoula en Suisse. Ils firent cent vingt kilomètres à pied, en passant par Münster, Ofenpass, Zernez, et revinrent à Martinsbruck. L'un d'entre eux était mécanicien. Ils possédaient un certificat officiel qui les désignait comme « apatrides ». Car c'est une expression officielle. Les Suisses firent ce qu'ils purent : ils leur donnèrent quelques provisions et leur firent passer la frontière, dans la nuit, à un moment où leurs collègues d'en face ne faisaient pas attention. C'est une coutume internationale chez les gardes-frontière d'États voisins en bons termes: ils essaient de se rouler les uns les autres. Cela n'aide pas beaucoup les « apatrides ». Comme les trois fugitifs disaient aux douaniers autrichiens: « Nous avons faim » – on leur répondit: « Ici on ne mendie pas. »

Depuis, les choses ont changé. Aujourd'hui, deux grands drapeaux à croix gammée flottent de l'autre côté de la frontière de Martinsbruck. Les vieux douaniers et gardes-frontière sont remplacés par de vigoureux SS allemands. Aux apatrides qui se présentent à la frontière suisse viennent se joindre maintenant les réfugiés. On les appelle des réfugiés politiques. Quand ils franchissent la frontière, leur passeport perd toute validité, leur nom est proscrit, et ils n'ont plus le droit de retourner dans leur pays. S'ils restent en Autriche, jusque-là leur terre nourricière, une autorité anonyme les déclare ennemis de l'État. Ils ne savent pas toujours pourquoi. Mais ils savent qu'on va les arrêter, les envoyer dans un camp où ils disparaîtront définitivement. Donc ils fuient. Beaucoup essaient de se réfugier en Suisse. Les gardes-frontière de Martinsbruck aimeraient bien les aider. Contrairement aux « apatrides », ils ne sont pas chassés et refoulés à la frontière en pleine nuit. Ils peuvent rester quelques jours, quelques semaines ou quelques mois. Ensuite, ils rejoignent les rangs des apatrides, du sort desquels personne n'est responsable.

La femme d'un garde-frontière m'écrit: « Pour ces malheureux, nous avons besoin d'argent, de chaussures, de linge, de vêtements, de nourriture. Ce serait déjà les aider un peu. » Mais elle ne souhaite pas qu'on donne son nom, que cette humble action d'entraide humaine devienne publique. Car de nos jours, il ne va plus tellement de soi, il n'est plus vraiment sans danger d'agir de façon humaine et chrétienne. On peut vite se retrouver soi-même au nombre des persécutés. La dame ne pense pas « politiquement » – mais elle est confrontée chaque jour au malheur et à la souffrance d'êtres innocents. « On peut espérer que parmi ceux qui liront cet appel, quelques-uns m'enverront de l'argent, des chaussures et des vêtements. »

Il y a peu, un couple de Graz arriva à la frontière. Ils avaient deux enfants, et ils étaient « apatrides ». Il fallut donc les renvoyer. Ils avaient espéré trouver du travail en Suisse. Quelle prétention ! Maintenant ils sont de nouveau sur la grand-route, qui ne mène nulle part et ne finit nulle part. Mais ils ont laissé leur plus jeune enfant, une petite fille de quatre mois, à la femme du garde-frontière. La petite avait été nourrie jusqu'alors d'une bouillie de semoule délayée dans de l'eau. Maintenant on lui donne du bon lait suisse. Elle a une patrie. Elle ne saura pas ce que signifie la vie d'errance sur la grand-route, la vie des sans-patrie. « Ils nous ont donné le bébé ! » dit la nouvelle mère nourricière. Elle le dit candidement et comme une chose qui va de soi.

En face, dans la paroi gelée, est venu s'échouer il y a quelques jours un nouveau fugitif. Il était aussi jeune que le Hongrois, et il est resté bloqué au même endroit, au-dessus de l'Inn écumant. Il a crié, appelé au secours. Un Suisse tout aussi jeune a pris le risque d'aller le sauver, lui l'étranger. Il emportait avec lui une paire de chaussures neuves pour que l'étranger ait moins de mal à escalader la paroi gelée. En bas, de l'autre côté de la rivière, les Suisses de Martinsbruck les observaient avec angoisse. Le jeune sauveteur a dérapé, les chaussures ont dégringolé le long de la paroi et ont été emportées par l'Inn. L'homme a pu se rattraper, mais la perte des chaussures l'a consterné. Finalement il a rejoint le fugitif, qui était si épuisé qu'il a dû le porter sur ses épaules jusqu'au pied de la falaise. En bas, il a été accueilli par les Autrichiens, les nouveaux, avec le brassard à croix gammée sur la manche. Ils ont voulu livrer le fugitif à la police. Mais les Suisses étaient sur le pont et leur ont dit sans ambages ce qu'ils en pensaient. Alors on les a autorisés à emmener le fugitif au poste de douane suisse. Là, on a découvert que le pauvre garçon n'était pas seulement à bout de forces : il était malade, tuberculeux, et il avait une longue plaie ouverte au cou. On lui a fait un pansement, on lui a donné à manger, on a appelé un médecin – qui a dit qu'il fallait l'hospitaliser. Mais qui allait payer pour lui ? C'était un fugitif, personne ne pouvait répondre pour lui; sa jeune vie, pour laquelle un Suisse avait risqué la sienne, ne valait même pas les frais d'hôpital. Et pourtant il faut qu'il vive… On l'a soigné pendant deux jours dans l'auberge suisse près du pont. Puis il a dû repasser de l'autre côté, à Landegg. Et de Landegg sur la grand-route, si l'autorité anonyme ne l'a pas mis en prison. Peut-être se retrouvera-t-il à nouveau un jour contre la paroi gelée au-dessus de l'Inn, sans chaussures, appelant à l'aide.

La dame de Martinsbruck m'a écrit : « J'avais espéré gagner la Société des Nations à la cause de ces gens. Espoir vain, malheureusement. »

La Société des Nations, les lois, les frontières, le christianisme. Pour protéger quelques vies humaines, quels efforts ne faut-il pas déployer, quels grands mots ne faut-il pas brandir ! Et face aux principes, aux actes d'humanité, se dresse, menaçante, la paroi gelée que nul apatride, nul réfugié politique ne peut escalader impunément.

Journalistes à Prague

National-Zeitung, 30 septembre 1938

L'élite du journalisme international se trouve depuis une quinzaine de jours à l'hôtel Ambassador de Prague; journalistes spécialisés, envoyés spéciaux, correspondants de guerre, surgissent toujours aux endroits où se concentrent l'intérêt et les tensions du monde, là où plane la menace de grandes décisions et où des nuages s'amoncellent avant le terrible orage. Ces moments-là sont ceux où cette élite de professionnels entre en scène avec ses petites valises, ses machines à écrire, ses appareils photographiques. Les correspondants permanents, sur place depuis des années pour le compte de leur journal, sont nombreux à se voir évincés par leurs illustres collègues. D'autres au contraire, à la faveur des circonstances, réussissent à se faufiler dans les rangs de l'avant-garde; leurs télégrammes, leurs communiqués transmis par téléphone et leurs articles expédiés par avion postal paraissent maintenant en première page, et les noms de jeunes gens jusqu'alors inconnus de tous sont du jour au lendemain, à Londres, New York, Copenhague, associés aux événement mondiaux les plus importants.

Le signal fut donné lorsque Mr. Knickerbogger, la star du groupe de presse américain Hearst, débarqua de son avion à Prague et pénétra dans le hall de l'hôtel Ambassador. La presse avait ainsi signifié à sa manière que le «problème des Sudètes» était le conflit mondial le plus important du moment. Ensuite arrivèrent Paul Bewsher du *Daily Mail*, Sefton Dallmer et Geoffrey Cox du Daily Express, – Geddy écrivait pour le *Daily Telegraph* et le *New York Times*, le corpulent et débonnaire Reynold Packard, ainsi que son épouse non moins célèbre, Eleonore, travaillaient pour la *United Press*, Mac Donald pour le *London Times*, Fodor pour le *Manchester Guardian*, John Waiteker pour Chicago, Edward Kennedy pour l'*Associated Press*. Le fasciste français Bertrand de Jouvenel arriva, et repartit presque aussitôt pour rejoindre sa caserne[2] en France, après un détour par Budapest. Seidenfaden, le petit Danois aux cheveux de lin, toujours insouciant et toujours un cigare à la bouche, se révéla particulièrement chanceux, ou alors particulièrement doué – il réussit à téléphoner trois lignes à la rédaction du *Politiken* de Copenhague, alors qu'officiellement toute liaison avec l'extérieur

---

2 Devant le danger de conflit dû à la crise des Sudètes, la France, comme l'Angleterre et la Belgique, avait procédé à une mobilisation partielle.

était devenue impossible, et il transportait avec lui un paquet des derniers journaux anglais parus, que, magnanime, il prêta à ses collègues et concurrents quand le courrier de l'étranger cessa de parvenir à Prague. Paul Bewsher étant rarement à son poste, et de toute façon jamais avant trois heures de l'après-midi, le correspondant permanent du *Daily Mail* à Prague, le jeune golfeur Ralph Izzard, délaissa le green pour les locaux de la « Forpress » et pour la rédaction de dépêches qui furent très vite remarquées à Londres. – En outre, s'il lui fallait s'absenter à un moment d'une importance capitale – il pouvait compter sur sa femme pour monter la garde près du téléphone et transmettre des informations, et cela bien qu'elle soit originaire de Berlin, et novice en anglais. [Toujours à propos de Paul Bewsher, la rumeur dit qu'il est toujours possible de le suivre à la trace en s'enquérant dans tous les bars de la planète d'un petit homme blond qui boit du gin avec de la bière au gingembre. Mais sans ce breuvage il est paraît-il incapable de travailler, et c'est d'ailleurs uniquement grâce à lui – disent des collègues malveillants – qu'il est devenu célèbre.][3]

Cette poignée de professionnels s'est donc retrouvée à Prague, comme ils s'étaient retrouvés auparavant en Abyssinie, à Barcelone, en Chine. Ces journalistes, qui d'ordinaire ne sont pas touchés directement par les événements, et qui, du fait même de leur métier, travaillent en observateurs objectifs évitant de prendre parti, cette fois font preuve d'une rare unanimité et manifestent une forte et sincère sympathie pour la Tchécoslovaquie menacée. Car il n'est pas fréquent qu'ils aient à rapporter des événements d'une telle portée, des événements qui, par-delà leurs implications locales, touchent directement le monde entier et constituent pour toute l'humanité à la fois un risque majeur et une pierre de touche morale. Même des esprits franchement endurcis,

3 Passage du tapuscrit non retenu par la rédaction de la *National-Zeitung*.

indifférents ou cyniques, doivent admettre, au vu des événements de ces dernières semaines, qu'on peut parler en toute assurance d'une « cause juste », et que c'est même un devoir de le faire. Ces journalistes qui séjournent à Prague, reporters chevronnés et très écoutés, trouvent tous moyen d'aller visiter la région des Sudètes pour s'informer sur le terrain. Écoutant jour après jour la radio allemande, ils mesurent la monstruosité et l'impudence de l'entreprise de désinformation mise en place – déformation des faits ou invention pure et simple. Et ici, dans la capitale, ils savent aller aux endroits-clés, et ils ont appris à bien connaître l'admirable discipline des masses populaires, l'étonnante conscience politique de l'homme de la rue, et le comportement mesuré du gouvernement, ennemi de tout chauvinisme, répugnant manifestement à tout sensationnalisme, à la fois courageux et pondéré. C'est pourquoi ils se sentent ici unanimement placés devant un devoir non plus seulement politique, mais plus encore moral – le devoir d'informer en se portant garants de ce qu'ils avancent. Et ils sentent que, cette fois, leur responsabilité personnelle est énorme. Du travail, il y en a plus qu'en suffisance. La tension nerveuse permanente à laquelle est soumis le peuple tchécoslovaque les affecte eux aussi, les étrangers, – au-delà du fait qu'ils sont exposés aux bombardements aériens et aux gaz comme n'importe quel habitant de Prague.

Quand, vendredi dernier au soir, peu avant dix heures, la mobilisation générale fut annoncée à la radio, changeant d'un seul coup le visage de la ville, les correspondants se précipitèrent dans les rues obscures avec autant de hâte que les Tchécoslovaques, qui devaient répondre à l'ordre d'appel dans les six heures. Quittant le hall de l'hôtel Ambassador, où ils avaient attendu des nouvelles en provenance de Godesberg, ils traversaient la Place Wenzel pour se rendre à la « Forpress » sans même prendre le temps de mettre leurs télégrammes par écrit avec le soin voulu. La « Forpress » – abréviation pour « Foreign Press », presse étrangère – est comme l'annexe de l' « Ambassador » et le second lieu de rencontre des journalistes, mais une annexe plus sérieuse où ils ont l'usage exclusif du bureau télégraphique et téléphonique. On y trouve une unique cabine pour les communications urbaines – les appels y sont gratuits –, une rangée de neuf cabines pour les communications avec l'étranger, ce qui est bien assez en temps de paix, mais tout à fait insuffisant pour faire face à l'affluence actuelle. On y trouve aussi deux longues tables et quelques pupitres pour écrire debout, et, depuis une date très récente – depuis l'entrée en vigueur d'une censure sévère –, quelques employés tchèques connaissant différentes langues, à qui chaque télégramme doit être soumis avant de passer aux télégraphistes.

Ce fameux vendredi, la rue où se trouve la « Forpress » était plongée dans une obscurité que perçaient à peine quelques rares lumières bleues. Les gens se croisaient comme des ombres, tous pressés et étrangement silencieux. Devant la « Forpress » s'était déjà formé un groupe de journalistes qui grossissait rapidement : derrière les vitres ternes du bureau, on ne discernait aucune lumière, la porte était fermée à clef. Les journalistes étaient perplexes, des remarques volaient en tous sens – en anglais, en français, en danois, en suédois. Que faire ? *Mobilisation en République tchécoslovaque – Discipline exemplaire de la population pragoise – Rumeurs autour de Godesberg – La première mesure du Cabinet Syrovy* – ils imaginaient les gros titres qui devraient paraître le lendemain matin à la une des journaux du monde entier – et eux, les correspondants de Prague, les envoyés spéciaux, les journalistes spécialisés, ne pouvaient pas en dire un mot ! – Mais rien à faire, il fallait s'accommoder de la situation; quelques esprits particulièrement ingénieux firent des tentatives qui échouèrent toutes : par exemple utiliser les services des rédactions de journaux pragois ou d'une légation, pour téléphoner ou du moins envoyer un télégramme de quelques lignes. Non, Prague était coupée du monde, seules les lignes officielles de l'État fonctionnaient, et seule la radio officielle permettrait de savoir, à l'étranger, à Londres, à Paris, New York, Berne, Stockholm, ce qui se passait cette nuit au cœur de l'Europe et en son point stratégique.

Les journalistes rentrèrent à l'hôtel les uns après les autres. Et ce fut, pour les correspondants internationaux à Prague, le début d'une « grève involontaire » qui devait durer deux journées entières. C'était une situation plutôt démoralisante. Non seulement, dans l'incapacité de transmettre les informations, on se sentait isolé et inutile, au service d'une cause perdue, mais de l'extérieur les nouvelles n'arrivaient qu'au compte-gouttes. On vivait de rumeurs. Dès le lendemain matin, des secrétaires des diverses légations firent leur apparition à l'hôtel et insistèrent auprès des journalistes pour qu'ils s'en aillent. À quelques-uns, ils transmirent des instructions de leurs rédactions, qui allaient dans ce sens. D'autres, au contraire, ne savaient pas si on attendait d'eux qu'ils restent ou qu'ils partent. [Ne risquait-on pas, en partant, le reproche d'abandon de poste, et en restant, celui d'imprudence inutile ?][4]

Beaucoup s'en allèrent. Ceux qui restèrent ne montrèrent tout d'abord aucune nervosité et affirmèrent ne pas avoir peur. Mais vingt-quatre heures plus tard l'atmosphère devint plus oppressante, certains perdirent leur sang-froid et mirent tout en œuvre pour tenter de partir. Le trafic aérien était suspendu. Si on ne pouvait pas ou si on ne voulait pas passer par l'Allemagne, les chemins détournés étaient déjà franchement aventureux : on pouvait passer par la Hongrie ou la Roumanie, puis traverser la Méditerranée, ou bien franchir la frontière polonaise et passer par la Scandinavie, au cas où, à Varsovie, on ne trouverait pas de vol direct. Mais les trains vers la Pologne ne franchissaient déjà plus la frontière. En pleine nuit, disait-on, il fallait marcher pendant quelques heures à pied et transporter soi-même ses bagages.

---

4 Passage du tapuscrit non retenu par la rédaction de la *National-Zeitung*.

Quelqu'un proposa d'acheter des bicyclettes. Il n'était pas question de voitures, car à supposer qu'on pût en acheter, il n'y avait plus d'essence depuis longtemps. Ceux qui persistaient à vouloir rester regrettèrent de ne pas avoir apporté des pigeons voyageurs. À l'avenir, disaient-ils, chaque journaliste voyagerait avec sa cage de pigeons voyageurs. Alors que la peur de la guerre avait fortement stimulé le progrès technique, maintenant l'imminence de la guerre l'annulait en quelque sorte. Le 25 septembre, le correspondant du *Daily Mail* avait loué un fiacre pour pouvoir au moins circuler quelque peu à l'intérieur de la ville. Travailler le soir était exclu, parce que les chambres d'hôtel n'étaient plus éclairées que parcimonieusement par la lumière trouble des « lampes de camouflage ». De toute façon, à quoi bon travailler? Il était impossible d'envoyer un article.

Enfin, le dimanche soir, le bruit se répandit que la « Forpress » avait rouvert – on pouvait envoyer des radiogrammes vers quelques pays –, les censeurs avaient repris leurs places à leurs pupitres. La petite pièce débordait comme une salle de classe le jour de la rentrée. Et comme des élèves pleins de zèle, les grands correspondants, assis autour des tables, gommaient, mordillaient leur crayon, soumettaient timidement leur copie au regard sévère des censeurs, et suivaient le crayon rouge d'un air inquiet. – On barrait beaucoup. Les Danois furent très déçus d'apprendre que, pour le moment, les radiogrammes rédigés dans leur langue étaient refusés. Mais dans l'ensemble le soulagement était immense. On annonça que le trafic était rétabli sur certaines lignes aériennes. Le monde était de nouveau proche, ouvert, accessible – même si c'était encore un accès réduit et difficile. Tard dans la nuit, les journalistes – les rares journalistes restants – rentrèrent à l'Ambassador. On s'était déjà habitué à l'obscurité muette imposée aux rues de Prague. En contrepartie, un ciel pur se déployait majestueusement au-dessus de la ville.

Nr. 23

Die neue Schalusstraße, die in sechs Autostunden die iranische Hauptstadt Teheran mit dem Kaspischen Meer verbindet: eine technisch wichtige Tat, die aber auch ein außergewöhnliches Erlebnis vermittelt, denn zwei geographisch und kulturell völlig verschiedene Landschaften, das Iranische Hochplateau und die tropische Kaspische Senke, sind durch die neue Straße einander zum erstenmal nahegerückt.

Annemarie Clark:

Von Teheran zum Kaspischen Meer

Eine moderne Paßstraße in Iran

Wasserbüffel am Kaspischen Meer. Eben befand man sich noch im Iranischen Hochland, wo riesige Schafherden rastlos über riesige Steppenweiden ziehen, und Kamelkarawanen den neuen Lastwagen Konkurrenz machen. Hier unten ist mit einem Schlage alles verändert. Es gibt keine Kamele, dafür begegnet man großen Herden von Wasserbüffeln, die in der feuchten, schweren Mittagshitze in träger Ruhe am Meeresufer stehen . . .

Die Ebene der iranischen Hauptstadt Teheran ist zwölfhundert Meter hoch, die Paßhöhe von Schalus erreicht über dreitausend, das Kaspische Meer jenseits davon liegt dreißig Meter unter dem Meeresspiegel. Das Elbrusgebirge trennt zwei Welten: das aride, kontinentale, iranische Hochplateau mit seinem typisch östlichen Gepräge, seinen Lehmbauten, flachen Dächern, riesigen Karawanenstraßen, weitausgedehnten Städten, — und die Kaspische Senke, einen äußerst fruchtbaren Landstrich mit tropischem Klima, reichem Pflanzenwuchs, mit Häusern aus Holz und mit strohgedeckten Dächern. Früher war die Trennung fast vollständig: auf zwei langen Straßen, dem Kasvin-Paß und dem Paß von Firuskuh, spielte sich ein langsamer Karawanenverkehr ab, das war alles. Gilan und Mazanderan, die reichsten persischen Provinzen, lagen abseits, an der ganzen kaspischen Küste gab es einen einzigen Hafen, Enzeli-Pehlevi. Das hat sich in den letzten zehn Jahren geändert. Die Erschließung des Landes durch neue Verkehrswege gehört zu den wichtigen Aufgaben der Regierung, die unter bewundernswertem Aufwand an Energie und Klugheit das asiatische und rückständige Persien in einen neuen, technisch und kulturell fortschrittlichen Staat umwandelt: das moderne Iran. Wir haben schon über den Bau der Transiranischen Bahn berichtet, jener großzügigen Unternehmung, die das Kaspische Meer mit dem Persischen Golf verbinden wird. Die neue Schalusstraße dient einem verwandten Zweck. Ohne Rücksicht auf geographische Schwierigkeiten hat man die kürzeste Strecke zwischen Teheran und dem Kaspischen Meer gewählt und eine Paßstraße gebaut, die an technischer Kühnheit und landschaftlicher Schönheit ihresgleichen sucht. Da die Paßhöhe einen großen Teil des Jahres von Schnee bedeckt ist, wird sie durch einen Tunnel durchstochen, und die Hauptstadt Irans ist jetzt nur noch sechs Autostunden vom Meer entfernt. Am nördlichen Ausgangspunkt, wo bereits ein Sommerpalast des Schahs und ein modernes Hotel stehen, wird von holländischen Ingenieuren der Hafen Deno gebaut, der für den Handelsverkehr mit der Sowjetrepublik und für den transrussischen Verkehr mit Europa gleich wichtig sein wird.

Zürcher Illustrierte, 5 juin 1936, n° 23, p. 695. De Téhéran à la Mer Caspienne, une route de montagne récente en Iran.

IV

AFGHANISTAN (1939-1940)

Le 6 juin 1939, Annemarie Schwarzenbach et Ella Maillart quittent Genève à bord d'une Ford Roadster et prennent la route pour Kaboul. Après la Bulgarie, elles embarquent à Istanbul sur la mer Noire, débarquent à Erzurum, traversent l'Arménie turque et arrivent à Téhéran – où elles restent bloquées trois semaines à cause d'une épidémie de choléra. Après la frontière afghane, elles suivent l'ancienne route de la soie, qui passe par Mazar-e Sharif et traverse l'Hindou Kouch. Dans la vallée de Bamyian, elles découvrent les fameux bouddhas, puis rejoignent sur les fouilles de Bagram le couple d'archéologues Joseph et Ria Hackin. Le 26 août – six jours avant l'invasion de la Pologne par Hitler – elles arrivent à Kaboul.

En octobre, après le départ d'Ella Maillart pour l'Inde, Annemarie rejoint la DAFA (Délégation Archéologique Française en Afghanistan) au Turkestan afghan, non loin de la frontière soviétique.

Fin décembre elle retrouve Ella Maillart à Indore, et le 7 janvier 1940 elle embarque à Bombay sur le *Conte Biancamano,* à destination de Gênes, par Aden, Massaoua, le canal de Suez. À Port-Saïd, le navire est détourné par les Anglais sur Haïfa. Au large de Toulon, il doit porter secours à l'*Orazio,* à bord duquel un incendie a éclaté. Le 23 janvier, il accoste enfin à Gênes.

Ce voyage en Afghanistan fit l'objet d'une quarantaine d'articles.

Entretien avec un jeune Turc

National-Zeitung, 10 juillet 1939

Nous sommes arrivés en Turquie en voiture. Il est donc naturel que nous nous intéressions en premier lieu aux routes de ce pays – pas très nombreuses, comme on sait, malgré son immensité. Le tronçon turc de la future « Route Internationale » qui traversera la totalité des Balkans est, paraît-il, terminé – mais après avoir franchi la frontière avec la Bulgarie, nous avons mis plus de cinq heures pour parcourir les cinquante kilomètres séparant Andrinople de Lülle Burgaz, et au bout du compte ce fut une chance pour nous de pouvoir emprunter la piste tracée par les camions à travers champs. Nous pûmes ainsi voir avec quelle énorme énergie on travaille sur le chantier de la route, dont nous longions le tracé. Les cent derniers kilomètres avant Istanbul étaient terminés : c'était une bonne chaussée asphaltée, de largeur moyenne. Notre ami est ingénieur, il construit des routes. Nous le questionnons : peut-on se rendre en voiture d'Istanbul à Ankara, la capitale ? Et de là au cœur de l'Anatolie, à Kayseri, Sivas, Erzeroum ? – Quelle est la longueur de la route qui, en passant par Erzeroum, relie Trébizonde, sur la mer Noire, aux frontières de l'Iran et de la Russie? – Cette question comporte une arrière-pensée : à quoi peut servir une excellente et courageuse armée turque, avec laquelle l'Europe doit compter aujourd'hui, s'il est impossible d'acheminer les troupes?

C'est un plaisir de discuter avec de jeunes Turcs cultivés. Ils passent sans difficulté des questions de détail aux problèmes de fond, ils s'intéressent à tout, ils savent aller loin dans la réflexion.

« Nous avons du retard en ce qui concerne les routes », nous expliqua notre informateur, – « en Iran on commence par les routes, chez nous par les voies ferrées. Nous n'avons pas de pétrole comme en Iran, mais nous avons du charbon.

Et si demain il faut lancer 300 000 hommes sur la Thrace, le chemin de fer nous sera plus utile qu'une route. La voie ferrée d'Ankara à Erzeroum par Sivas est bientôt terminée. On va s'attaquer au tronçon rouillé qui mène à la frontière de Perse, et l'Iran le complétera par une ligne Téhéran-Tabriz-Bayazid, en projet depuis longtemps. Il y aura aussi des travaux au nord de Diyarbakir jusqu'à Van, de façon à établir une liaison transversale avec le Taurus-Express. »

Il ajoute : « Ismet Pacha est, comme Atatürk, avant tout un soldat. »

Nous lui demandons si l'essentiel du travail continue d'être assuré par des spécialistes étrangers. Il sourit : « Un Américain que nous avons fait venir pour chercher du pétrole a dit un jour : "J'ai été engagé pour avoir de l'espoir" – mais il n'a pas trouvé de pétrole. Non, nous devons nous rendre indépendants des spécialistes étrangers. Nous avons encore des Suisses – des Autrichiens comme l'architecte Holzmeister – et c'est une bonne chose. Mais à vrai dire il vaudrait mieux que nous fassions appel à nos compatriotes. »

« Les jeunes techniciens ont beaucoup d'occasions d'acquérir de la pratique dans ce pays, me semble-t-il ? »

« Nous disposons de bons techniciens. Mais nous manquons de scientifiques, et nous sommes obligés de confier des missions très difficiles à des jeunes gens qui viennent à peine d'obtenir leur diplôme. C'est regrettable. Nos futurs spécialistes ont besoin de l'atmosphère du Quartier Latin ou du Polytechnikum de Zurich. Les cerveaux de génie ne s'importent pas. Mais un pays qui sait les mériter les produira. »

Nous ne doutons pas un instant que la Turquie nouvelle aura son élite d'intellectuels et de techniciens. Mais le reste de la population – les paysans, qui sont la base de cette nation ? Qui les unira, qui leur donnera une conscience nouvelle ? – « C'est juste – on ne peut organiser que la richesse, pas la pauvreté », nous répond notre ingénieur. « La Turquie a besoin d'intelligence, de savoirs et d'argent pour que ses moyens correspondent à ses besoins. Nos ancêtres nous ont légué la mosquée de Konya, mais nous n'avons reçu d'eux ni routes, ni rails, ni canalisations, ni canons, ni hôpitaux. La "classe intellectuelle" à laquelle je pense commence avec l'ouvrier spécialisé. Tout cela nous manque encore. Votre Occident, à l'inverse, ne sait plus quoi faire de sa production, il ne sait plus partager les biens. Nous avons un avantage sur vous : le plus pauvre paysan d'Anatolie a encore une chose à lui, sa dignité, car dans sa cabane il est roi. La crise que vous vivez résulte de la rupture d'un équilibre. Si nous y échappons, c'est peut-être parce que nous savons mieux employer et répartir ce que nous possédons. Ou bien simplement parce que nous avons encore des racines… »

Et nous qui, en Europe, voyons comme un spectacle tragique l'introduction brutale du « progrès » occidental dans des sociétés jusqu'alors vigoureuses, qu'il vient couper de leurs racines ! Quelle perspective neuve nous ouvre, chez notre ami turc, cette foi si assurée dans le progrès !

« Quels bénéfices escomptez-vous pour vos paysans anatoliens en leur apportant le progrès ? »

« En bref, nous travaillons à développer dans notre peuple plus de possibilités de bonheur, le goût pour des plaisirs d'ordre moral et intellectuel. Comme vous savez, ce sont des concepts relatifs : le concombre du paysan vaut le "poulet aux truffes" du gourmet. Mais pour l'instant c'est la douleur, la privation, qui nous procurent la conscience de nous-mêmes, de notre existence. Apprenons à acquérir cette conscience par le plaisir, et déjà par le sentiment de la bonne santé physique. Un jour il sera donné à tous de pouvoir bien manger, bien dormir, faire du sport. »

Est-ce un jeune Russe qui parle ?

Le Turc ajoute : « Poursuivre ces objectifs ne signifie pas refuser l'existence d'une élite. Mais la base de notre travail reste la foi dans le bonheur et le droit au bonheur pour tous. »

Nous lui demandons: « Ne craignez-vous pas d'ouvrir ainsi la porte de votre pays à "l'américanisme"? »

La réponse est surprenante: « Peut-être en effet l'Occident connaît-il une crise de ce genre, qui ébranle la conscience des vraies valeurs. Mais seules de minces couches sociales perdront cette conscience. L'Occident dans son ensemble – et nous en faisons partie – possède une sensibilité particulière, des valeurs qui sont éternelles et qu'il doit retrouver. »

Les derniers entretiens politiques l'ont amplement montré: la Turquie fait partie de l'Europe, et un grand rôle l'attend dans les futures forces européennes. N'oublions pas l'histoire de l'Empire ottoman: les Sultans ont combattu à la fois devant Vienne et aux frontières de la Perse, et pour combattre Charles-Quint la France de François 1er s'est alliée à Soliman le Magnifique... La nouvelle Turquie est aujourd'hui plus qu'un pont entre l'Orient et l'Occident, entre l'Europe et les jeunes États de l'Asie, qui s'éveille à son exemple. Elle aura son mot à dire dans le destin futur de l'Europe – et elle en a conscience.

Des Suisses en Iran

Thurgauer Zeitung, 20 janvier 1940

Les Suisses qu'on rencontre à l'étranger – ingénieurs, médecins, constructeurs de routes, commerçants, diplomates, agriculteurs, alpinistes, pionniers de toute sorte – pourraient fournir matière à des volumes entiers; on les trouve partout, dans tous les pays, toutes les conditions et tous les métiers. Ils sont différents des Allemands, travailleurs infatigables qui tous, présents pour le compte d'une firme allemande ou chargés d'une mission officieuse, semblent se considérer en permanence comme une avant-garde engagée dans une lutte collective; ils sont différents des Anglais, qui, employés de banque ou d'une entreprise pétrolière, militaires ou diplomates aux manières aussi agréables que nonchalantes, sont formés depuis des générations à veiller aux intérêts secrets ou publics de l'« Empire »; ils sont différents encore des Russes, qui par exemple en Iran sont très nombreux et sûrement assez influents, mais se montrent peu et n'ont quasiment aucun contact avec les petites colonies des autres nations. Les Suisses sont très aimés, en partie sans doute parce qu'on sait que, si nombreux soient-ils, ils ne viennent jamais qu'en tant qu'individus et pour des raisons d'ordre privé; jamais encore leur patrie n'a pris part au grand jeu de la politique d'hégémonie qui constitue la toile de fond de l'histoire du Proche-Orient, depuis des décennies et même encore aujourd'hui, où, avec le réveil de la conscience nationale, la Turquie, l'Égypte, l'Irak et l'Iran sont devenus des États nationaux, dirigés par des gouvernements forts et indépendants.

« Vous n'avez pas connu l'ancien temps ! Quelle vie on menait alors, sans police, sans règlements, sans passeports ! Quelle liberté ! » Ce cri du cœur, nous l'avons souvent entendu, et nous avons appris à le comprendre. Ceux qui parlent ainsi, ce sont les « vieux » Suisses, les pionniers, les émigrants, ceux qui, sans le moindre contrat solide, arrivaient en Perse pour prendre part à la construction d'un pont ou d'une ligne de chemin de fer, ou à l'installation d'un laboratoire, ceux qui tentaient leur chance comme chef cuisinier à Schahi ou comme professeur de français à Téhéran, et qui se retrouvaient bientôt à la tête d'un grand hôtel. Ils arrivaient sans argent, de leur propre initiative, chacun d'entre eux était un « Général Sutter », rêvait de faire fortune, et en tout cas devenait son propre maître, même si sa réussite se bornait à gagner un morceau de désert et à l'irriguer suffisamment pour récolter des céréales, des melons, du raisin, là où il avait trouvé un sol pierreux desséché par un soleil sans pitié, et quelques touffes d'herbe rêche à peine suffisantes pour nourrir les troupeaux de moutons des nomades en transit.

Paradoxe : ces mêmes « vieux » qui depuis vingt ou trente-cinq ans vivent en Iran, ceux qui ont connu le temps où chacun était son propre maître, qui ont fait carrière et acquis des richesses et savent bien que l'Iran d'aujourd'hui n'a pas grand-chose de commun avec la Perse de jadis, romantique et libre, ces Suisses arrivés par les pistes des caravanes et qui ont passé des mois sur la route alors qu'aujourd'hui il leur faut trois jours pour rentrer au pays en avion, – tous restent ici et déclarent franchement que la vie là-bas est devenue trop étriquée pour eux. Quelques mois dans leur famille à Lucerne, au bord du lac Léman, des vacances de ski dans l'Oberland Bernois, un séjour luxueux à Saint-Moritz – et puis le vaste ciel du haut plateau iranien les attire à nouveau comme un aimant. L'un de ces « vieux » a fait ses premières armes voici plus de vingt ans comme acheteur de tapis; devenu ensuite agent de la grande « Oriental Carpet Company », il a créé à Hamadan des ateliers où on faisait des tapis à points noués selon des modèles anciens ; il avait des clients dans le monde entier ; et quand le commerce des tapis est devenu monopole d'État, il a finalement travaillé pour le gouvernement iranien. Aujourd'hui, avec des participations dans plusieurs sociétés, il pourrait certainement mener en Suisse une existence agréable de rentier. Mais quittant Hamadan, c'est à Téhéran qu'il s'est établi, et non pas sur le lac de Zurich.

On pourrait donc s'attendre que l'Européen échoué en Perse ait le désir et l'ambition de s'assurer une place à Téhéran, qu'il soit tenté par cette capitale en pleine modernisation, avec sa colonie d'étrangers relativement nombreuse, ses maisons de ville très confortables, ses jolies résidences d'été sur les hauteurs de Schimran. Eh bien non ! Il y a des familles qui, mutées à Téhéran, regrettent leur « province ». Certes, si on a de la fortune, on peut vivre fort agréablement à

Téhéran ; les maisons y disposent maintenant de l'électricité, de salles de bain, de frigidaires; on y trouve des coiffeurs, des commerçants, des rues asphaltées, un restaurant en terrasse sur le toit du Palace Hôtel; toutes ces conquêtes de la civilisation se mettent très vite en place. Mais tous les Européens qui ont connu l'ancienne Perse sont d'accord sur une chose : des avantages de ce genre ne compensent pas la perte de l'ancienne existence de liberté souveraine que nombre d'entre eux menaient encore à Hamadan il n'y a pas très longtemps. Hamadan, l'Ecbatane des Mèdes, est située au nord-ouest du pays, entre les vallées du Luristan et les montagnes kurdes. Autour d'elle s'étendent les territoires des nomades, ou des terres cultivées, propriétés de grands seigneurs, qui jadis y venaient l'été avec des caravanes de mulets, des tentes, des chevaux de selle et des serviteurs. Dans la ville vivait un petit groupe d'Européens qui chassaient et jouaient au bridge. Tous possédaient une grande maison aux fraîches terrasses, avec des bassins où l'on pouvait nager, de vieux arbres, des vergers, une armée de serviteurs.

Non que cette existence romantique, virile et pionnière, ait totalement disparu. Il y a ici même un « vieux Suisse » de cette espèce, qui est le personnage le plus curieux de la colonie d'Iran. Dentiste de son état, il possédait jadis une belle maison aux portes de Téhéran; il était en même temps brasseur de bière et agriculteur. Il a vendu la maison, parce qu'entre-temps elle s'est trouvée engloutie par la ville. Les portes colorées de la cité ont été rasées. De nouveaux quartiers mordent sur la plaine jaune ponctuée de collines qui monte d'environ trois cents mètres vers Schimran et les montagnes du Tauschal. Cette plaine est un semi-désert minéral parsemé d'oasis, de jardins verdoyants, et de villages au milieu de maigres champs. Partout où l'eau du Tauschal se fraie un chemin jusqu'ici, la vie fleurit. Et le Tauschal peut fournir assez d'eau pour transformer les alentours de Schimran en jardin luxuriant ! Les paysans maîtrisent très bien l'antique technique de l'irrigation : par des canalisations souterraines, appelées « kanats », on conduit jusqu'aux jardins et jusqu'aux champs l'eau découverte dans la montagne. Donc ce Suisse, dentiste, brasseur et cultivateur, échangea sa maison de ville contre un terrain sur les hauteurs de Schimran, une ancienne oasis autrefois fertile et bien irriguée, mais qui, laissée à l'abandon, était alors redevenue sauvage et à moitié désertique. Un expert italien, qui cherchait dans le désert de l'eau pour les propriétés du Shah, indiqua au Suisse une source : pieds nus, baguette de sourcier en main, il marchait sur le sol aride, tandis que le Suisse chevauchait près de lui, quelque peu incrédule. Mais la baguette se courba brusquement et l'on trouva de l'eau, de l'eau d'une fraîcheur et d'une qualité telles qu'un laboratoire de Munich, auquel on envoya quelques échantillons à analyser, répondit à l'heureux propriétaire : « Si nous avions à Munich une eau comme celle-là, notre bière serait encore meilleure ! »

Trois ans lui ont suffi pour transformer son « désert » en exploitation modèle. Devant l'imposante demeure, à l'ombre de peupliers, de noyers et de saules, s'étend un grand étang où l'on peut se baigner. Cent mille peupliers ont été plantés; en Iran on recherche ce bois pour la construction : les classiques colonnes de bois des vérandas, présentes même devant la plus modeste maison de village, sont des troncs de peupliers. Tout un élevage de jolis petits veaux a pour père un taureau provenant d'une ferme d'État expérimentale de Schwyz. On élève aussi des chevaux : turkmènes rapides, solides petits bakhtiari avec du sang arabe, et des poneys de polo qui rivalisent avec ceux des officiers iraniens et des diplomates anglais. Quand vous êtes invité à déjeuner, vous commencez par un plongeon dans l'eau glacée de l'étang, qui vous met en appétit; puis on vous offre les produits du cru : des légumes, du beurre, du « ducht » – sorte de petit-lait coupé d'eau –, de la bière évidemment, et enfin du champagne pour accompagner cerises, pêches et raisin. En un mot: le paradis! Mais ce paradis n'est pas tombé du ciel tout fait aux pieds du propriétaire. La baguette de sourcier qui a permis de trouver l'eau marqua juste un point de départ. Il a fallu du travail, de l'esprit d'initiative, il a fallu opposer aux obstacles et aux échecs innombrables une ténacité sans faille, et il a fallu aussi consentir un grand sacrifice, car, bien que rendant de grands services au pays qu'il a choisi et qu'il aime, bien qu'accomplissant un vrai travail de pionnier pour un État en plein développement, chaque Suisse est contraint, s'il veut acquérir des terres, de troquer son passeport suisse contre un passeport iranien. Ne rêve-t-il pas encore parfois de cultiver la vigne dans le canton de Vaud? –

Sur la route monotone qui relie Tabriz à Téhéran, pas très loin de Kasvin, dans la chaleur écrasante de midi, nous avons rencontré dans un tchaïkhane deux ingénieurs suisses, bien bronzés, le casque colonial rabattu sur la nuque. C'était la première fois, nous dirent-ils, qu'ils voyaient ici, dans ce pays, une plaque d'immatriculation de la confédération helvétique: celle de notre Ford poussiéreuse. L'un d'eux était un homme aux cheveux déjà gris, qui rentrait tout juste d'une période de congé en Suisse. Il vivait en Orient depuis seize ans. – Le climat? Il avait travaillé à la construction du chemin de fer transiranien dans le sud de la Perse; en comparaison, Kasvin était une zone tempérée! – Rentrer au pays? Il faut d'abord finir la voie ferrée de Téhéran à Tabriz, ce qui peut prendre encore deux ans, ou plus. Après on verra. Nous déjeunâmes chez lui, dans un vieux jardin immense à la lisière de la ville de Kasvin. La chaleur était insupportable. Tandis qu'on nous apportait de la bière glacée et qu'un domestique somnolent manœuvrait la pompe à insecticide pour chasser les essaims de mouches, notre Suisse nous dit: « Il ne faut pas se faire trop de souci pour le lendemain. Ici aussi on peut vivre… »

Dans ce pays aussi on peut vivre : je repense souvent à ces paroles, avec un peu de honte peut-être, car je ne suis qu'un hôte de passage dans un pays étranger, et je rentrerai chez moi. La seule épreuve qui m'attend est celle d'une route poussiéreuse, d'un bout de désert brûlant, qu'aussitôt franchis je laisserai derrière moi, simple vision d'une terre étrangère. Ces Suisses que je rencontre partout et qui parviennent à tirer de ces pays leurs moyens de subsistance, je commence à les admirer…

Deux Suissesses et une Ford sur les routes d'Afghanistan

Auto, 7 mai 1940

L'Afghanistan en abrégé

On dit de l'Afghanistan qu'il est la Suisse de l'Asie parce que c'est un État-tampon, un pays montagneux et une forteresse naturelle. Les puissantes chaînes de l'Hindou Kouch dressent un véritable rempart entre l'Asie Mineure et l'Inde. L'Afghanistan empêche un contact direct entre la Russie et les Indes britanniques. Ses voisins sont les Russes au nord, l'Iran à l'ouest, le Balouchistan au sud, et les Indes britanniques à l'est. Au nord-est, une sorte d'appendice se prolonge jusqu'au Turkestan chinois. La superficie de ce pays est à peu près une fois et demie celle de l'ancienne Allemagne, et sa population s'élève à sept millions d'habitants. Le destin et l'histoire de l'Afghanistan sont marqués par sa position sur l'ancienne route des Indes. Dans sa partie nord-ouest, les voies en provenance de la Mer Noire, de l'Iran et de la Méditerranée se rejoignent à Herat. Cette ville constitue aussi l'extrémité ouest de la route principale, qui passe par Kandahar et Ghazni en dessinant un fer à cheval, remonte vers le nord jusqu'à Kaboul, la capitale, et se prolonge à l'est jusqu'à la passe de Khyber, célèbre porte ouvrant sur l'Inde fabuleuse. En dehors de cette route, il n'existe que deux voies de communication importantes: l'ancienne route de la soie qui part d'Herat et se dirige au nord vers l'Asie Centrale et la Chine, et d'autre part une jonction entre cette route et Kaboul.

Les frontières de l'Afghanistan sont très particulières. Un désert d'environ trente kilomètres de large, une sorte de no man's land, le sépare de l'Iran. Quant à la «frontière nord-ouest» avec les Indes britanniques, elle est encore plus problématique, et son histoire est très sanglante. Sur le plan géographique, cette frontière correspond en effet à la ligne Durand fixée en 1894; mais dans la pratique, les Britanniques n'exercent leur pouvoir que jusqu'à une frontière imaginaire parallèle à la ligne Durand et située à une cinquantaine de kilomètres de distance. Ainsi s'est constitué un territoire tribal indépendant, où les gouvernements de Delhi et de Kaboul préfèrent laisser les turbulentes tribus nomades gouverner elles-mêmes, plutôt que de se brûler sans cesse les doigts à tenter de les pacifier.

Du côté de la Russie, le fleuve Daria – appelé Amou Daria – représente bien sur la carte une ligne de démarcation très nette, mais les intentions des dirigeants soviétiques manquent de clarté, ce qui n'est pas très rassurant pour l'Afghanistan.

Depuis toujours les Afghans se sont trouvés pris dans le jeu des grandes puissances, et aujourd'hui tout particulièrement ils sont à la merci des tensions et des heurts entre l'Angleterre et la Russie. Néanmoins, ils se sont engagés avec beaucoup d'énergie sur la voie du progrès social et du développement économique. Avec le soutien de l'Angleterre et un pouvoir central fort, l'Afghanistan peut s'assurer une «petite place au soleil[1]», que ses voisins ont tout intérêt à lui laisser.

---

1 Cette expression fut forgée par le chancelier du Reich, Prince Bernhard von Bülow (1849-1929).

Afghanistan, fileuse nomade, 1939

COMMENT S'ÉQUIPER POUR LE DÉSERT

Même avec la Ford la plus endurante, il est exclu d'entreprendre un voyage en Asie avec un équipement standard. Des vendeurs compétents vous diront qu'en Orient on trouve des pièces de rechange dans presque tous les kiosques à tabac. L'ennui, c'est que ces kiosques sont rares. Nous avons donc chargé le garage Tip-Top de Zurich d'équiper notre Ford cabriolet de pneus Firestone renforcés, d'une deuxième roue de secours et de ressorts plus solides. On installa dans le coffre un réservoir d'appoint de quarante litres, et on nous monta un radiateur spécialement conçu pour les pays tropicaux. Cela dit, quand le redoutable vent des steppes et des déserts afghans se mettait à souffler dans le pot d'échappement, l'eau bouillait en cinq minutes, comme dans n'importe quel radiateur. Nous avons emporté quantité de pièces de rechange, dont une pompe à essence complète, sachant combien il est pénible d'avoir à démonter et réparer ce genre de pièce, surtout dans le sable du désert et sous un soleil de plomb. Mais le moteur s'est si bien comporté que nous n'avons eu besoin de la pompe de secours… qu'à Zurich : la voiture est tombée en panne dès mon arrivée. Nous avons aussi veillé à emporter tous les outils indispensables. Deux accessoires se sont révélés d'une utilité insoupçonnée : une lampe portative munie d'un très long câble, prévue à l'origine pour le cas où nous aurions par exemple à changer un pneu dans l'obscurité – mais qui nous a surtout servi à repérer les gués praticables dans les rivières – et puis des chaînes pour la neige, qui ont surtout été utiles dans la boue ! Nous sommes aussi parties avec deux bidons d'eau, de quinze litres chacun.

D'autres objets sont venus s'ajouter par la suite, et la nécessité nous inspira quelques astuces. Avant d'aborder le

Afghanistan, 1939

désert, nous nous sommes équipées de pelles. Deux solides gouttières métalliques, ressemblant un peu à des patins, devaient, si la voiture venait à s'ensabler, servir d'appui aux roues tournant à vide. Pour nous protéger de la chaleur, nous avons doublé d'un tissu rouge tout l'intérieur du toit, comme nous avions vu les nomades le faire dans leurs tentes. Un long tuyau en caoutchouc se révéla très utile : Ella Maillart s'en servit pour aspirer dans le réservoir de la voiture la ration d'essence de notre réchaud ! Dans les Balkans, le carburant est de mauvaise qualité, et quand nous sommes arrivées à Istanbul, ma compagne de voyage, qui a le palais délicat, ne souhaitait rien tant qu'un bon cocktail d'essence extra pure. Par ailleurs, elle m'avait promis en quittant Genève de se remettre à niveau en matière de conduite automobile. Et de fait, dans les Balkans et jusqu'en Iran, elle me relaya assez souvent. Mais elle est plus à l'aise avec les chameaux qu'avec les autos; en outre, les « chemins » que nous prenions n'étaient pas un terrain d'entraînement idéal. Si bien qu'elle renonça à conduire. Pour moi, ce fut un vrai soulagement. Je sentis s'en aller d'un coup la nervosité qui m'envahissait auparavant à l'idée d'une défaillance du moteur ou d'un incident quelconque – car il se passait parfois plusieurs jours sans que se présente un garage digne de ce nom.

Une petite soudure sur votre pneu ?

Quand nous avons atteint la frontière irano-afghane, les communications entre les deux pays étaient interrompues à cause d'une épidémie de choléra dans le sud de l'Afghanistan. De toute façon le trafic se limite à un petit nombre de camions, qui transportent aussi bien les gens que les marchandises. Ils roulent nuit et jour. Seule une panne peut les arrêter – mais elles sont fréquentes. Rupture de suspension ou d'essieu, fuites d'huile ou d'essence, crevaisons, tuyaux d'alimentation ou gicleur bouchés, courts-circuits, panne de frein, surviennent non pas chaque jour, mais quasiment chaque heure qui passe. On répare sur place. Les chauffeurs de poids lourds et leurs assistants – des adolescents incroyablement crasseux, qui font tout le trajet debout sur le marchepied – sont sans conteste les « mécaniciens » les plus habiles, mais aussi les moins scrupuleux qui soient. Leurs procédés seraient des crimes aux yeux de leurs collègues européens. Jugez-en vous-mêmes ! Quand l'eau du radiateur d'un camion se met à bouillir, c'est simple : on la vide, et si on a un bidon sous la main, on la remplace dans l'instant par de l'eau glacée, comme si c'était là la meilleure façon de traiter un moteur surchauffé. En hiver, si le matin un moteur ne démarre pas au quart de tour, pas d'hésitation : on allume dessous un petit feu qu'on alimente avec des chiffons et du petit bois, et qu'on arrose copieusement d'essence. On remplace sans vergogne les amortisseurs cassés par des bouts de bois. Et j'ai vu de mes yeux quelqu'un… souder un pneu crevé. Oui, souder ! Non pas avec du caoutchouc liquide, mais avec du métal. Dans ces conditions, comment s'étonner que ces véhicules, soumis aux pires traitements, et de surcroît toujours trop chargés, rendent l'âme au bout d'un an ou deux ?

COMMENT FRANCHIR, AU CLAIR DE LUNE ET SANS AVOIR À MONTRER SES PAPIERS, UNE FRONTIÈRE FERMÉE POUR CAUSE DE CHOLÉRA.

Les voitures particulières qu'on rencontre en Afghanistan appartiennent en général à des ministres, des gouverneurs de province, des fonctionnaires, parfois à des ingénieurs en déplacement pour leur travail. Il n'y a de véritable circulation que sur la route allant de Kaboul à la passe de Khyber – et encore est-elle fort peu dense, si on use de nos critères. À l'autre bout du pays, le nombre total de voitures passant en un an la frontière iranienne se compte sur les doigts des deux mains. Et les seules plaques minéralogiques que l'on voie sont persanes ou indiennes. D'ailleurs, l'Afghanistan ne fait pas partie de la Fédération automobile internationale. Ce qui fait que notre Ford, avec son écusson suisse et sa plaque des Grisons, a pu passer le poste de douane afghan d'Islam Kaleh sans que nous ayons eu besoin de montrer le moindre document, même pas pour la radio, qui de toute façon ne marchait plus depuis longtemps. Puis nous avons franchi sans que personne ne nous demande rien le no man's land déjà mentionné, vrai désert où d'habitude on peut quand même distinguer une piste creusée par les camions. Mais comme la frontière était fermée depuis trois semaines à cause du choléra, aucune trace n'était visible. Nous étions cependant de trop belle humeur pour nous laisser abattre : car enfin nous venions de réussir l'exploit de franchir la frontière entre l'Iran et l'Afghanistan, notre chance aidant, et aussi les certificats de vaccination donnés par l'Institut Pasteur de Téhéran. On nous avait conseillé d'éviter ce trajet et de faire le détour par Bagdad et l'Inde, ou même d'essayer par la mer Caspienne et le Turkestan russe. En procédant ainsi, c'est certain, nous ne serions jamais arrivées. Là au contraire, nous avions franchi sans encombre trente kilomètres de désert entre le poste persan de Yussufabad et le poste afghan d'Islam Kaleh, et maintenant, toutes contentes, malgré l'absence de piste, nous roulions vers l'est, à la rencontre du soleil levant et de la ville d'Herat.

Ensablées !

À l'ouest et jusqu'au Seistan souffle en été le « Vent des cent vingt jours ». Ce vent du nord, violent, surchargé de chaleur et de sable, arrive des steppes du Turkestan. Il fait tourner d'énormes moulins et érige des dunes gigantesques. C'est dans l'une d'elles, pareille à une grande congère de neige, que les quatre roues de notre Ford, enfoncées dans le sable presque jusqu'à hauteur des essieux, se trouvèrent bloquées dès huit heures le lendemain matin. Il faisait très chaud, et pas la moindre trace d'ombre, d'eau ou de présence humaine n'était visible alentour. Armées d'une pelle, de nos gouttières métalliques d'un mètre cinquante et de cailloux, nous nous mîmes au travail. Nous commençâmes par construire un petit chemin pavé, puis nous glissâmes nos gouttières sous les roues avant, et pelletâmes le sable pendant une demi-heure jusqu'à ce que la voiture fût à peu près dégagée. Alors j'appuyai sur l'accélérateur, fis hurler l'embrayage en passant en seconde, et la voiture fit un bond... d'à peine deux mètres! Épuisées, mais ravies de notre exploit, nous nous assîmes sur le marchepied pour boire un peu de l'eau tiède et sablonneuse que contenait notre gourde en toile – brevetée Maillart –, mélangée au lait condensé qui sortait en grumeaux de notre tube. Nous retrouvâmes les gouttières enfouies sous un tas de sable; projetées violemment en arrière, elles avaient été complètement tordues. Et le cirque recommença. Vers midi, la chaleur devint de plus en plus accablante. La dune faisait à peu près trente mètres de long. Notre Ford mit plusieurs heures à la franchir par petits bouts. Grâce à nos galoches de métal et à notre énergie, nous finîmes par retrouver un sol plus ferme.

À peine dix kilomètres plus loin, nous eûmes la surprise de découvrir une rivière aux eaux vert sombre. Nous nous baignâmes sous l'arche hardiment élancée d'un très vieux pont. Ce fut un moment littéralement paradisiaque. Dans l'état où nous étions, les vêtements nous collant à la peau et la langue au palais, le bain fut une bénédiction. Quelques kilomètres plus loin, il s'en fallut de peu – du fameux poil! –, que nous ne restions de nouveau bloquées. Non pas dans les sables, cette fois, mais dans la vase. Ella Maillart bondit hors de la voiture pour m'aider de ses conseils. Moi, j'appuyai à fond sur l'accélérateur – avec l'impression, l'espace de quelques secondes, de me trouver sur un voilier sans gouvernail –, et, mes roues projetant de la boue de tous côtés, j'atterris sur le sable jaune, sec et bien ferme. Après un petit village dépourvu de toute ombre, nous retrouvâmes enfin la vraie piste – baptisée « route » ! – et nous nous installâmes pour nous faire du thé dans le peu d'ombre qu'offrait la voiture. Un aimable paysan coiffé d'un turban blanc arriva à travers champs pour nous offrir des melons. Ensuite, la route nous conduisit directement à Herat, que nous avons fini par atteindre le soir même, mais très, très tard…

Herat

Herat est une ville très ancienne, à moitié en ruines et oubliée, malgré son passé glorieux. Quelques monuments immortels rappellent l'époque brillante des Timourides. Les autorités nous proposèrent, dans le quartier neuf de la ville, un de ces petits hôtels où l'on peut aujourd'hui s'acheter un certain confort et une certaine sécurité, mais dépourvus de tout romantisme. Nous allâmes rendre visite au maire. J'eus à franchir un petit canal, et l'abordai sans méfiance. Ces canaux sont très fréquents en Afghanistan et d'importance vitale pour le pays, mais il faut y faire sans cesse attention. Les ponts de terre qui les enjambent ont l'air solides, mais à peine la Ford se fut-elle engagée sur celui-là que le bord s'effondra sous la roue avant gauche. Quelques jeunes Afghans vigoureux glissèrent tranquillement leurs épaules sous le pare-chocs et portèrent la voiture en terrain sûr. Fièrement, ils refusèrent le bakchich – le pourboire – que nous voulions leur offrir.

Sur la route du nord

À Herat, nous décidâmes d'emprunter l'ancienne route de la soie, celle du nord. Le seul Européen vivant dans cette ville, un jeune Polonais ingénieur des ponts et chaussées, voulut nous en dissuader. Mais nous étions obstinées, et nous n'avions aucune intention de traverser l'Afghanistan à toute allure, munies d'une bouteille Thermos et flanquées d'une escorte masculine et de boys à la façon de ladies anglaises. Cahin-caha, nous partîmes donc vers le nord, franchîmes les montagnes en direction du Turkestan, longeâmes à quelque distance la frontière russe en traversant Meymanek, Andkhvoy, Shibargan, et arrivâmes à Mazar en passant par l'ancienne Balkh. La suite nous força d'admettre que le Polonais avait raison, mais peu nous importait. Nous en avons vu de toutes les couleurs, mais grâce à notre bonne étoile nous sommes arrivées. Tout compte fait, même en Afghanistan on ne peut pas présenter un sentier muletier comme une route carrossable. D'Herat à Meymanek, celle du nord était, par mesure de précaution, officiellement fermée à la circulation. Cela ne nous empêcha pas de la prendre. Après quelques montées et descentes vertigineuses, que nous affrontâmes victorieusement, le gouverneur de Qal'eh-ye Now nous accompagna lui-même avec sa voiture jusqu'à sa seconde résidence de Bala Morghab. Sans lui, nous serions sans doute encore en train d'errer dans ces parages. Le pont enjambant la Morghab avait été emporté au printemps 1939. On en construisait un autre à la hâte, mais cinquante kilomètres plus bas. Trente milles, ce n'est certes pas le bout du monde, chers lecteurs, mais quand les tronçons de route n'existent que sur les plans, on ne sait pas si on arrivera un jour. Des paysans réquisitionnés par le gouverneur nous aidèrent à franchir bancs de sables et escarpements. Après quoi ils filaient devant nous à cheval et nous accueillaient avec des cris de joie un peu plus loin, à un autre passage dangereux. Oui, un chameau passe parfois plus facilement par le fameux chas de l'aiguille… !

Garages à chameaux, cavaliers porteurs d'essence et prix du carburant

J'ignore la distance exacte entre Herat et Mazar-e Sharif, car notre compteur s'était bloqué à Herat. Mais ce que je ne suis pas près d'oublier, c'est que nous avons mis deux semaines pour faire ce trajet. Et les courtes étapes de vingt-cinq ou cinquante kilomètres étaient plus épuisantes que les étapes plus longues. Impossible de trouver un garage avant celui de Mazar. Ce garage est en réalité un ancien caravansérail. Maintenant ce ne sont plus des chameaux qui s'y arrêtent pour la nuit, mais des camions afghans couverts de dessins comiques. À notre arrivée, une horde de chauffeurs à l'allure hallucinante, Turkmènes, Afghans en turban, la tunique flottant au vent, se jeta sur mon moteur dont j'avais imprudemment soulevé le capot. Et pas un boulon ne serait resté à sa place si un digne « masteri » à la barbe blanche ne s'était interposé avec énergie. Il me conseilla de retourner à l'hôtel et vint m'y rejoindre avec son jeune assistant – un garçon couvert de suie, âgé tout au plus de quatorze ans – pour nettoyer les parties du moteur recouvertes de loess. En Afghanistan, garder sa voiture intacte est un vrai tour de force. Et c'est miracle que nous n'ayons cassé aucun ressort. Malgré ces conditions de route, trois mille camions circulent aujourd'hui sur les « routes carrossables » du pays. Je vous ai donné tout à l'heure quelques aperçus de la brutalité avec laquelle on traite les véhicules. Mais il faut rendre justice à ces chauffeurs de camion : rien, absolument rien ne les met dans l'embarras. C'est justement leur flegme et leur absence de préjugés qui leur permet d'entreprendre des réparations que nous, Européens, ne pouvons envisager sans tout un arsenal.

En Perse, on peut acheter de l'essence partout, car il y a quantité de stations-service. En Afghanistan, au contraire, si le téléphone marche bien, les pompes sont rares. La route principale Herat-Kandahar-Ghazni-Kaboul-Khyber, empruntée par les camions, est la seule où on peut être sûr de trouver au moment voulu de l'essence Shell venue de Birmanie. Par exception, nous sommes pourtant tombées en panne sèche à une centaine de kilomètres de Meymanek, dans le charmant village de Qaisar. Pendant que, dans le jardin du maire, nous faisions une longue sieste imposée par la chaleur caniculaire, un cavalier nous apporta deux bidons rouges contenant chacun deux gallons d'essence Shell. Cela nous coûta la bagatelle de trois francs par litre, mais enfin ce type de ravitaillement équestre était un service exceptionnel. Au Turkestan il fallut utiliser les réservoirs d'appoint, car dans le loess la voiture consommait au minimum vingt litres aux cent kilomètres. La plupart du temps nous trouvions de l'essence russe en bidons métalliques de douze gallons (cinquante litres). Remplir le réservoir était toute une histoire, car un homme à lui seul n'arrivait pas à les soulever. En Iran, les champs pétrolifères du golfe Persique exploités par l'Anglo-Iranian Oil Company nous avaient fourni un carburant de qualité supérieure à des prix très avantageux. En Afghanistan, la Shell de Birmanie était excellente, mais abominablement chère. C'est pourquoi, sur la route du nord, nous prîmes en général de l'essence russe, moins bonne. D'après nos calculs, le carburant nous est revenu en moyenne entre 6,5 et 8 afghanis le gallon, c'est-à-dire environ un franc suisse par litre.

POUR CONCLURE : DANS LA TCHAIKHANA

Notre Ford est arrivée en Inde sans tomber une seule fois en panne. Là, j'ai dû serrer tous les freins, car la passe du Khyber – porte des Indes – est dès la montée… asphaltée, et notre voiture, gavée de poussière pendant des semaines, voulait brusquement prendre le mors aux dents. Poussière et loess : ces mots me suggèrent un développement sur la nourriture, qui devrait vous intéresser. Pour calmer votre faim, j'aurai plaisir à écrire un deuxième article – mais il faut aussi étancher sa soif. En Iran et en Afghanistan, cela se fait essentiellement dans les tchaikhanas, les maisons de thé. Des baraques de terre battue dressées au bord de la route, et équipées d'un samovar. En Afghanistan, pays strictement musulman où l'alcool n'est pas en vente, on ne trouve pas de bière glacée, et nous et nos collègues, les conducteurs de poids lourds, sommes presque entièrement tributaires des tchaikhanas. En ces lieux fleurit encore un certain romantisme, bien qu'alourdi par les vapeurs d'essence.

Les frontières de l'Afghanistan

Neue Zürcher Zeitung, 15 février 1940

Quelqu'un de ma connaissance a mis cinq mois entiers l'année dernière pour se rendre de Téhéran à Kaboul – de la capitale de la Perse à celle de son voisin l'Afghanistan. Il est vrai qu'il n'avait pas de passeport valide : étant tchèque, il s'était retrouvé brusquement le 21 mars, à son insu et au sortir d'une nuit passée quelque part dans les déserts du Seistan, citoyen du Reich allemand. Par mesure de précaution, il se déplaçait presque toujours à pied, n'ayant en poche qu'une poignée de fruits secs et une carte d'état-major britannique hors d'âge. Il évoluait en quelque sorte entre les frontières – consultant sa carte de temps en temps, déterminant sa position, puis escaladant et dévalant collines et dunes de sable pour traverser des contrées désertiques en direction d'une frontière quelconque. Ce pouvait être celle de la Perse avec le Balouchistan, comme celle du Balouchistan avec les Indes britanniques, du Balouchistan avec l'Afghanistan, ou celle de ce pays avec la Perse. Il marchait sans trêve, se trouvait assez vite face à des gardes-frontière, des gendarmes et des soldats éberlués, puis se voyait

À Balkh, Turkestan afghan, 1939

La Ford dans le défilé de Doab (Hindou Kouch), Afghanistan, 1939

refoulé poliment, mais sans appel, par des fonctionnaires anglais. D'aimables Afghans le reçurent et l'hébergèrent; des Baloutches, complètement sidérés par l'apparition d'un Européen, lui firent faire un bout de chemin dans une voiture gouvernementale. Il traversa à la nage le Helmand – l'un des plus grands fleuves d'Afghanistan – et réussit même à se procurer des chameaux. Quand il arriva enfin à Kandahar, le choléra venait de s'y déclarer. Il finit malgré tout par atteindre Kaboul. Là, on l'envoya à la légation d'Allemagne où on lui prit son passeport tchèque pour l'échanger contre un document allemand portant la mention « Protectorat de Bohême et de Moravie ».

Hors des frontières de l'Asie, on ne connaît Kandahar que parce qu'un Anglais, qui s'y était vaguement illustré, portait dans son titre le nom de cette ville du sud de l'Afghanistan. Mais cela remonte à bien longtemps. Depuis, l'Afghanistan est devenu complètement autonome, et il ne dépend plus de ses deux puissants voisins – les Anglais au sud et les Russes au nord – qui montent depuis des décennies une garde vigilante sur la passe de Khyber et l'Amou-Daria. Anglais et Russes – à leur corps défendant, bien que dans leur propre intérêt – sont devenus en quelque sorte les parrains de cet État-tampon. Le rôle historique de l'Afghanistan est déterminé depuis des millénaires par la nature elle-même. C'est une barrière presque infranchissable, mais en même temps une voie de passage entre les hauts plateaux de l'Iran et l'Asie Mineure, entre les plaines du Turkestan, les déserts, les steppes, les oasis de l'Asie Centrale – qui furent depuis toujours un réservoir inépuisable de peuples nomades et guerriers – et le fabuleux Pays des Merveilles qu'est l'Inde. Déjà Alexandre le Grand avait pénétré par la passe de Khyber dans la vallée de l'Indus.

Il a fallu plusieurs décennies aux Anglais, derniers conquérants de l'Inde, pour se rendre compte que la poussée des Russes vers l'est – que Moscou prétend avoir héritée du grand

Alexandre – les concernait directement. Aussi négligèrent-ils quelque temps l'Afghanistan, pays à la fois important et dangereux, patrie de turbulentes tribus montagnardes. C'est seulement vers 1860 qu'ils se préoccupèrent sérieusement du tracé des frontières dans cette région. Entre-temps, les Russes s'étaient infiltrés presque sans entraves dans les plaines du Turkestan. Aussi ne renoncèrent-ils qu'à contrecœur au contrôle de l'importante ville d'Herat, et ils se montrèrent très réticents à satisfaire les Anglais quand ceux-ci réclamèrent en 1873 la restitution à l'Afghanistan des villes-oasis de Andkhvoy et Meymanek. Aujourd'hui encore, on peut acheter dans le vieux bazar couvert d'Andkhvoy – comme dans toutes les villes frontalières du Turkestan afghan – des cotonnades russes, du sucre russe, des bols à thé russes portant des imitations de sceaux chinois, et des cigarettes russes. Pas plus tard qu'en 1933, des milliers de nomades – citoyens soviétiques d'Ouzbékistan et du Turkestan – ont franchi la frontière. Bien avant déjà, l'ancien émir de Boukhara s'était réfugié en Afghanistan ; chassé par les Bolcheviks, le prince n'avait pu mettre en sûreté son immense trésor – trésor que plus d'un État de taille moyenne lui envierait aujourd'hui. Il vit toujours en exil dans un village des environs de Kaboul. Mais s'il a dû abandonner son or à Boukhara, il a apporté au pays qui lui a donné l'asile un cadeau certainement plus utile, à savoir ses immenses troupeaux d'agneaux caraculs, célèbres dans toute la Russie. Les toisons noires de ces animaux – qu'en général on appelle chez nous l'astrakan – font désormais en Afghanistan l'objet d'un commerce florissant.

L'Amou Daria – appelé Oxus dans les anciens manuels scolaires – est aujourd'hui sur plusieurs centaines de kilomètres, à travers un désert uniforme et plat, la frontière entre la Russie soviétique et l'Afghanistan. Plus à l'est, cette ligne remonte jusqu'aux provinces du Pamir, du Wakhan et du Badakhshan, suivant le tracé exact défini en 1884 par une commission russo-britannique. Mais ce n'est pas la frontière la plus problématique et la plus dangereuse de l'Afghanistan. Par le traité de Gandamak, les Anglais se sont assuré en 1879 le contrôle de la passe de Khyber, qui permet d'aller de Kaboul à Peshawar. Cette passe se trouve au milieu d'un territoire habité par des tribus excessivement belliqueuses, et qui vivent aujourd'hui encore dans un état de semi-indépendance. Il y a dix ans, elles ont soutenu le maréchal Mohammed Nadir Khan – qui à l'heure actuelle règne en souverain à Kaboul – contre l'ignominieux usurpateur Bakka-i-Sakka, et elles l'ont aidé à monter sur le trône. Commencé en 1893, l'établissement du tracé de la « frontière nord-ouest » avec l'Inde ne fut pas une tâche aisée pour les Anglais. Les relevés topographiques ne sont toujours pas terminés. Il existe certes une frontière nominale, la « ligne Durand », portant le nom du chef de la délégation britannique ; mais comme l'administration indo-anglaise, bien qu'en droit d'exiger qu'elle soit respectée, ne l'a pas rendue effective sur le terrain, il subsiste aujourd'hui un « no man's land », un « territoire indépendant » sur lequel s'exercent les ambitions des tribus guerrières. C'est sans doute l'une des causes des troubles permanents qui préoccupent l'administration anglaise, dans cette région et dans celle, plus méridionale, des Waziris, apparentés aux tribus de la passe de Khyber. Toutes ces tribus, dont l'instinctif désir d'indépendance crée autant de soucis aux dirigeants de l'Afghanistan qu'aux Anglais, sont organisées aussi démocratiquement que les communes ancestrales suisses. Une assemblée régionale – la « jirga » – élit les chefs de tribu – et les destitue le cas échéant.

Il reste encore à fixer de façon précise les frontières entre l'Afghanistan et le Balouchistan. La diplomatie britannique s'y est plus d'une fois employée, comme en témoignent les arbitrages déterminants de 1895 et 1905. Montagnes et déserts constituent presque partout les frontières du pays.

Sur les cartes, elles sont représentées par des lignes soigneusement tracées, mais dans la dure réalité la frontière de l'Afghanistan est presque toujours un grand espace vide battu par les vents.

Nous en avons fait l'expérience nous-mêmes quand nous avons quitté la Perse pour nous rendre à Herat, capitale des Timourides, objet de querelles incessantes depuis des millénaires. C'est là que se séparent les chemins venant de Perse. Au nord, l'ancienne route de la soie traverse l'Asie centrale jusqu'en Chine ; au sud, la route empruntée par Alexandre indique la voie menant aux Indes. Les postes frontières persans s'appellent Karis ou Yussufabad et se trouvent à trente kilomètres au moins d'Islam Kaleh, leur homologue afghan. Nous avons roulé toute une nuit, au clair de lune, dans ce no man's land situé entre les empires asiatiques. Pas la moindre barrière à l'horizon, pas le moindre poteau aux couleurs du pays, pas de fortification, pas de montagne, pas le moindre cours d'eau. Rien qu'une solitude infinie, livrée à l'abandon. À droite et à gauche, l'horizon, comme illuminé de torches d'un jaune soufre, allait se perdre dans une fin du monde imminente. Yussufabad avait encore une vague apparence d'oasis. Quelques maigres rangées de peupliers bordaient un canal à l'eau trouble et un étang immobile. Derrière les murs de la caserne des gendarmes se trouvait même un misérable petit jardin. On nous offrit du thé chaud, des melons et des concombres. Puis on nous déconseilla vivement de reprendre la route dès le soir, car il était impossible la nuit de repérer la piste, simple trace dans le néant. Mais nous étions pressées, et nous continuâmes quand même notre voyage. Nous voulions entrer en Afghanistan, avec le vague espoir d'y recevoir un accueil chaleureux. Il n'eut pas lieu. Jamais nous n'avons su, et jamais nous ne saurons où et quand nous avons franchi la frontière. Dans la pénombre pâle, presque laiteuse, le ciel et le désert se confondaient, comme des nappes de brouillard agitées par le vent. Des vautours aux ailes blanches escortaient notre voiture, sans bruit, tels des fantômes. Soudain, un soldat sortit d'une petite cour entourée de murs bas en terre battue. Il nous interpella et, à la lumière de nos phares, examina nos passeports d'un air perplexe. C'était un soldat persan – son poste isolé fut la dernière habitation que nous rencontrâmes cette nuit-là. Plusieurs heures s'écoulèrent avant qu'on nous arrêtât de nouveau. De grands gaillards en turban blanc et à l'allure belliqueuse surgirent devant nous. Ils brandissaient leurs fusils en riant. L'un de ces jeunes Afghans sauta sur notre voiture et nous conduisit jusqu'au premier poste de son pays, Islam Kaleh. C'est là que, pour la première fois en Afghanistan, nous nous allongeâmes sur des tapis à même le sol afin de nous reposer. Derrière nous, la nuit s'étendait comme un mauvais rêve entre deux frontières, entre deux pays.

Nouvelles d'Europe

National-Zeitung, 21 septembre 1939

D'ici une demi-heure, à six heures moins le quart, je pourrai brancher la radio et essayer de capter les informations anglaises. À Londres, il est une heure de l'après-midi, alors qu'ici la grosse chaleur est déjà passée; la douce brise du soir qui vient des collines se glisse dans les ruelles et les jardins de la ville. Nous recevons maintenant très souvent des informations, en provenance de Londres, de Berlin, de Delhi, souvent aussi de Russie. Dans cette belle et sauvage terre de montagne nous sommes comme sur un récif entre la Russie au nord et l'Inde au sud. Le Pamir et l'Hindou Kouch, le Karakorum et l'Himalaya nous séparent du Turkestan chinois et de la steppe mongole, qui s'étendent jusqu'aux régions d'Extrême-Orient, où l'on se bat. De là-bas aussi des nouvelles nous parviennent. À Tien-Tsin, depuis le pacte germano-soviétique, les policiers japonais doivent de nouveau saluer les Anglais – on ne nous dissimule même pas les entractes burlesques qui accompagnent toujours les grandes tragédies. Et de la sorte, si nous sommes assez calés en géographie, nous pouvons reconstituer tout autour de nous le gigantesque panorama des événements, dont les courants et les tempêtes, les orages et les masses de nuages n'atteignent pas encore ce pays.

Qu'il y ait dans Kaboul tant de bons postes de radio est simplement, peut-on penser, le fait du hasard. Car dans l'ensemble cette étrange capitale est encore assez peu touchée par la culture européenne. Turbans, boutiques du bazar, murs de terre battue, ânes surchargés, chars à bœufs à deux roues, maisons semblables à des fortins, avec des grilles de bois aux fenêtres de leur premier étage en surplomb. Près du fleuve on trouve des commerçants qui importent des Indes les marchandises les plus diverses : conserves et produits pharmaceutiques, lampes de poche, chocolat. Il faut les connaître, et savoir chez qui on peut se procurer des cigarettes fraîches. Mais rien d'étonnant qu'à Kaboul on ne puisse pas acheter un ruban de machine à écrire. Ou bien qu'un pneu de voiture, commandé aux Indes par l'entrepôt de pièces détachées du gouvernement, coûte quatre fois plus cher qu'en Europe. À Kaboul pièces détachées et réparations de voitures sont affaire de chance, et pourtant il y circule une quantité appréciable de véhicules, et, là où ils peuvent parvenir, les camions sont l'unique moyen de transport du pays. La route de la Passe de Khyber, la route des Indes donc, doit compter parmi les plus mauvaises d'Afghanistan, et ce n'est pas peu dire. Et pourtant, oui, pourtant, les appareils radio fonctionnent. Et il paraît déjà oiseux de se poser la question qui, dans ce pays, nous préoccupe si fort d'habitude : les conquêtes de la civilisation occidentale qui vont inévitablement s'y introduire seront-elles pour lui une bénédiction ou une malédiction? Que cela nous plaise ou non, nous apprenons les nouvelles par la radio, que nous écoutons chez nos amis en évitant la compagnie des Allemands ou des Italiens, dont les commentaires sont forcément très différents des nôtres.

D'ailleurs les Allemands se tiennent à l'écart. Ils sont en majorité, et plus nombreux que tous les autres ressortissants européens réunis. Voilà qui donne à penser. Que pensent les Afghans? Leur situation classique d'État-tampon entre les impérialismes anglais et russe est à peu près rétablie, mais compliquée par certains facteurs. Durant la guerre mondiale, l'Allemagne a envoyé en Afghanistan un agent très capable, le chevalier Oskar von Niedermeyer, avec toute une expédition. En faisait également partie Wassmuss, « le Lawrence allemand », qui resta en Perse. Depuis l'Afghanistan on peut harceler les Indes britanniques; les tribus turbulentes et guerrières de la « frontière Nord-Ouest » sont l'instrument rêvé pour ce genre d'activités.

En cas de guerre, des manœuvres de cette sorte, hasardeuses mais restant dans le cadre d'une politique réaliste, ne se reproduiraient-elles pas?

En cas de guerre – –

Ces mots nous font peur. Et les avis sont partagés. Quelle conduite faut-il adopter ? Attendre, de nouvelle en nouvelle? Faire des projets ? Disserter sur le probable et l'improbable? Peut-on vraiment avoir idée de ce qui se passe là-bas, chez nous?

« La Suisse a mobilisé. » Un homme entre dans la petite salle de séjour des archéologues français; il est, comme moi, invité à dîner, et il s'adresse à moi. « La Suisse vient de mobiliser »[2]. Silence. Je n'ai rien, mais vraiment rien à répondre. J'essaie de me représenter les choses.

---

2 En français dans le texte.

« Aimeriez-vous mieux être là-bas, en Suisse? » demande quelqu'un.

La plupart des personnes présentes protestent: « Nous pouvons tout aussi bien attendre ici. Faut-il absolument se précipiter dans une maison en feu, dès lors qu'on ne peut plus l'éteindre? Et d'ailleurs, on ne peut jamais savoir où on sera le plus utile. »

Cette fois encore je n'ai rien à répondre. Je dois seulement, pour la première fois, prendre conscience du fait qu'il me faudra sans doute attendre ici que les choses se passent, même si le pire, même si l'inconcevable se produit.

Les nouvelles: trafic ferroviaire interrompu sur les tronçons… Frontière fermée… Appels téléphoniques vers l'étranger… Navires de commerce rappelés… La Méditerranée... Vols suspendus...

Avant-hier j'ai rencontré une Suissesse, l'une des deux très courageuses et très compétentes infirmières suisses de Kaboul. « J'ai déjà ma cabine », m'a-t-elle annoncé, rayonnante, – « pour le 12 octobre. J'ai payé une livre de plus pour une salle de bain, mais cela en vaut la peine. Mes premières vacances depuis deux ans, mon premier retour chez moi en Suisse ! »

« Être chez moi, en Suisse » : c'est un souhait que je n'ose formuler tout haut. Peut-être le lieu où nous allons survivre à tout ceci n'a-t-il pas en soi d'importance réelle. Dans l'obscur désir d'être « à la maison » s'exprime sans doute en fait le sentiment d'une communauté de destin. Si la guerre doit s'abattre sur une foule d'innocents comme sur les coupables, on n'a pas envie d'avoir le privilège d'être en sécurité.

Mais la décision ne nous appartient pas. Et quand j'écoute les informations, une terrible paralysie tente de s'emparer de moi. Là-bas, au Turkestan, loin du monde entier, voilà deux ou trois semaines à peine, je me disais parfois: tout ce qui est en mon pouvoir maintenant, c'est de faire tout mon possible pour poursuivre ce voyage. Il peut arriver que la voiture tombe en panne, qu'il n'y ait pas de garage, pas de mécanicien, pas d'aide possible, ni près ni loin, que j'aie la malaria, que nous mettions quatre semaines au lieu d'une pour gagner Mazar-e Sharif. Si cela se produisait, se révolter ne mènerait à rien. Je fais tout ce que je peux, mais dans les limites de mon pouvoir.

Sur ces régions patriarcales entre l'Amou-Daria et l'Hindou Kouch régnait la grande résignation de l'Asie. Il n'y avait pas de radio. Nous avons fini par atteindre les cols de l'Hindou Kouch, et nous nous sommes rapprochées de Kaboul, où du courrier nous attendait sûrement depuis des semaines. À ce moment nous avons presque hésité, nous avons repoussé notre arrivée de quelques jours. Sachant ce que cela signifierait, les nouvelles d'Europe. Et dès le premier soir, retransmises par la radio, elles nous ont rejointes. Et maintenant je me demande : cette résignation, cette patience, est-ce vraiment tout ce que je peux faire ? Et tout le reste – à la grâce de Dieu ? Cela sonne comme un blasphème ; la révolte monte en moi. Et pourtant, ce « moi » ne devait plus compter. J'avais accepté, sans résistance et touchée jusqu'au plus profond de mon être, de « ne pas compter », accepté de me défaire et de me fondre, sous le ciel libre, dans les grandes nuits étoilées à l'orée de la steppe. Pourquoi maintenant cette révolte ?

Les informations du soir sont terminées. Rien de nouveau, là-bas à l'ouest, plus rien d'inattendu. Et depuis les collines retentissent les claires sonneries de clairon des troupes afghanes. « Je propose que demain, nous prenions la Laffy à six roues pour aller à Shewaki voir les stûpas bouddhiques », propose notre ami l'archéologue français. « Vous verrez, la Laffy est un vrai char d'assaut. Elle franchit tous les obstacles, tous les lits de rivière, elle passe partout même au milieu des déserts de pierre, là où il n'y a pas de piste. »

Tout d'abord, je suis déroutée, j'hésite un peu. Pour ne pas me séparer de la radio? Quelques heures, quelques jours, cela a-t-il tant d'importance? Les stûpas consacrées au Bouddha, ces étranges et merveilleux sanctuaires, ont survécu à quinze siècles, à la conquête islamique et aux assauts des Mongols. Témoins solitaires d'une grande leçon de sagesse, ils s'élèvent au pied de la montagne, au-dessus des champs de melons des paysans afghans. Ne les dédaignons pas. Allons-y, dès demain, mes amis!

Le visage du Grand Bouddha

Thurgauer Zeitung, 18 mai 1940

Il fait cinquante-trois mètres de haut, ce colosse taillé dans la paroi rocheuse de la falaise. Quelques pas de ses énormes pieds dévasteraient les champs, les plis de sa tunique grecque déchaîneraient le mugissement des vents, sa main pourrait se poser lourdement sur cette vallée qui vivait et prospérait jadis sous son regard éternel, tourné vers une félicité intérieure. Pas moins de dix mille moines habitaient dans ces grottes – maîtres de sagesse et croyants venus d'Inde, disciples, adeptes et frères convers du Turkestan voisin. Même les paysans de la vallée et les nomades retournant chaque été sur leurs hauts pâturages jouissaient de la protection divine et d'une paix paradisiaque. Cette vallée de Bamiyan, blottie à deux mille cinq cents mètres au-dessus du niveau de la mer entre les chaînes aériennes de l'Hindou Kouch – le massif montagneux le plus important d'Afghanistan –, servait autrefois des desseins terrestres et divins qui se cristallisaient dans la satisfaction de l'ouvrage quotidien accompli. Diligence des mains, piété de la prière, ferveur religieuse, activité joyeuse; le soir, la fumée des huttes basses montait toute droite et bleue vers le ciel, accompagnée du tintement des troupeaux qui rentraient et des chants des moines.

Le Grand et le Petit Bouddha de Bamiyan sont l'œuvre de l'homme; ils sont deux en effet: le plus petit mesure trente-cinq mètres, le plus grand cinquante-trois. L'art gréco-sassanide et la piété indienne se sont unis pour accomplir ce prodige: orner de précieuses fresques les niches gigantesques, extraire de la roche les plis des vêtements et les gestes de bénédiction, ancrer les pieds dans la vallée, maintenir les énormes têtes, les fronts, mentons et lobes auriculaires au moyen de chevilles en bois. Cependant, le divin et muet visage, comme libéré, plongeait dans les nuées éthérées, et même sans le voir on ne pouvait que l'adorer. C'est ainsi que la falaise dominant la vallée de Bamiyan apparaissait aux pèlerins et aux voyageurs venus de l'Inde lointaine par la célèbre route du nord qui mène en Bactriane et en Asie centrale: falaise percée de mille grottes, lieux d'une sainte ferveur, peuplés de religieux, dominés par la gigantesque statue du Très Gracieux.

Mais nous sommes arrivées trop tard. Il y a plus de mille ans, les Arabes, armés de torches incendiaires et de flèches, ont dévasté, tué, exterminé, réduit en cendres : ils ont réussi à mettre un terme à l'innocente vie de Bamiyan. Mais ce n'est pas tout: ils ont détruit les petites statuettes dans leurs niches ornées de guirlandes, ces têtes hellénistiques de garçons aux cheveux soigneusement bouclés, ces éphèbes aux attitudes gracieusement éplorées, et ces jeunes moines qui avaient encore les traits charmants et les lèvres charnues des adolescents grecs, mais qui arboraient déjà entre leurs sourcils le signe rond de Urna, ces chevaliers sassanides, ces frères convers bedonnants, ainsi que tout un monde de figures grotesques et de démons. Et pour finir, ils attaquèrent à coups de marteau le noble visage du Bouddha; maintenant, il est aussi vide que la face de la lune, et abominablement privé de regard.

Vis-à-vis de la falaise, ils construisirent ensuite une fortification arabe et une grande ville, Shahr-e-Golghola. Mais il n'en reste que des ruines ; le Mongol Gengis Khan la fit détruire pour venger la mort au combat de Mütügen, son petit-fils préféré. Désormais mise au ban, Bamiyan dut changer de nom et s'appeler le « Lieu maudit ».

Bien des siècles plus tard, l'histoire de Bamiyan est quasiment oubliée ; la mort est passée par là ; des mers de flammes se sont attaquées à ses murs ; il ne reste que des légendes, qui parlent de rois, de princesses et de tueurs de dragons. Dans une hutte à la lisière du village habite un poète aveugle qui connaît des milliers de vers sublimes écrits par des poètes persans et par lui-même, des paroles d'amour et de mort, sonores et douces. Il est âgé, il se souvient à peine de l'époque où, petit garçon gardant les moutons de son père, il voyait tous les matins se lever le soleil. Maintenant, il ne voit plus rien, et nous sommes assises avec lui au bord du fleuve, tandis que la lumière d'un soir d'été glisse sur les versants aux mille nuances. Il parle, il chante, le vieillard, comme si ses mots étaient caresse, et il tend l'oreille, comme s'il recevait une réponse. Heure après heure, il récite. Voilà longtemps que la nuit est tombée ; maintenant il parle aux étoiles. Dans l'obscurité, cette vallée brille ! On voit surgir au loin la chaîne de montagnes. Seuls les versants sont dans l'ombre ; les crêtes émergent de la lumière pourpre, tels des diadèmes d'argent, des pinacles dentelés ; c'est le domaine des neiges éternelles. Dans la vallée s'agite le fleuve, argenté lui aussi. Sur la berge est installé un troupeau de moutons. La lueur tremblante des feux joue sur les sommets noirs des tentes. Les nomades sommeillent, hommes et femmes vigoureux, insouciants, comme si chaque heure englobait passé et futur, comme si passé et futur ne faisaient qu'un. Rêve et réalité !

Silencieusement, nous nous attardons sur le seuil qui les sépare. Les paroles étrangères du poète ruissellent, incompréhensibles, mêlant joie et souffrance; nous écoutons, nous sommes tout ouïe. Le vieillard a posé sa main sur la nôtre, comme s'il lui fallait s'assurer de notre existence invisible et compatissante.

«Lieu maudit»... les légendes du grand Gengis Khan. Et lieu sacré – voisin des champs célestes. Plus de ville, plus de forteresse, plus de moines en prière. Un Bouddha sans regard, son visage dévasté tourné vers la lune. Nous sommes arrivées trop tard, il était dit que pour nous cette vallée serait privée de nom et de mémoire. Avons-nous réellement envie de voir des ruines, des traces, des souvenirs, des restes d'œuvres d'art? Quelle émotion attendre des pauvres vestiges de fresques bleues, dorées, blanches ou rouille? – La falaise des Grands Bouddhas!

Mais cette nuit aussi va passer et bientôt prendre fin, un jour va se lever, immaculé, tout-puissant, porté par des ailes. Regardez la lumière sur les éboulis; un ruissellement d'or! Et les troupeaux qui se mettent en mouvement, les femmes des nomades qui sortent des tentes, des bassines en cuivre sur leur tête, et les champs qui ondulent sous la fraîcheur de la brise matinale. Contemplez la joie simple de la vallée, sans vous retourner vers cette falaise qui reste dans l'ombre. Ici, la malédiction a perdu son pouvoir, l'empereur a perdu son titre; – et si la main de l'homme a rendu le visage aveugle, ici règne la paix divine.

Quand le soleil atteint la vallée, nous sommes déjà loin. Nous n'avons même pas pris congé. Mais loué soit le jour...

L'Afghanistan d'aujourd'hui

Mitteilungen der Ostschweizerischen Geographisch-Kommerziellen Gesellschaft, avril 1940

Kaboul, capitale de l'Afghanistan, est située à 1800 mètres d'altitude, dans une large cuvette traversée par le fleuve Kaboul ; elle est encadrée d'abruptes collines et de lointaines chaînes de montagnes. Les terres autour de la ville sont pour partie bien irriguées, ce qui fait que champs et pâturages y prospèrent. Leur aspect caractéristique leur est donné par les « kalehs » – imposantes enceintes carrées des villages, construites comme des forteresses avec leurs tours d'angle – et par les délicates rangées de peupliers bordant les canaux. Dans la plaine, les rares plaques de verdure disséminées tranchent sur le jaune monotone des pentes dénudées.

État-tampon typique entre la Russie et les Indes britanniques, l'Afghanistan ne possède pas d'autres voies de communication que les anciennes routes des invasions, des migrations et des caravanes. Seules trois ou quatre d'entre elles sont carrossables : la route qui va de la frontière iranienne à Kaboul en passant par Herat, Kandahar et Ghazni – à travers un immense désert monotone ; celle qui conduit de Kaboul à la passe de Khyber en traversant le Lataband et la magnifique plaine de Djalalabad ; la route de l'Hindou Kouch, célèbre pour ses majestueux paysages, qui relie Kaboul à Mazar-e Sharif, capitale du Turkestan afghan ; et à la rigueur la « route du nord », d'ailleurs toujours en construction, qui conduira d'Herat à Mazar-e Sharif via Meymaneh et Balkh en suivant l'ancienne route de la soie.

De Mazar, on peut gagner la frontière russe formée par l'Oxus, ainsi que Termez, terminus du chemin de fer soviétique, ou bien Kunduz et même Faizabad dans la province du Badakhshan (Pamir).

L'Afghanistan fait à peu près une fois et demie la superficie de la France, mais sur ses routes circulent seulement

3000 camions, au maximum, et un nombre encore bien plus faible de voitures particulières. L'essence y est plus chère qu'en Inde et qu'en Iran. Dans le nord de l'Hindou Kouch, elle est importée d'Union soviétique; dans le reste du pays, c'est la Shell Company qui la fait venir de Birmanie, via l'Inde. Les quelques garages de Kaboul, Kandahar et Herat appartiennent à l'État, tout comme les hôtels, aménagés par le ministère des postes; ils rendent grand service aux touristes et accueillent aussi les fonctionnaires en déplacement.

Il existait une ligne aérienne Téhéran-Kaboul, créée par la compagnie allemande Lufthansa, qui voulait tester la voie des airs vers l'Extrême-Orient et établir une liaison avec l'« Eurasie ». Mais le fonctionnement de la ligne Iran-Afghanistan a été interrompu pendant l'été 1939, juste avant le début de la guerre. Une fois par semaine, un avion soviétique achemine le courrier entre Tachkent et Kaboul, mais il ne prend qu'exceptionnellement des passagers. Il n'y a aucune voie de chemin de fer en Afghanistan. Les richesses naturelles du pays – la présence de pétrole a été établie avec certitude – ne peuvent être exploitées faute de voies de communication.

Au beau milieu de l'Hindou Kouch, près de Pol-e Khomri sur le fleuve Kunduz, des ingénieurs allemands de la firme Siemens sont en train de construire un barrage et une centrale électrique, dont le courant alimentera une filature de coton et une sucrerie. Les machines importées d'Angleterre arrivent à Peshawar et doivent être acheminées par camion sur 500 kilomètres par les cols du Khyber, du Lataband et du Schibar ! En dehors de Kaboul, cette centrale est la première grande installation industrielle sur le sol afghan. Les 5000 ouvriers qui travaillent sur ce chantier sont les premiers représentants d'un nouveau « prolétariat » – concept jusqu'ici inconnu en Afghanistan. Autre fait notable : dans la future cité ouvrière de Pol-e-Khomri, prévue pour 10000 personnes, vont être installés des nomades, qui seront forcément condamnés à travailler en usine : première étape dans le processus de sédentarisation !

Car l'Afghanistan, qui, du fait de sa situation géographique, est véritablement un centre nerveux de la politique mondiale, reste l'un des pays les moins développés du Proche et du Moyen-Orient. Voisin du Turkestan soviétique avec ses kolkhozes et ses usines toutes neuves, il a encore un caractère essentiellement agraire. Jouxtant les Indes anglaises et séparé d'un ancien protectorat anglais par les montagnes du « Tribal Territory », c'est encore un pays complètement moyenâgeux, régi par une tradition tribale et un droit féodal, et qui amorce à peine sa mutation en un État moderne pourvu d'un pouvoir central fort. Voisin de l'Iran et du Turkestan russe – régions où la question des nomades a été résolue de façon radicale –, l'Afghanistan reste un pays de yourtes et de tentes noires. Environné de pays où le pouvoir de l'Islam est, soit en train de décliner, soit forcé de se redéfinir pour remédier à son éloignement des affaires séculières et à sa perte d'influence dans le domaine politique, éducatif, etc., l'Afghanistan est resté une terre purement musulmane où la religion déborde largement le cadre de la vie privée. Le début et la fin du Ramadan – le mois du jeûne – sont proclamés par le gouvernement de Kaboul. Toute activité missionnaire est interdite, et l'unique église chrétienne d'Afghanistan est la petite chapelle de la légation italienne à Kaboul.

La force inaltérable de la religion musulmane est pour le gouvernement central de Kaboul à la fois un avantage et un handicap. Dans un pays habité par des races diverses parlant des langues différentes, l'Islam représente un puissant facteur d'unification. Tribus de Pathans au Sud ; Tadjiks iraniens dans les provinces du Badakhshan et du Wakhan (Pamir), ainsi que dans le Kohdaman et le Kohistan ; Ouzbeks et Turkmènes turco-mongols au Turkestan, Hazaras mongols installés par Gengis Khan dans les massifs du centre – toutes ces populations d'ethnies et de langues si diverses, qui ont des modes de vie extrêmement différents (nomades et paysans sédentaires, guerriers de métier et commerçants des villes), sont unies, non par un sentiment national, mais uniquement par leur foi commune. Cette foi est un instrument dont le gouvernement se sert avec intelligence, mais c'est aussi bien plus qu'un instrument – une force qui peut à tout moment se libérer et s'exercer dans de tout autres voies.

Pendant la dernière guerre mondiale, des agents allemands et turcs ont tenté de pousser les tribus des Pathans de la frontière nord-ouest à la « guerre sainte » contre l'Inde, donc du même coup contre l'Angleterre. Mais l'intelligent émir Habibullah avait conscience qu'une alliance avec la Turquie et l'Allemagne serait pure folie, puisqu'à cette époque la Russie et l'Angleterre étaient alliées et n'auraient eu aucune difficulté à écraser l'Afghanistan. Son successeur, le jeune souverain Amanullah, s'est laissé entraîner dans cette guerre. Il l'a perdue, mais dans l'affaire tous les territoires tribaux de part et d'autre de la ligne Durand s'étaient embrasés. La solidarité tribale et le lien constitué par l'Islam se sont ainsi révélés beaucoup plus puissants que le sentiment de loyauté envers les gouvernements de Delhi et de Kaboul. C'est pourquoi le contrôle des tribus frontalières, turbulentes, belliqueuses et fanatiquement religieuses, est un problème commun aux deux gouvernements, et qui ne peut être résolu que dans le cadre d'une collaboration véritable. D'ailleurs, Kaboul est aujourd'hui plus que jamais dans l'obligation d'entretenir de bonnes relations avec les Indes britanniques – car l'Afghanistan ne peut contrer une attaque soviétique qu'en étant assuré du soutien militaire de l'Angleterre.

Quand, en octobre 1939, je voulus quitter Kaboul pour me rendre au Turkestan avec un groupe d'archéologues, on m'y autorisa, mais en me signalant qu'il s'agissait là d'une faveur exceptionnelle. Quelques mois plus tôt, arrivant de Perse, j'avais traversé le Turkestan sans avoir une seule fois à montrer mon passeport. Mais la guerre a fortement attisé la méfiance des Afghans. On nous donna une escorte composée de quatre frêles soldats d'origine mongole.

L'Afghanistan éprouve une grande méfiance à l'égard des Soviets, héritiers du régime impérialiste des tsars. L'invasion de la Finlande par les Russes a mis en état d'alerte la Turquie, l'Iran et l'Afghanistan. Ce dernier a des raisons particulières et profondes d'être inquiet, car sans qu'il y puisse rien, son sort dépend, au-delà de ses propres frontières, du jeu de la politique mondiale. Cette méfiance est un obstacle à des relations étroites, ou même de bon voisinage, avec la Russie, bien que les échanges commerciaux entre les deux pays soient considérables et très intenses. Dans les bazars afghans, en particulier dans les villes-oasis du Turkestan, les marchandises russes bon marché concurrencent avec succès les produits japonais. On peut s'y procurer partout sucre, thé et cigarettes en provenance de Russie, et surtout de l'essence.

Mais pourquoi la Russie serait-elle tentée d'envahir le Turkestan afghan ? À cause des agneaux caraculs qui fournissent les fourrures d'Astrakhan si convoitées, et dont les peaux représentent actuellement le premier poste des exportations afghanes? Pour agrandir la zone cotonnière du Turkménistan soviétique ? Toutes ces raisons pourraient servir de prétexte à une attaque, mais l'invasion éventuelle n'aurait qu'un seul véritable objectif : s'emparer de la traditionnelle voie d'accès à l'Inde, la passe de Khyber. Jusqu'à l'Hindou Kouch, les Russes pourraient pénétrer sans rencontrer de véritable résistance. C'est l'Hindou Kouch, formidable barrière de montagnes, qui leur coupe l'accès à ce col. Ce point est, dit-on, l'un de ceux où l'Empire britannique est le plus vulnérable. En d'autres termes : l'Afghanistan ne craint pas pour lui-même une invasion russe depuis les steppes d'Asie, mais il court le risque d'être utilisé comme voie de passage pour une attaque contre les Indes britanniques. L'Afghanistan est un État-tampon, et en cela sa situation est comparable à celle de la Suisse. C'est véritablement une forteresse montagneuse naturelle dressée entre l'Inde et la Russie.

Les réformes excessives et précipitées d'Amanullah se sont heurtées à la résistance des mollahs, et la puissance de l'Islam lui a coûté son trône. Si le gouvernement actuel de Kaboul se sert de la religion comme d'une force unificatrice, il est aussi contraint dans toutes ses actions de la prendre en compte. Voilà pourquoi l'Afghanistan ne s'est pas encore risqué à faire le premier pas vers l'émancipation des femmes, et, s'il s'est engagé dans la voie des réformes inévitables, c'est sans y mettre la même fougue que la Turquie ou l'Iran.

L'Afghanistan se développe lentement, mais cette lenteur n'est sûrement pas un handicap. Ses dirigeants, qui sont des hommes intelligents – formés dans les universités européennes, mais liés par chacune de leurs fibres à leur pays, à ses traditions et à son mode de vie –, peuvent ainsi tirer profit des expériences d'autres pays asiatiques pour éviter certaines erreurs aux conséquences tragiques. Je pense par exemple à la « sédentarisation des nomades ». C'est un problème qui va forcément se poser en Afghanistan comme en d'autres pays, mais on peut sûrement le résoudre avec plus de bonheur et d'humanité que ne l'ont fait Russes et Iraniens. La vie en Afghanistan est d'une probité et d'une harmonie telles que ce pays a pour nous, Européens, quelque chose de littéralement paradisiaque.

La différence entre les mœurs de l'Afghanistan et celles des autres pays du Proche-Orient, Turquie et Iran en particulier, est énorme. Si on n'a pas franchi la frontière nord-est de l'Iran, on ne connaît pas l'Asie –, même si les hauts plateaux iraniens permettent d'imaginer les vastes perspectives des déserts asiatiques et la magnificence de leurs couleurs ;

et même si la Perse est incomparablement plus riche en monuments et en œuvres d'art que l'Afghanistan, pays où les villes sont rares et les montagnes essentiellement peuplées de tribus guerrières. La civilisation urbaine, qui a besoin de richesse pour s'épanouir, n'a vraiment existé que dans une seule ville afghane, Herat, capitale de la Renaissance timouride – mais elle y a laissé des monuments, comme les derniers minarets encore debout de la Musallah et le superbe mausolée de Gohar Shad, qui supportent aisément la comparaison avec ceux d'Ispahan, et même de Samarkand.

Herat se trouve sur la ligne de partage entre deux mondes – les hauts plateaux iraniens et la basse plaine du Touran – et au carrefour des voies de communication les plus importantes d'Asie. C'est là que se séparent les routes menant en Perse, en Inde et en Asie centrale, et ce n'est pas un hasard si les Russes, les Perses, les Afghans et les Anglais ont courtisé cette ville. Elle ne fut jamais une possession afghane incontestée, et elle est aujourd'hui comme un symbole du caractère de l'Afghanistan : pays de transit n'ayant pas d'histoire propre, mais subissant le contrecoup des initiatives de ses puissants voisins; Suisse de l'Asie, rempart naturel entre les autres contrées asiatiques et la brèche permettant d'envahir l'Inde. Il est d'autant plus surprenant que « le Pays de Koh entre Iran, Touran et Hind » – comme le décrivaient les auteurs anciens –, ait su mieux que ses voisins préserver son originalité.

On entend toujours dire que l'Afghanistan doit son indépendance politique, voire son existence et sa neutralité, à sa situation géographique, qui en fait en État-tampon entre ses deux puissants protecteurs, la Russie et l'Angleterre. Mais au XIXe siècle, pour protéger l'Inde, l'Angleterre aurait fort bien pu chercher à transformer en protectorat le bastion que constitue l'Afghanistan face à la Russie – et ce fut sans doute son intention pendant les deux premières guerres afghanes. Elle aurait sans doute ainsi évité ses problèmes de frontières actuels. Car le territoire tribal, qui s'étend aujourd'hui de part et d'autre de la ligne Durand tracée en 1814, aurait été placé sous une seule et même administration, alors qu'aujourd'hui les tribus franchissent la frontière, s'épaulent et se protègent mutuellement, et peuvent ainsi se soustraire aisément à toute autorité gouvernementale. Mais un État-tampon ne remplit efficacement son rôle que s'il est fort et indépendant. L'Angleterre a modifié sa politique peu après la victoire de Sir Frederik Roberts à Kandahar, et mise aujourd'hui sur la force et l'indépendance de l'Afghanistan. En cela elle rend hommage aux incontestables qualités des tribus afghanes, à leur valeur guerrière, à leur patriotisme et à leur sens exacerbé de la liberté. Sous la domination, sous la tutelle d'une puissance étrangère, elles seraient toujours restées des éléments d'agitation. En tant que championnes de la liberté de leur pays, elles méritent admiration et on peut leur faire confiance.

L'Afghanistan n'a donc jamais été une « zone d'influence » – contrairement à l'ancienne Perse dont on sait qu'elle était divisée avant 1914 en deux zones, l'une britannique, l'autre russe, et n'a connu de renaissance nationale que sous le règne de l'actuel Shah Reza Pahlavi. Sans que cela nuise à son importance politique – qui propulse à nouveau l'Afghanistan au cœur de l'actualité –, ce pays montagneux de l'Asie a survécu à toutes les invasions et a conservé son caractère propre.

Depuis l'expédition d'Alexandre aux Indes, et surtout depuis le siècle dernier, l'Afghanistan a vécu au contact de ses voisins et a été présent dans l'arène politique mondiale ; il est happé aujourd'hui par le processus d'assimilation de l'Asie aux formes occidentales de civilisation. L'Orient n'a pas le choix, il ne peut plus mépriser les conquêtes techniques de l'Occident, car c'est justement la technique qui rend impossible tout isolement d'une quelconque partie du monde.

Si l'on compare aujourd'hui un village afghan – par exemple Istalif, bourgade de potiers blottie au creux d'une oasis florissante à flanc de montagne – avec une banlieue ou une cité ouvrière en Europe, ou bien la paix d'une haute vallée de l'Hindou Kouch peuplée de nomades, avec les horreurs de la guerre qui fait rage dans nos propres contrées, alors on se met à douter grandement de la valeur de notre civilisation et de la supériorité de notre technique. Et pourtant, l'Afghanistan risque d'être entraîné dans le tourbillon des événements, en cas d'attaque russe au Turkestan par exemple. Et il ne fait aucun doute que les potiers et les tisserands d'Istalif devront tôt ou tard affronter la concurrence des usines de céramique et des filatures de coton.

Aujourd'hui se maintient encore en Afghanistan une forme de vie indigène, qui se manifeste dans les coutumes quotidiennes, dans les traditions, et dans des vertus simples très séduisantes pour les Européens que nous sommes. Dans ce pays si singulier et si beau, pris entre l'Union soviétique et les Indes britanniques, le processus de « modernisation » sera-t-il forcément tragique ? Ou bien a-t-on amassé forces et expériences en suffisance pour le faire bénéficier des avantages des conquêtes occidentales tout en lui évitant leurs inconvénients ?

Je pense par exemple à l'hospitalité afghane, dont tout voyageur a bénéficié, pour peu qu'il se soit écarté des grandes routes fréquentées par les camions. Au cours de notre traversée des provinces du Turkestan, d'Herat à Mazar-e Sharif, nous n'avons pas eu besoin une seule fois de dresser notre tente ou de nous faire cuire du riz ou du porridge.

À chacune de nos étapes, gouverneurs et chefs de village nous recevaient midi et soir. Quand la route devenait mauvaise, des paysans réquisitionnés nous accueillaient, non pas avec la rancœur d'hommes de corvée, mais avec une chaleur et une gaieté authentiques, faisant franchir à notre Ford escarpements, rivières et bancs de sable. Lorsque nous faisions halte quelque part en plein soleil, il n'était pas rare qu'un paysan accoure vers nous, porteur de quelques melons dont il nous faisait cadeau.

Un soir, très tard, nous sommes tombées en panne dans l'oasis de Tashqurghan, la chaleur ayant fait éclater deux de nos pneus. Incapables de faire la réparation, nous restâmes longtemps sans trouver âme qui vive, jusqu'au moment où un jeune paysan passa par là, sa pelle sur l'épaule. Quand il prit conscience qu'il avait affaire à deux jeunes femmes sans aucune compagnie masculine et sans personne pour les aider, il en fut sidéré et voulut à tout prix nous conduire dans son jardin et nous offrir sa protection.

Nous n'aurions pas pu nous sentir plus en sécurité dans le sein d'Abraham que chez nos hôtes afghans. Un soir, vers neuf heures, épuisées par la chaleur, nous fîmes halte au village de Shibargan et demandâmes à un policier où nous pouvions passer la nuit. Il sauta sur le marchepied de notre voiture et, par des chemins de terre, nous conduisit jusqu'à une énorme muraille carrée entourant le jardin d'un homme manifestement fortuné. Les serviteurs qui nous ouvrirent le portail ne montrèrent aucune surprise. On nous fit entrer dans le jardin, et on nous conduisit à une terrasse surélevée en terre battue, où le maître de maison, en confortable tunique de soie et bonnet blanc brodé, était assis sur des tapis et goûtait la fraîcheur de la nuit en compagnie de ses amis. Nous ôtâmes nos chaussures et prîmes place à côté d'eux. Après quelques minutes, de jeunes serviteurs vêtus de blanc nous apportèrent du thé vert et du thé rouge, puis nous présentèrent avec adresse aiguière et bassin afin que nous puissions nous laver les mains. Quand nous fûmes un peu délassées, on nous servit le pilaf, plat de riz savoureusement épicé contenant des morceaux de poulet et de mouton bouillis, accompagné de légumes variés, de boulettes de viande, d'œufs et de confiture de coings. Tandis que nous mangions, les serviteurs coupaient des melons en tranches et apportaient pour le dessert différentes variétés de pêches et de raisin. Pendant ce temps, le maître de maison s'entretenait tranquillement avec ses amis, prenant de temps à autre une bouffée au narghilé qui passait à la ronde, et se montrant aussi calme, aimable et courtois que l'homme du monde le plus accompli.

Quand nous montrâmes des signes de fatigue, il fit un signe aux serviteurs, qui étendirent pour nous matelas et coussins de soie. Au moment où j'allais m'endormir, je vis notre hôte se relever. Il faisait nettement plus frais. Dans la clarté blanche de la lune, sous la haute voûte étoilée, le jardin semblait comme enchanté. Le silence était absolument parfait. Notre hôte s'approcha de moi, me recouvrit d'une courtepointe, et retourna à sa place.

Je pense souvent que les nuits à la belle étoile, dans l'immense silence lumineux des vallées de montagnes et des oasis à l'orée du désert, représentent pour les Afghans une sorte de culte, qui leur permet de tirer sans cesse des forces nouvelles et pures du contact étroit et immédiat qu'ils ont avec leur terre.

Notre hôte de Shibargan n'était pas marié. Nous avons passé la journée suivante dans son jardin. Nous avons appris qu'il possédait un grand domaine, et qu'il élevait des agneaux caraculs. Manifestement riche, né dans une des premières familles du pays, il menait pourtant une vie simple et rustique, et se comportait avec ses nombreux domestiques, jardiniers et palefreniers, de façon amicale et patriarcale. Ces gens n'étaient pas pour lui des subordonnés qu'il payait, mais des membres de sa maisonnée.

C'est aussi au Turkestan, dans le petit village de Qaisar, que nous avons enfin pu rencontrer des femmes afghanes. Le hakim – le maire du village –, un géant parlant russe, nous reçut vers l'heure de midi. À notre agréable surprise, il nous conduisit dans la partie de son jardin réservée aux femmes. Nous fûmes accueillies par sa fille et sa belle-fille, ravissantes jeunes femmes vêtues à l'occidentale. La mère aussi était très belle, et manifestement fort intelligente. Elle n'avait sûrement pas eu souvent l'occasion de rencontrer des étrangers, mais elle nous reçut néanmoins avec une grâce et une assurance parfaitement naturelles. Le hakim et sa famille étaient des Afghans. Par contre, les servantes qui préparaient le thé et le pilaf dans le jardin étaient toutes d'origine ouzbèke ou turkmène. Le repas fut servi séparément. Nous le prîmes avec la mère autour d'une table dressée à l'européenne, tandis que les filles et les petits-enfants, assis par terre sur des tapis, mangeaient leur pilaf avec les doigts. Ensuite, un peu à l'écart, les servantes et leurs enfants finirent les restes.

Pendant que nous nous reposions sous les grands arbres du jardin, allongées sur des matelas recouverts de housses en soie, les jeunes femmes nous demandèrent si nous pourrions leur envoyer des revues de mode, et elles nous apportèrent une pièce de satin pour que nous leur taillions des robes. Je songeai alors qu'elles n'avaient jamais vu le monde extérieur autrement qu'à travers la grille du tchadri, ce voile si peu seyant que doivent porter les Afghanes. Dans les ruelles du bazar, ces mêmes jeunes femmes qui offraient ici à notre vue leurs charmants visages pleins de vivacité et de joie de vivre, n'étaient plus que des créatures fantomatiques, à moitié aveugles, en proie à une peur et à une ignorance permanentes. Un jour, c'est certain, en même temps que les murs du harem et le tchadri, c'est toute une forme de vie familiale d'une extrême harmonie qui va disparaître, et l'« émancipation de la femme » va poser des problèmes dont l'Afghane n'a aujourd'hui pas la moindre idée. Néanmoins, l'existence confinée et étriquée que mènent les femmes, aujourd'hui encore, dans les villes et les villages, est indigne d'une race aussi fière, aussi pleine de vitalité et d'intelligence.

Après un séjour de six mois dans ce pays d'une beauté enchanteresse, merveilleusement à l'écart du monde, on est trop facilement tenté de présenter son mode de vie simple et harmonieux comme un idéal à atteindre, et de voir chacun des inévitables changements à venir comme un malheur destiné à ouvrir une brèche dans la plénitude de cette existence et à y mettre tragiquement fin. Une plus grande familiarité avec l'Afghanistan conduit à remarquer, par exemple, qu'une bonne partie de ses quelque 10 millions d'habitants vivent dans une grande pauvreté. Le pilaf et le mouton à la broche sont la nourriture quotidienne des riches. Mais dans les tentes des nomades, on ne tue le mouton que les jours de fête. Comme le riz coûte trop cher, l'alimentation se compose essentiellement de farine et de « mast », une sorte de petit-lait. Dans les villages de paysans sédentaires, on prépare en automne une sorte de pain à base de raisins secs, de noix et de farine que l'on conserve pour l'hiver. Dans les « kalehs » fortifiés des Hazaras de l'Hindou Kouch – comme dans ceux qui se dressent au col du Shibar, à une altitude de près de 3000 mètres –, la détresse est souvent très grande pendant les impitoyables mois d'hiver.

Au Turkestan, à environ 25 milles de la frontière russe matérialisée par l'Oxus, je fus reçue un jour dans un village peuplé de Tadjiks : on m'offrit une galette de pain, et, en guise de friandise, un petit pot de « kaimak » – du blanc d'œuf battu avec du sucre. C'est seulement dans les maisons les plus riches que l'on offre du sucre avec du thé vert et amer – sucre qui, dans toute la partie septentrionale, est d'ailleurs importé de Russie. Certes, l'Afghanistan est riche en fruits : raisins, melons et pêches en particulier. Certes, on trouve presque partout de l'excellent pain, des légumes variés et le « mast », qui est très bon pour la santé. Ce mode de vie frugal a si bien réussi à ce peuple viril et joyeux de nomades et de paysans que c'est un plaisir pour les yeux de voir ces hommes fiers, grands, forts et beaux. Il faut cependant que le gouvernement afghan s'efforce d'améliorer le niveau de vie du pays, de mieux exploiter ses richesses, d'offrir à sa population des sources de revenus plus importantes. Ce processus est déjà bien amorcé.

L'un de mes souvenirs les plus extraordinaires fut ma visite à Ghazni, petite ville située dans le Sud, entre Kaboul et Kandahar, et qui connut un passé brillant sous une dynastie locale. Aujourd'hui, entourée de puissants remparts médiévaux, elle semble ne pas avoir bougé, vit repliée sur elle-même et dans un isolement complet, comme si, dans son sommeil enchanté, les siècles ne l'avaient pas effleurée. On y fabrique des armes et de somptueuses « poustines » : manteaux de peaux de mouton teintes en jaune et brodées de soie rouge. Dans ses étroites ruelles sombres, les artisans et leurs apprentis travaillent à l'intérieur de minuscules échoppes. Les fiers Afghans des tribus palabrent près des énormes samovars des « tchaikhanas » (maisons de thé). Les caravanes déambulent le long des murailles de la ville au son de leurs grelots.

Mais pendant ce séjour – où j'avais constamment l'impression d'avoir été transportée dans un autre monde –, des soldats afghans ouvrirent la première brèche dans la vieille enceinte fortifiée en abattant l'une de ses puissantes tours rondes. Ghazni va changer, l'Afghanistan aussi. Les tribus nomades seront peut-être les plus touchées, elles qui, aujourd'hui encore, quittent chaque automne leurs pâturages d'été de l'Hindou Kouch et franchissent les cols de la frontière nord-ouest pour se rendre en Inde. Leurs coutumes et leurs modes de vie obéissent à une loi éternelle, difficilement conciliable avec les exigences d'un État moderne.

S'apitoyer serait toutefois hors de propos. Il n'est pas bon de rester attaché, par romantisme ou par sentimentalité, à ce qui existe. L'avenir montrera si en Afghanistan ces mêmes forces qui ont donné naissance aux modes de vie actuels sauront, dans des circonstances différentes, se renouveler et s'imposer. Car l'Afghanistan est un pays âpre, d'une vitalité et d'une virilité prodigieuses. Quand on a éprouvé son climat vivifiant, les vents forts et puissants de ses montagnes et de ses hautes terres, on perd toute crainte d'une décadence. Et on aimerait croire que dans cette forteresse naturelle de l'Asie, entre Iran, Touran et Hind, les changements radicaux et les bouleversements de notre temps déboucheront sur une existence nouvelle et heureuse.

*L'incendie de l'*Orazio

National-Zeitung, 26 janvier 1940

Ce matin, notre *Conte Biancamano* est enfin entré dans le port de Gênes. La ville scintille dans la lumière du soleil, comme si ses collines ruisselaient d'or, et la mer est bleue et calme, comme pour nous aider à oublier les affres de ces dernières quarante-huit heures. Nous arrivons avec cinq jours de retard; déjà nous n'avons pas quitté Bombay le 6, mais le 7 janvier; à Aden, nous avons été retenus, et à peine avions-nous quitté la zone portuaire de Port-Saïd que les Anglais nous ont détournés sur Haïfa. Pourtant, nous aurions dû être à Gênes le 21 janvier, mais en nous réveillant, nous avons constaté que nous avions encore changé de cap et que nous faisions route vers l'ouest à pleine vitesse. Le bruit se répandit rapidement parmi les passagers qu'un autre paquebot de la Lloyd Triestino avait pris feu non loin de Toulon, et qu'il avait envoyé son dernier sos aux environs de huit heures. Dans l'après-midi il se mit à faire très froid, et la mer était devenue si forte qu'il fallut ranger les sièges dans les salons. Sur le pont supérieur fouetté par la pluie et le vent, les marins préparaient les cinq plus grands canots de sauvetage. Il était près de cinq heures et il commençait à faire sombre, quand nous vîmes enfin apparaître devant nous l'*Orazio* en flammes. Nous nous demandions comment, de nuit et avec des vagues aussi fortes, on pourrait mettre les embarcations à la mer. Mais quand à notre approche l'épave devint visible, avec ses mâts sans agrès, toute rougeoyante de flammes et enveloppée d'énormes nuages d'épaisse fumée, nous pensâmes qu'il n'y avait là plus rien à sauver. Il semblait impensable qu'il puisse encore se trouver qui que ce soit de vivant à bord du bateau en feu. Parfois de grandes gerbes de flamme illuminaient le pont dévasté, on voyait s'élever les portants vides des canots de sauvetage, oscillant au-dessus du brasier. Le navire roulait sur la mer démontée comme s'il dérivait déjà depuis un temps infini, à l'abandon dans la nuit sans rivages. Pourtant, sur le *Biancamano*, sitôt les machines arrêtées on mit les deux premières chaloupes à la mer. Des volontaires – marins, stewards, cuisiniers en toque blanche, tous en gilets de sauvetage, descendirent par les filins et se mirent aux avirons, qui dans les vagues ployaient comme des roseaux. Le premier canot, luttant contre le vent, avança lentement vers l'épave en feu, soulevé par les vagues, avalé par l'abîme noir, émergeant à nouveau et finalement disparaissant dans la mer de fumée près de l'*Orazio*. Au bout d'un temps interminable, il réapparut dans le faisceau lumineux de nos projecteurs, et il fallut encore près d'une heure avant que, terriblement ballotté en tous sens, il se range contre l'immense paroi de notre bateau. Les marins semblaient épuisés et trempés. Le jeune officier à l'avant de l'embarcation n'avait plus de casquette et tenait son bras, apparemment brisé ou écrasé, serré contre son corps. Tout à coup on vit de petits paquets qui gisaient au fond du bateau, ici et là une petite tête ébouriffée qui se soulevait – c'étaient des enfants, rien que des enfants, et les rameurs, les jambes écartées et calées entre la coque et les bancs, les soulevèrent et les tendirent vers notre flanc jusqu'à la coupée, où des bras secourables les saisirent et les tirèrent à l'intérieur du bateau. Enfin les rameurs grimpèrent à bord par les filins. Ils furent immédiatement remplacés par d'autres volontaires.

Tandis qu'ils s'écartaient, la deuxième chaloupe approchait déjà avec son terrible chargement. Cette fois il n'y avait pas que des enfants. Des femmes, la plupart en chemise de nuit, beaucoup le visage en sang, furent soulevées comme inanimées; leurs pieds traînaient sur les bancs de nage, cognaient contre la paroi, d'autres essayaient deux fois, trois fois, d'attraper les filins et retombaient sans force, d'autres encore se relevaient subitement et, devançant les marins, se précipitaient comme des folles vers la lumière de la coupée. Finalement, toutes furent hissées à bord. Et ce fut la même chose pour les canots suivants, qui arrivaient l'un après l'autre, et repartaient. Dans la lumière des projecteurs, on les voyait propulsés au sommet, puis au creux des vagues en furie; quand ils s'approchaient, on distinguait, entre les marins arc-boutés sur leurs rames, la masse des corps serrés les uns contre les autres, à demi inconscients, à peine vêtus de quelques lambeaux de tissu brûlés, et on les voyait enfin soulevés, soutenus, tirés par la coupée. Sauvés!

Entre-temps l'intérieur du *Biancamano* avait été transformé en hôpital. Dans les grands salons vides, quelques passagers isolés, silencieux, fumaient ou scrutaient la mer nocturne où l'*Orazio* n'était plus qu'un brasier. Dans les couloirs couraient stewards, femmes de chambres, passagers venus en renfort. Ils se croisaient sans mot dire, les uns portant dans leurs bras un enfant presque inanimé, les autres avec des bandages, des théières, de la literie. Près de la coupée se tenaient des marins prêts à recevoir les nouveaux arrivants; devant l'infirmerie on soutenait des hommes blessés, des femmes hagardes, qui boitaient – les visages de ces malheureux étaient noirs, souvent comme grêlés, leurs yeux gonflés et rougis, souvent fermés et comme aveuglés sous l'effet de terribles souffrances. Et du petit bureau du médecin on sortait sans arrêt des brancards.

Nous allions de cabine en cabine. Ici il y avait un enfant à veiller et à consoler, là un pansement à faire, des yeux à laver à l'eau boriquée, du thé chaud à servir. Et de plus en plus de femmes, revenues à elles, réclamaient leur mari, leur fils, leur bébé. Parfois on parvenait à découvrir dans une cabine un enfant déjà profondément endormi. On l'enveloppait dans une couverture de laine et on l'apportait à sa mère. Ces retrouvailles donnaient lieu à des scènes indescriptibles. Mais tout aussi souvent il était impossible de retrouver l'enfant, le frère, le mari. Quelques bébés restaient sans parents. Et parmi les mères, certaines savaient déjà que leur enfant était mort asphyxié, qu'il était perdu.

L'*Orazio* avait à son bord environ six cent cinquante personnes, dont à peu près cinq cents passagers. Il aurait dû faire route vers Barcelone, puis vers le Vénézuela, pour ensuite longer la côte méridionale de l'Amérique du Sud jusqu'au Chili. Un grand nombre des passagers étaient des émigrants juifs. Dans la catastrophe de l'*Orazio*, ils avaient perdu tout ce qui leur restait. – Une femme de soixante ans, si profondément secouée qu'il nous fallut longtemps pour lui faire dire simplement son nom, s'enquit soudain, d'une voix presque timide, de ses deux fils. Ils étaient introuvables. Elle nous dit que c'était le jour de son anniversaire, et que maintenant elle n'avait plus rien au monde.

Au cours de la nuit et du jour suivant, j'eus à découvrir des destinées tragiques. Tout en dispensant eau boriquée et pommades, en faisant manger un enfant, en ajustant les vêtements collectés par les passagers de notre bateau, nous dûmes écouter ces récits pleins de désarroi, souvent murmurés d'une voix blanche, qui n'avaient pas même l'accent d'une plainte et moins encore l'amertume de l'accusation.

Et pendant ce temps le *Biancamano*, machines au ralenti, tournait lentement autour du lieu du sinistre. La mer, sombre, d'un gris de plomb, restait agitée. La pluie ne voulait pas s'arrêter. Vingt-quatre heures durant nous cherchâmes trois des canots de sauvetage de l'*Orazio*, dont au moins deux, aux dires des rescapés, avaient chaviré au moment même où ils avaient touché l'eau.

Hier soir un calme presque normal régnait sur notre bateau. Les survivants de l'*Orazio*, épuisés, dormaient dans leurs cabines. Beaucoup de mères n'avaient pas voulu se séparer à nouveau de leurs enfants et les avaient près d'elles sur leur étroite couchette. Les petits dont les parents étaient restés introuvables, reposaient, leurs petites têtes bandées, dans de beaux lits à barreaux. – Un garçon un peu plus âgé, un Suisse nommé Walter S., qui avait veillé sa petite sœur gravement blessée jusqu'à ce qu'elle s'endorme, était venu s'asseoir avec nous dans le grand salon. Il racontait bien, d'une façon vivante, sans exagérer. Dès le début de la matinée il avait perdu sa mère de vue quand elle était descendue dans l'un des canots de sauvetage de l'*Orazio*. Mais il ne voulait pas accepter l'idée qu'elle avait disparu et demandait sans cesse des nouvelles du *Colombo*, un vapeur italien, qui avait également pris part aux opérations de sauvetage. Un autre Suisse, voyant suspendu de travers le canot de sauvetage dans lequel étaient évacués sa femme et son unique enfant, avait voulu les tirer à bord, mais une énorme vague les lui avait presque arrachés des bras et ils s'étaient noyés sous ses yeux.

Tard dans la nuit un steward nous apporta un message du *Colombo* avec les noms de quelques survivants. Parmi ceux-ci se trouvait le nom d'un autre Suisse, dont la femme était à notre bord avec l'un de ses deux enfants qu'elle avait pu sauver. Nous nous précipitâmes à sa cabine : « Votre mari est vivant, il est sur le *Colombo*. » De joie, nous nous embrassâmes.

Et nous voici à Gênes. Walter S. est à l'hôtel avec nous. Du bateau, on continue de descendre des brancards, et le lent cortège des deux cents passagers de l'*Orazio* défile devant les employés, qui inscrivent leur nom, leur origine, font le bilan de leur situation et de leurs pertes, et dressent des listes…

V

ÉTATS-UNIS (1940-1941)

Le 4 mai 1940, Annemarie Schwarzenbach est de nouveau à Gênes, cette fois en compagnie du couple Margot et Fritz von Opel, et pour traverser l'Atlantique à destination de New York, où elle arrive 9 jours plus tard.

À l'Hôtel Bedford, où habitent ses amis Klaus et Erika Mann, elle fait à la mi-juin la connaissance de la jeune Carson McCullers, dont le premier roman – *Le Cœur est un chasseur solitaire* – vient d'être élu « Livre du Mois ».

Après la capitulation de la France, deux questions se posent pour Annemarie : d'une part celle de l'intervention des États-Unis dans le conflit mondial, d'autre part celle de la position de la Suisse.

Loin des problèmes de la guerre en Europe, l'île de Nantucket, où Annemarie habite pendant plus de deux mois (mi-juillet–fin septembre 1940), constitue un refuge bienvenu.

Cet ultime séjour aux États-Unis inspira à Annemarie Schwarzenbach une trentaine d'articles.

Hôtel Plaza

National-Zeitung, 1er août 1940

Que ce « Plaza » se trouve à New York ou bien à Bombay, à Calcutta, à Tokyo, ou encore aux Bahamas, cela a sûrement peu d'importance – aux Bahamas aussi il doit y avoir de riches résidents étrangers, auxquels les appellations « émigrants » ou « réfugiés » ne conviennent pas. Dans le monde entier, je le sais par expérience, les hôtels Plaza, Ritz et Palace se ressemblent tous : leurs salles de bain ont les mêmes dimensions, le « Martini Dry » glacé servi dans leurs bars a partout le même goût, et les prix aussi, à Singapour et à Barcelone ou sur le paquebot, sont sensiblement les mêmes, – tout au plus les serveurs et les stewards changent-ils de veste à Suez, car à cet endroit précis, à la sortie du canal de Suez, on prend facilement froid et il est recommandé aux passagers d'échanger la veste blanche, de rigueur en Inde, contre le smoking noir de mise en Europe. Je connais des gens qui, ayant décidé de faire le tour du monde, ont pris leur billet à New York en expliquant qu'ils disposaient uniquement des trois mois d'été, après quoi, dans la cabine laquée de blanc de leur paquebot, ils ont, en tout juste trois mois, fait le tour de la terre, plus vite que Jules Verne. J'ai lu le livre de Jean Cocteau[1]. Lui aussi a battu le record et réalisé l'exploit en moins de quatre-vingts jours, qu'il a passés à savourer sa pipe d'opium dans les ports des Indes, de Chine et d'Australie, avec des matelots jaunes, noirs et surtout français, réussissant en outre à se faire inviter à dîner au Japon par l'ambassadeur de France et couronner de nénuphars à Hawaï par de belles natives.

Parmi mes souvenirs d'hôtel me revient, très précis, celui de mon arrivée à Jérusalem, après un long trajet en voiture à travers le désert : je commençai par prendre un cocktail à l'Hôtel « King David Tower », puis je remarquai

---

1 *Mon Premier Voyage, Tour du Monde en 80 jours*, Gallimard, Paris 1936.

une affiche. Elle annonçait que le violoniste d'origine juive[2] qui trois ans plus tôt avait conquis le public de Berlin en jouant le Concerto pour violon de Brahms sous la direction de Furtwängler, – allait jouer le soir même, dans la Salle de Sion de Jérusalem, ce même concerto. Dans cet hôtel – qui aurait tout aussi bien pu s'appeler « Plaza de Jérusalem » – je rencontrai cinq jeunes filles d'un pensionnat de Boston, accompagnées de leurs deux professeurs, deux dames d'un certain âge. Elles avaient entre 18 et 20 ans, n'étaient pas encore fiancées, étaient en vacances d'été, et étaient censées découvrir le monde. Elles avaient vu le port de New York, la statue de la Liberté, le Rocher de Gibraltar, Marseille, Gênes, le Vésuve, Capri et les canons de Malte, bu au petit déjeuner du jus d'orange de Californie, d'Espagne, puis de Jaffa, vu les mosquées de Damas, les ruines de Baalbek, le dos d'un chameau et le lac de Genezareth. Restaient encore les Indes, le « Plaza » de Bombay, les nuits du Japon au moment des cerisiers en fleur. – Comment se fait-il que j'aie gardé des insignifiantes pensionnaires américaines un souvenir aussi précis que du concert de Huberman, – de ce concert qui m'avait bouleversée comme l'expression même de la douleur humaine et de la douce effusion, à un moment où j'étais encore chancelante, étourdie au sortir de l'aveuglante brume de chaleur, des privations et des immensités vides. La raison me revient maintenant à l'esprit. Les jeunes filles de l'Hôtel du Roi David étaient absolument insignifiantes, elles sont retournées à New York sans encombre, elles ont commandé leurs robes du soir pour la saison suivante et ont fait un mariage heureux; elles n'ont guère de souvenirs, mais elles ont des villas d'été en Floride, à Palm Beach, en Californie, et des yachts.

Mais pour ma part je n'étais pas arrivée seule à Jérusalem : j'accompagnais mon jeune ami Paul, un étudiant en

2 Il s'agit du violoniste polonais Bronislaw Huberman (1882-1947).

anthropologie de l'Université de Chicago. Il connaissait une des jeunes filles, avait dansé avec elle à des bals de jeunes gens et se considérait pratiquement comme son fiancé. Paul participait depuis deux ans à des fouilles en Syrie; il avait «pris racine», avait mis au jour une caverne préhistorique, appris à faire la cuisine et bu beaucoup de whisky. Et puis le télégramme du «Plaza» de Damas arriva, – il prit la route aussitôt, demanda au directeur de la fouille de lui donner quelques jours de congé, et à moi de faire avec lui le trajet en voiture à travers le désert jusqu'à Jérusalem. Pendant que, dans la Salle de Sion, j'écoutais le concerto de Brahms, Paul dînait avec sa jeune amie. Quand je les rejoignis après le concert, Paul venait de commander une bouteille de vin rouge mûri sur le Mont Carmel, et le faisait chambrer comme un Bourgogne véritable. Et Paul racontait – je connaissais ses dons de conteur, la façon dont il transformait un fox-trot en une danse indienne extatique, une nuit de pluie en un clair de lune radieux dans le calme des tropiques, et une gorgée de whisky en orgie. Les routes américaines de Georgie, sa patrie, devenaient, quand il racontait ainsi, les dernières grand-routes du monde, – d'un monde splendide, ivre, baignant dans des myriades d'enthousiasmes comme dans des voies lactées. Ah, mon ami Paul ! –

Jean, la jeune fille, me parut très jolie. Elle portait une robe d'été claire et légère, et une fourrure de renard bleu sur les épaules. Le lendemain matin, comme elle devait partir dans l'autobus spécialement loué pour leur groupe, nous allâmes Paul et moi lui acheter en toute hâte un vrai bracelet en argent, joliment ciselé comme une épée de Damas et incrusté de turquoises. Mais j'anticipe. En même temps que le vin rouge chambré du Mont Carmel apparut en effet vers minuit, dans la salle à manger désertée de l'hôtel, une des maîtresses du pensionnat, qui avait charge de raccompagner Jean dans sa chambre climatisée. Paul se lança dans un flot de paroles balbutiantes. « Sur notre site de fouilles nous avons un cuisinier égyptien », dit-il, « entre autres choses il sait préparer l'*Irish stew,* il y a de la bière et du jus de tomates tous les matins, le soir notre serviteur sourd-muet apporte du bois de pin du Liban pour faire du feu dans la cheminée, nous buvons du raki, le dimanche du whisky, pour que l'on sache que c'est dimanche, et j'ai déjà cassé trois fois les ressorts du sofa – tu sais bien que quand je danse la danse indienne, je saute sur tous les meubles – le gramophone marche aussi, et nous avons des chiots, ils ont deux semaines. » Jean écoutait avec attention. « Ça paraît merveilleux », dit-elle, « cette vie dans le désert syrien. » Paul protesta : « Ce n'est pas la vie du désert. Nous avons semé du gazon dans la cour, et tu devrais voir mes crânes, et le soir la vue sur la plaine. Ah je suis heureux que tu sois venue ! Tu reviendras, maintenant que tu sais tout? »

À ce moment Jean quitta la salle, et Paul et moi restâmes encore longtemps attablés à boire notre vin rouge, dont le serveur arabe avait presque fait du vin chaud. Puis, le lendemain, nous achetâmes le bracelet damascène, et fîmes au moins vingt heures de route à travers le désert infini pour retourner sur notre champ de fouilles.

Peut-être que Paul est toujours là-bas, entre ses montagnes de crânes, peut-être est-il quelque part en Afrique, avec les mêmes bouteilles de whisky, les mêmes vieux pantalons kaki et les mêmes cheveux trop longs. Ce qui est sûr, c'est qu'il ne s'est pas marié – et que la jeune Jean, après son tour du monde, s'est mariée.

Je ne sais pas pourquoi, après plusieurs années, je me souviens soudain de la Syrie et de Jérusalem. Nous sommes en juillet 1940, c'est la canicule à New York, j'habite au Plaza, j'attends trois fois par jour les journaux venus d'Europe. Je dois réfléchir à la question de savoir s'il est possible pour un jeune Européen, échoué ici par hasard, de vivre en Amérique. Pourquoi ne pourrait-on pas vivre ici, dans un pays de progrès, un pays riche, avec des villes, des liaisons aériennes, des universités, un pays qui sera peut-être l'unique grande démocratie du monde, un pays situé de l'autre côté de l'océan, mais qui est un continent géant vivant pour ainsi dire en autarcie – pourquoi ne pourrait-on pas vivre ici? N'ai-je pas appris, au cours de nombreux voyages en Orient et en Occident, que l'être humain peut vivre presque partout, que pour ce petit peu de vie qui est le sien il a besoin de peu et de beaucoup, je veux dire de sa petite ration d'espoir qu'il vaut mieux ne pas trop définir et qui est pour lui une sorte de nourriture céleste? – Mes réticences tiendraient-elles au fait que je ne peux écrire qu'en allemand, que je ne peux dire en anglais que des choses vaines et superficielles, que j'utilise mal cette langue étrangère et que je me sens seule, – ou bien est-ce plutôt que ce Plaza me fait penser au Palace et le Palace à un autre Ritz, – cette grandiose ville de New York à toutes les grandes villes en pleine expansion (oui, les banlieues de New York, Chicago, Bombay et Birmingham ont entre elles une ressemblance fatale!), – et que, dans les gouffres profonds des rues, et entre les feux de circulation qui attirent les yeux malgré eux, au milieu de cet ordre qui à sa manière organise tout à la perfection, je ne suis plus qu'un être vivant parfaitement organisé et conditionné – et las de ces qualités? Un soir je quittai le Plaza. Je devais d'abord promener un peu mon chien, puis faire une visite importante, et ensuite quelques courses. Entre l'entrée du Plaza et la célèbre « Cinquième Avenue », il y a un petit square avec une fontaine, quelques parterres de fleurs minables, et un sentier asphalté qui fait le tour de la fontaine, et qui est destiné aux piétons, aux propriétaires de chien, aux gouvernantes et aux enfants qui leurs sont confiés. Je traversai lentement cette place, mon chien en laisse, et j'entendis une voix derrière moi. « Est-ce que ce chien est un chow-chow? » Je me retournai. « Oui », répondis-je, « un vrai chow-chow. » Sur le bord de la fontaine était assis un homme aux vêtements très usés. Ses cheveux étaient blonds, peut-être un peu grisonnants déjà, et ses yeux très clairs, très limpides, comme délavés par le soleil et l'eau de mer. « En Chine et en Mongolie extérieure, on les appelle autrement », dit l'homme. Je m'assis près de lui, sans réfléchir du tout, bien que déjà en retard pour mon rendez-vous. « Comment savez-vous le nom des chows-chows en Mongolie? » demandai-je. Il me répondit qu'il comprenait le chinois et qu'il avait vu beaucoup de ces chiens en Mongolie. Il avait parcouru 36 000 miles à pied sur les routes de Chine, dans les déserts de Mongolie, sur d'interminables distances entre les villes indiennes, en Afrique et en Australie, – mais surtout en Chine. «Je ne suis jamais allée en Mongolie, je n'ai pas dépassé la frontière de l'Afghanistan et du Turkestan », dis-je. «J'ai passé sept ans sur les routes », me dit l'homme, «j'étais trop vieux pour obtenir un bon emploi, et j'ai pensé que ce serait tout aussi bien d'aller voir le monde de près. » « Et comment trouvez-vous New York? » – « C'est la ville la plus fantastique du monde. » – « Mais elle est insupportable », dis-je, et j'en fus immédiatement confuse, car « insupportable », qu'est-ce que cela veut dire. Mais l'homme me répondit aimablement. « Vous aussi un jour vous verrez la Mongolie, dit-il, – qui a une fois cherché les grands horizons les cherchera toujours. Mais voyagez sans argent. Marchez à pied. Mendiez plutôt que de dormir dans des cabines de luxe et des Plaza. Non que je méprise les bons lits et les bons repas, mais elle coûte trop cher, la bonne vie. Tout ce que j'ai vu au cours de ces sept années – à quel prix pourrais-je le céder? »

Je l'écoutais à peine. Le soir était tombé, je ne savais plus où je me trouvais. Puis je pensai tout d'un coup que j'étais au centre de New York, devant l'Hôtel Plaza – et je me demandai si mon amie, une riche Américaine avec qui j'avais déjeuné à midi, accepterait de s'asseoir sur les marches d'une fontaine près de ce qu'on appelle un vagabond. Non, bien sûr

– l'idée me fit rire. Puis je regardai l'heure et pensai que les journaux du soir devaient être arrivés depuis vingt minutes. Avec les nouvelles du monde entier.

Carson McCullers

Tapuscrit, juin 1940

Tôt ce matin, j'ai reçu une lettre de New York, que j'ai lue avant même d'ouvrir les journaux du jour. Les journaux rendent compte de la rencontre qui a lieu en ce moment entre Hitler et Mussolini, et se demandent quelles conditions seront imposées à la France vaincue. La lettre, elle, ne dit pas un mot de la guerre, et pourtant aujourd'hui les Américains, en particulier à New York, ne parlent que de guerre, d'espions allemands, d'armement américain, de troubles imminents au Mexique et en Amérique du Sud, de flots de réfugiés, et de l'effet des batailles perdues sur la Bourse de Wall Street. Certes, en tant qu'Européen, on doit se réjouir que l'Amérique, frappée et alertée par l'ampleur de la débâcle européenne, comprenne enfin que, dans l'état actuel des choses, son isolationnisme ne peut tenir que partiellement et pour très peu de temps. Certes, on n'a plus aucun mal aujourd'hui à faire admettre que l'Amérique aura d'une façon ou d'une autre à se battre, à subir et à surmonter l'épreuve de cette guerre. Et pourtant, au sein de ce monde qui sympathise et prend parti, qui sera peut-être le « Nouveau Monde » en qui placer notre espoir d'avenir, on se sent incompris. Ils ont peur, sous l'effet de la peur ils ont perdu leur quiétude, ils parlent de parachutistes, de Cinquième Colonne, du cheval de Troie, et disent que, pour sauver l'Amérique, il faut venir en aide aux Alliés. Certes, tout cela est exact. Ils ont raison, comme avaient raison, naguère, ceux qui appelaient la France et l'Angleterre à venir au secours des Tchèques pour sauver les démocraties européennes, petites et grandes. Mais quand un Américain intelligent me parle du problème noir encore non résolu, de la question toujours brûlante des inégalités sociales et des dix millions d'hommes actuellement sans travail dans son pays, je suis plus encline à l'écouter qu'à écouter les dames de New York occupées à fonder des comités de secours, et à mettre sur leurs listes les gens les plus en vue et les plus riches pour faire venir au Canada des enfants de réfugiés vivant l'exode sur les routes des Flandres et de France. Peut-être en effet réussira-t-on à amener un ou deux bateaux de ces jeunes innocents sur une côte où ils seront en sécurité, où ils deviendront des adultes bien portants et sachant travailler. Ils seront citoyens canadiens ou américains, ou émigrants d'un type nouveau. Mais les Flandres? La France? Jamais un Américain ne pourra avoir pour l'Europe, pour les pays européens en ruine, pour les villages bombardés, les champs dévastés et les espoirs anéantis, les mêmes pensées que nous.

Après avoir lu ma lettre de New York, qui ne parlait pas de guerre, je suis sortie sur les pelouses devant la maison, et je suis descendue jusqu'au fleuve. C'est un large fleuve aux eaux lentes. Ses rives verdoyantes sont couvertes de beaux arbres et d'épais buissons, derrière lesquels apparaissent des prairies, puis encore des arbres, et au-dessus s'étend le ciel bleu, semé de blancs nuages ronds, un ciel d'été en Nouvelle-Angleterre. Le soleil était fort, mais un vent frais, sûrement venu de la mer proche, le rendait supportable. Sans aucun doute, me dis-je, ici on peut réussir à oublier les terreurs de New York, et grâce à cette lettre je me sens effectivement en droit de porter moins d'attention au journal, de penser à autre chose qu'à la guerre, et de m'asseoir maintenant devant ma machine à écrire.

Celle qui m'écrit est une jeune Américaine de 22 ans, écrivain devenu célèbre d'un coup, du jour où son livre fut distingué par un prix et déclaré « Livre du mois ». Le livre en question est un vigoureux roman de 350 pages, construit non pas autour d'un centre et selon une progression dramatique, mais de façon à suivre au jour le jour et de saison en saison divers individus, tous habitants d'une morne petite ville du Sud. Bien sûr, cette ville est celle même où Carson McCullers a vécu, jusqu'à ce que son éditeur, Houghton Mifflin, la fasse venir à New York avec son mari, parce qu'elle est déjà célèbre, qu'il faut qu'elle rencontre beaucoup de gens, et qu'elle écrive un nouveau livre le plus tôt possible. J'ai lu son roman, *The Heart is a Lonely Hunter*[3], et je trouve que c'est un bon point pour la critique littéraire américaine d'avoir su remarquer ce premier ouvrage d'une jeune fille réfléchie, à la fois précoce et mûre, mais qui a gardé les bizarreries de l'enfance. Car bien qu'« américain » en ce qu'il se situe dans un milieu américain typique et traite de gens typiquement américains, ce livre ne s'abaisse pas à flatter la nouvelle conscience nationale de plus en plus en faveur; il ne se pare pas des couleurs romantiques de *Gone with the Wind*[4], ni des couleurs héroïques que revêtent les pièces et les romans sur Lincoln ou Georges Washington, il n'a pas le côté dramatiquement émouvant de *The Grapes of Wrath*[5], et il n'est même pas actuel. Un jeune Noir est si malmené dans une prison pour forçats enchaînés, qu'il revient amputé des deux pieds. Son père, un médecin noir qui a lutté toute sa vie en idéaliste pour la libération de ses frères de race, en conçoit contre les Blancs une rage fanatique, qui les mène à la ruine, lui et sa famille. Un « pauvre Blanc » travaille dans un manège, se lance dans ce qu'il croit être la recherche de la vérité, et sombre sans retour dans l'ivrognerie et la folie. Un jeune Américain intelligent médite sur

---

3 *Le Cœur est un chasseur solitaire.*

4 Margaret Mitchell, *Autant en emporte le vent* (1936).

5 John Steinbeck, *Les Raisins de la colère* (1939).

le fascisme et la démocratie, et, faute d'argent pour payer ses études, devient garçon de café. Un sourd-muet lit sur les lèvres de tous ces personnages leurs plaintes, leurs révoltes, leurs aveux, et ils se croient compris parce qu'il ne peut donner aucune réponse, exprimer aucune opinion. Et tout ce que ce livre raconte pourrait être d'actualité, et même être considéré comme tendancieux, si la vision n'était celle d'une enfant. Ce qu'on lit, ce pourrait être les notes de la petite Mick Kelly, qui est elle-même un des personnages principaux du livre, mais dans lequel l'auteur a manifestement mis une part d'elle-même. Oui, cette enfant éveillée, très observatrice, tantôt violente et ambitieuse, tantôt désarmée, car étrangère au monde et loin de la réalité, qui élève ses petits frères et sœurs, connaît la faim, veut devenir une musicienne célèbre, qui comprend la souffrance de son père au chômage, la souffrance du médecin noir, la souffrance du sourd-muet, l'écrasante souffrance et le désespoir de son entourage, et qui pressent obscurément qu'il en sera toujours ainsi, toute sa vie – ce mélange de résignation précoce et d'innocence m'a frappée chez Carson McCullers elle-même quand je l'ai rencontrée pour la première fois, sans même savoir qu'elle était l'auteur du « Livre du mois » encensé par tous les critiques de New York.

Le lendemain, je l'ai trouvée au bar du petit hôtel où j'étais descendue. « J'ai senti très fort hier », me dit-elle, « quand je suis venue vous voir, vous et vos amis, qu'aucun de vous ne m'aimait. Vous venez d'Europe, la plupart d'entre vous sont des réfugiés, des émigrants, des juifs. Vous me reprochez d'être américaine, et vous croyez que je suis incapable de vous comprendre. Mais je suis venue ici exprès pour vous dire que je vous comprends. Toute ma vie j'ai été opprimée, j'ai dû me battre toute ma vie pour chaque note de musique que je voulais écrire, car je voulais devenir musicienne, d'ailleurs je ne sais pas si je suis écrivain, et j'ai toujours vécu parmi des êtres pourchassés, tourmentés, sans patrie. »

« Mais vous vous trompez », lui dis-je, « personne parmi nous ne vous tient rigueur d'être américaine, et d'ailleurs je suis suisse, personne ne me persécute, la Suisse est encore indemne. »

Nous nous sommes donné rendez-vous le lendemain pour déjeuner ensemble et nous nous sommes retrouvées une heure avant mon départ de New York. Je pris du café, elle commanda un verre de lait et une tartine beurrée, auxquels elle ne toucha pas. Tandis qu'elle m'écrivait son adresse, je remarquai que ses mains tremblaient et que son écriture était à peine lisible. Quand je parlais, elle penchait en avant son visage d'enfant pâle et attachait le regard de ses grands yeux gris sur mes lèvres, comme si elle entendait mal. « Les messieurs de la maison d'édition sont très gentils avec moi », me raconta-t-elle. « Quand nous sommes arrivés ici, mon mari et moi, on nous a volé tout notre argent dans mon sac. Mais la maison d'édition me donne assez d'argent pour que nous puissions vivre ici, et mon mari va sûrement trouver un emploi bientôt. »

« Mais pourquoi voulez-vous vivre à New York ? » lui demandai-je. Et voici ce qu'elle m'écrit aujourd'hui.

« Je crois que vous m'avez porté bonheur, car juste après le déjeuner avec vous vendredi, nous avons trouvé, mon mari et moi, exactement le genre d'appartement que nous cherchions. Un appartement calme, ce qui pour moi est primordial, au cinquième étage d'un immeuble de la Onzième Rue de l'Ouest. Maintenant je cherche un piano, un lit et un bureau. Nous espérons pouvoir emménager vendredi prochain.

Je crois que cette névrose qui est le propre de New York, cette terrible tension, est provoquée avant tout par le bruit. Même quand aucun bruit n'est perceptible, on a la sensation de vibrations, d'un léger martèlement du sang, si continûment qu'il est difficile d'être calme et détendu. Je ne crois pas que qui que ce soit puisse jamais s'y habituer totalement.

Ce matin, en m'éveillant, j'ai pensé à la sonate en ré mineur pour piano et violon de Brahms, et depuis je me sens étrangement heureuse. Sitôt que nous aurons emménagé, je me mettrai sérieusement au travail..., et le résultat sera différent et plus pur que ce que j'ai écrit jusqu'ici. Ce que je cherche, de façon générale, c'est une nouvelle forme poétique, un style poétique qui demande de l'imagination et la recherche d'un certain ton, mais dont l'effet viendrait plus de l'écho qu'il éveillerait dans l'âme, dans le monde intérieur du lecteur, que d'une perfection technique facile à déterminer et à atteindre. Bien sûr, je parle de « poésie » au sens abstrait, les vers m'intéressent peu en ce moment. Pour trouver la bonne technique et découvrir la tonalité dont j'ai besoin, il me faudra sans doute des années. Ce que je viens d'écrire là, ça a l'air plutôt verbeux et confus. Peut-être n'est-ce pas le bon moment pour l'« esthétique ». Peut-être que d'ici une décennie tous les hommes de bien seront morts... »

Je ne transcris qu'une partie de la lettre. Pour quelle raison ai-je eu envie de la traduire, de la partager avec d'autres, je ne sais. Ce n'est pas parce qu'elle est d'une jeune femme de vingt-deux ans, heureuse auteur d'un roman américain primé, et qu'à ce titre tout un chacun la trouvera intéressante, exemplaire ou aimable. Ce n'est pas non plus que je veuille informer les lecteurs européens, en proie à l'abattement et au désespoir, qu'ailleurs dans le monde, au fond d'une province américaine par exemple, des talents se développent, qu'on les découvre et qu'on les apprécie. Ceci *pourrait* être une consolation, mais peut-être aussi n'en est-ce pas une, car en ce moment même, toute une jeunesse de futurs musiciens, peintres, poètes et inventeurs, un nombre inconnu de jeunes talents, une armée de morts, gît sur nos champs de bataille. La raison n'est pas non plus qu'entre cette jeune Américaine et moi, le contact n'a rien eu d'un échange entre deux étrangères, que d'emblée nous nous sommes comprises pleinement, et que nous avions beaucoup à nous dire sur la difficile mission de l'écrivain, mission jamais pleinement accomplie, jamais libératrice, toujours torturante; sur la détresse de vivre seulement pour pouvoir dire la vie, sur la détresse de devoir vivre pourtant. Peut-être est-ce son tourment à elle, peut-être est-ce aussi un peu le mien, ce ne saurait être celui du monde. Car si je décidais de ne plus écrire une ligne à l'avenir – y aurait-il pour s'en soucier une seule âme humaine? Ou bien imaginons que je devienne une pitoyable épave. Pour le monde, cela ferait une différence infime, aussi dépourvue d'importance que la vie ou la mort de chaque enfant de réfugié, de chaque soldat sur les champs de bataille des Flandres.

Le roman *Le Cœur est un chasseur solitaire* est paru, a été imprimé et distingué, et il sera vendu et lu. Les livres et les poèmes qu'écrivaient des écrivains allemands, en Hollande, en Scandinavie, sur la Riviera française, en même temps qu'une jeune Américaine écrivait le sien dans une petite ville du Sud américain, ces livres sont maintenant, dans les pays conquis, mis au pilon par les vainqueurs du jour. Mais le jour reviendra où paraîtront des centaines de livres de guerre, des milliers de poésies, de nouvelles éditions de *À l'Ouest rien de nouveau*[6], et on peut le prédire sans crainte: dans cette masse d'ouvrages, il se trouvera des pages précieuses, peut-être des lignes immortelles.

Ici, pour l'heure, l'aimable éditeur, le public et les jurys de prix américains sont dans l'attente du second livre qu'écrira la très jeune femme, auteur du « Livre du mois ». Comment douter qu'elle l'écrira? Cette jeune poétesse, Carson McCullers, est citoyenne d'un grand pays encore en paix, encore démocratique, elle a eu un grand succès, on peut encore la dire heureuse, et elle a vingt-deux ans. Comment dans ces conditions expliquer qu'elle en soit venue à

6 Roman pacifiste de l'écrivain allemand Erich Maria Remarque (1929).

m'écrire ces mots: « Peut-être que d'ici une décennie tous les hommes de bien seront morts… »?

Moi-même j'ai passé cinq semaines à New York, loin des champs de bataille, parmi des gens pleins de bonnes intentions, et j'avais à ma disposition les possibilités illimitées de la gigantesque ville du futur. Alors pourquoi ce désespoir paralysant? Pourquoi voyais-je comme un malheur qu'une enfant douée et certainement innocente demeure maintenant dans la Onzième Rue, cherche un piano et rêve de sonates de Brahms, et que peut-être plus jamais elle n'écrive un autre livre, plus jamais une seule ligne?

Peut-être tout cela est-il sans importance. Sur la rive verte et luxuriante du grand fleuve, sous les nuages fugitifs de juin, je ne sais plus, et je me demande si cela vaut la peine de prendre la plume, et pourtant j'écris tout cela.

Une jeune Américaine, Carson McCullers

National-Zeitung, 6-7 juillet 1940

NEW YORK, 18 JUIN

Carson McCullers a vingt-deux ans. Elle est mariée depuis quatre ans à un jeune homme blond qui paraît encore plus jeune qu'elle, encore plus proche de l'enfance. Il n'est pas ambitieux, mais il se sent responsable d'elle, et quand l'éditeur de sa jeune femme a décidé de lui faire quitter la petite ville du Sud où ils vivaient jusqu'alors pour la faire venir à New York, il l'a accompagnée à New York, et il y cherche un travail. Carson a terminé son livre – son premier ouvrage, bien sûr – il y un an; elle l'a appelé *Le Cœur est un chasseur solitaire* – mais l'éditeur à qui elle a envoyé son manuscrit voulait qu'elle modifie plusieurs passages. Par exemple ceux qui parlent d'un jeune Noir qui, après une rixe à propos d'une jeune fille blanche, un soir d'ivresse, a été condamné à la prison, mis aux fers, et tellement maltraité, après une prétendue tentative d'évasion, qu'il a fallu l'amputer des deux pieds. D'un rêveur misérable qui sombre parfois dans l'ivrognerie et d'autres fois voudrait secouer l'inertie du monde, et ne fait pas vraiment la différence entre les injonctions de la religion et les programmes de fraternisation communistes. Ou d'un sourd-muet au grand cœur qui, après la mort de son seul ami dans un asile d'aliénés, tout d'un coup en a assez et se tire une balle dans la poitrine. Et finalement d'une très jeune fille, douée, rétive et assoiffée de vie, qui voudrait faire des études de musique et apprendre le piano, et qui, à seize ans, devient vendeuse chez Woolworth pour faire vivre son père au chômage et nourrir ses frères. Elle se sent flouée, mais elle sait que personne ne l'a trompée, que personne n'est coupable et qu'elle ne peut s'en prendre à personne, accuser personne. Cette très jeune fille trompée par la vie a certainement les traits de Carson McCullers; en tout cas, tandis que je lisais le livre, je ne pouvais m'empêcher d'évoquer le visage d'enfant pâle, les grands yeux gris rêveurs de ce jeune auteur, son expression intelligente et enfantine, triste et courageuse en même temps. Bien entendu elle a refusé le moindre changement. L'éditeur craignait apparemment que l'un ou l'autre passage puisse être considéré comme de la propagande, comme la manifestation d'une tendance « sociale », c'est-à-dire révolutionnaire, chose honnie dans l'Amérique d'aujourd'hui, en plein effort d'armement et d'unité nationale. En fin de compte, il a décidé de publier tout de même le livre de Carson McCullers, mais en précisant que dans ces conditions il ne pouvait pas lui consentir d'avance. Carson accepta, et pourtant elle et son mari avaient grand besoin d'un peu d'argent. Aujourd'hui, non seulement le livre est paru, mais il a remporté un très grand succès – il a même reçu le prix accordé au « Livre du mois », suivant l'expression consacrée, et Carson fait maintenant partie des écrivains américains de premier plan. Elle m'a dit qu'en fait elle et son mari n'avaient pas été mécontents de venir à New York. Certes, il sera difficile de travailler, de se concentrer, en plein cœur de cette ville, de cette circulation, de ce vacarme incessant, entre les multiples cocktails, engagements, appels téléphoniques, dans cette atmosphère névrotique, affairée, survoltée. Mais cela valait mieux que de végéter dans une bourgade du Sud. « C'est quelque chose que vous ne pouvez pas imaginer », m'a-t-elle dit. Sur la table maculée du petit bar restaurant, un verre de lait et un petit pain beurré étaient posés devant elle – le déjeuner qu'elle avait commandé et auquel elle ne touchait pas. « Là-bas j'ai vécu seule avec mon mari pendant des années », continua-t-elle, « au milieu des ouvriers du textile et des cueilleurs de coton. Vous êtes la première femme avec qui je parle depuis des années. »

J'avais envie d'écrire quelque chose sur son livre. Sur le fait qu'en Amérique, dans une bourgade d'un État du Sud – quelque part au monde – il y a des enfants très doués, des jeunes femmes de vingt-deux ans – qu'elles écrivent des livres et des poèmes, qu'elles aiment la musique, – et que, grâce à un hasard, à la perspicacité d'un éditeur tel que Houghton Mifflin, elles sont reconnues, payées, distinguées par un prix. – Mais je n'osais pas. – Écrire sur de jeunes talents américains ? Des espoirs d'avenir en pays étranger ? – Des artistes ? – Pendant que chez nous les morts s'accumulent et que les réfugiés anonymes s'entassent sur les routes ?

Juste à ce moment Carson McCullers me dit qu'elle savait et comprenait très bien que nous – les réfugiés, les survivants d'Europe – étions très réticents envers elle, l'Américaine, que nous n'avions aucune estime pour elle – et, stupéfaite, je me défendis.

Je pensai à tout ce qu'en cinq semaines, j'avais vécu et entendu en Amérique. J'avais vu l'opinion publique, dans ce pays, se retourner de façon stupéfiante, s'écarter du dogme jusque-là intangible de l'« isolationnisme américain », comprendre enfin que ce monde est un seul et même monde, – que, quoi qu'il arrive dans cette guerre, aujourd'hui et demain, cela nous touche tous – et je pensai ensuite à la peur, à mon accablement et à mon désespoir quand des gens supposés pleins de bonnes intentions et très au courant, organisaient à New York, à Washington, leurs lunchs, leurs assemblées, leurs réunions de comités, leurs collectes, m'y invitant aussi d'ailleurs – pour aider les Alliés, les petites démocraties – ou bien pour héberger ici, en Amérique, des enfants belges, pour fabriquer peut-être, ici en Amérique, suffisamment d'avions – peut-être. Et dans les faits, certainement, beaucoup de choses sont en route. De vieilles dames apprennent à tirer. Peut-être prépare-t-on le service militaire obligatoire pour tous, peut-être transportera-t-on vraiment, comme les journaux d'aujourd'hui l'affirment, 200 000 enfants anglais en Amérique, et je ne dénigre pas ces efforts, loin de là.

Mais comment comprendre? Dans cette Amérique à ce point changée, on me reçoit, on m'écoute avec infiniment de gentillesse; je suis convaincue moi-même qu'on pourrait faire un tas de choses depuis ce rivage encore très sûr, très riche, démocratique. Comment se fait-il donc que je me sente à ce point paralysée et isolée, ici encore plus qu'ailleurs? Ce New York qui s'agite au gré des cours de la Bourse et des grands titres des journaux, me désespère plus encore que naguère les lointains pâturages des moutons, les tentes des nomades, les hauts plateaux et les déserts vierges d'Afghanistan. – En cinq semaines, ici, en Amérique, je n'ai rien fait d'autre qu'écouter, apprendre, jour après jour, heure après heure, – sans jamais parvenir à m'asseoir devant ma machine à écrire pour raconter tout cela aux miens là-bas, en Suisse. Carson McCullers, ma toute nouvelle amie américaine, sera étonnée que mon seul article soit consacré à elle, qu'il ait été écrit pour elle ou grâce à ma rencontre avec elle. – Mais c'est ainsi. Dans les longues périodes de ténèbres, recevons sans nous interroger davantage la douce lueur de l'étoile qui nous console, nous nourrit, et nous permet de vivre.

Une personnalité américaine : Dorothy Thompson

Schweizer Frauenblatt, 28 février 1941

« Dans les articles que j'ai écrits, j'ai souvent averti du risque que certaines évolutions se produisent dans le contexte de la situation internationale. Et elles se sont produites. Il n'y a là rien qui relève d'un don de prophétie. Je suis journaliste, et je me consacre à l'étude de la politique. C'est mon travail d'observer le comportement des sociétés humaines. C'est mon travail de rassembler des faits et des informations. »

Ces phrases, que je traduis librement, sont extraites d'une allocution radiophonique prononcée par Dorothy Thompson à la Columbia Broadcasting Company de New York, le 2 novembre 1940, deux jours avant les élections présidentielles américaines. En ces semaines de campagne électorale, ceux qui suivaient les déclarations et les articles de la plus célèbre journaliste d'Amérique devaient se demander comment elle s'y prenait pour assumer une charge de travail aussi colossale. Dans son bureau, à la rédaction du quotidien *New York Herald Tribune*, j'ai posé la question à l'une de ses secrétaires, qui m'a répondu en souriant : « Ça n'a rien de mystérieux. Mrs. Thompson et nous, nous travaillons pratiquement jour et nuit. » – C'était un samedi matin, et Mrs. Thompson était à la campagne pour le week-end. Comme la plupart des gens qui se concentrent intensément sur leur travail, elle n'est jamais stressée, et elle est rarement pressée, – ou en tout cas n'en laisse rien deviner. Quand j'ai vu Mrs. Thompson pour la première fois en 1937, elle m'avait invitée à prendre le thé dans son appartement de Central Park. Elle avait déjà reçu deux hôtes et a trouvé deux heures pour parler avec moi. Pourtant on entend souvent dire que Dorothy Thompson est très jalouse de sa célébrité et qu'elle n'est pas très chaleureuse avec ses collègues, en particulier avec les femmes. Je crois plutôt que ses collègues, ses collègues femmes en particulier, sont jalouses de l'immense renommée qu'elle s'est acquise...

Dorothy Thompson est mariée à l'écrivain Sinclair Lewis[7]. Le bruit a couru un moment que la majeure partie du livre de ce dernier, *Ça ne peut pas arriver chez nous*, avait été écrit par sa femme – mais pour cela le temps ne lui aurait peut-être pas suffi, et quand elle a quelque chose à dire, elle le dit dans sa colonne trihebdomadaire du *Herald Tribune* intitulée « On the record », ou bien elle écrit elle-même un livre. Les titres de ceux qu'elle a déjà publiés sont: *I saw Hitler, Refugees, The New Russia, Political Guide,* – et un livre pour enfants, *Once on Christmas,* dédié à son fils unique.

Son fils, Michaël, a aujourd'hui vingt-deux ans. Pendant la campagne électorale de l'été dernier, il participait à un congrès du Parti Républicain. Complètement révolté par le mauvais usage qu'on y faisait des procédures démocratiques, il a quitté la séance en signe de protestation. Sa mère a mis sa colonne à sa disposition pour qu'il y publie un article.

Dans sa jeunesse, Dorothy Thompson n'a pas eu des débuts très faciles. Fille d'un pasteur méthodiste, née en 1893, elle a terminé ses études à l'Université de Syracuse en 1914 avec l'intention de devenir professeur d'anglais, puis a travaillé dans des organisations de lutte pour le droit de vote des femmes. Elle a passé deux ans dans une entreprise publicitaire. En 1919, elle a travaillé à l'élaboration d'un projet de service de bienfaisance à Cincinnati. Et en

7 Sinclair Lewis (1885-1951), l'auteur du célèbre roman *Babbitt,* avait reçu le prix Nobel de littérature en 1930.

1920 elle est partie pour l'Europe pour réaliser enfin son vieux rêve : étudier les relations politiques et sociales à l'étranger.

Sa carrière journalistique a débuté par un curieux hasard : pendant la traversée, elle fit la connaissance de sionistes qui se rendaient à une conférence sioniste à Londres. Dorothy convainquit l'agence « International News » qu'il était primordial de rendre compte de cette conférence. Peu après, elle réalisa en Irlande l'unique interview existante de Mc Sweeney, le célèbre gréviste de la faim, maire de Cork. À Paris elle fit des travaux publicitaires pour la Croix-Rouge. Puis elle eut son premier poste fixe en tant que correspondante du *Philadelphia Public Ledger*, alla à Vienne, en Pologne, à Berlin, dirigea le bureau du *Ledger* pour l'Europe Centrale. Quand elle revint aux États-Unis en 1928, elle comptait parmi les meilleurs experts en politique européenne et elle se retrouva bientôt au premier rang des journalistes américains. Les articles qu'elle écrit pour le *Herald Tribune* sont publiés dans 166 journaux américains.

L'Amérique était habituée à la célébrité de Dorothy Thompson depuis plus de dix ans. On la connaissait comme une adversaire passionnée du Président Roosevelt, dont elle critiquait âprement la politique intérieure. Mais ses critiques étaient dirigées moins contre la position libérale de Roosevelt dans la conduite d'un programme de réformes sociales, dont elle avait toujours reconnu la nécessité, que contre l'abus que font de la tolérance libérale de Roosevelt des dirigeants d'extrême gauche, à la tête de partis et de syndicats, et des dirigeants d'extrême droite, à la tête de puissants groupes financiers et industriels. L'Amérique la connaissait en outre comme une ardente antifasciste, qui sut analyser et prévoir avec précision les événements en Europe jusqu'au seuil de la Seconde Guerre mondiale, dont personne aux États-Unis ne croyait vraiment qu'elle allait éclater. – Enfin, Dorothy Thompson était non seulement la « star » du journalisme américain, mais aussi la fierté du Parti Républicain, dont elle était membre.

L'année 1940, année de guerre et aussi, aux États-Unis, année des élections présidentielles, a marqué dans sa carrière un changement décisif : pendant la campagne électorale, Mrs. Thompson a soutenu la troisième candidature du Président Roosevelt, avec tous les moyens, exceptionnels, dont elle dispose.

La surprise fut grande en Amérique. On peut dire sans exagération qu'aucune personnalité, en dehors des deux candidats eux-mêmes, n'a eu plus d'impact dans la campagne électorale que Mrs. Thompson. Elle a fort clairement expliqué les raisons de son « revirement » : le candidat rival de Roosevelt, Wendell L. Willkie, devenu très populaire du jour au lendemain, pour ainsi dire par hasard, et d'ailleurs contre les intentions des Républicains orthodoxes, est un amateur en politique. Les États-Unis, à la veille d'avoir à prendre de très difficiles décisions en politique extérieure, ne peuvent se permettre d'expérimenter en politique intérieure. En politique extérieure la ligne de Roosevelt est celle d'une étroite collaboration, liée à une évidente communauté d'intérêts, avec la Grande-Bretagne, qui, en se défendant contre l'agression des puissances de l'Axe, contribue du même coup au premier chef à la défense de l'Amérique.

Cette conviction, Mrs. Thompson l'a rapportée d'un long voyage à travers l'Europe, dont elle est rentrée en mai 1940. Dans un article écrit sur le bateau, elle soulignait qu'en s'absorbant dans des questions de politique intérieure pendant les six mois de la campagne électorale, les États-Unis risquaient de paralyser et d'affaiblir leur action en politique extérieure. Elle proposa au Parti Républicain de renoncer à la nomination d'un candidat et de se mettre d'accord avec les Démocrates sur la réélection de Roosevelt, afin que le pays fasse l'économie d'une campagne électorale, et puisse dès 1940 consacrer toute son énergie à la nouvelle tâche qui lui incombe, et qui consiste à armer la nation. – Mais la proposition de Mrs. Thompson était trop extraordinaire. Par la suite, elle se mit à soutenir résolument Roosevelt.

Cette prise de position témoignait d'un grand courage personnel, d'une grande intégrité. Mrs. Thompson risquait sa position et sa carrière. Chez ses lecteurs et ses auditeurs – un public de centaines de milliers, si ce n'est de millions de personnes –, chacun le savait, et l'effet moral de ses articles et allocutions radiophoniques en fut renforcé. – Le jour même des élections, le 4 novembre 1940, Mrs. Thompson a mis les rieurs de son côté en expliquant: «Joe Louis (le boxeur noir) a fait hier la plus importante contribution à la campagne républicaine à Chicago. Il a dit: "Willkie va gagner par knock-out." – Si le peuple américain peut être mis knock-out, alors Mr. Willkie l'emportera sûrement. Si tous les moyens de séduire, d'endormir et d'intimider le peuple américain peuvent triompher, alors Mr. Willkie l'emportera... Mais la démocratie, Américains, est une société dans laquelle les gens ne se laissent pas pousser et ballotter en tout sens... C'est cela, la démocratie américaine, c'est la démocratie de Lincoln et c'est la démocratie de Roosevelt. Et c'est pourquoi Roosevelt va gagner.»

Roosevelt fut réélu. Mais depuis le 4 février Dorothy Thompson ne s'est pas accordé de vacances. Elle n'a pas cessé d'alerter, de critiquer, de secouer les gens, pour les tirer de leur paresse d'esprit et de leur confort moral. Les thèmes de ses articles, ou plutôt leurs motifs, couvrent toute une gamme, depuis les analyses de politique extérieure, jusqu'au compte rendu de livres ou de films où se révèle notre époque. Aucun motif n'est trop insignifiant pour elle, aucun sujet trop difficile, aucun événement si étranger et si lointain que Mrs. Thompson ne puisse s'y intéresser, le présenter avec clarté et l'analyser avec perspicacité. Et chaque article de Mrs. Thompson est un vrai document sur notre époque, et mérite d'être lu.

Jours d'été sur l'île de Nantucket

Thurgauer Zeitung, 7 septembre 1940

Cette île, dont je vais parler aujourd'hui, fait-elle vraiment partie de l'Amérique? Quand ses habitants parlent de la terre ferme, ils disent « là-bas, en Amérique », exactement comme s'ils parlaient d'un autre continent avec lequel ils n'auraient rien à voir. Et pourtant, la traversée jusqu'à la côte du Massachusetts ne dure que trois ou quatre heures; et en ce moment, pendant l'été, il n'y a pas moins de trois bacs par jour. C'est à ses estivants que Nantucket, île au sud de Boston, doit cette circulation intense; d'ailleurs, elle vit essentiellement grâce aux étrangers, et dès septembre, quand la brève saison d'été est finie et que s'installent les brouillards d'automne, un grand calme prend possession de l'île. On m'a raconté que des quinze cents habitants actuels du village de Siasconset, il n'en reste pas plus de soixante-dix. Il en est de même dans la petite ville de Nantucket, « capitale » et port de l'île, qui dispose d'une école, d'un petit hôpital, d'un poste de police et d'une caserne de pompiers, et d'une Grand-Rue aux pavés inégaux, où en ce moment on peut à peine passer en voiture tant il y a de véhicules garés des deux côtés.

Les commerces sont étonnamment bien approvisionnés, en particulier les marchands de fruits et de légumes, dont les étalages croulent sous le poids des framboises, des myrtilles, des poires, des prunes, des pêches et des melons jaunes, des tomates et des pommes de terre nouvelles, des choux et des corbeilles d'épinards. Puis il y a les poissonneries; les filets et les cannes à pêche sont appuyés près des vitrines contre le mur de la maison, et derrière les vitres s'alignent les poissons scintillants, maquereaux, poissons blancs et bleus; les prétendus « bébés homards » sont si gros qu'il faut s'y mettre à deux pour en venir à bout.

Les pêcheurs de l'île de Nantucket n'ont pas la vie dure. Je les ai vus de mes propres yeux jeter simplement leur ligne par-dessus le bord de leurs petits bateaux à moteur, la laisser s'enfoncer dans les profondeurs, et remonter presque une prise par minute. Autrefois, les choses devaient être différentes, à l'époque où Nantucket était le plus grand port du monde pour la pêche à la baleine. En ce temps-là les hommes faisaient route sur de grands voiliers jusqu'à Terre-Neuve, jusqu'au Brésil, et même jusque sur les côtes africaines. Beaucoup de navires disparaissaient. Et c'était un rude labeur que de ramener les baleines au port et d'en extraire l'huile pour la vendre à Boston et en Angleterre. Plus tard, quand on commença à utiliser le pétrole, l'huile de baleine perdit de sa valeur; en outre, les baleines étaient devenues rares dans les eaux de Nantucket, et finalement les habitants de l'île abandonnèrent cette pêche et revinrent à leurs petites fermes.

Les premiers colons, au XVIIe siècle, avaient été paysans. Ils avaient planté, sur la partie est de l'île, la partie abritée, de l'avoine, du seigle et du maïs, ils avaient élevé des moutons et avaient honnêtement gagné leur vie, mais ils n'étaient devenus riches que plus tard, grâce aux baleines. Aujourd'hui on remarque encore sur l'île les traces de l'ancienne et solide prospérité. Il y a par exemple les maisons des vieux capitaines en retraite, qui s'étaient fixés à Nantucket. Ce ne sont pas des maisons luxueuses, mais on a d'emblée envie d'y habiter. On les trouve dans des petites rues tranquilles ombragées de grands arbres. Elles sont construites en bois, peintes en blanc et entourées d'un jardinet et d'une palissade blanche. Les petits portails et les vérandas s'ornent de grosses lanternes de bateau; l'odeur du pétrole – ou de l'huile de baleine – devait sans doute, le soir, rappeler aux vieilles gens les temps passés. Les meubles de la salle de séjour viennent d'Angleterre, ce sont des tables d'acajou, des fauteuils Empire au dossier décoré d'une lyre, des commodes plantées sur des pattes de lion aux griffes déployées, et des canapés de satin vert. Il y a aussi des bougeoirs d'argent et de verre, et des tabatières, des mouchettes, des pelotes à épingles pour la maîtresse de maison.

Et quels jardins ! Jamais je ne les oublierai. Ils n'ont rien à voir avec les vastes pelouses des parcs anglais, les jeux de symétrie des jardins mongols aux Indes, ou les merveilles suspendues de Sémiramis. Ils ressemblent plutôt aux jardins des paysans d'Emmental. Mais à Emmental il n'y a pas autant de roses qu'à Nantucket. Ce sont de petites églantines sauvages, elles foisonnent sur les palissades, grimpent sur les toits des maisons de capitaines, des granges, des fermes, les frontières des plates-bandes ne les arrêtent pas, c'est une véritable splendeur rose; le soir, quand elles sont couvertes de rosée, on aimerait y plonger son visage, et on respire en même temps le parfum des mauves, des pétunias, du jasmin et du genêt jaune.

Le genêt, voilà une chose à part. On ne le trouve pas derrière les haies des jardins, mais la lande tout entière en est jaune, cette lande sablonneuse, aride, parcourue par l'éternelle brise de la mer, où l'on trouve des airelles, des buissons rabougris, des lièvres gris, et où soudain commence la dune, déjà recouverte par les vagues de la marée. Ou bien elle cède brusquement la place à un marais inquiétant. Dans le marais personne ne s'aventure. Il est sombre, il s'en dégage une odeur bizarre, et même par les clairs soirs d'été une brume dansante plane au-dessus, qui diffracte la lumière jaune du soleil couchant, la dissout en or et en larmes, jusqu'à ce qu'il ne reste plus que la mélancolie sombrant dans la mer, et l'impression que là-bas s'ébattent des esprits. Le spectacle vous inspire l'envie réelle de rester immobile, de vous absorber en lui, ou de murmurer « Que Dieu me protège. »

Les habitants de l'île parlent eux-mêmes du marais comme de quelque chose de mystérieux. L'agent immobilier par exemple m'a dit : « Je pourrais vous louer cette petite villa, avec salle de bain et cuisinière à gaz, mais elle ne donne pas sur la mer, on ne voit que les marais. » Le visiteur étranger regarde alors par la fenêtre, voit la lande toute fleurie de genêt, un coucher de soleil doré, quelques pins tordus par le vent, et au-delà un voile de brume au-dessus d'une bande de terre sombre, apparemment infinie. « Si c'est ça le marais », dit-il, « ça ne me gêne pas », et quelques jours plus tard, il constate, avec un peu d'amertume : « Ici, en plein été, on a déjà du brouillard le soir ! »

Il lui suffirait de se retourner pour apercevoir, perché sur la minuscule bosse qui, dans cette île toute plate, passe pour une « colline », le village de Siasconset, reconnaissable à son château d'eau noir et au large phare de la pointe Nord ; s'il prenait la route qui traverse tout droit la forêt, il trouverait, à quinze kilomètres de là, en direction de Nantucket, un soir parfaitement clair et doux, un ciel bleu acier plein de petits nuages blancs comme des agneaux, à l'ouest la splendeur du soleil couchant, à l'entrée de la petite ville d'abord les maisonnettes des Noirs avec leurs minuscules jardinets fleuris de roses et de pois de senteur, puis la grand-rue pleine d'activité, et seulement passé le coin suivant, la mer bleue, immobile, merveilleuse. Il verrait aussi le moulin à vent vieux de deux cents ans, dont, bien sûr, maintenant, le soir, les ailes ne tournent plus. Même les beaux chevaux au poil luisant, là-bas dans l'écurie, dorment déjà, et aussi la meute des petits chiens tachetés de jaune ; mais les habitants de Nantucket flânent sans se presser et jouissent déjà, vers sept heures, d'une soirée d'été. Un singe dressé danse sur la place du marché, son maître, un forain en loques, le tient en laisse et joue de l'orgue de Barbarie ; les garnements de Nantucket, pleins de taches de rousseur, lui jettent des pièces de monnaie que de ses petites mains maigres il ramasse à la hâte et fourre dans la poche de sa veste à carreaux, puis il redresse son chapeau de paille raide et se dépêche de rejoindre son maître pour lui remettre l'argent.

Le dimanche, les cloches sonnent à Nantucket. Je ne sais si les chapelles appartiennent aux presbytériens, aux puritains ou à d'autres églises; mais le son de leurs cloches se mêle au vent du matin et au léger ressac, toujours perceptible. L'automne sera bientôt là; c'est le moment où le brouillard reprend ses droits et déferle sur l'île tout entière. Les magasins ferment; les estivants repartent pour New York; le bac ne fait plus la traversée qu'une fois par semaine. Le temps est venu d'allumer le feu dans la cheminée pour lutter contre l'humidité. Même les chevaux de l'écurie de chasse sont ramenés sur le continent, « en Amérique », pour la chasse au renard dans le Kentucky ou le Maryland. Sur l'île, on fait des conserves d'airelles, et pendant les longues soirées on fume pipe après pipe. Quand viendra ce moment, serai-je encore à Siasconset, à regarder longuement le marais? J'aimerais le savoir. Mais je ne le sais pas.

Les feux de la liberté

Tapuscrit, 1er août 1940[8]

Nantucket Island

Ce que je dois faire aujourd'hui avant tout, je crois, c'est me persuader que je ne suis pas seule – et alors ce jour, ce Premier Août 1940, pourra être jour de célébration, sinon de fête. Je me dis qu'aujourd'hui dans le monde entier, exactement comme moi, des Suisses sont assis devant leur papier à lettres, ou bien devant leur machine à écrire – et tentent de mettre de l'ordre dans leurs pensées et dans leurs sentiments. Oui, il faut que nous comprenions pourquoi, en un jour joyeux, qui commémore le premier acte du combat de la Suisse pour sa libération, ce « sentiment du pays natal » s'accompagne d'une telle tristesse. – Je

---

8 Paru en 2008 dans *Die Weltwoche*, n° 31.

peux écrire à mon frère ou à mon ami, restés au pays, qu'aujourd'hui mon cœur est auprès d'eux devant les feux de joie allumés sur nos collines et nos sommets. Pourquoi cela ne suffit-il plus? – Là-bas, j'aurais entendu à la radio l'appel du général Guisan[9], et je serais fière de notre armée, comme autrefois gardienne de nos frontières et garante de notre liberté – notre armée, vivante expression du sens des responsabilités d'un peuple fier et démocratique qui tient farouchement à son indépendance et n'a pas peur du sacrifice.

En cette année de guerre, la situation est encore si particulière qu'en tant que Suisse on s'entend continuellement souhaiter bonne chance. Car jusqu'à présent notre pays a été épargné par la guerre et reste un État indépendant. N'est-ce donc pas assez pour que je me réjouisse?

Cette date du Premier Août, je dois même avouer que j'ai failli l'oublier et la laisser passer. Je séjourne sur une île située juste en face de la côte américaine, Nantucket. Une île habitée seulement par des pêcheurs, des petits fermiers et quelques centaines d'estivants. De plus, à cause d'une grève des marins, la liaison avec le continent a été suspendue pendant plusieurs jours, jusqu'à hier au soir, et on ne pouvait même pas se procurer le journal. Sur l'île je suis la seule Suissesse, personne n'aurait pu me rappeler le Premier Août. En revanche la radio a parlé de l'appel du Général Guisan. La nouvelle a fait sensation, elle m'a été rapportée. On s'est soudain souvenu que là-bas, en Europe, un petit État n'avait pas encore été submergé par la vague de la guerre, par la déferlante des victoires allemandes. On a appris qu'il y avait là-bas une armée qui, comme l'armée anglaise, est toujours mobilisée, un pays dont le gouvernement s'est maintenu,

---

9 Le 25 juillet 1940, sur la prairie du Grütli, le général Henri Guisan (1874-1960), chef de l'armée suisse, avait réuni l'ensemble des commandants de troupes pour rappeler la volonté d'indépendance et de résistance du pays face aux puissances de l'Axe.

une nation qui ne s'est encore soumise à aucun diktat étranger.

J'ai souvent vu sur les visages un sourire à la fois amical et compatissant – on me disait: tenir les frontières suisses doit coûter très cher; si une puissance étrangère victorieuse l'attaquait, ou même simplement exigeait le droit de passer par son territoire, la Suisse résisterait-elle? Un gouvernement peut-il prendre sur lui de se lancer entièrement seul, pour ainsi dire «contre une armée d'ennemis», dans un combat manifestement perdu d'avance, qui ferait des morts par dizaines de milliers, ravagerait champs et villages – et cela, en tout état de cause, pour rien? Tout ce que je pouvais répondre, c'est que jusqu'à présent pareille exigence n'avait pas été formulée, et que la Suisse, en raison de circonstances particulières, et sûrement aussi, au moins en partie, grâce à la remarquable préparation de son armée, avait dissuadé les assaillants ou ne les avait pas suffisamment intéressés. Et aujourd'hui une invasion de la Suisse est déjà moins à redouter qu'hier – on pouvait donc comprendre et sans doute admettre que dans le pays les esprits se détendent un peu. Et même, en définitive, les Suisses étaient en droit de célébrer aujourd'hui plus que jamais le Premier Août, la fête de leur liberté.

Mais parlant ainsi j'avais mauvaise conscience. Seule dans ma chambre, je ne me sentais plus du tout d'humeur festive. – Je commençai par me dire que je devais mener ma réflexion jusqu'au bout – et alors aucun être humain, aucun intérêt, aucune crainte, aucune puissance terrestre ne pourraient m'empêcher de proclamer tout haut ce que j'aurais compris. Mon esprit était inapte à appréhender la totalité des causes, multiples, qui déterminent ne serait-ce qu'un événement isolé – inapte donc à la plus petite prédiction, fût-ce pour l'immédiat. Impossible par exemple d'évaluer le risque que je faisais courir à moi-même, à ma famille et à ma patrie, simplement en exprimant aujourd'hui, spontanément, mon opinion sincère sur la situation. Et pourtant le principe fondamental sur lequel repose une démocratie, c'est que les gens qui en font partie et qui s'en réclament, sont en droit de revendiquer pour eux-mêmes la liberté d'expression et de conscience.

Après avoir scrupuleusement réfléchi, sans me laisser troubler par aucune circonstance, aucun intérêt extérieur, j'en arrive toujours à la même conclusion. J'aurais chance d'être moins déprimée si je pouvais nier, peut-être simplement omettre et dépasser, le fait que je suis née citoyenne suisse dans une commune suisse. Il me serait possible alors de ne plus jamais retourner en Europe – et je pourrais d'aventure trouver dans une steppe d'Asie, dans une ferme australienne, pour le reste de ma vie, liberté et moyens de subsistance, ou bien renoncer au monde, vivre dans un monastère bouddhiste sur les hauts plateaux presque inhumains du Tibet, et avoir confirmation que l'homme, parvenu à un certain degré de maturité, peut accéder au renoncement, à une conscience supérieure, et même au bonheur et à l'absence de tout besoin. En Afghanistan j'ai eu un ami qui était parvenu très près de cet état bienheureux – il était prêt à tout sacrifier, sa situation, sa fortune, la vie commune avec sa femme, et la France, sa patrie, pour passer le reste de son existence dans un monastère aux Indes, auprès d'un maître vénéré. Il était prêt aussi, si son maître l'y invitait, à reprendre le fardeau de la vie dans le monde – comme soldat en France ou comme professeur de chimie dans une université chinoise nouvellement fondée. De toute façon, me disais-je, dans les forts de la ligne Maginot ou dans les amphithéâtres d'une université chinoise, il fallait imaginer cet homme gardant la même haute conscience, la même gentillesse. Si tel était son devoir, il mettrait sa vie en jeu, mais il le ferait dans la pensée de sa délivrance intérieure, non pas pour défendre une cause. Parvenu à l'état de « bienheureux », il échapperait peut-être à la souffrance, mais son sacrifice serait vain.

Cet exemple ne signifie sans doute pas grand-chose. Ce jeune Français aurait pu tout aussi bien être russe ou suisse, ou même indien. Il y aura toujours, en tout temps et en tout pays, des êtres de cette sorte, que rien n'atteint, soutenus par une intelligence pénétrante, des êtres dont la noblesse repose sur une aspiration intime à la délivrance intérieure. Détachés comme ils sont des contingences extérieures, des hasards de l'origine et de la naissance, fraternels comme ils sont et soucieux du sort de leurs frères humains autant que de leur salut propre, on a du mal à comprendre qu'ils n'aient pas mis à portée de tous les hommes, leurs prochains, ce salut qu'ils recherchent, cette pure délivrance intérieure, cette béatitude résultant du renoncement au monde charnel.

D'ailleurs dans le cas qui m'occupe, je préfère m'abstenir de toute prophétie. De fait je ne sais même pas si cet ami a combattu dans l'armée française, s'il a été tué ou fait prisonnier ou s'il a dû se rendre sur ordre de ses supérieurs – ou bien si au dernier moment, en août 1939, il a pris le chemin du monastère bouddhiste. Et je n'aimerais pas qu'on me demande si je trouve préférable pour lui qu'il ait connu la paix dans un désert tibétain et sous l'habit du moine, ou bien la mort sur les champs de bataille des Flandres, car je ne le sais pas.

Lui non plus ne le sait pas. À supposer qu'il soit dans un monastère loin du monde en guerre, il est bien sûr possible, il est même vraisemblable que cet être très pur, étranger à tout mal, y a trouvé la paix. Tant que les Japonais n'arriveront pas jusqu'aux murailles de son monastère, tant que les Allemands ne feront pas passer juste au-dessus de ses pâturages à moutons leurs nouvelle ligne aérienne vers l'Extrême-Orient, aucun doute ne l'atteindra. Mais on peut se demander si ce pauvre homme, ce moine, ne verrait pas détruite à jamais la paix de son âme, cette paix qu'un mortel ne peut conquérir qu'au prix de durs sacrifices, si un seul réfugié, une seule victime de cette guerre venait à frapper à la porte de son monastère. Si mon pauvre ami désormais parvenu à la liberté avait à accueillir ce mendiant, ce malheureux, à voir sa souffrance et en même temps celle de millions d'autres hommes privés de leur liberté, pourrait-il rester extérieur à cette souffrance et persister dans son détachement, sans se sentir impliqué ? Pareil choix de vie conduirait finalement à nier la *condition humaine* [10]– au mépris du fait que nous vivons dans un monde vulnérable aux bombes et assujetti aux capacités et aux faiblesses humaines[11].

C'est dans ce monde que sont nées tout à la fois l'idée selon laquelle l'homme a la capacité de distinguer entre le Bien et le Mal, et l'idée de liberté. Et parce que chaque individu comprend que sa vie n'existe pas en dehors de ses échanges avec les autres, il connaît également le rapport nécessaire entre sa liberté et sa responsabilité, qu'il doit assumer de son plein gré envers le bien commun. Ce postulat moral est la base de la pensée démocratique, et la démocratie est la forme d'État vers laquelle tendront toujours les hommes libres et pensants.

---

10 En français dans le texte.

11 L'ami en question est Gabriel Monod-Herzen (1899-1983), avec qui Annemarie eut des discussions passionnées en août 39 (cf. *Voyager avec Annemarie Schwarzenbach - La Quête du réel,* éd. La Quinzaine littéraire-Louis Vuitton, Paris 2011, p. 245). À ce moment Monod-Herzen enseigne la physique à Kaboul depuis 1935 au Collège Français d'enseignement supérieur, tout en séjournant chaque été à l'ashram de Sri Aurobindo à Pondichéry. Son contrat ayant été résilié, en oct. 1939 il quitte Kaboul pour l'Inde et fait de l'ashram son port d'attache. En sept. 1940 il s'engage dans les Forces françaises libres. Ces années-là il enseigne à Hanoi et Saigon, organise un Centre d'Études Indiennes à Pondichéry (1946). Parallèlement on le retrouve dans son rôle de résistant à Singapour, à Beyrouth (1942), en Éthiopie où il assure de 1942 à 1945 un intérim consulaire pour la France Libre. Rentré en France en 1956, professeur de physique à la Faculté de Rennes, il mène des recherches en particulier sur la lumière. Après sa retraite (1969), il enseigne à l'ashram de Sri Aurobindo, et, à la fin de sa vie, dispense un enseignement spirituel à Roscoff, tout en publiant des ouvrages sur la sagesse hindoue. – Ainsi Monod-Herzen n'a pas dû choisir, comme Annemarie le supposait, entre la quête spirituelle et la solidarité agissante : il a mené les deux de front.

Il y a un an, je me souviens, le Premier Août 1939, je me suis livrée à des considérations tout à fait semblables, et j'ai songé avec la même intensité presque douloureuse à ma patrie, et aux feux de la liberté qu'on allume ce soir-là sur nos collines et nos montagnes. J'étais alors en Afghanistan, et j'ai écrit un article : « Herat, le Premier Août ». Il faisait nuit et jour une chaleur intolérable. De surcroît un vent du Nord soufflait sans cesse, chargé d'un sable brûlant qu'il charriait depuis le désert, et nous avions les nerfs à vif. Pourtant je n'ai eu aucun mal à écrire cet article. C'était une joie sans mélange que de se représenter la Suisse, la fraîcheur vivifiante de ses glaciers, la beauté de ses prairies en été, la transparence de ses lacs – mais surtout de pouvoir se dire que l'on pouvait, seul et en toute liberté, prendre la décision de retourner là-bas et de revoir tout cela, de posséder de nouveau tout cela !

Bien sûr, l'île américaine de Nantucket est bien plus proche de la Suisse qu'Herat, la ville afghane, et même si la Suisse ne possède ni îles ni côtes maritimes, il existe une vraie parenté entre la vie d'un paysan îlien indépendant – qui dans ses champs cultive le seigle et l'avoine et possède quelques têtes de bétail – et la vie d'un paysan des montagnes suisses. Pourtant, justement parce que je suis ici dans un milieu familier et amical, il m'est particulièrement difficile d'envoyer des souhaits de bonheur en Suisse. À quel hasard suis-je redevable de ne pas être polonaise, danoise ou tchèque – et à quel concours de circonstances la Suisse doit-elle d'avoir échappé aux épreuves, aux dévastations, et d'avoir conservé son indépendance ?

Que signifie au juste la neutralité qu'on présente toujours comme indissociable de l'indépendance suisse – nous est-il vraiment indifférent, à nous, petite démocratie, que l'idée de démocratie soit extirpée du sol européen et que la paix soit dictée par une puissance totalitaire, dont les fondements, les modes de vie et les aspirations ne pourront jamais, en aucune manière, s'accorder avec les nôtres?

La Suisse a toujours été considérée comme un modèle réussi, pouvant servir d'exemple à une future confédération européenne. L'unité européenne semble se préparer sous la forme d'une « Pax Germanica » qui comprendra des nations libres et d'autres asservies, des maîtres et des serfs; dans cette Europe, une confédération pourra encore être tolérée, mais elle ne pourra plus défendre son existence, revendiquer son droit à l'existence. La Suisse n'a pas été attaquée, on s'est contenté de lui tirer le sol de sous les pieds, et pourtant elle fait partie de façon tragique, inéluctable, des vaincus. Tous les Suisses le savent : dans une Europe que n'anime plus l'idée démocratique de liberté, leurs feux du Premier Août ne sont plus qu'un symbole. Mais ils peuvent représenter un espoir pour d'innombrables personnes dans tous les pays frappés par le fléau.

La Suisse – le pays qui n'a pas tiré un coup de feu

Tapuscrit, fin juillet 1940[12]

Nous avons été témoins des efforts de la Finlande pour se défendre. C'est un petit pays, tout au nord de l'Europe, et relativement peu connu. Une nation jeune, dont le passé se présente, non pas comme une longue histoire populaire, glorieuse et exemplaire, dont elle puisse se réclamer, mais comme de longs siècles de domination suédoise et russe. Depuis les combats sur la ligne Mannerheim et la paix de Moscou, d'autres petits États européens ont été successivement attaqués et vaincus. Mais la Finlande, elle, a fait la guerre, et a ainsi écrit dans l'apocalypse européenne un chapitre véritablement héroïque, qui s'est gravé dans la mémoire du monde. Peut-être faut-il penser qu'en Europe la haine,

12 Publié dans la revue *Alltag* 1, 1987, et chez Lenos, 1993.

la colère, l'indignation contre l'assaillant ont trouvé un sol plus fertile, ont plus largement joué, quand cet assaillant était russe et communiste, que contre une Allemagne agressive, fasciste, mais considérée avec une mansuétude grandissante par des cercles importants et parfaitement aveugles. Nous avons vu la Norvège trahie, le Danemark et les États baltes envahis en une seule nuit, la Hollande, la Belgique, le Luxembourg transformés en champs de batailles fumants. La thèse d'Adolf Hitler – disant qu'il ne s'emparait que de pays intérieurement mûrs pour la chute – s'est vérifiée de façon terrifiante. Nous avons vu la Suède, épargnée par la guerre, contrainte de livrer son minerai à l'Allemagne, dont elle est devenue aussi dépendante que la Tchécoslovaquie. Nous avons vu la Pologne écrasée et soumise à un régime de terreur sans exemple.

Au cœur de cette guerre en continuelle extension, seule la Suisse, comme par miracle, est restée indemne et libre. Dans ce miracle certains facteurs ont clairement joué. La Suisse ne produit aucune matière première dont l'Allemagne en guerre ait un besoin aussi vital que du minerai suédois; à la différence de la Norvège, du Danemark et de la Hollande, elle ne possède pas l'avantage stratégique, important dans la guerre en cours, d'une façade maritime. La vocation naturelle de la Suisse est d'être un État-tampon entre grandes puissances – entre l'Allemagne et l'Italie, une fois la France éliminée.

Il y avait quelque intérêt pratique, même pour une Allemagne partout victorieuse, à ce que restât indépendant et neutre ce pays, la Suisse, naguère siège de la Société des Nations, de la Croix-Rouge, et d'innombrables conférences de paix. La terre d'asile la plus célèbre du monde pouvait continuer de servir de pays neutre et tranquille pour les vacances, pour les sanatoriums et les hôpitaux, – de réserve naturelle. Et d'ailleurs, imaginons une attaque frontale, allemande ou italienne : l'état-major de l'armée suisse aurait été contraint de faire sauter sur-le-champ les tunnels du Saint-Gothard et du Simplon, et les communications à travers les Alpes, vitales pour les partenaires de l'Axe, par exemple les livraisons allemandes de charbon à l'Italie, auraient été interrompues. Jusqu'à présent, on n'a pas eu besoin de prendre ce risque. Et depuis l'élimination de la France, le danger d'une invasion allemande ou italienne de la Suisse s'est tellement réduit que l'armée suisse peut être progressivement démobilisée. Il est donc possible que ce pays ait été épargné et soit resté libre – non pas par miracle, mais bien plutôt en raison de ses particularités économiques et géographiques.

Autre chose encore. Personne, entend-on répéter, ne peut avoir intérêt à violer la neutralité suisse. On rapporte ce fait datant de la dernière guerre mondiale : en 1913, après avoir assisté aux manœuvres de l'armée suisse, l'empereur Guillaume, convaincu de sa haute valeur, avait choisi d'envahir la Belgique plutôt que la Suisse. Or pour cette nouvelle guerre, indubitablement la Suisse était tout aussi bien préparée. Avec quatre millions d'habitants et son système de milices, elle était en mesure de mettre sur pied jusqu'à sept cent cinquante mille hommes. Tout Suisse en bonne santé est mobilisable. Tout soldat suisse conserve chez lui son équipement et son arme. Avec des périodes de formation de quatre mois par an, des séances de remise à niveau et de tir obligatoires tous les ans, et forte de la tradition, profondément ancrée dans la conscience de la nation, qui lie étroitement devoir civique et volonté de défense, l'armée suisse peut sans aucun doute se mesurer à celle de n'importe quel autre pays. Là aussi, c'est une certitude : l'existence de cette armée, la force et l'esprit de résistance du pays, l'attitude déterminée du gouvernement fédéral affirmant que le pays résisterait par les armes à toute agression violente, quelle qu'elle soit, ont joué leur rôle et contribué à éloigner le danger d'une invasion.

Mais peu après la défaite française, on a pu entendre parler de la Suisse avec une certaine commisération : avec ses énormes dépenses d'armement, son armée hors de proportion, et tous ses ouvrages militaires qui déparent ses beaux paysages, la Suisse avait maintenant l'air assez ridicule. Car à quoi rimait tout cela? À quoi cela menait-il, de décréter zone fortifiée la plaine de Zurich dépourvue de tout obstacle naturel, de creuser des tranchées dans les jardins de l'hôtel Baur au Lac et de l'hôtel Dolden, de dérouler des barbelés, de placer des barricades tout au long de la route de Zurich jusqu'à Bâle à la frontière allemande ? La mobilisation générale coûtait chaque jour à la Suisse cinq millions de francs. Pour quel bénéfice? Les contribuables se posent sûrement la question, les paysans aussi, et au premier chef les soldats... D'autres commentaires tendent à dire qu'il faut féliciter les Suisses, et que – soyons francs ! – chaque citoyen suisse sera bien content et soulagé de voir cette guerre prendre fin, quel que soit le vainqueur.

Qu'en est-il réellement? En toute franchise?

Soit – la Suisse doit peut-être son intégrité, aujourd'hui, en juillet-août 1940, à une somme de facteurs différents – c'est-à-dire à la fois à ces particularités géographiques et économiques qui ont de tout temps déterminé son destin, et à cette volonté de défense et de liberté qui a de tout temps distingué la nation suisse. Dès la Renaissance, le philosophe italien Machiavel les avait désignés comme « les Suisses, très libres et très armés » (« *Svizzeri, liberissimi, armatissimi* »), formule dans laquelle aujourd'hui encore ils se reconnaissent avec fierté. De cette guerre à l'issue encore imprévisible, deux peuples émergeront peut-être comme ne se classant ni parmi les vainqueurs ni parmi les vaincus : les Finlandais et les Suisses. Même si, dans les faits, la Finlande est vaincue, puisque la paix a été conclue aux conditions fixées par son adversaire, – moralement, et aux yeux du monde, son peuple n'est pas vaincu : il apparaît comme libre et courageux. Il s'est dressé contre un ennemi, dans un combat qui ne pouvait se terminer autrement, et la chaleureuse sympathie qu'il inspire prouve combien, en dépit de tout, le monde continue de croire en la supériorité de la valeur morale. La Suisse, elle, n'a pas été vaincue, mais c'est parce que l'occasion de se dresser contre un ennemi ne lui a pas été donnée. En mai 1940, un ami anglais à la légation britannique de Berne m'a demandé: «Croyez-vous que les Suisses vont se battre?» À cette époque, une telle question avait encore du sens, et j'ai répondu: «Bien sûr que nous allons nous battre!» C'était un de ces soirs très clairs, doux et radieux en même temps, qui n'existent vraiment qu'en Suisse et tout près des montagnes enneigées. Nous nous trouvions dans un jardin enclos et comme protégé par des buissons fleuris, avec quelques jeunes cerisiers en fleurs et une pelouse aussi verte et tendre qu'une pelouse anglaise, et pourtant on sentait tout proches les glaciers et les ultimes vallées solitaires. L'Anglais contempla longuement en silence la pelouse, la haie, les prairies et les sommets dans le lointain, et dit: «What a dirty world![13]»

Et aujourd'hui encore, en toute conscience, je répondrais: oui, s'il l'avait fallu, les Suisses auraient combattu avec leurs faux et leurs faucilles, comme autrefois contre les armées de Napoléon, et sans doute aussi bravement que les Finlandais. Mais on ne me pose plus la question. Dans le meilleur des cas, cette détermination des Suisses à se défendre fait sourire: elle s'est discréditée, elle s'est sinistrement condamnée elle-même. Les Suisses n'ont pas tiré un seul coup de feu.

Il est possible que personne ne mette en doute le courage et la bravoure des Suisses, que Machiavel avait en si haute estime. Mais quelque chose fait défaut: le moment de vérité, le geste qui constitue la preuve morale, l'acte

---

13 «Quel monde répugnant!»

immortel, jamais inutile, cet instant qui peut-être importe plus qu'une victoire concrète, celui que les Finlandais ont à leur actif.

Pour notre part, il nous faudra désormais manier avec précaution des notions comme celle de « liberté » ou « d'acte moral ». – La guerre civile en Espagne, le sort des Tchèques, ont été déterminés par des processus diplomatiques et psychologiques qui se déroulaient tout à fait ailleurs, bien loin de leurs frontières. Les Espagnols se sont battus avec autant de courage et de résolution que les Finlandais contre la Russie – et pourtant ils ont été non seulement vaincus, mais aussi largement oubliés. Les Danois ne croyaient pas plus que les Afghans, par exemple, devoir être atteints par cette guerre, mais on ne leur a pas demandé leur avis : en une nuit ils ont perdu leur liberté et leur indépendance nationale. Ne doit-on pas considérer la Suisse comme bien plus favorisée que le Danemark, qui était aussi innocent qu'elle ? Les Suisses, dont les villages et les champs sont restés intacts et qui ont conservé le droit de rester Suisses, ne devraient-ils pas accepter d'un cœur léger les petits sacrifices qui, peut-être, bientôt, seront exigés d'eux ? – Car aujourd'hui, ce qui est en jeu, ce n'est pas seulement la culture européenne, mais la survie de chacun. En pareil moment chacun se demande ce dont il a besoin au juste pour vivre : un toit sur la tête, de quoi manger, du sommeil, un minimum de sécurité et d'avenir pour ses enfants. Le pacifiste est conduit à se demander si la « liberté » de la Suisse vaut qu'on lui sacrifie une charge de poudre, une vie, une existence et une patrie. Et surtout à se demander en quoi consiste exactement cette liberté, restée jusqu'ici inentamée.

L'idéal d'une Suisse libre – tel qu'on l'enseigne dans les livres de classe – est inséparable de celui d'une Suisse neutre. En principe donc, l'identité du vainqueur, à l'issue de cette guerre à laquelle ils n'ont pas pris part, devrait laisser les Suisses indifférents.

Mais la victoire fasciste est une tragédie pour la Suisse. Et parce que la Suisse, petite démocratie modèle qui abrite en son sein vingt-deux cantons presque autonomes, quatre langues différentes, deux religions et d'innombrables races ou mélanges de races, parce que cette démocratie vieille de sept cents ans au cœur de l'Europe éveille tant de sympathies, parce que justement elle aurait pu être un modèle et un exemple pour une fédération européenne, peut-être est-il bon de réfléchir à cette tragédie.

Dans la langue officielle, la Suisse se nomme également « Confédération Helvétique ». L'idée sur laquelle repose cet État démocratique n'est donc pas celle de « liberté », mais celle de « confédération ». Or « confédération » signifie « union dans la diversité ». Cette conception se situe évidemment aux antipodes de celle de l'État fasciste – de la mise au pas totalitaire. En raison de ses origines, elle se distingue aussi très nettement de l'idée d'État libéral, telle que l'ont forgée la Révolution française et le XVIIIe siècle. Car l'État suisse est issu, non pas d'une idée, mais d'une décision, celle par laquelle des hommes libres convinrent de réunir un ensemble d'éléments de nature idéologique et économique différente. Au commencement de l'histoire de la Suisse, il y a la commune autonome dont les habitants s'étaient libérés du joug féodal et qui se trouvaient contraints, par les conditions mêmes de leur économie, à une association coopérative. Les communautés montagnardes suisses ne pouvaient pas faire autrement que d'avoir des pâturages communs, et chaque citoyen avait intérêt à ce que les cols restent ouverts pendant l'hiver.

L'association de ces communes autonomes au sein d'une économie évoluée a donné naissance à la structure étatique suisse, à la Confédération. Cela paraît simple et évident. La volonté suisse de se défendre aussi est quelque chose d'évident – puisque ce que défend chaque Suisse, c'est ce qui lui appartient, son mode de vie, son existence, dont l'expression est précisément l'État suisse. Et dans le monde, ce petit État est un peu comme le symbole de la liberté, de la démocratie, presque un espoir potentiel. On a souvent dit qu'Hitler n'oserait pas attaquer la Suisse – pour des raisons morales, à cause de son prestige international.

Cela fait-il une différence quelconque pour le paysan-soldat suisse, démobilisé aujourd'hui et autorisé à retourner à son champ pour le cultiver en paix, de devoir cette paix au « prestige » de la Suisse, ou bien simplement à un ensemble de circonstances grâce auquel la Suisse a été épargnée par la guerre?

Oui. Et même, une différence essentielle.

Si la Suisse était restée inviolée pour avoir montré quelle force recèle l'idée de liberté – si la nation suisse avait dû prouver que son existence se confondait avec celle de la liberté, si elle avait dû combattre, alors il serait évident que « liberté » et « démocratie » sont, non pas des idées abstraites sans lesquelles on peut parfaitement se débrouiller au besoin, mais les bases mêmes de l'existence humaine, sans lesquelles les hommes ne peuvent pas vivre. Il est absolument essentiel de savoir si ce petit État européen, par bonheur épargné par la guerre, *s'est battu* pour conquérir son existence future – comme la jeune nation finlandaise, qui a donné dans un combat héroïque la preuve de sa vitalité et de son droit à l'existence; ou si la Suisse survit parce que Hitler n'a pas *osé* l'attaquer, ou simplement à cause de circonstances qui lui sont favorables, c'est-à-dire par la grâce du vainqueur – grâce liée à certains intérêts.

Demain ces intérêts peuvent avoir changé. Demain, peut-être, il deviendra intéressant d'annexer la Suisse, ou de l'occuper un certain temps. Il est vrai que des circonstances aussi défavorables pour la Suisse ne semblent pas devoir intervenir – c'est pourquoi un ressortissant suisse se voit aujourd'hui félicité de toute part, sans pouvoir se défendre d'un sentiment inconfortable, et même terrible, d'irritation et de tristesse.

D'où vient donc ce malaise qui ne trompe pas? Que s'est-il passé?

La réponse n'est vraiment pas difficile à trouver. Et les gens qui aujourd'hui sourient de tout ce que les Suisses dépensent pour leur armée, en idéalisme, en disponibilité et en argent, ont raison de sourire avec ironie. L'avenir donnera aussi raison aux rumeurs, qui disent que l'armée suisse sera non pas seulement démobilisée – ce qui représentera pour ce petit pays une économie quotidienne d'environ cinq millions de francs –, mais désarmée. Car de fait, pourquoi la Suisse, dans le cadre d'une Pax Germanica, devrait-elle entretenir une armée? – Seulement pour endurcir la jeunesse? Cela peut se faire aussi bien au moyen du football et des compétitions sportives. Dans une Europe réduite à un « World Germanica », la Suisse n'a plus d'ennemis. Mais son rôle de siège de la Ligue des Nations, de pays neutre entre les grandes puissances, prendra fin du même coup. L'Europe n'aura plus aucun asile pour les réfugiés, politiques et autres. Mais tout ça non plus n'est peut-être pas si grave. Les Suisses, ces fils de la liberté en tuniques de bergers, deviendront finalement les grooms de l'Europe – après tout, pourquoi pas.

Mais dès lors qu'on peut dire "après tout, pourquoi pas?", dès lors qu'un cynique, avisé et réaliste, peut se représenter l'Europe à venir comme un continent germanique, et que le désespéré qui se suicide est vu comme un idéaliste inadapté à ce monde, dès lors il est tout à fait indifférent que la Suisse continue d'exister en tant qu'État indépendant ou bien qu'elle soit, dès demain, pour une raison ou pour une autre, absorbée, annexée et anéantie par le vainqueur du moment. Dans ces conditions, les garçons de seize et dix-sept ans, qui hier apprenaient à tirer, devraient être contents de rentrer à la maison, d'enlever leur uniforme, d'apprendre un métier et de cultiver le champ de leur père. Comment se fait-il donc qu'ils ne soient pas contents?

Je crois que la Suisse aura un exemple à donner au monde, plus important peut-être encore que celui de la Finlande, plus important que celui du combat héroïque et vain, qui en définitive est un acte purement « moral » – car personne ne serait surpris de voir demain le reste de la Finlande annexée par la Russie soviétique, comme les États baltes. Et nul ne s'étonnerait si cette fois le peuple finlandais, déjà si lourdement éprouvé, négociait sur-le-champ au lieu de se lancer dans un combat sans espoir pour sa liberté.

L'exemple de la Suisse est autre. Tout d'abord, c'est un exemple tragique. – Celui d'« un pays qui n'a pas tiré un coup de feu », alors qu'il était peut-être le seul pays d'Europe en situation de vendre son indépendance et sa liberté aussi chèrement que la Finlande. Car pour ce qui est de sa liberté et de son indépendance actuelles, elles sont purement fictives. Et le fait qu'on l'ait épargné non seulement pour des raisons d'ordre géographique ou économique, mais peut-être aussi à cause de la force et de l'efficacité de son armée de citoyens, ne signifie plus rien non plus. Car en tout état de cause, demain il n'y aura plus à compter avec cette armée. En effet, il se pourrait bien que dès demain le vainqueur de l'Europe ait besoin d'annexer la Suisse. Et il n'aurait aucun mal à organiser cette annexion de façon qu'elle ne lui coûte qu'un minimum de pertes – il lui suffirait d'exiger de la Suisse le désarmement de son armée.

À compter du jour où la France a capitulé, la Suisse était condamnée à satisfaire aux exigences allemandes. À compter de ce même jour, l'indépendance de la Suisse n'a plus été qu'une fiction.

La neutralité suisse elle aussi n'est plus qu'un vain mot, un héritage devenu dérisoire. Et pourtant beaucoup de Suisses continuent de s'y accrocher, comme à l'idée de liberté suisse. Elle repose sur le principe de la « neutralité armée », grâce à laquelle les Suisses sont tout à fait en mesure de défendre leur existence par les armes. Et d'autre part sur la conviction constante que « la Suisse ne menace personne, tant qu'on la laisse en paix. » La Suisse n'a jamais poursuivi d'intérêts susceptibles d'être vus comme préjudiciables à d'autres nations – elle est donc innocente, innocente !

C'est vrai, la Suisse est tout aussi innocente que le Danemark. Et si quelque puissance veut s'attaquer à son intégrité nationale, elle se défendra tout aussi courageusement que la Finlande. Et elle est neutre. Elle se serait tout autant opposée au passage de troupes françaises qu'à celui de troupes allemandes – elle a remarquablement défendu ses frontières et sa neutralité. Mais cet état de fait est justement ce qu'il y a de plus désespérant, et il a conduit à un usage on ne peut plus avilissant des mots neutralité, liberté, volonté de se défendre. Il suffit de réfléchir un peu pour que derrière les mots la réalité réapparaisse. La Suisse était « neutre », et il est hors de doute qu'elle aurait combattu, s'il s'était agi de défendre sa liberté. Mais aurait-elle pu agir *seule* – comme elle l'est depuis la défaite de la France? Cette phrase a l'air absurde, car comment agir quand on n'a pas été attaqué? La Suisse aurait-elle dû protester contre le fait que son territoire ne se soit pas trouvé violé au cours de la campagne française? Le gouvernement fédéral suisse aurait-il dû de lui-même, sans nécessité, provoquer les Allemands? L'Allemagne jusqu'ici victorieuse a-t-elle imposé à la Suisse, jusqu'à maintenant non inquiétée, des exigences iniques? – À cela on ne peut que répondre : " Non, de telles exigences n'ont pas été formulées *jusqu'ici.* " Mais bien sûr cela peut changer dès demain, avant même que ces pages soient imprimées, et personne ne s'en étonnera. En avril 1940, le gouvernement fédéral et le haut commandement militaire ont promulgué des « Instructions pour la mobilisation en cas d'attaque », d'un ton très grave et très ferme, et qui montraient que la Suisse avait tiré leçon des expériences de la guerre totale, et des exemples du Danemark, de la Norvège et de la Hollande. Cette proclamation dit ceci, par exemple : « Tout attaquant et toute attaque – quelles que soient la raison et la forme sous laquelle elle se produirait – rencontrera la plus extrême résistance de la part de la Suisse. » Ces jours-ci, fin juillet 1940, le général en chef de l'armée suisse a délivré un message du même genre, d'inspiration très proche. Il faisait observer que la guerre n'était pas terminée, que pour la Suisse l'heure n'était pas encore venue de démobiliser, et que tous les Suisses avaient toujours le devoir de défendre l'indépendance et la liberté de leur pays. Mais il est clair que ce message n'éveillera plus dans le monde le même écho, le même sentiment de satisfaction, presque d'admiration, que la première directive du gouvernement fédéral. « Très bien », dira-t-on, « mais que peut prétendre faire la petite Suisse si les Allemands exigent demain le passage de leurs troupes, ou la libre disposition des aérodromes suisses, ou la livraison d'or ou de vivres, ou simplement l'extradition d'un seul réfugié allemand jouissant en Suisse du droit d'asile politique ? Le gouvernement suisse prendra-t-il la responsabilité de repousser les demandes de l'Allemagne, provoquant ainsi la mise à feu et à sang des villes et des villages, et la mort de milliers ou de dizaines de milliers de jeunes gens ? »

D'ailleurs, dès le début de cette guerre, la neutralité de la Suisse n'était qu'une fiction. En réalité son intérêt était que les démocraties soient victorieuses, et elle savait depuis le commencement – c'est-à-dire depuis les accords de Munich, depuis l'occupation de l'Autriche – qu'une victoire de la dictature allemande signifierait un danger pour elle, et mettrait même son existence en péril. Car bien évidemment un État n'est libre et indépendant que tant qu'il est capable de défendre son existence. Et dans un État créé par des hommes libres, comme l'expression même de leur mode de vie commun, de leurs libertés et de leurs devoirs, indépendance et liberté sont inséparables d'un État véritablement démocratique. Dès l'instant où la Suisse se verra contrainte de livrer le premier réfugié à l'Allemagne et de renier sa séculaire tradition du droit d'asile, elle ne sera plus le même État, elle cessera d'être cette démocratie fédérative réussie susceptible de servir de modèle à la fédération européenne à venir.

Il serait par contre injuste de reprocher à la Suisse d'avoir trahi ses principes dès lors que dans cette guerre ses intérêts n'étaient pas neutres, mais liés à ceux des démocraties. La Suisse n'entend pas imposer à d'autres nations sa forme d'État et sa conception de l'État. Mais une nation dont l'idéal menace l'existence de la Suisse comme celle de toute nation libre, est forcément son ennemie. Et dans ce cas précis observer une attitude neutre, feindre une neutralité qui, dans la réalité objective de cette guerre, n'existait plus, a peut-être été l'erreur tragique de la politique suisse. En effet, éviter de provoquer l'Allemagne de Hitler, respecter vis-à-vis d'elle les lois de la neutralité et du droit des peuples, est d'une parfaite absurdité, car ce pays ne respecte ni lois ni obligations, pas plus celles-ci que d'autres, elle ne reconnaît que les lois de sa « dynamique » propre, c'est-à-dire de sa volonté de conquête et de puissance. Hitler va-t-il attaquer la Suisse ou l'épargner? Cela ne dépend en rien de la neutralité de la Suisse à son égard. Le traitement qu'elle subira sera uniquement fonction des intérêts de Hitler. Il est vain d'essayer d'imaginer quelles exigences et quelles prétentions exactes l'Allemagne pourrait prochainement formuler à l'égard de la Suisse. Mais il faut bien se rendre compte que la Suisse devra s'y plier. L'Allemagne est en position de réclamer la livraison de réfugiés, l'interdiction de journaux et de livres, le licenciement de fonctionnaires antifascistes, la discrimination des juifs – et l'Allemagne le fera. Chacune de ces exigences est contraire aux principes démocratiques de la Suisse. Elles heurtent aussi le sentiment de la plupart des Suisses. En Suisse, jusqu'à présent, quand la majorité des citoyens avait rejeté un projet, il était impossible de l'imposer. Dans une Europe dominée par Hitler, le gouvernement suisse ne pourra plus demander l'avis des citoyens et agir en conséquence. La Suisse ne méritera pas plus le titre de vraie démocratie que n'importe quel État conquis par l'Allemagne.

En mai 1940, on m'a proposé d'écrire un article sur la Suisse, qui aurait été intitulé à peu près: « Le morceau que les dictateurs n'ont pas avalé » (*The bite the dictators did not take*). Sensiblement à la même époque, Dorothy Thompson parla des Suisses en ces termes: « les Suisses, qui ont la démocratie la plus solide, la plus résistante, la plus vraie et la plus réaliste d'Europe », « la seule démocratie européenne qui a su dès le début comment régler le problème de la Cinquième Colonne ». À l'époque je n'ai pas écrit d'article, par peur de tenter le sort. Aujourd'hui la situation est telle que cela n'a même plus de sens d'écrire sur la construction et la naissance de la démocratie suisse, de l'armée suisse et de la liberté suisse. L'éloge de Dorothy Thompson ne peut plus être reçu par les Suisses qu'avec tristesse et amertume. Certes, la police suisse des étrangers peut se targuer d'avoir été très au fait des menées des nombreux Allemands présents dans le pays, des agents, mouchards et organes de la Cinquième Colonne. Mais nous-mêmes, en Suisse, nous avions un parti fasciste, le « Front National », organisé exactement sur le modèle nazi, largement financé par les nazis, et qui visait au rattachement de la Suisse alémanique à l'Allemagne – ce qui n'empêchait pas les Frontistes de se poser en patriotes. Et longtemps le Front National a été soutenu par des industriels, des officiers conservateurs et des gens riches, qui voyaient dans cette organisation pseudo-sociale un rempart contre « le danger socialiste », et voulaient s'attacher les jeunes aventuriers et les « rénovateurs » de la Suisse, comme une sorte de troupe de choc. En fait les frontistes – naturellement – n'étaient ni des socialistes amis du peuple, ni des patriotes conservateurs, mais simplement des fascistes, c'est-à-dire des éléments antilibéraux qui voulaient remplacer le droit par la force, et la réflexion commune démocratique par le culte du chef, les théories raciales, l'antisémitisme, l'obéissance aveugle, la mise au pas. Cependant la Suisse, pays où les oppositions de classe sont peu marquées, où le niveau de vie est élevé et l'industrie hautement spécialisée, et dont la population agricole est constituée de petits paysans indépendants, n'était pas un terrain très favorable pour de telles idées. En fait, tout ce qui est « suisse » s'oppose fondamentalement à tout ce qui est « fasciste ». Les frontistes apparurent comme des traîtres à la patrie, et leur parti fut interdit avant même le déclenchement de la guerre.

Certes on peut se réjouir de ce qu'un peuple pris en écharpe entre l'Allemagne et l'Italie, et soumis à toutes les influences de notre époque, ait si sainement réagi et maintenu intact son particularisme. Si demain, en Suisse, des ordonnances antisémites sont promulguées, nous pouvons être sûrs que les persécutions raciales et l'intolérance sont « non-suisses », et si demain des éléments frontistes émergent et prennent de l'importance, si des politiciens libéraux démissionnent et font place à des « suppôts de l'étranger » pro-allemands, nous pouvons être sûrs que les Suisses dans leur majorité ne seront pas d'accord. Et l'on trouvera finalement réconfortant que dans une Suisse indépendante, au moins de nom, les germes de la liberté soient conservés et se propagent comme dans une réserve protégée – qu'une histoire et une tradition démocratique vieille de sept cents ans ne puisse être extirpée du jour au lendemain, ni en l'espace d'une génération, et que la force ne puisse rien contre elle. On peut même supposer que les Allemands vainqueurs feront montre d'une certaine prudence en Suisse, pour ne pas provoquer de mécontentement inutile – car très bientôt ils auront assez à faire pour plier les Tchèques, les Polonais, les Norvégiens, et beaucoup d'autres peuples, à la « paix allemande », au moyen de leur police et de leurs méthodes de terreur. Oui, la Suisse continuera peut-être à jouir d'une certaine liberté.

Mais il ne faut pas se faire d'illusion : la liberté concédée à un pays sans défense, par un État vainqueur totalitaire, construit sur la violence et l'agression – cette liberté n'a rien à voir avec la liberté vraie; de même, un valet de ferme à qui son maître laisse quelques libertés n'en demeure pas moins un valet de ferme. La jeunesse de Suisse n'a pas versé son sang sur les champs de bataille et évitera peut-être d'être réduite en esclavage dans des camps de travail et de concentration. Mais si elle avait vraiment compris quel sens avait pour sa patrie une éventuelle victoire totale des Nazis, elle aurait peut-être préféré le combat, la guerre pour la liberté, à une paix d'aussi mauvais aloi.

Il reste que cette semence de liberté va peut-être se maintenir et se propager en Suisse. Ce germe d'une conception de la vie et de l'État libre et démocratique, elle le transmettra à chacun des pays envahis, à chacune des nations opprimées par Hitler. L'idée de fédération à laquelle l'État suisse doit son existence est aussi radicalement opposée à l'idée totalitaire de l'État nazi que la confédération européenne à venir le sera à la Pax Germanica ambitionnée par Hitler. Aujourd'hui l'idéal de liberté, dont les Suisses se sont toujours réclamés, est aussi hors la loi en Suisse que dans n'importe lequel des pays vaincus et occupés par l'Allemagne – mais cet idéal nourrit une espérance. Cette foi en l'avenir se reflète dans une phrase de l'historien suisse Jacob Burckhardt :

« Il y a toujours eu des périodes de liberté et d'autres de servitude. Mais les périodes de liberté ont toujours été les plus longues. »

VI

PORTUGAL/CONGO (1941)

Pendant l'année 1941, Annemarie Schwarzenbach fait deux séjours à Lisbonne. À cette date, c'est l'un des derniers ports à partir desquels les persécutés de toute nationalité peuvent gagner le monde libre, et le principal lieu de ravitaillement pour la Suisse. Elle y est chaque fois en transit pour trois semaines, la première fois (février-mars) entre les États-Unis et la Suisse, la deuxième (avril-mai) entre la Suisse et le Congo.

Le 17 mai, Annemarie quitte Lisbonne à bord du *Colonial*, avec le projet de rejoindre les Forces françaises libres au Congo. Le bateau passe par le cap de Bonne-Espérance et Funchal, franchit le tropique du Cancer, arrive à Freetown (Sierra Leone) et fait une dernière escale sur l'île de São Tomé avant de franchir l'équateur et d'accoster à Pointe-Noire. Annemarie effectue en train le trajet de cinq cents kilomètres qui la sépare de Brazzaville, centre administratif de l'Afrique-Équatoriale française, et centre important de la Résistance.

Mais soupçonnée d'être une espionne à la solde des Allemands, elle décide de remonter le Congo à travers la forêt équatoriale jusqu'à Lisala. Après douze jours d'attente dans ce poste, elle rejoint en voiture la plantation d'un couple de Suisses à Molanda.

Pendant cette année 1941, une trentaine d'articles furent publiés dans la presse helvétique.

Lisbonne, vie neuve dans une vieille ville

National-Zeitung, 19 mars 1941

On trouve à Lisbonne peu de maisons anciennes qui aient survécu au tremblement de terre de l'année 1755. Pourtant, avec ses ruelles pavées qui escaladent la colline, ses larges escaliers, ses églises baroques, ses marchands de vin, ses cafés, et ses cours à l'allure orientale, la ville a un aspect de vieillesse contemplative. S'y ajoute, avec la majesté de pierre de certains frontons de palais aux lourds portails et avec la splendeur du riche monastère de Belem, une composante de grandeur historique – tandis que la fraîche brise marine et le soleil joyeux sur les jardins et les oliveraies des collines lui donnent son air de port du Midi, débordant d'activité et de joie de vivre. Je n'aurais pas dû être surprise, il y a peu de temps, me rendant à l'adresse de l'ancienne ambassade d'un petit pays vaincu au début de cette guerre[1], de retrouver réunies toutes ces caractéristiques dans un palais, à l'écart du centre-ville. Sur le vacarme de la ruelle – martèlement des sabots des chevaux, appels des marchandes de poisson, klaxons des taxis – s'ouvraient quelques rares et étroites fenêtres dans un mur ocre, imposant de silence, et qui jetait au soleil de midi une ombre indolente et grave. Autrefois des calèches attelées de deux ou quatre chevaux franchissaient ce portail, s'arrêtaient au bas du perron. Il y régnait désormais une paix, une fraîcheur presque claustrales. En attendant le domestique diligent, je pus jeter un coup d'œil sur la cour intérieure. Narcisses, cactées et camélias rouges y fleurissaient entremêlés, et le soleil irisait les eaux mortes d'une profonde fontaine mauresque. Puis, par un escalier de pierre décoré de copies noircies de tableaux espagnols et romains, on me conduisit dans une enfilade de pièces claires, meublées en style Empire, ornées de tapis du Maroc et de

1 La suite du texte donne à penser qu'il s'agit de la Pologne.

Boukhara, et tendues de rideaux et de tentures françaises toutes jaunies. C'est là que j'attendis l'ancien ambassadeur qui représente aujourd'hui au Portugal la Croix-Rouge de son pays. Des années auparavant, à Ankara, j'avais rencontré son frère, ambassadeur lui aussi; il adorait les chevaux et nous avions chevauché ensemble au petit matin à travers la steppe anatolienne; puis voici quelque temps, je l'avais rencontré à Washington, «exilé». Son cadet, que je rencontrai à Lisbonne par hasard – et dans des circonstances très peu «mondaines» – était, malgré une remarquable ressemblance de famille, d'un type presque classique, aristocratique, où se mêlaient détachement et gravité. Le charme commun à tous deux était devenu chez lui attention, pitié et aptitude à souffrir, qualités voisines. Il habitait dans la splendeur passée et flétrie de ce palais lisboète, non pas en tant que brillant représentant de son pays, mais pour assister ses compatriotes frappés par la guerre. «La Croix-Rouge internationale a pour mission de veiller sur les prisonniers de guerre et de rechercher les disparus», me dit-il, «les représentants nationaux de la Croix-Rouge doivent donc travailler avec le Comité international. Tous les dons, toutes les lettres passent aujourd'hui par Lisbonne – il s'impose donc que nous y ayons un représentant. Mais les termes qui définissaient les tâches de la Croix-Rouge et les organismes qui les accomplissaient sont devenus inadaptés, ils ne suffisent plus aux besoins nouveaux créés par cette guerre épouvantable. Par exemple, dans cette guerre, il n'y a pas seulement des prisonniers de guerre et des blessés, il y a des populations civiles bombardées. Et il n'y a pas seulement des populations civiles meurtries, affamées, sans abri, il y a des déportés. Pour la seule partie de la Pologne occupée par les Russes, on estime à un million le nombre des déportés. Déportés où? Pour autant que nous le sachions, vers l'Asie centrale, le Kazakhstan, le Turkestan, l'Altaï. Parmi les vingt mille personnes peut-être arrachées à une ville polonaise moyenne, se trouvent à coup sûr tous les professeurs, tous les médecins, tous les intellectuels. Comment pourront-ils gagner leur vie dans une steppe d'Asie centrale, où même pour les nomades indigènes l'existence est un perpétuel combat contre la faim et le climat? Ce matin, un homme est venu ici, un ancien chimiste. Sa femme a été déportée de Cracovie vers le Turkestan russe. Il peut en parler tout à fait calmement, mais il perd tout son sang-froid quand il s'agit de ses deux enfants. Son fils a quinze ans, sa fille douze. Apparemment ils ont été déportés de Cracovie séparément, et personne ne sait vers où.»

Avant que je ne prenne congé de lui, il m'indiqua le nom de la grande famille portugaise dont le réfugié qu'il était occupait le palais urbain. «Auparavant la maison était vide», m'expliqua-t-il. «Mais la catastrophe européenne qui a détruit notre civilisation, ou qui en a utilisé les conquêtes pour détruire l'humanité souffrante, a rendu au Portugal sa dimension tragique, celle d'un pays au seuil d'un monde qui était jadis à découvrir.»

J'ai eu plus d'une conversation de ce genre à Lisbonne. Les Croix-Rouge nationales de la plupart des pays d'Europe y ont aujourd'hui un délégué, le Comité international de Genève y a envoyé un de ses membres en novembre. Le 22 décembre, le premier bateau de la Croix-Rouge a appareillé du port de Lisbonne en direction de Marseille, avec une cargaison de dons. Il existe aussi à Lisbonne un Commissariat spécial aux Réfugiés.

Et ceci n'est qu'un petit détail du tableau que présente Lisbonne dans sa nouvelle dimension. Qu'on y songe: voici le dernier port libre sur la côte européenne de l'Atlantique. C'est ici qu'accostent les paquebots des «American Export Lines», les seuls qui assurent désormais les liaisons entre l'Europe et les USA, ici que jettent l'ancre les navires d'Amérique du Sud et d'Afrique, et les clippers panaméricains. Le canal de Suez est bloqué, la Méditerranée est de nouveau une mer intérieure gardée par Gibraltar, plutôt qu'une « mare nostrum ». Si on veut se rendre aux Indes, il faut, comme autrefois, contourner le cap de Bonne-Espérance, et le continent noir est immense : les paquebots portugais mettent quatre semaines entre Lisbonne et Lourenço Marques, sur le Mozambique. L'un de mes amis, que son pays envoyait comme observateur militaire en Égypte, a passé presque un mois à Lisbonne sans pouvoir gagner Le Caire. Et pourtant il avait un passeport et tous les visas nécessaires. Dans cette grande salle d'attente de l'Europe, ils sont des milliers de voyageurs, les uns sans papiers, sans aucun droit de séjour, les autres sans argent, presque tous sans véritable espoir pour l'avenir, aventuriers malgré eux, enfants ruinés et déshérités de notre continent. Ce rocher qu'est la ville d'Henri le Navigateur, depuis lequel jadis les minuscules voiliers des hardis explorateurs s'élancèrent dans l'Atlantique, – cette ville est toujours aujourd'hui le point extrême de l'Europe d'où l'Ouest s'ouvre à la vue. Mais l'atmosphère est toute différente, et l'on voit bien des larmes sur le port quand les navires d'Amérique prennent le large.

Ce port de Lisbonne est trop petit pour tout ce qu'on attend de lui aujourd'hui. Les bateaux qui y mouillent ne sont pas des galions d'or, mais des cargos battant pavillon suisse, qui apportent du blé de La Plata, du café et des noix de coco d'Afrique, du coton des Indes, du maïs, du sucre, et d'innombrables autres denrées indispensables au ravitaillement de la Suisse. C'est à Lisbonne que se décide ensuite si ces marchandises pourront être acheminées par la voie de terre à travers l'Espagne, ou par mer vers Gênes. Mais pendant ce temps tous les entrepôts sont bondés, on manque de wagons de chemin de fer et de bateaux de tonnage suffisant. Après avoir connu les superbes installations portuaires modernes de Gdynia, Gênes, Rotterdam, Anvers, les navires doivent se débrouiller à Lisbonne sans jetées et sans grues ; de petits voiliers font la navette entre le quai du port et les navires, des marchandises de toute l'Europe, du pain pour les populations européennes affamées, sont convoyés, en sacs et en caisses, sur les épaules des manœuvres portugais, depuis les hangars jusqu'aux moyens de transport. Le commerce mondial, comme le transport des voyageurs du monde entier, se concentre à Lisbonne. Et après avoir appris, dans le fier envol de la technique, à vaincre les distances, voilà que nous avons découvert comment réduire à néant nos propres découvertes. On se demande avec Kafka s'il suffira de toute une vie pour atteindre le prochain village, pour franchir la prochaine frontière, ou encore pour obtenir une place sur un paquebot américain. Mais c'est précisément à ces circonstances que Lisbonne doit la puissante vague de vie neuve, dont j'essaie de dépeindre les effets. La ville n'a pas pour autant changé de caractère, elle a seulement retrouvé sous une autre forme une fière tradition à demi oubliée. Sur la côte océane, aux avant-postes de l'Europe, elle ressemble aux villes des peuples marins de tous les temps, de la Sicile et de Toulon jusqu'à Haïfa et Port Saïd, de Malte, de Chypre et de Beyrouth jusqu'à la Grèce, de Trébizonde même jusqu'aux Baléares proches. Le même vert olive, la même douceur, à peine étourdissante, du vin local bon marché, le même ciel ouvert et doux, suscité par toutes les mers du monde.

La Croix-Rouge à Lisbonne (1)

Neue Zürcher Zeitung, 18 mars 1941

On a souvent dit déjà que leur participation plus ou moins ouverte à la guerre civile espagnole a fourni aux états-majors de certaines grandes puissances l'occasion meurtrière de tester l'efficacité des armements modernes. On sait moins qu'à la même période le Comité international de la Croix-

Rouge a dû mettre à l'épreuve les principes de sa nouvelle convention, rédigée en 1929. Entre la zone d'influence du Général Franco et celle du Front Populaire espagnol s'effectuèrent six millions d'échanges postaux.

S'appuyant sur le *Code des Prisonniers de Guerre* de la Convention de 1929, le Comité international a pu organiser l'activité de l'« Agence Centrale pour les Prisonniers de guerre », instituée quelques mois avant le début des hostilités et reconnue par tous les États belligérants. Deux chiffres donneront une idée de l'importance prise par l'Agence centrale, depuis le début de la guerre, dans son rôle d'intermédiaire : jusqu'à 60 000 lettres par jour sont passées par les bureaux de Genève ; environ un million de familles de prisonniers de guerre ont pu jusqu'ici recevoir de leurs nouvelles.

Autre branche d'activité prévue par la Convention de 1929 : l'inspection des camps de prisonniers. Le Comité nomme un délégué dans les pays où existent des camps de prisonniers ou d'internement. Aux États-Unis, ce poste est occupé par l'ancien ambassadeur de Suisse à Washington, M. Marc Peter. Dans chaque camp, les hommes choisissent un de leurs camarades, en qui ils ont confiance, pour qu'il soit leur porte-parole auprès du CICR. Enfin, les membres du Comité vont de temps à autre sur place inspecter les camps. Qu'une instance internationale représentée dans leur pays puisse assurer l'acheminement des lettres et contrôler quelque peu la situation dans les camps, cela change beaucoup les choses pour les prisonniers. Mais pour pouvoir répondre aux besoins les plus pressants, le Comité international de la Croix-Rouge a dû créer une troisième instance, chargée d'assurer l'expédition des paquets ; et, comme les besoins en nourriture sont de plus en plus criants, comme les problèmes de transport sont presque insurmontables, sa tâche est de plus en plus importante et de plus en plus ardue.

Dans ce contexte, à l'automne dernier, Lisbonne a pour la première fois reçu le statut de centre actif du Comité international. Le représentant du Comité fut d'abord l'ancien chargé d'affaires suisse, M. Redard, qui, en liaison avec la Croix-Rouge portugaise, mit en place avec succès la coopération requise entre le Comité de Genève et l'instance locale. Devant l'afflux croissant de colis, venus surtout du Canada et des États-Unis, le Comité a envoyé à Lisbonne un représentant spécial, le Colonel Iselin ; depuis son arrivée en octobre, il a accompli un travail extraordinaire. Certaines semaines, Lisbonne a reçu de New York dix mille paquets de vivres et de vêtements à réexpédier à l'autre bout de l'Europe. Les services du Comité international et ceux de la Croix-Rouge britannique se sont attaqués ensemble au problème du transport. En ce moment, pour beaucoup de raisons et en particulier à cause de la pénurie de wagons de chemin de fer, les envois de la Croix-Rouge ne peuvent emprunter la voie de terre passant par l'Espagne. Ne reste donc que la voie maritime, par Gibraltar et la Méditerranée. Mais à la différence des bateaux de commerce battant pavillon suisse, qui, en vertu des conditions imposées par l'armistice entre la France et l'Italie, n'ont droit de faire escale qu'à Gênes, les navires de la Croix-Rouge, eux, peuvent s'arrêter à Marseille, d'où les envois continuent sur Genève. Le premier « bateau de la Croix-Rouge » – même si c'est un petit bateau – a quitté Lisbonne pour Marseille le 22 décembre 1940. Ce dispositif fonctionne toujours très bien, mais on manque de bateaux, alors que les arrivages d'Amérique du Nord et du Sud se multiplient.

Le Colonel Chapuisat est arrivé depuis peu à Lisbonne en tant que délégué du Comité international. Il revenait d'Amérique et a rendu compte de la conférence de la Croix-Rouge panaméricaine, qui s'était tenue à Santiago du Chili. L'appel à l'aide qu'il a lancé là-bas en faveur de l'Europe a reçu un écho immédiat. Des comités se sont fondés sur-le-champ. En collaboration avec le Comité international, ils expédient des colis. L'opération a un succès particulier au Pérou, à

Cuba et au Venezuela. Même le Chili, pourtant encore sous le coup du dernier tremblement de terre aux effets dévastateurs, a pris part à l'action en faveur de l'Europe frappée par la guerre. Lorsque le délégué européen eut terminé son discours, toute l'assistance se leva en silence.

Bien sûr, la Croix-Rouge américaine apporte une contribution très importante. Aux États-Unis la cause de la Croix-Rouge et des organisations apparentées est extrêmement populaire, en particulier parmi les femmes. À Lisbonne j'ai rencontré ces jours-ci une Américaine qui s'était trouvée en France dans le corps d'ambulance privé de Miss Anne Morgan, et qui maintenant n'attend ici qu'une chose, c'est d'être envoyée sur un nouveau front. Je ne sais si elle fut plus déçue ou plus amusée par le sec humour britannique du télégramme de Londres qu'elle me montra récemment, et qui disait ceci : « N'avons pour vous qu'un travail ennuyeux : conductrice d'ambulance pendant attaques aériennes. » Une autre fois, nous remarquions la coupe militaire de la tenue kaki d'une jeune Américaine. À ma question elle répondit : « C'est un uniforme, j'ai seulement enlevé les insignes. J'ai été ambulancière pendant sept mois en Syrie. »

Aujourd'hui, à Lisbonne, la coopération entre le Comité international de la Croix-Rouge et ses organisations nationales en Grande-Bretagne, en Amérique, au Portugal et dans d'autres pays, est couronnée de succès, et sa portée a pleine valeur de symbole. Mais au cours de cette guerre mondiale les tâches de la Croix-Rouge ont pris une ampleur démesurée. Elles font éclater les cadres de pensée anciens et dépassent de loin les possibilités des organisations anciennes.

Pendant la Première Guerre mondiale, l'un des principaux soucis de la Croix-Rouge concernait les grands blessés, qu'elle tentait d'échanger ou d'hospitaliser dans des pays neutres comme la Suisse. Dans cette guerre-ci, les grands blessés sont moins nombreux ; en revanche il y a d'immenses masses de prisonniers, captifs de guerre, mais aussi internés civils, femmes, enfants et vieillards. Et s'ajoutant aux prisonniers et aux internés, il y a des fugitifs, des réfugiés, des proscrits de multiples pays, et il y a des déportés.

D'une seule ville de Pologne, en l'espace de deux à trois jours, deux mille télégrammes sont parvenus au Comité de Genève. Selon des sources bien informées, on aurait déporté, depuis la partie de la Pologne qu'occupe l'Union Soviétique, de 800 000 à un million de personnes. Parmi eux, les intellectuels des villes polonaises. La plupart de ces malheureux ont été emmenés en Asie Centrale, au Turkestan, au Kazakhstan et dans l'Altaï. Mais les organisations soviétiques du type de la Croix-Rouge ne coopèrent pas avec Genève.

Outre les paquets du monde entier, toutes les lettres, toutes les demandes de recherche de disparus doivent aujourd'hui, sur leur route souvent déjà très longue, passer par Lisbonne. C'est pourquoi les Croix-Rouge de tous les pays, et surtout de Belgique, de Norvège, de Pologne et de Hollande, y ont des délégués. Comme la plupart des réfugiés et des émigrants en partance pour l'Amérique du Nord et du Sud, pour l'Australie, et pour toutes les parties du monde, doivent s'embarquer à Lisbonne, il s'y trouve également un Commissariat aux Réfugiés. La capitale portugaise, d'où les grands navigateurs du temps jadis sont partis à l'aventure dans un Atlantique inconnu, rassemble aujourd'hui les fils des organisations au service de l'humanité souffrante, dont la Croix-Rouge fondée à Genève est le symbole.

La Croix-Rouge à Lisbonne (2)

Neue Zürcher Zeitung, 27 avril 1941

Comme nous l'avons vu, les énormes difficultés de communication engendrées par la guerre ont obligé la Croix-Rouge à transférer une bonne part de ses activités à Lisbonne. C'est ainsi que le Comité international de la Croix-Rouge a maintenant une représentation permanente dans la capitale portugaise. Et depuis que, la route terrestre par l'Espagne ayant été fermée, seule reste utilisable la voie maritime par Marseille, Lisbonne est devenue la plaque tournante des bateaux de la Croix-Rouge.

D'autre part, dans certains pays conquis ou occupés, les agences de la Croix-Rouge ne peuvent plus exercer aucune activité. Contraintes en quelque sorte à l'exil, elles se sont elles aussi repliées sur Lisbonne. Ainsi tout le courrier qui circule entre la France non occupée et les camps de prisonniers français en France occupée, de même que le courrier ordinaire entre les deux zones, passe nécessairement par Lisbonne.

Du coup la Croix-Rouge portugaise doit faire face à une tâche gigantesque. La «Cruz Vermelha portuguesa» joue un rôle d'intermédiaire qui dépasse de loin le cadre de ses moyens et de ses forces, et qui mérite l'admiration. C'est un exploit d'avoir mis sur pied la transmission du courrier entre la zone non occupée et la zone occupée de France, et de façon générale tout le courrier destiné à la zone occupée. La Cruz Vermelha s'est dotée pour cela de cartes spéciales, qui sont envoyées par avion à la Croix-Rouge allemande, pour que celle-ci procède à la réexpédition. En outre, elle reçoit de la Croix-Rouge allemande le courrier destiné aux prisonniers de guerre allemands au Canada, et se charge de l'acheminer. Fin février, le poids de ces envois atteignait déjà les trois tonnes. Les lettres d'Allemands prisonniers dans d'autres régions, l'Afrique du Sud par exemple, empruntent la même voie. Enfin la Croix-Rouge portugaise reçoit des lettres et des colis expédiés par des agences dépourvues de représentation au Portugal. Elle les redirige sur Genève, où le Comité international fait le nécessaire. Dans les bureaux étroits de la Cruz Vermelha s'entassent ainsi colis et lettres en transit, que la poste portugaise fait voyager gratuitement. Pour le reste, les lettres qui lui sont destinées sont surtout des demandes d'information portant sur des personnes disparues; chaque jour en apporte son lot; pour la plupart elles sont transmises à Genève. En feuilletant les dossiers on découvre des demandes venues de Hollande, du Congo belge, de Suède, du Brésil, de France, de Pologne... Devant tous ces témoignages de la douleur humaine, on se demande combien parmi les fils, les frères et les sœurs, les époux, les mères, pourront jamais être retrouvés, et on apprend à mesurer toute la valeur des organismes qui se consacrent à cette tâche.

En comparaison, les problèmes que doit résoudre la Croix-Rouge britannique pour secourir ses ressortissants faits prisonniers sont moindres. Sa représentation permanente à Lisbonne s'emploie surtout à expédier paquets et correspondances arrivés d'Angleterre, et c'est en bonne partie grâce à son étroite coopération avec le représentant du Comité international que, le 22 décembre 1940, le premier bateau de la Croix-Rouge a pu mettre le cap sur Marseille.

Indépendamment de la Croix-Rouge britannique, mais sous la protection spéciale de la Cruz Vermelha portugaise, une jeune Anglaise énergique a créé à Lisbonne sa propre organisation, qui se dénomme « Section spéciale pour l'envoi de colis individuels aux prisonniers de guerre anglais ». Mrs. Ian Campbell met l'accent sur les termes « colis individuels ». Pour des raisons d'organisation compréhensibles, la Croix-Rouge, en particulier le Comité international, tend à privilégier les envois collectifs par rapport aux colis adressés individuellement par des parents à des prisonniers particuliers. Du point de vue de Mrs. Campbell, dont le mari est prisonnier en Allemagne, les envois collectifs, même s'ils sont de même valeur matérielle et s'ils rétablissent une certaine équité entre les prisonniers, sont d'une bien moindre efficacité morale. Un prisonnier qui a besoin de chaussettes a bien plus de plaisir à en recevoir une paire tricotée par sa

Lisbonne, une ville aujourd'hui tout à fait internationale, mai 1941

Pirogues sur la Mongala (Congo), mai 1941

mère, qu'une paire distribuée par un service anonyme. Mrs. Campbell possède des listes de quelques milliers de prisonniers anglais, qui tous lui écrivent personnellement pour exprimer leurs souhaits, en fonction desquels elle compose elle-même des colis quand on ne peut pas compter sur des envois familiaux. Un lieutenant, par exemple, a demandé des cure-dents. Mrs. Campbell a envoyé les cure-dents, en y ajoutant, pour justifier leur emploi, quelques provisions solides. Évidemment, cette organisation, qui travaille avec une rapidité et une efficacité sidérantes, exige beaucoup de temps et beaucoup d'argent. La majeure partie de ses envois se fait par paquets d'une livre et par avion.

Les difficultés que doit surmonter le représentant de la Croix-Rouge française sont d'une tout autre ampleur : un demi-million de prisonniers manquent de nourriture, et il tente d'acheter à Lisbonne et de leur expédier des rations de survie. Pour lui la discussion sur les envois collectifs ou individuels est un luxe inaccessible. Les rations de vivres dans les deux zones françaises sont trop maigres pour que les familles des prisonniers puissent envoyer des colis. La Croix-Rouge française effectue donc des achats à Lisbonne. Mais pour les exporter il lui faut une licence portugaise. Celle-ci dépend indirectement de l'Angleterre, car le Portugal autorise l'exportation de produits alimentaires seulement quand il dispose de la licence anglaise qui lui permet de renouveler ses propres stocks. La ration quotidienne de complément considérée comme indispensable pour un prisonnier est ainsi composée : 30 g de conserve de poisson ou de viande, 20 g de chocolat, 20 g de sucre, 50 g de pain, et si possible des tablettes de vitamines. D'après ces estimations, il faudrait chaque jour, rien que pour les cinq cent mille prisonniers français, 45 tonnes de conserves de poisson, ce qui impliquerait 3400 caisses de taille normale, d'un poids total brut de 80 tonnes. Vu le manque cruel de moyens de transport, on peut imaginer la montagne d'obstacles que rencontre la Croix-Rouge française.

En dépit de toutes ces difficultés, l'effort pour venir en aide aux masses de prisonniers n'est pas aujourd'hui sans porter quelque fruit. Mais certains pays, qui ont eux aussi à Lisbonne leur représentant de la Croix-Rouge, sont à peu près impuissants à soulager l'effroyable misère de leur peuple. Pour la Belgique, pour la Pologne, le destin des prisonniers est un problème d'importance secondaire, car il s'agit d'hommes en âge de porter les armes, qui, bloqués dans un pays étranger, sont au moins logés quelque part, et qui connaissent un sort, certes pénible, mais auquel en tant que soldats ils devaient être préparés. En cas de paix, on peut espérer qu'une partie d'entre eux recouvrera la liberté et reprendra une vie normale. Et surtout, les prisonniers bénéficient du Code des prisonniers de guerre, internationalement reconnu, qui leur assure la protection du Comité international de la Croix-Rouge. Ce n'est pas le cas des populations civiles en fuite, bombardées, dépouillées, déportées. Que vont-elles devenir? Que vont devenir les travailleurs forcés, les paysans « transplantés », les populations de villes polonaises entières, qu'on a traînées en Asie Centrale par centaines de milliers? Là se joue un drame d'une ampleur et d'une cruauté dont on n'a qu'une idée confuse, et dont les conséquences pour les pays d'Europe touchés sont imprévisibles. En dépit de tous leurs efforts, les organismes de la Croix-Rouge qui s'activent à Lisbonne, tels ceux qui s'efforcent de retrouver des disparus, n'ont qu'une capacité d'action dérisoire au regard de la misère humaine provoquée par cette guerre criminelle.

Entre les continents

Die Weltwoche, 11 juillet 1941

Depuis hier soir les passagers de ce petit paquebot portugais se trouvent dans un entre-deux ambigu – assez loin de la côte la plus occidentale d'Europe pour que la séparation soit consommée, trop près du rivage africain pour que l'on puisse réellement se sentir dans la liberté de la pleine mer. Plusieurs fois des gens ont demandé si l'île de Madère où nous accosterons demain appartient à l'Europe, ou à l'Afrique; ce qui est sûr en tout cas, c'est qu'elle est portugaise. On n'aura donc pas à montrer son passeport, et on pourra même envoyer du courrier. Tout le monde en a été surpris, car à Lisbonne on disait encore que, une fois sur le bateau pour l'Afrique, on serait coupé de tout, – pour un temps indéterminé, donc peut-être pour très longtemps. Et même on en était presque bouleversé, car combien d'entre nous, hier à Lisbonne, se sont séparés d'un être aimé, de leur patrie, d'un dernier espoir, et n'ont pas encore appris à alléger, à supporter la douleur des adieux. Mais le bateau a pris la mer, et quand on s'est réveillé ce matin sans rien voir d'autre autour de soi que la surface scintillante et mouvante de l'océan, la résignation a été plus facile : il n'y avait personne à qui se plaindre, alors on s'est tu, la vie a continué et le temps a passé, heure après heure. – Et voilà que dès demain le voyage s'interrompra ! – Nous serons soudain libres de descendre à terre, de rédiger des adresses, d'écrire à des amis et contre des ennemis, sans pouvoir au demeurant recevoir de réponse – mais, dans ces lieux lointains, il y aura un jour où ils se souviendront de nous : or notre vie existe seulement dans le miroir et dans l'écho qui brisent l'isolement mortel – et n'existe qu'autant qu'ils durent.

Il y a des routes et des périodes où la question de savoir où l'on se trouve exactement n'a plus grand sens. Tel n'est pas le cas lors de la traversée d'Europe vers l'Amérique. Le petit fanion avance le long de son tracé, l'heure est changée tous les jours, au même moment, et le seul but du voyage est de franchir le plus vite possible la distance entre deux continents qu'un océan a séparés par hasard. On peut dire ce qu'on veut des différences profondes entre le Nouveau

Monde et l'Ancien, – le Nouveau n'est jamais qu'un autre aspect de notre vieille civilisation occidentale, et ne compte plus comme terre indienne.

Il en va autrement quand on franchit le pas qui sépare l'Europe de l'Asie – il s'agit en général vraiment d'un simple pas, par exemple quand on passe de la rive européenne du Bosphore à sa rive anatolienne, ou à quelque lieu de la grande Russie, – aucune rupture alors, les Balkans sont turcs, l'Espagne maure, en Syrie s'élèvent des colonnes grecques, et au Turkestan on trouve des monnaies à l'effigie d'Alexandre : tout cela n'est qu'un seul monde, le nôtre.

Mais ici – dans ce petit espace maritime, ce triangle entre Madère et deux continents – nous sommes aujourd'hui sur notre bateau neutre, dans un no man's land, rien n'est fixé d'avance, nous avons seulement devant nous tout un éventail de possibles, et la seule chose que nous savons, c'est que nous venons de Lisbonne.

Mais Lisbonne elle-même se présentait pour chaque passager sous un jour différent. Pour les Portugais qui vont dans leurs colonies, en Angola ou au Mozambique, pour y prendre un poste ou faire leur service militaire, ou pour retourner sur leurs plantations, Lisbonne est la capitale de leur terre natale, la ville de leurs aïeux navigateurs, dont ils sont fiers. Pour eux le voyage n'est pas une aventure. Quant aux Belges et aux Français qui se trouvent à bord, beaucoup parmi eux ont passé à Lisbonne des mois et des semaines à attendre un visa ou une place sur un bateau; certains, à court d'argent, se sont retrouvés sous les verrous; d'autres, qui s'étaient réfugiés au Portugal pour pouvoir sortir d'Europe, doivent au seul hasard de se trouver maintenant jetés sur les côtes d'Afrique. Pour tous ceux-là Lisbonne n'est pas un bon souvenir, et ils ont sans doute été bien contents quand on a largué les amarres. Pour d'autres encore, ce fut un dur moment que celui où le bordage blanc du navire s'est soudain écarté imperceptiblement du quai, – à peine d'un pas d'abord, on pouvait encore, en se penchant sur le bastingage, crier quelques mots aux amis restés sur le rivage, distinguer leurs yeux, – puis ils disparurent, visage perdu dans une masse humaine noire et compacte qui faisait des signes et criait. Puis le petit quai se fondit dans la grande ligne des quais de Lisbonne, nous avons glissé lentement, lentement, sur le Tage imposant, et la ville, où l'on vivait il y a si peu de temps encore, s'étendait maintenant devant nous dans le soleil du soir comme une image, brillante et déjà inaccessible, – puis apparurent les collines vertes, les moulins à vent, les maisons blanches d'Estoril, – la baie de Cascais, et l'obscurité recouvrit miséricordieusement les derniers rivage de l'Europe, pour nous épargner les adieux.

Et par la suite, donc, la question de notre position exacte a perdu son sens. Est-ce Funchal où nous allons mouiller, ou déjà les îles du Cap-Vert? Va-t-il s'écouler une semaine ou davantage avant la prochaine escale? Le capitaine lui-même n'a pas de plan de navigation précis. Et beaucoup de passagers ignorent leur destination. Certains aspirent seulement à se trouver en lieu sûr, et emmènent leurs enfants au Congo ou en Union Sud Africaine, comme autrefois ils les emmenaient dans les montagnes suisses ou dans une station balnéaire hollandaise. D'autres veulent à tout prix gagner les lieux où l'on se bat en ce moment. Au besoin ils débarqueront sur la prochaine île dans une barque de pêcheurs, ou bien ils resteront quatre mois sur le bateau, où on dort entassé dans l'atmosphère étouffante de la troisième classe. D'autres veulent aller à Hong Kong, au Japon, en Australie, et espèrent trouver un bateau hollandais à Lourenço Marques. La carte du monde peinte sur le miroir géant du salon se met à représenter quelque chose de très précis, de très parlant, malgré la solitude profonde où se meut notre minuscule navire longeant les côtes du continent.

À une heure de Funchal

National-Zeitung, 12 juin 1941

Tôt ce matin, vers six heures, notre navire a rencontré un sous-marin, petit corps étranger gris, opiniâtre, qui passa près de nous sans un salut, son étrave tranchant les vagues illuminées par le soleil de l'aube, et disparut à nouveau quelques minutes plus tard. La plupart des passagers dormaient encore, seuls les enfants, insouciants et bruyants, s'agitaient déjà dans les cabines – et le navire est plein d'enfants portugais, belges et hollandais. Beaucoup d'entre eux sont seuls avec leur mère, les pères sont à la guerre, ou bien prisonniers. Une jeune Belge me raconta qu'elle avait attendu cinq mois à Lisbonne un visa anglais pour aller rejoindre son mari, évacué de Dunkerque et actuellement en Angleterre dans un régiment belge. Pour assurer la subsistance de son petit garçon de trois ans, elle s'est finalement décidée à accepter une place d'avocate au Congo. Une autre s'en va quelque part en Afrique, avec ses trois enfants blonds et un prêtre, parce qu'elle ne veut pas rentrer dans sa patrie occupée par l'ennemi. Une Anglaise voyage toute seule, le plus jeune de ses fils était pilote, il a été abattu, deux autres sont à Londres, dans la RAF. Avant, elle vivait en paix dans le midi de la France, aujourd'hui elle ne sait pas encore dans quel port d'Afrique occidentale elle débarquera. – Il y a aussi les hommes, bien sûr plus nombreux que les femmes. De nos jours personne ne voyage pour son plaisir, et il ne se trouve guère d'aventuriers parmi les passagers, mais quand on écoute chacun raconter son histoire, on se demande si on se trouve sur un vaisseau fantôme, ou si la somme de ces destinées ne figure pas très exactement le destin qui a définitivement détruit l'ancienne vie de notre vieux monde européen familier, civilisé, ordonné, – abolissant toute loi, anéantissant toute sécurité. Certains des hommes à bord sont résignés, et voyagent maintenant les mains vides, sans espoir, comme des aventuriers. La défaite de leur pays, la mort de leurs fils, la perte de tous leurs biens, la ruine de leur commerce, les a vaincus, et ils ne croient plus à rien. Il faut tenter de les persuader : « Mais tu es en bonne santé, tu es le même qu'avant, tu vis sur ce bateau comme les autres : repas et sommeil, rencontres et conversations, occupations, changement de climat. Si tout cède dans ce monde, nous, nous pouvons résister – par exemple prendre d'autres habitudes, adopter un autre rythme pour nos journées. Un ennemi t'a dépossédé, t'a porté préjudice – est-ce une raison pour lui laisser désormais toutes les initiatives et toutes les victoires ? » Parmi les hommes à bord, d'autres ont tué un ennemi pour échapper à la captivité, – ils ont laissé derrière eux femmes, enfants, maison, pour arracher au peu de vie qui leur restait la force de continuer à se battre. Ceux-là sont pour la plupart sereins et se moquent de savoir où et comment ils vivront. Ils ne peuvent pas nommer leur destination, et cela leur est égal. Ainsi navigue depuis deux jours ce petit paquebot portugais sous son pavillon neutre, sur une mer légèrement houleuse, s'éloignant toujours davantage du vert enchanteur des rives du Tage, du port accueillant et lumineux de Lisbonne, en direction des côtes d'Afrique. Finalement, cet après-midi, quelques rochers aux formes fantastiques ont fait leur apparition à tribord. La plupart des passagers ne se sont pas souciés de savoir s'ils avaient nom Madère ou Ténériffe, s'il s'agissait des îles Canaries ou du Cap-Vert. Mais c'est pourtant la terre ! – Et maintenant nous savons que d'ici une heure, nous ferons escale à Funchal, sur l'île de Madère, où il y a du vin et des champs de canne à sucre à côté de chênes trapus.

Nous y resterons assez longtemps, toute une après-midi, le temps est doux, le soleil magnifique et la brise légère, nous nagerons dans la baie, nous nous promènerons sur les célèbres collines, nous goûterons le fameux vin doux – puis nous passerons la soirée dans la fraîcheur de la petite ville, qui doit être charmante. Demain matin, le paquebot reprendra sa route, et de nouveau on ne verra plus autour de soi que la mer. Et les passagers recommenceront à scruter l'horizon. Mais pour le moment, à une heure de Funchal, chacun s'exclame : « Quelle journée magnifique ! »

Funchal

National-Zeitung, 10 septembre 1941

Les paquebots portugais qui relient Lisbonne à l'Afrique font escale à Funchal, sur l'île de Madère, assez longtemps pour que les passagers puissent descendre à terre, à la découverte d'un lieu dont ils s'éprendront d'emblée et qu'ils n'oublieront plus jamais. On aborde Madère en longeant les récifs qui font barrière autour d'elle, silhouettes fantastiques émergeant toutes jaunes et nues au-dessus de la mer. Approche monotone, et même oppressante. On a pleinement conscience de se trouver en plein milieu de l'Océan dans un no man's land, une région entre les continents, et une pensée s'impose : Madère pourrait bien se trouver dépourvue tout à la fois du charme aimable, européen et familier du Portugal, sa mère-patrie, et des séductions de l'Afrique – attrait exotique, opulence tropicale, ou grandeur du désert –, cette île est plutôt, sans doute, un de ces postes solitaires dotés par hasard d'un nom, d'une population, d'un port et d'un phare – mais qui pour le reste pourraient se trouver n'importe où et ne se rattachent à nulle part. J'inclinai encore plus fortement à le croire en entendant raconter qu'à Madère la canne à sucre et les bananiers voisinent avec les chênes nordiques, et en voyant que personne ne savait me dire quels étaient les occupants de l'île avant sa découverte par le Portugais Joan Goncalves Zarco. – Le bateau longeait maintenant les pentes vertes de l'île principale, assez escarpées, parsemées de maisonnettes blanches, et divisées en champs, potagers et pâturages. Au-dessus, on apercevait sur les crêtes de maigres rangées d'arbres, et malgré le beau soleil qui rayonnait sur la mer et sur la côte proche, les sommets gris sombre de ces collines s'enveloppèrent bientôt de bancs de brume et de nuages – tout à fait comme en Autriche ou en Suisse un jour d'orage.

Madère possédait donc maintenant la réalité de ses collines, dont les plans s'étageaient en un riche réseau de lignes, et dont l'aspect variait selon le jeu subtil des ombres fugitives sur les prés verdoyants – tout cela formant une toile de fond délicate à la petite ville de Funchal, dont le cœur blanc se rassemblait autour d'une place et d'une cathédrale près de la rade, mais qui lançait en tout sens, le long de ses ruelles et de ses chemins courant comme des veines, ses jardins et ses petites maisons entourées de murets de vignes, et ses terrasses couvertes de fleurs multicolores. Dès l'arrivée sur le quai s'offrait la vision unique d'une lumière presque irréelle, émanant d'arbres tout fleuris de violet, d'allées entières de grands jacarandas. Cette lumière flottait dans l'air de l'après-midi, aussi délicate et douce au regard qu'une orchidée, et répandait une telle chaleur satinée que les murs et même le pavé noir, poli comme du métal, donnaient l'impression d'être imprégnés de violet et d'exsuder magiquement cette couleur. Les façades des maisons de Funchal sont simples, blanches pour la plupart, avec d'étroits balcons aux balustrades en fer forgé, et de hautes et belles fenêtres aux volets peints en vert. Les portes ouvertes laissent voir des entrées fraîches aux murs chaulés, souvent ornés de carreaux de céramique mauresque, et de larges escaliers de bois brun. Et toujours on aperçoit, derrière des murs assez hauts, au travers d'ouvertures aux formes mauresques et de grilles majestueuses, la claire profusion de fleurs magnifiques, d'arbustes fleuris, de fruits tropicaux et de fuchsias, de fontaines et de bassins couverts de végétation, l'intimité ombreuse et secrète de jardins et de cours surplombés par des loggias, d'où le regard plane librement sur des toits, sur des ruelles en escalier, sur les éventails des bananiers et des palmiers et sur les vignes en terrasses qui vont jusqu'à la mer. Celle-ci s'étendait maintenant apaisée dans le crépuscule, son bleu profond se fondait dans le bleu plus clair du ciel; entre les flottilles de canots à rame et de petits voiliers reposaient, machines à l'arrêt, deux navires de guerre et le paquebot pour l'Afrique.

La ville n'était pas très bruyante, mais affairée et joyeuse. Dans les caves d'un producteur de vin, je vis les gigantesques tonneaux où les grappes fermentaient dans la vapeur d'eau sous pression, et sur des étagères des centaines de bouteilles de Madère vieux de vingt, quarante, cent ans. Dans une étroite venelle bordée de belles maisons montait un chœur de voix de jeunes filles, fraîches et recueillies dans le calme et la douceur des premières heures du soir, et je vis, derrière les fenêtres grandes ouvertes d'un couvent, une classe de petites filles. Puis la Supérieure des Franciscaines de Santa Clara, toute de blanc vêtue, me conduisit dans leur église, la deuxième église de Madère, que Goncalves Zarco lui-même a fondée en l'an de grâce 1492, et où il repose sous une pierre tombale sculptée d'animaux et d'inscriptions. Dans le jardin du monastère, où les vieux murs disparaissaient sous les églantines, les sœurs me questionnèrent sur l'évolution de la guerre. Tandis qu'elles m'écoutaient, je voyais sur leurs aimables visages et dans le beau regard clair de la Supérieure une telle paix, un tel consentement presque joyeux à cette vie dont mieux que moi sans doute elles pénétraient les lois, que je me sentis oppressée. J'entendais maintenant sonner l'angélus du soir, les buissons fleuris ondulaient dans la légère brise rafraîchissante; les sœurs libérèrent leurs élèves qui jouaient encore dans le jardin, et s'en allèrent à l'office, et je serais volontiers restée là pour apprendre comment l'on vit, loin de l'Europe, loin de notre monde en proie au cauchemar et aux pires angoisses.

Tard dans la nuit, quand je fus à nouveau à bord du paquebot, je vis tout en bas sur l'eau noire trois canots, portant chacun un rameur et un jeune garçon nu, brun, fort, dont le corps lisse était comme exposé à la contemplation, éclairé par une torche et mis en valeur par un bouquet de fleurs fixé à la poupe. Ils attendaient que les passagers leur jettent un escudo; les rameurs vantaient leurs plongeurs, assis en silence. Alors, depuis le plus haut pont du paquebot les jeunes garçons sautèrent à l'eau. Puis leurs amis les remontèrent dans les canots, et avec leurs serviettes les frictionnèrent pour les sécher – et la petite flottille, dans la lueur rouge de ses torches, glissa jusqu'au port de Funchal. Le quai, avec ses maisons blanches et la tour de sa cathédrale, était éclairé comme la scène d'un théâtre. Les collines s'étendaient par-derrière comme un ciel parsemé d'étoiles lumineuses. Et, signalés par des rangées de lumières, on voyait les chemins qui menaient de Funchal aux collines: partant des confins de la ville en courbes douces, à mi-pente montant en côte raide, et pour finir s'enroulant en spirales. Tout en haut ils s'interrompaient brusquement, se terminant là où le monde paraissait prendre fin, et ces routes dirigées vers l'obscurité semblaient inviter à les suivre au-delà de cette lisière, et peu importait l'immensité du néant qui s'ouvrirait alors…

J'avais du mal à me détacher de cette image nocturne de Funchal, qui bientôt, aux premières heures de l'aube, allait s'animer, se mettre à respirer, et s'emplir de tant de soleil, de chants, du parfum des fleurs, de vins et de fruits, du pas de ses bœufs, du battement des cloches dans tous ses clochers.

Mais notre navire s'était détourné et glissait maintenant vers le Sud, s'éloignant irrésistiblement de Funchal.

Journal de bord I

National-Zeitung, 6 novembre 1941

Entre Ténériffe et San Tomé, à bord du « Colonial », 21 mai 1941

Le soir la plupart des passagers vont se coucher tôt, faute de pouvoir parler de ce dont on parle d'habitude sur les paquebots – courses de chevaux, films, danse, et paris sur le nombre de milles parcourus au cours des douze dernières heures. Il n'échappe à personne qu'il ne s'agit en rien d'un voyage d'agrément. Seuls les enfants, qui sont nombreux à bord, gardent leur insouciance; ils jouent bruyamment, et pour eux l'état d'exception dans lequel nous nous trouvons tous est comme une énorme partie de plaisir. Ce sont pour la plupart des enfants portugais, qui partent avec leurs parents aux colonies, à San Tomé, en Angola ou en Mozambique; les autres sont de petits Belges qui iront maintenant à l'école au Congo, à Léopoldville ou Elisabethville, où on veut croire qu'ils grandiront en liberté et plus en sécurité que dans leur patrie. La plupart du temps, leurs mères sont seules avec eux sur le bateau – les pères sont prisonniers de guerre ou se battent quelque part loin de leur pays. En dehors de ces femmes, dont j'admire le courage, il y a quelques « personnes seules », des Anglaises qui vivaient autrefois à Biarritz ou à Nice, et qui doivent maintenant, pour mener la même existence luxueuse et un peu vide, aller jusqu'en Afrique. L'un de mes amis, un officier français, disait de ces existences qu'elles étaient « nulles et non avenues », mais peut-être ces dames, qui vont maintenant découvrir un hôtel sur on ne sait quel rivage et constater que l'on vit à Bathurst ou à Durban tout aussi bien qu'autrefois à Majorque ou Saint-Sébastien, sont-elles à leur façon des pionnières, qui contribuent à détruire la légende selon laquelle tous les gens riches se trouvent rassemblés dans ce

La récolte des dattes, plantation de Molanda, mai 1941

Samedi, jour de paye : Mme Vivien et ses Noirs, mai 1941

petit conglomérat de pays nommé Europe… En tout cas, les individus de ce genre nourrissent leur existence indigente de souhaits si futiles et si absolument dérisoires que l'on se demande comment notre monde peut avoir assez de force et de patience pour s'encombrer de tels poids morts. J'écoutais hier une vieille dame, au demeurant aimable et bonne et pénétrée des meilleurs principes: «La façon dont on vous traite ici est vraiment inadmissible. Une fois de plus le pain grillé est froid et beurré des deux côtés, si bien qu'on a les doigts tout gras. Et vu l'état scandaleux des toilettes, c'est miracle que nous n'ayons pas tous attrapé le typhus. J'en informerai mon agent de Londres: j'ai payé pour une cabine de première classe, mais la mienne en vaut à peine une de troisième classe sur un bateau convenable. Quand je rentrerai en Europe après la guerre, je prendrai une autre ligne, et j'inspecterai moi-même le bateau avant de payer mon billet»… Excusons cette vieille dame, qui, pour vivre dans la zone sterling, doit quitter Cannes à 70 ans et aller s'établir à Pretoria. Mais, pour grotesque qu'il soit, son cas est assez typique. Il y a des hommes et des femmes plus jeunes, qui n'ont pas pour but, en s'expatriant, d'élever leurs enfants dans un pays en paix, ou de faire courageusement leur possible afin que notre monde, malgré tout, continue d'exister. Non, ils se comportent en vaincus cédant à une puissance victorieuse, ils ne se projettent aucunement dans l'avenir, ils n'ont ni espoir ni orgueil et n'aspirent qu'à préserver leurs maigres biens et leurs petites aises; tout ce qu'ils veulent, c'est de pouvoir continuer à mener, n'importe où, ne serait-ce que l'apparence d'une existence jusqu'alors confortable, et peu leur importe que, minée de partout, la maison se soit effondrée, pourvu que le sol et le plafond subsistent pour leur offrir un abri trompeur.

Ce n'est pas seulement sur le bateau que j'ai rencontré ce type de gens ces derniers temps; il y en avait au Portugal, en Suisse, même en France et en Espagne, et je me demandais avec une consternation croissante jusqu'où peut aller chez l'être humain pareille propension au compromis : fermer les yeux et les oreilles précisément devant les réalités menaçantes, et, délibérément, étouffer à tout prix tout pressentiment, refuser toute participation à cet avenir qui se prépare avec tant de vigueur, renoncer à l'unique source de consolation que nous ayons, nous les humains : la foi en la possibilité d'une existence libre et fière. Et pourquoi cette myopie volontaire ? Pour sauver des maisons qui, nous le savons d'expérience, seront détruites par une bombe, pour posséder des terrains qui perdent leur valeur en l'espace d'une nuit, pour préserver des habitudes sans importance, des commodités dont on peut très bien se passer, pour conserver un bien-être et un cadre de vie qui ont prouvé leur fragilité, pour profiter encore d'ordres sociaux qui n'ont plus d'ordre que l'apparence, car de tout côté les peuples se soulèvent pour les combattre; et les révoltes écrasées n'entraînent que le malheur général. Ou seulement pour vivre stupidement au jour le jour, jusqu'au prochain repas, et dans quelle perspective ? Comment peut-on accepter que l'humanité s'abaisse ainsi, cette humanité qui tant de fois au long des siècles a su triompher des épreuves et atteindre au sublime !

Mais en l'occurrence, pendant ce voyage depuis Lisbonne, qui nous fait longer toute la côte ouest de l'immense continent africain, les personnalités fâcheuses et les « défaitistes » sont en minorité. J'ai un ami, qui fut blessé à Dunkerque, qui s'évada d'un camp de prisonniers en Allemagne, qui a passé six semaines en prison à Lisbonne, sans visa et sans argent, et qui s'en va maintenant combattre en Afrique. Seule cette façon nette de suivre sans dévier sa ligne de conduite peut être vraiment fructueuse…

Bien que l'irrésistible avancée du navire nous tienne en haleine et mobilise notre attention de façon permanente, c'est le soir que je prends le plus nettement conscience du fait que nous sommes en route. Alors que tous les passagers ont déjà regagné leurs cabines, un petit groupe de joueurs de bridge et d'amis proches s'attarde dans la pénombre du bar, et quelques garçons de la troisième classe dorment en bas, à la belle étoile, sur une bâche tendue au-dessus d'une cale ouverte ; et le mouvement diurne qui donne à la vie du bord une certaine conformité avec l'existence ordinaire a cédé la place à un grand silence paisible. De tout le voyage, nous n'avons rencontré jusqu'ici qu'un seul sous-marin et un unique cargo : nous nous trouvons plutôt seuls sur cette mer. Pourtant il s'agit de la voie de communication la plus importante entre les continents, et peut-être bientôt la seule à les relier encore. Il y a peu, on m'a dit que, après avoir fait route d'Afrique centrale jusqu'au Caire, mon courrier serait acheminé par Bagdad vers les Indes et Hong Kong, puis par San Francisco vers New York, pour finalement rejoindre Lisbonne par clipper. L'un de mes compagnons de voyage est parti de Belgique pour le Brésil, un autre doit prendre un poste diplomatique au Japon, un troisième, secrétaire de la Légation d'Iran à Londres, se rend à Bagdad pour un congé de quatre mois. Ils contournent tous le cap de Bonne-Espérance, dans l'espoir de trouver à Lourenço Marques ou à Durban un bateau anglais ou hollandais. Entre l'Union Sud-Africaine ou le Mozambique et Colombo, les Indes hollandaises, Hong Kong, l'Amérique du Sud, il existe déjà de nouvelles lignes. Depuis la fermeture du canal de Suez, l'Europe est absurdement isolée, ses ports sont fermés ou détruits par la guerre, son commerce est réduit et ses peuples sont depuis longtemps en proie à la faim et à la misère, mais en même temps le monde s'est ouvert, de nouvelles voies de communications, de nouveaux centres commerciaux prennent vie. Les pays et colonies séparés par force du tronc européen se nourrissent eux-mêmes, conquièrent leur indépendance, font de nécessité vertu. Des lieux que jadis la carte du monde montrait reliés par quelques minces fils à une Europe pour sa part très peuplée et couverte d'un réseau serré de voies de communication, deviennent autonomes, et découvrent entre eux leurs propres voies d'échanges. Autrefois on exportait des milliers de bœufs de Madagascar vers l'Europe. Désormais on les expédiera en Afrique du Sud, ce qui permettra à davantage d'Européens de vivre en Afrique du Sud. Sur le bateau, j'ai fait la connaissance des premiers Boers. Ils sont de cette race vigoureuse qui ne connaît aucune distinction entre maîtres et paysans, ils se comportent et s'habillent comme des Anglais et mènent la vie à grandes guides. Les ingénieurs belges des grandes compagnies minières en Afrique ont plus d'avenir que leurs compatriotes en métropole. Constructeurs de navires, ingénieurs portuaires, experts pétroliers, m'expliquent qu'il faudra beaucoup de temps pour parvenir, dans une Europe réduite à la misère et à moitié en ruines, ne serait-ce qu'à remplacer les bateaux, à remettre les ports en état, à réparer les réservoirs de pétrole, les voies ferrées et les moyens de transport. Les grands centres d'autrefois, comme Amsterdam, Hambourg, Anvers, Marseille, ne regagneront peut-être jamais leur importance d'antan, mais les nouveaux – ports, aéroports, établissements côtiers et comptoirs commerciaux – se maintiendront, et nombre d'Européens qui pensent aujourd'hui partir pour un exil provisoire, finiront par se fixer dans ces contrées où les aura jetés leur destin.

À Lisbonne, ces dernières semaines, j'avais l'impression de respirer mal, comme oppressée par un cauchemar; et pourtant, dans cette merveilleuse capitale nourrie de son fier passé, et qui profite présentement de l'essor prodigieux d'une nation restée en paix, la vie reste facile, les restrictions sont à peine sensibles; et pourtant, des navires et des avions partent encore de son port, et quelques-uns des milliers de réfugiés aux abois qui attendent finissent par obtenir un visa et un billet de départ. Mais derrière cette porte entrouverte se presse, dans des pays qui sont parfois de vraies prisons et que guette la ruine, une foule fiévreuse, tendue dans une attente anxieuse. Et, à Lisbonne, chaque bouffée de liberté, chaque signe de joyeuse paix, chaque bribe d'opulence se payait d'interrogations douloureuses: «A-t-on le droit de s'accorder cette joie, de prendre plaisir au travail, d'espérer en la moisson prochaine, de crier sa joie d'être libre, et combien de temps encore, combien de temps?»

Puis, quand notre bateau prit la mer, je me suis posé une autre angoissante question: qu'espérais-je trouver hors de cette terre, de cette Europe bien-aimée? Quel combat allions-nous avoir à livrer, enfants d'un monde apparemment en voie de désintégration, dans ces contrées hasardeuses, étrangères et lointaines? Car l'enjeu ne pouvait être simplement d'obtenir un sursis de quelques années pour notre existence.

Mais maintenant, notre bateau, qui vient seulement de quitter le môle, parcourt assidûment un mille, dix milles, cent milles, une journée se termine, une autre commence déjà, l'heure change d'un cran, l'air devient plus humide et plus chaud, et chaque soir j'ai plus nettement l'impression de sentir véritablement affluer en moi les forces de vie. En quel lieu serons-nous les prochains jours, et toute notre existence, et quels seront nos objectifs, cela me paraît moins important que l'existence même, ancrée en nous, de ce courage qui se nourrit toujours aux mêmes sources.

Pionniers suisses dans la forêt vierge

Thurgauer Zeitung, 15 novembre 1941

Nous avons reçu ce texte hier. Annemarie Schwarzenbach, célèbre auteur suisse de récits de voyage, nous l'a envoyé au mois de juin depuis Léopoldville, au Congo belge; le temps que cet article a mis pour nous parvenir révèle mieux que des mots la situation dans laquelle le monde se trouve d'aujourd'hui.

La rédaction

I. Le Congo belge – Molanda, été 1941

Au Congo belge, colonie vaste comme environ quatre-vingts fois sa métropole, sont installés aujourd'hui à peu près trente mille Blancs, dont moins de deux cents Suisses. Pour la plupart, ces Suisses ne sont pas des « colons » au sens propre, c'est-à-dire des chefs d'entreprises indépendantes, commerces ou plantations; ce sont des employés de firmes commerciales ou industrielles, des ingénieurs, quelques vétérinaires engagés par l'État. La colonie belge n'est pas seulement riche en ressources minières, en particulier en cuivre, étain et or; elle produit aussi une grande quantité de matières premières importantes. Les principales sont le café, l'huile de palme et l'huile d'arachide, le cacao, le coton, le caoutchouc et le copal. Au Katanga, la province du Sud au climat plus tempéré, de même que dans les zones montagneuses de l'Est, l'Ituri et le Kivu, voisines du Kenya et du Tanganyika britanniques, on développe aujourd'hui une agriculture de type européen: élevage bovin et laitier, culture de fruits et de légumes. Depuis que l'Allemagne a occupé la Belgique, coupant la colonie de sa métropole et des marchés européens, cette production agricole est devenue presque indispensable à la subsistance de la population blanche, et on l'encourage par tous les moyens, tandis que d'autre part, on fait de plus en plus appel à l'Union Sud-africaine pour les importations de vivres.

Les compagnies minières du Congo belge, qui se trouve toujours en guerre aux côtés de la Grande-Bretagne, ont immédiatement trouvé preneur pour leur production en Angleterre, et aussi aux États-Unis; les planteurs en revanche ont tout d'abord durement souffert de la disparition du marché européen, et malgré l'intervention de l'Angleterre, qui, avec l'Amérique, absorbe aujourd'hui au moins une partie de la production, – café, huile de palme et d'arachide en particulier –, les conditions normales d'écoulement ne sont pas encore rétablies. Mais, comme les difficultés que connaît le planteur aujourd'hui sont dues uniquement à la guerre, le Congo, riche de tant de possibilités et où les Blancs sont encore relativement peu nombreux, restera encore longtemps un territoire colonial très attractif. Pour comprendre la faible densité d'occupation du pays par des colons indépendants, de nationalité belge ou non, il faut avoir en tête leurs conditions d'installation. Une plantation dans la forêt ne s'établit pas du jour au lendemain. Le planteur doit compter avec un sol qui n'a encore jamais été cultivé, avec une main-d'œuvre noire, qui ignore tout du travail régulier et ne s'y intéresse pas, et pour qui les Blancs sont des intrus. Bien entendu, il bénéficie de la protection de la loi et de l'aide des autorités, mais celles-ci n'ont pas toujours les moyens d'intervenir comme il faudrait. Car le réseau administratif est encore embryonnaire, le contrôle difficile à exercer d'en haut, et beaucoup de choses dépendent d'un seul employé assumant toute une gamme de fonctions, comme c'est souvent le cas dans un grand territoire, particulièrement dans des endroits isolés. En règle générale, fonder une plantation est plus facile pour une société disposant de gros capitaux et d'un personnel important, que pour un colon indépendant travaillant seul et à ses propres risques. Celui qui, dans les circonstances actuelles, veut créer une plantation, doit faire montre d'une grande énergie physique et morale; au lieu d'un succès rapide, il doit s'attendre à de nombreux revers, et ce qui doit l'animer, ce n'est pas le souci de faire des profits. Pour se maintenir sur ce coin de terre que son rude et patient labeur a arraché à la jungle et rendu fertile, il a besoin de passion et de ténacité.

II. Les Suisses de Molanda

Dès mon arrivée au Congo belge, je me suis beaucoup intéressée aux possibilités qui s'offrent dans ce pays aux Européens, en particulier aux immigrants suisses. À Léopoldville, la capitale du Congo, je voulus savoir s'il existait des plantations indépendantes que des Suisses auraient fondées avec succès. On m'indiqua celle du Genevois Vivien, Molanda, qui de l'avis unanime était sans doute, non seulement la plus grande, mais aussi une des meilleures et des mieux tenues des plantations privées du Congo Belge. Molanda est située sur le fleuve Mongola, un affluent du Congo, donc au cœur de la jungle équatoriale, et on n'y accède qu'au terme d'un trajet difficile, du moins pour des gens habitués à nos distances et à nos facilités de déplacement. Depuis Léopoldville, on remonte le Congo sur environ 1200 km jusqu'à Lisala, et pour y parvenir les vapeurs fluviaux les plus rapides mettent une semaine. Arrivé là, il faut trouver une auto ou un camion pour parcourir jusqu'à Molanda 250 km à travers la forêt vierge et sur les étroits sentiers pleins d'ornières de la jungle, qu'il serait franchement exagéré d'appeler « routes ».

J'avais passé quelques semaines fort agréables dans la capitale, en compagnie de fonctionnaires, de diplomates, de militaires, de commerçants, de médecins, de rédacteurs de journaux et de responsables de la Propagande, et j'avais peine à me persuader que je me trouvais en Afrique, sur le continent noir. Je ne fus donc pas étonnée de m'entendre dire qu'aller à Molanda était une aventure hasardeuse et inutile, mais je ne m'en laissai pas détourner par la peur. Je sais d'expérience que l'on n'apprend à connaître un pays qu'à travers les hommes qui le cultivent et le façonnent, et qui vivent avec lui et de lui. Et dans la colonie cela signifiait justement se rendre dans l'intérieur, l'endroit pour lequel les habitants de la colonie avaient créé l'expression «vivre en brousse». Cette «vie de brousse» n'est d'ailleurs pas du goût de tout le monde. Je me souvins alors que déjà, sur le bateau entre Lisbonne et le Congo, des Belges m'avaient parlé des Suisses de Molanda, et m'avaient raconté sur eux toutes sortes d'histoires qui me paraissaient à tout le moins exagérées. On disait par exemple que Madame Vivien travaillait aux côtés de son mari comme un homme, qu'elle ne craignait ni les Noirs ni les léopards, et qu'elle chassait même les éléphants. Quand son mari était tombé gravement malade, elle l'avait opéré elle-même, et comme il avait dû retourner en Suisse pour sa convalescence, elle était restée seule à Molanda pour diriger la plantation, et elle avait même défriché un nouveau secteur de forêt vierge pour y planter des palmiers et des caféiers. Les Noirs qui travaillaient sur la plantation appartenaient à l'ethnie Gwala, qui jouissait d'une terrifiante réputation de sauvages cannibales. Mais Madame Vivien était aimée des Noirs comme nul autre Blanc, et elle savait se faire respecter mieux que les fonctionnaires. Quand elle traversait un village, les gens accouraient à sa rencontre avec des cris de joie, et on lui offrait de la nourriture là où même les pères de la Mission n'auraient pas seulement reçu une banane.

Je découvris plus tard à Molanda que ces histoires avaient un fond de vérité, et j'espère, une prochaine nuit de lune, pouvoir aller tuer un éléphant avec Madame Vivien. Mais ici cette chasse n'est ni un jeu ni une aventure sportive; c'est une nécessité. Car quand un troupeau de ces mastodontes sort une nuit de la jungle et envahit la plantation, les dommages sont toujours considérables. Ils piétinent des centaines de jeunes plants, arrachent avec leurs trompes les cœurs de palmiers, ce qui fait mourir les arbres, et détruisent en une demi-heure le travail de plusieurs semaines. Comme la loi interdit la chasse libre à l'éléphant, on ne peut tuer les animaux que dans les limites de la plantation, et quand Madame Vivien arrive, avertie par les guetteurs noirs, il est souvent trop tard. Les éléphants ont commis leurs ravages et ont replongé dans la forêt vierge. Autre menace : les léopards, qui viennent la nuit égorger les poules et les chèvres. On les capture dans des pièges à l'intérieur desquels on attache une jeune chèvre, et ensuite on les abat. Madame Vivien m'a raconté comment le premier léopard a été tué à Molanda :

Constatant, un matin, la disparition d'un grand nombre de canards, elle fit construire par les Noirs un piège près de leur enclos. Ce piège consiste en trois cercles concentriques définis par des poteaux enfoncés profondément dans le sol; dans le dernier cercle, on attache une chevrette. Le léopard pénètre dans le premier cercle et se retrouve dans un passage qui conduit au second. Un filet à mailles serrées y est tendu, fixé par une ficelle à une planche au-dessus. Quand le léopard se heurte au filet, la ficelle se tend et la planche tombe, bloquant le couloir et refermant le piège. Le léopard est prisonnier, sans pouvoir dévorer la chèvre dans le dernier cercle de la palissade. Une fois le piège prêt, Madame Vivien envoya pendant la nuit un jeune Noir voir si le léopard y était pris. En revenant, le boy lui dit : « Peut-être qu'il est dedans, peut-être qu'il n'y est pas. Je n'ai pas pu aller tout près. » Madame Vivien lui donna le fusil et le renvoya une seconde, une troisième, une quatrième fois. Il revenait toujours avec la même réponse. Finalement à une heure du matin, il sembla plus sûr de lui ; il avait entendu le léopard grogner dans le piège. Madame descendit avec plusieurs Noirs, enfonça son fusil entre deux poteaux, et ordonna à l'un des boys de tenir la lampe derrière elle.

Mais le léopard bondit d'un coup vers la lumière et le Noir s'enfuit en hurlant avec la lampe. Cela se répéta plusieurs fois; après quoi Madame Vivien prit elle-même la lampe et ordonna au boy de tirer. Comme le léopard se ramassait pour bondir de nouveau, le Noir s'enfuit avec le fusil, les autres Noirs le suivirent, et Madame Vivien resta seule avec la lampe et le léopard. Finalement, tenant d'une main la lampe et de l'autre retenant le Noir, le moment venu elle lui cria de tirer. Il transperça la gorge du léopard. Mais bien que les boys aient pu lui tirer la queue pour se persuader qu'il était vraiment mort, Madame Vivien dut les précéder dans le piège pour l'en retirer. Elle me dit que la chevrette qui servait d'appât avait survécu, mais qu'après cette violente frayeur, sa croissance s'était arrêtée.

À Molanda il y a beaucoup d'histoires de chasse et d'histoires de Noirs. Elles font partie de la vie de la plantation. Mais avant tout cette vie, que je découvre en ce moment, est une vie de labeur quotidien, qui exige jour après jour courage et persévérance.

Pionniers suisses dans la forêt vierge

Thurgauer Zeitung, 20 novembre 1941

III. Le voyage jusqu'à Molanda

Pendant les sept jours de navigation entre Léopoldville et Lisala, je fis pour la première fois connaissance avec la forêt vierge d'Afrique centrale. Déjà, depuis le bateau, avant même d'y avoir pénétré, elle me fit une impression profonde. D'épais murs verts, derrière lesquels la jungle s'étend à l'infini, bordent les deux rives du fleuve; rien ne semble interrompre le moutonnement régulier de la végétation tropicale, sauf le ruban majestueux du fleuve sur lequel nous glissions nuit et jour. Je me demandais vraiment si ce spectacle changerait jamais, si un jour nous arriverions quelque part. En tant que journaliste, j'avais reçu de la compagnie de transport fluvial *Otraco* un billet de service sur son vapeur le plus rapide, le *Colonel Chaltin*, 800 tonneaux; en dehors de moi, il y avait à bord un couple marié de missionnaires écossais, deux officiers français et deux Belges ; à nous tous nous occupions les quelques cabines du petit pont des passagers. Quand, la nuit, dans un vacarme d'enfer, nous nous arrêtions près d'un village noir pour charger du bois, les cabines devenaient suffocantes, et le bruit, la chaleur et les nuées de moustiques rendaient le sommeil impossible. Je passais souvent toute la nuit sur le pont avec le capitaine, un jeune Flamand, et son second, l'unique Blanc de l'équipage. Nous écoutions des émissions radio du monde entier, et pouvions ainsi nous convaincre qu'au-delà de l'immense forêt équatoriale il existait vraiment d'autres lieux. Mais je n'arrivais pas à imaginer de quelle façon on pouvait pénétrer dans cette forêt, la défricher, la rendre habitable.

En débarquant à Lisala, je retrouvai au bureau de poste le télégramme que le Consul de Suisse à Léopoldville avait envoyé à Molanda pour annoncer mon arrivée. On m'expliqua que l'émissaire chargé de prendre le courrier de monsieur Vivien venait seulement deux fois par mois, qu'on l'attendait seulement dans une huitaine de jours; que Molanda était à 250 km, et que j'aurais du mal à trouver un camion allant dans cette direction. Par la suite, pendant les douze jours que j'ai passés à Lisala, j'en vis partir plusieurs ; les uns se rendaient à la plantation d'une grande compagnie sur le fleuve Mondala, mais personne ne put me dire au juste combien de temps il me faudrait, à partir de là, pour gagner Molanda en pirogue – la pirogue est le canot à rames des indigènes. Les autres allaient dans de petits villages de l'intérieur, où il y avait bien un commerçant portugais, mais peut-être aucune voiture pour continuer le voyage. Finalement un camion partit pour Likimi, un poste qui n'est qu'à

50 km de Molanda. Mais l'état du véhicule ne m'inspirait pas confiance, et j'eus raison de me méfier. Quand, quelques jours plus tard, je partis avec un agent commercial dans une camionnette de livraison Chevrolet, nous trouvâmes à quelques heures à peine de Lisala le camion abandonné sur la piste de la jungle. Aucune trace du chauffeur noir dans les parages. Nous examinâmes la cargaison et emportâmes cinq grosses bonbonnes de vin, que nous supposâmes destinées à un commerçant de Likimi. Plus tard l'une d'entre elles se brisa, et tout l'intérieur de la camionnette, avec mes deux sacs et une petite antilope que le chauffeur avait tuée en route, se trouva inondée par dix litres de vin rouge portugais.

Le voyage à travers la forêt vierge me parut monotone et oppressant. Il y avait beaucoup de villages indigènes au bord de la piste, mais ces groupements de huttes jaunes en terre battue couvertes de palmes n'ouvraient même pas l'espace d'une clairière, et les minuscules champs de maïs, de manioc ou de riz cédaient de nouveau très vite la place à l'épaisse confusion de la jungle. Dans un village, les Noirs nous montrèrent une peau de léopard fraîche, dans un autre ils nous apportèrent des arachides, dans un troisième nous déchargeâmes des sacs de sel devant une hutte qui servait d'entrepôt à une grande compagnie, et où un « agent » noir vêtu à l'européenne vend à ses frères de race plus ou moins nus, outre du sel, des cotonnades japonaises. La plupart des villages semblaient presque morts, une partie des hommes chassait peut-être dans la forêt, quelques vieillards sommeillaient sur des lits bas, les femmes étaient accroupies devant leurs pots et leurs petits foyers, constitués par trois branches rassemblées par la pointe. Il y avait des bandes d'enfants nus, des chiens maigres aux grandes oreilles, et parfois quelques chèvres. Mais tout cela semblait végéter là dans la chaleur humide et la pénombre verte de la jungle, sans vraie vie, sans joie. Vers le soir, un bac primitif composé de trois pirogues assemblées nous déposa de l'autre côté du Mongala, et nous fûmes ensuite pris sous une pluie torrentielle qui s'annonça par des rafales de vent et des éclairs, et anima soudain toute la forêt vierge d'une vie inquiétante. Mais nous étions déjà tout près de Molanda, et je respirai en voyant la forêt s'éclaircir.

On quitta l'étroitesse oppressante de la piste, laissant derrière soi la lisière de la forêt comme les murs d'un monde souterrain, et maintenant on traversait, entre de belles rangées de palmiers, un terrain en pente, sous la haute voûte d'un ciel nuageux. On éprouvait un sentiment de reconnaissance et de libération, et on pressentait l'étendue de la terre défrichée, malgré la nuit qui tombait déjà et le nouveau déluge qui rendait l'obscurité plus épaisse. Nous roulâmes ainsi pendant environ huit kilomètres entre les palmeraies et les plantations de caféiers, jusqu'à la maison dont le grand toit couvert de palmes, descendant très bas sur les murs de pisé rougeâtres, évoquait le toit de chaume familier d'une ferme en Argovie. Un Noir en tenue blanche, une lampe à pétrole à la main, ouvrit la porte. Je me retrouvai bientôt, après un bain chaud, en vêtements secs, attablée dans une grande salle de séjour, et constatai, devant un rôti de cabri froid, du maïs frais, des œufs au plat et une carafe de vin rouge, que je mourais de faim et de soif.

IV. Mille deux cent cinquante hectares

Molanda est le nom d'un petit cours d'eau qui se jette dans le Mongala au pied d'une belle et large éminence. Cet affluent du Congo a certes un débit suffisant pour que les petits vapeurs de l'Otraco puissent le remonter pour apporter des marchandises dans les villages et charger les bidons d'huile et les sacs de café des planteurs, mais à le voir se faufiler et disparaître entre ses rives couvertes d'une épaisse végétation verte, on dirait une mince artère au cœur de la jungle équatoriale. Le nom de Molanda passa ensuite à la propriété, qui s'établit en 1925 sur la colline dominant le Mongala. On ouvrit une première brèche dans la forêt vierge en l'attaquant à la machette et par le feu, on fit d'abord couper le sous-bois, puis les plus petits troncs, ensuite les arbres géants, et enfin on mit le feu à la jungle ainsi abattue. Aujourd'hui, Molanda ne désigne plus une petite clairière, enserrée et menacée par la puissance de la forêt, mais l'une de ces parcelles arrachées à la sombre et sauvage terre africaine, rendue fertile et habitable comme doivent l'être les contrées pour que nous nous sentions chez nous.

Sur la colline, d'où le regard porte au loin sur la mer bleu-vert de la forêt, la maison s'élève entre les palmiers et les buissons fleuris. Ses murs bas en pisé sont soutenus par un colombage de pieux et de branches. Un fronton couronne l'avancée, presque entièrement vitrée, de la salle de séjour, qui occupe le milieu de la maison. Le sol est cimenté, le toit en nattes de palmes. Ici il fait toujours frais, la vue est étendue et libre. De l'autre côté de la maison se rangent les hangars qui abritent les deux automobiles, les ateliers et la cuisine; par-derrière s'étendent un grand potager et un verger, un peu plus loin encore les enclos où s'ébattent les poules, un grand troupeau de chèvres, et même quelques petits bœufs noirs et deux petits chevaux qui viennent du Tchad. Comme une allée majestueuse, entre les premiers palmiers de la plantation un chemin conduit à trois maisons plus éloignées. La troisième est encore en construction; elle accueillera le jeune agent suisse, sa femme et leur bébé. Avec Monsieur et Madame Vivien, ils sont les seuls Blancs de la plantation de Molanda, qui couvre à cette heure 1250 hectares de sol cultivé. Quand on parcourt aujourd'hui des kilomètres sur des chemins bien entretenus, à travers les palmeraies ombreuses et les riches plantations de caféiers, on peut à peine s'imaginer qu'il y a quinze ans, ce même endroit était couvert d'une épaisse forêt vierge, et que deux personnes ont réalisé à elles seules cette métamorphose et réussi à en faire leur domaine ! Les débuts, disent-ils, n'ont pas été faciles : on n'a pas de mal à les croire.

Pionniers suisses dans la forêt vierge

Thurgauer Zeitung, 22 novembre 1941

V. Débuts difficiles

Bien entendu, quand M. et Mme Vivien sont arrivés ici, il n'y avait pas un seul chemin à la ronde. Pour choisir le premier terrain où s'installer, ils remontèrent le Mongala en canot avec des indigènes. Au pied de la colline ils trouvèrent un endroit où l'on pouvait débarquer facilement. L'endroit leur plut et ils s'y établirent. Leur logis fut d'abord une case africaine. Le long de cette anse s'élèvent maintenant des entrepôts, une briqueterie, un peu plus haut le pressoir à huile et le séchoir à café. L'administration leur accorda pour cinq ans une première concession de plus de 200 hectares. Il fallut recruter dans les villages voisins une main-d'œuvre de Noirs pour la plantation. Les Gombe, les Bansa et les Gwaka, peuple guerrier, y étaient au début très peu enclins. Ils enterraient le maïs qu'on leur donnait à planter et coupaient les racines des jeunes plants pour « prouver » que le sol était stérile. On essaya diverses cultures. Ils mirent des années avant d'obtenir la première récolte de café et de fruits du palmier à huile. On vivait de riz, de manioc, de bananes, d'œufs et de poissons, et on n'avait même pas de pain, car il aurait fallu acheter la farine.

En ce temps-là il était impossible de se procurer des briques, et la première maison fut construite en pisé. En l'absence de tout véhicule à moteur, on marchait, ou on se faisait porter par les Noirs jusqu'aux plantations, souvent très éloignées. Pas de Jelmoli où commander tables, chaises et lits : il fallait chercher un arbre dans la forêt et l'abattre, débiter et raboter les planches, et fabriquer soi-même le mobilier. Pas de médecin à qui faire appel quand les Noirs avaient une congestion pulmonaire ou une écharde de palmier dans la main, ou quand ils se blessaient en se bagarrant la nuit. Il fallut construire des chemins et des ponts; il fallait savoir faire tous les métiers, surveiller soi-même toutes les étapes d'un travail, connaître tous les tours de main. Il fallut former un cuisinier noir, des domestiques, des jardiniers, des lavandières, des menuisiers, des maçons, leur apprendre à soigner les animaux; il fallut monter pour eux un magasin où on leur vendrait des denrées de première nécessité, comme le sucre, le sel, le tissu, moins cher que les commerçants itinérants, et on leur laissa de la terre où ils purent planter du maïs et du manioc pour mieux se nourrir. En 1929, on fit venir à Molanda les quatre premières chèvres. Elles sont maintenant soixante et il y a de la viande fraîche, et tous les jours du lait frais. Le premier véhicule à moteur fut une motocyclette, qui fonctionne encore impeccablement aujourd'hui. Quand le futur roi Léopold, alors prince héritier, visita la colonie, il se trouva si bien à Molanda qu'il y passa la nuit, et le lendemain matin se fit conduire en moto par Madame Vivien pour visiter la plantation.

Depuis, elle est devenue la plus grande plantation privée du Congo. Quand, en 1932, Monsieur Vivien tomba gravement malade et dut rentrer en Suisse, la question aurait pu se poser de savoir s'il fallait tout quitter et vendre Molanda. Qu'une femme blanche reste seule avec plus de mille Noirs sur une plantation, ce n'était pas du tout dans les habitudes. Mais le couple genevois ne se posa même pas la question. Les Noirs qui, après le départ de M. Vivien, voulurent cesser le travail, comprirent vite leur erreur. En l'absence de son mari, Madame Vivien a planté environ 150 hectares supplémentaires et tué son plus gros éléphant.

VI. Tenir

La plantation de Molanda compte aujourd'hui 1750 hectares, dont 500 non encore défrichés. Une partie du sol est devenue propriété personnelle des planteurs, qui l'ont acheté. Les palmeraies couvrent environ 950 hectares, les caféiers robusta 25. Sur le reste, on cultive le manioc et le maïs pour les ouvriers noirs. Les caféiers fleurissent vers Noël, la récolte s'étend de septembre à la fin janvier. Les palmiers portent leurs premiers fruits au bout de six ans; la récolte s'étend tout au long de l'année. Les machines nécessaires à la transformation des produits existent et sont montées dans des hangars ouverts, construits sur place: moteurs Diesel de la fabrique de locomotives Winterthur et Weber à Uster, raboteuses et meuleuses de Rauschenbach à Schaffhouse, séchoirs à café, machines à décortiquer, à polir et à trier de chez Krupp, cinq pressoirs à huile de fabrication française, et bien d'autres machines encore. On pourrait occuper aujourd'hui à Molanda 2000 ouvriers et agrandir encore la plantation, produire davantage de café, améliorer les installations techniques. Mais la guerre est arrivée, brisant cette expansion prometteuse. Au Congo, ce sont sans aucun doute les planteurs, et parmi eux les colons installés à leur compte, qui furent le plus durement frappés. La fermeture des marchés européens a stoppé l'écoulement de la production. La récolte de 1940 a été perdue, tout entière ou en partie. Il a d'abord fallu trouver de nouveaux débouchés en Angleterre et en Amérique, et organiser le transport. Dans un entrepôt de Molanda s'entassent presque cent tonnes de café de la récolte de l'année dernière, dont on ne peut rien faire. L'un des derniers envois a été confisqué à Dakar par les Français alors qu'il faisait route pour Anvers. Il n'est pas certain que la récolte de cette année, réduite à environ 50 tonnes, puisse être écoulée aux États-Unis à des conditions satisfaisantes.

La situation est meilleure pour l'huile de palme, employée depuis la guerre dans l'alimentation, notamment pour fabriquer de la margarine, et achetée essentiellement par l'Angleterre. Mais les Anglais exigent une huile parfaitement pure, ce qui nécessite un processus de transformation beaucoup plus rapide et plus soigneux. Les fruits rouges du palmier, récoltés le matin par les Noirs, doivent être pressés et filtrés le jour même, faute de quoi ils aigrissent. Les pressoirs à huile de Molanda fonctionnent depuis midi jusque tard dans la nuit, et ils parviennent à réduire le taux d'acidité à 3 ou 4 pour cent, tandis que les Anglais s'estiment satisfaits avec un taux de 8 pour cent. L'huile est sur-le-champ mise en tonneaux et livrée à l'« Huilerie du Congo Belge », qui détient le monopole de l'exportation et paie au planteur une avance de 1250 francs la tonne en monnaie du Congo.

Ainsi la vie continue à Molanda. Elle est devenue plus difficile, mais moins qu'elle ne l'était au début. On n'emploie et on ne paie plus que 400 à 500 ouvriers; on récoltera moins de café. Les nouvelles machines commandées chez Brown Boveri ne sont pas arrivées, elles ont été renvoyées en Suisse par la Belgique. Mais on produit tout de même à Molanda deux tonnes d'huile par jour, ce pour quoi il faut environ dix tonnes de fruits. On installe entre les palmiers une plantation intermédiaire de cacaoyers. On a déjà connu des temps difficiles, on survivra aussi à ceux-là, quelque effort que cela puisse coûter. Car la plantation n'est pas seulement une entreprise commerciale dont on calcule en chiffres les profits et les pertes. Elle représente l'œuvre de toute une vie, qu'on ne peut pas laisser sombrer.

VII

PORTUGAL/MAROC (1942)

Le 30 mars 1942, de retour d'Afrique, Annemarie Schwarzenbach débarque à Lisbonne.

Deux mois plus tard, elle prend l'avion pour Tétouan (Maroc espagnol), où Claude Clarac occupe le poste de consul de France. Ensemble, ils vont visiter Casablanca, Rabat, Meknès, et le site de Volubilis.

Ce sera le dernier voyage d'Annemarie.

Rentrée en Suisse fin juin, elle retrouve sa maison de Sil-Baselgia à la mi-juillet. Le 6 septembre, elle fait une chute de vélo et décède des suites de cet accident le 15 novembre 1942.

La vingtaine d'articles écrits en 1942 au Portugal et au Maroc constituent la dernière série des textes publiés.

Entre l'Afrique et l'Europe

Die Tat, 12 février 1943

Nous publions ci-après un texte en prose que l'écrivain Annemarie Schwarzenbach, qui vient de mourir, nous avait envoyé au retour de son dernier voyage.

La rédaction

Quand, à Freetown, les officiers de la police maritime britannique quittèrent notre bateau et qu'on entendit à nouveau le vacarme rythmé des machines, nous – la foule des passagers, dans toute sa disparité –, nous eûmes pour la première fois l'impression de nous éloigner de l'Afrique.

Mais en même temps nombre d'entre nous avaient senti pour la première fois, au cours des vingt-quatre heures que le vapeur portugais avait passées à Freetown pour le contrôle, la réalité, la proximité de la guerre.

Freetown est située dans le dernier tiers de l'immense côte d'Afrique occidentale, un peu au-dessous de la proéminence qui s'avance vers l'ouest et qui est dominée par Bathurst et Dakar. Comme auparavant, nous allions suivre encore plusieurs jours cette côte, et parfois même l'entrevoir: un rivage plat semblable à un reflet mort dans la lumière cristalline du ciel et de l'océan, un ressac d'argent inaudible, une bande de jungle, une chaîne de collines d'un bleu limpide, et comme endeuillées. Mais nous n'accosterions plus. Depuis longtemps nous avions laissé derrière nous la gracieuse petite ville de Luanda, avec son sable blanc et ses falaises rouges à la lisière des terres sauvages, les ténébreuses et débordantes végétations de Sazaire, et la romantique île équatoriale de San Tomé, avec ses vieux forts, ses chapelles anciennes, et les cônes de ses montagnes émergeant de la forêt vierge. – Oui, San Tomé, c'était l'Afrique encore! – même si c'était une Afrique où le soleil brûlant s'adoucissait déjà, une Afrique embellie par la mer, égayée et rendue familière par les vieilles maisons des planteurs, la petite arène de corrida, les bananiers, les foulards colorés des femmes absorbées dans de joyeux bavardages. La petite île de San Tomé avait été une vision tropicale, une galerie de tableaux africains, qui contrastait avec l'immensité de la savane, avec la profondeur infinie de la forêt vierge, à l'intérieur du continent noir d'où nous venions.

Freetown faisait partie de ce continent, et en cela elle éveilla chez tous les passagers revenant d'Afrique des souvenirs et des sentiments singuliers. Ils s'étaient crus loin déjà, ils avaient peut-être laissé leurs casques coloniaux et leurs shorts kaki au port d'embarquement, et à naviguer sur la mer où le vent dissipait la chaleur et rendait le ciel mouvant, ils avaient déjà oublié comment ils avaient vécu, là-bas en Afrique, pendant des années: sous un dôme de plomb, enfermés dans une épaisse enceinte végétale, dans la chaleur écrasante de leurs bureaux, de leurs magasins et de leurs terrasses en ciment – vécu une vie qui n'était qu'une demi-vie, toujours en lutte contre le climat, sans la joie libératrice des brises fraîches, des gais ruisseaux, des nuages passagers, des frondaisons ondoyantes.

Quand nous mouillâmes à Freetown, un matin avant l'aube, nous retombâmes au pouvoir de cette Afrique: l'horizon ceinturait de feu le bleu acier de la mer, et, malgré les nappes de brume qui cachaient le soleil, un jour aveuglant et gris en montait, porté par une vague de chaleur. Dans cette aube grise jaillit le rocher de Freetown, Gibraltar africain, et les maisons blanches des Européens, dans la zone côtière prise à la forêt, s'éparpillaient largement au sein de la verdure, jusqu'au phare et jusqu'aux tours de la radio, couronnant sur la droite un autre promontoire. Les contrôleurs anglais arrivèrent en canot à moteur et montèrent à bord – c'était un groupe de jeunes gens dont le teint allait du brun rouge au brun foncé, vêtus de kaki ou de blanc, portant casque colonial, tunique à manches courtes, shorts et chaussettes montantes.

Ils s'élancèrent dans les escaliers et dans les coursives, et de jeunes marins anglais aux visages enfantins, en chemises sans col et en godillots, armés de gros revolvers, se répartirent sur le pont. Les passagers pour leur part, debout près du bastingage, regardaient par-delà la baie – arrachés à leur tranquillité, assommés par la chaleur, troublés par l'image de la côte qu'en pensée ils suivaient jusqu'à l'endroit où peut-être ils avaient laissé, dans une ville ou dans un poste, leurs familles, leurs amis, une maison... Et troublés aussi parce que, pour la première fois, nous nous trouvions dans un port de guerre.

Nous n'étions pas loin de Dakar. Le jour précédent, nous avions vu dériver des meubles, des morceaux de bois, vestiges d'un navire coulé. Au loin quelqu'un avait cru discerner un sous-marin. Des avions nous avaient survolés. Mais il ne s'agissait que de signes annonciateurs, qui avaient à nouveau disparu. Maintenant nous nous trouvions en vue de Freetown, dont nous ne connaissions le nom que par la radio. Et même si, venant de colonies africaines pour la plupart elles-mêmes touchées par les hostilités, on croyait vivre déjà dans la conscience de la guerre, le spectacle du port de Freetown constituait une tout autre réalité. Dans les colonies, on avait vu des troupes noires, beaucoup de jeunes Européens avaient été mobilisés, du matériel de guerre était arrivé. Mais la campagne d'Abyssinie des troupes coloniales belges avait été plus proche d'une expédition guerrière teintée de romantisme et d'aventure, que des effroyables actions de masse caractéristiques de la guerre moderne – qui avait submergé l'Europe, mais épargné l'Afrique jusque-là. Certes les régions d'Afrique, en partie coupées de leur métropole et combattant au côté des puissances en guerre, avaient dû adapter leur économie aux conséquences et aux exigences de la guerre, et tout le monde, depuis les fonctionnaires les plus importants jusqu'aux planteurs, commerçants ou volontaires les plus modestes, avait sans cesse le mot

« guerre » à la bouche : car c'était la guerre qui entraînait la misère des planteurs de café et la prospérité des mines d'étain, de cuivre et d'or, les augmentations d'impôts, la pénurie de produits européens et l'impossibilité pour les employés et les fonctionnaires de prendre leurs vacances en Europe à la fin de leur période de trois ans. En conséquence on allait en Union Sud-Africaine, et on se consolait en se disant qu'après la guerre on ferait des voyages en Europe d'autant plus longs et plus beaux... La raréfaction des nouvelles en provenance des familles restées en métropole, – et plus encore l'ignorance où l'on était du sort des disparus, peut-être prisonniers –, les récits qu'à l'occasion on entendait faire par des « réfugiés » fraîchement arrivés, les informations quotidiennes à la radio, tout cela dans les colonies aurait dû suffire pour qu'on prît conscience de la réalité effective de la guerre mondiale et de sa portée, – mais la guerre restait une abstraction dont on usait, comme dans la vie des affaires ou à la Bourse, pour expliquer une hausse, une baisse, l'adoption d'une mesure, sans vraiment faire effort pour comprendre ce qui se cachait derrière ce terme.

Parmi les passagers pour Lisbonne qui avaient sous les yeux pour la première fois, dans le port de Freetown, des navires de guerre dans leur triste camouflage gris, il s'en trouvait beaucoup qui n'avaient pas vu l'Europe depuis des années – missionnaires, commerçants portugais –, qui ne savaient presque rien des événements extérieurs à la brousse africaine, et ne voulaient rien en savoir. Ce qu'ils voulaient, c'était retourner en Europe, c'était retrouver leur chère patrie exactement telle qu'ils l'avaient quittée cinq, dix ou vingt ans auparavant. D'autres rentraient en Europe pour des raisons « politiques » : fugitifs opposés à la politique personnelle du général de Gaulle, volontaires qui voulaient servir la cause des Alliés, à Londres par exemple, internés bénéficiaires d'un échange de prisonniers de guerre. En termes de guerre, il y avait donc à bord des ennemis et des alliés, mais quelque chose les unissait: le désir de revoir la côte européenne, d'échanger l'Afrique étrangère contre la terre natale, même si cette terre était réduite à la misère, écrasée, vaincue ou menacée.

Les hommes de la police maritime de Freetown auraient très bien pu faire fi de tels sentiments, et abstraction faite du lieu où ils se trouvaient – côte de Sierra Leone, Extrême-Orient ou village européen – se contenter de faire ce qu'ils avaient à faire et répartir les gens, les traiter strictement en amis ou en ennemis. Mais je les ai vus traiter avec égards et courtoisie une jeune femme dont le mari restait interné en tant que «vichyste» dans une des colonies françaises libres, et qui avait obtenu pour elle-même et ses trois enfants l'autorisation de rentrer en France. Avant de reprendre la mer, je passai un moment avec les officiers, et ils me demandèrent: «Quand vous serez là-bas, dans un pays en paix, et que vous écrirez vos articles, parlerez-vous aussi de l'accueil que nous vous avons fait? Direz-vous que nous aussi, dans la solitude de cette côte africaine pleine de fièvres, et malgré le côté ingrat de notre fonction, nous sommes restés humains?»

De fait: ces policiers et ces soldats qui tentaient de survivre à la guerre dans un exil vraiment infernal, au rebord de l'Afrique, avaient gardé plus d'humanité, de chaleur, de simplicité de cœur que beaucoup d'autres, qui loin du spectre de la guerre menaient une existence normale et protégée, et qui avaient forgé des idées de haine, de vengeance et de victoire totale, sans aucun rapport avec la réalité, et pourtant capables de concourir à ces monstruosités dont nous faisions déjà l'effroyable constat.

Tandis que le navire reprenait le large dans la nuit des tropiques, qui tombe si vite, et que le roc de Freetown s'éloignait dans la lumière ardente et bleutée, je me demandai si ce lieu de guerre entre les continents n'était pas propre à réveiller chez l'homme combattant et souffrant le sens de sa destination. Quand on est privé de la sécurité qu'on trouve dans son pays, de la consolation qu'offre la terre natale, arraché au cercle des vies « normales » et protégées, – quand on se trouve pris entre la puissance de la mer et la violence déchaînée des conflits armés, à distance du combat ordinaire pour une parcelle de possession et d'existence, et qu'on se sent réduit à un grain de sable perdu dans la masse des hommes happés par cette guerre, n'est-on pas conduit à se demander ce qui en nous reste vivant malgré tout, ce à quoi notre amour aspire – et à rejeter les spectres mensongers et les mots creux ?

Imaginons qu'à l'issue de cette épreuve les gens retrouvent les rivages familiers, retrouvent leur pays, comme nous qui maintenant naviguons vers les côtes de l'Europe – n'auront-ils pas appris que l'opposition imposée par la guerre entre ami et ennemi n'est rien, comparée aux sentiments simples, forts, éternels, que nous partageons tous et qui font de nous des frères ?

Retrouvailles portugaises

Die Weltwoche, 15 mai 1942

Cette saison est la plus belle du Portugal – et le hasard de mes voyages veut que je sois toujours arrivée dans ce pays au printemps, en février, mars, avril et mai, et que je ne connaisse ni la grisaille des jours d'hiver, ni les étés torrides, desséchants, qui brûlent les prés et les pins et assoiffent les jardins. Même alors, me dit-on, même durant les longues semaines d'hiver, souvent le soleil perce à travers les nuages, se reflète sur la surface argentée du Tage et s'abat en pluie douce sur les collines et les vallées – et même au plus fort de l'été, les vents de la mer sont pleins d'une fraîcheur qui se répand, le soir, vivifiante, à travers les jardins, les ruelles et les champs. Le hasard, ou bien ma paresse, ont voulu aussi que je ne connaisse qu'une petite partie du Portugal – Lisbonne, sa capitale, qui réunit tous les charmes, tous les traits ancestraux des villes européennes – les jardins et les châteaux de Sintra, pareille à un rêve maure – les âpres collines et leurs pins au-dessus des élégants édifices d'Estoril – les rocs et les forts de la rive du Tage et le vaste cours paisible du fleuve vers la mer – et enfin à l'intérieur des terres, les villages blancs et les vieilles chapelles, les demeures de campagne seigneuriales des « quintas », dont les vieux murs enferment vergers et potagers, lilas et lavandes, les moulins à vent plantés sur toutes les hauteurs, les champs rougeâtres, les bœufs traînant les charrues et les lourds bateaux peints des pêcheurs de Nazareth. Je n'en connais que ce petit morceau, qui me semble suffisant. Mais Edmond Bille, le peintre suisse que je suis allée voir il y a quelque temps dans sa quinta da Fonte, m'a dit que le Portugal dans son ensemble, avec ses diverses provinces, du Nord aux montagnes sauvages jusqu'au Sud aux villes mauresques, aux pâtres solitaires avec leurs moutons et aux grandes étendues désertiques – constitue le plus beau pays du monde. Cette expression n'implique pas de comparaison, car la Suisse aussi est, dans nos cœurs et dans bien des esprits – le pays le plus beau du monde – comme l'Inde, l'Afghanistan, la France ou la Hongrie. Un matelot flamand de mes amis avait une passion pour l'Islande et la considérait comme le plus beau pays du monde; et pourquoi pas? Les paysages ne sont jamais vraiment laids – ils peuvent être beaux dans leur pauvreté même, charmants dans leur exubérance, ou leur grandeur solitaire, dans la douceur ou dans la force de leur soleil.

Mais il est des beautés plus proches de nos cœurs, qui nous captivent plus que d'autres. À l'étranger j'ai appris une chose : de même qu'une nourriture étrangère, des coutumes, des vêtements, des langues étrangères nous transforment, ainsi, dans des paysages qui nous sont très étrangers, nous ne sommes plus tout à fait nous-mêmes. Il nous faut, pour nous retrouver nous-mêmes, le souvenir de choses proches, familières, comme un regard dans un miroir. Lorsque, loin, de chez nous, nous entendons tout à coup parler notre langue maternelle, alors un écho s'éveille en nous, notre parole la plus intime reprend vie. Et il m'est arrivé souvent, quand je me sentais devenue un peu étrangère à moi-même, d'évoquer le souvenir d'un pays qui me soit un peu une patrie, un pays dont les prés et les arbres, les villages et les fermes, les sources et les montagnes, les vieilles murailles, les clochers, les jardins, les fontaines, les chemins de campagne et les moissons bénies faisaient partie de mon héritage, partie de l'Europe. Et le Portugal était de ceux auxquels j'aimais le plus penser.

Peut-être cela tient-il à ce que le Portugal est un pays côtier, lisière extrême de l'Europe, la première côte qui monte de la mer au retour d'une longue absence, – et si fière, si joyeuse, si lumineuse ! – Peut-être aussi se dit-on que le Portugal, dont l'histoire symbolise presque parfaitement la vie des Européens, est encore épargné par la guerre, si bien que l'on y retrouve tout ce qui, dans le reste de l'Europe, est menacé ou déjà en ruines. Ici le printemps européen est encore un moment béni, et le cœur des hommes se met à l'unisson. Les bateaux de pêche se balancent sur les eaux tranquilles du Tage, les buissons se couvrent de fleurs, les champs rougeâtres fument dans l'air frais que le soleil réchauffe déjà presque trop vite. Le ciel est joyeux, plein de nuances bleutées et de nuages flottants, il réjouit le cœur des gens des villes et des campagnes, ainsi que les prairies où Pâques s'annonce déjà. La charrue retrouve ses champs, le bétail ses vertes prairies, et les soirs longs et clairs ont un éclat de velours, et le matin se lève radieux…

Oui, ce printemps est bien la merveille que chantent les poètes, et on ne le trouve pas partout. En d'autres lieux du monde, il n'a pas de nom, c'est la saison des pluies ou la saison chaude, ou même il passe inaperçu. Et là où manquent les saisons, là où l'homme n'a pas à supporter vaillamment les rigueurs de l'hiver pour vivre la douceur du printemps revenu et des floraisons, alors à nous, Européens, il manque quelque chose.

C'est pourquoi jamais encore je ne l'avais vécu avec la même joie, jamais je n'avais salué le Portugal avec autant de joie que cette année: notre bateau arrivait d'Afrique, de pays impliqués dans la guerre. Le voyage avait été long, plein de difficultés. Dans la chaleur écrasante, tandis que le bateau se frayait un chemin à travers une mer de plomb, on se disait: c'est la guerre, et nous ne sommes rien, livrés sans défense à sa violence comme à celle de l'océan, et l'avenir est sombre et incertain: souvent, alors, on doutait d'atteindre jamais un port, d'atteindre le beau Portugal. En vain on tentait de se raccrocher à des souvenirs familiers, on se remémorait l'apparition de la côte, les collines inclinées vers la mer qui accompagnent le cours du Tage jusqu'à sa puissante embouchure, la citadelle mauresque de la petite ville de Cascais, les rives émeraude et les champs rouges qui font de loin accueil à l'arrivant, et Lisbonne, émergeant blanche et gracieuse du bleu de la mer.

Tout cela existait-il vraiment? Était-ce encore comme autrefois? Cela avait-il vraiment existé, ou n'était-ce qu'un rêve – un lieu où on n'aborderait jamais, que la main ne toucherait jamais?

Mais un matin au réveil, l'air était bleu et plein de douceur, et l'horizon n'était plus sans limites: une bordure de montagnes illuminée par le soleil du matin s'étendait devant nos yeux éblouis – et déjà nous glissions, comme entourés d'une allégresse festive, vers l'amont, entre les rives du Tage, parmi les voiles, les appels. Et Lisbonne nous saluait de ses créneaux et de ses tours, et nous tendait son reflet sur le fleuve, et nous répondions à son salut, et à celui de cette terre qui, surgissant de l'aube, s'élevait dans le printemps, sous un ciel clair.

La cité des vents et des sources

National-Zeitung, 2 juillet 1942

À Tétouan, il arrive que l'eau manque. Au début de l'été, quand les vents joyeux qui viennent tantôt de l'Atlantique à l'ouest, tantôt de la Méditerranée à l'est, répandent à pleines mains des flots de soleil doré sur les rochers du Rif, les terrasses du Djebel Dersa et la large vallée du Rio Martine, alors la sécheresse ne tarde pas à s'annoncer. La belle couleur grise des sommets, des crêtes et des bandes rocheuses, se fait dure et claire comme de l'argent, les champs mûrissent et pâlissent, l'émeraude des prés perd son éclat. Les bœufs d'un brun velouté, les moutons floconneux, les chèvres blondes et blanches, ont le pas lent dans les maigres pacages, l'herbe sèche crépite sous leurs sabots; vers le soir, on les voit debout dans les eaux tièdes et basses de l'Oued Martine, déjà presque à sec et bordé de bancs de vase. Seuls les courageux chevaux ne se soucient pas de l'été. Leurs sabots résonnent sur les chemins pierreux, leurs flancs couverts de sueur frémissent, leurs naseaux se gonflent, ils galopent contre le vent, le cou arqué, la crinière flottante, et leurs hennissements joyeux se mêlent aux fanfares des soldats et réveillent l'écho dans les gorges et sur les créneaux. Ce sont les chevaux de Tétouan, une race arabo-hispanique, et les sentes raides des montagnes marocaines leur sont aussi familières que les pistes du désert et des plateaux brûlants d'Andalousie.

La même chose peut se dire de leurs maîtres, les Tétouanais, les Andalous, les Berbères, les Arabes, les Chleuhs du Sud, les Kabyles du Rif. Ils sont d'origines diverses, et chaque race a son individualité, chaque tribu sa fierté et sa tradition, mais les vents de Tétouan, les vents de la mer et de la montagne, ont pareillement tanné leurs visages, et le soleil du Maroc les a pareillement nourris. Naturellement, il y a une grande différence entre les citadins et les gens de la campagne. Tétouan, jadis rempart des Mérinides contre les rebelles du Rif, grâce à sa Kasbah et à ses solides murailles, puis célèbre ville de corsaires, fut détruite de fond en comble en l'an 1400 par Henri III et ses soldats espagnols, puis, après 1492, reconstruite par des réfugiés juifs venus du Portugal et par des Musulmans chassés de Grenade, – en sorte que les authentiques Tétouanais sont les « Andalous » et les 5000 juifs du quartier « Mellah » (de la ville). L'arabe est la langue de la ville et celle de l'écrit. Et les gens des campagnes qui, outre l'arabe, parlent leur dialecte berbère, sont, maintenant encore, tout juste tolérés sur le marché aux légumes et aux poissons, dans les boutiques et les ateliers des souks, dans les gargotes et les maisons de thé. Parfois, mais assez rarement, ils viennent avec une caravane de chameaux par la route de Tanger. La plupart du temps, ils apportent leurs produits au marché sur le dos de leurs ânes, souvent aussi ce sont les femmes berbères elles-mêmes qui, sans voile et coiffées de gigantesques chapeaux de paille, apportent en ville de lourdes cargaisons. Ce sont des tomates, des aubergines, des artichauts, des choux et beaucoup d'autres sortes de légumes, en fonction de la saison, et des olives, des amandes, des oranges, des citrons, des figues, des abricots. Les Tétouanais eux-mêmes possèdent souvent leur propre jardin – pour récolter leurs fraises et leur raisin, mais aussi pour jouir de la splendeur des fleurs, et, pendant les jours de canicule, de l'ombre des oliviers et des eucalyptus, de la fraîcheur, et du murmure d'une source jaillissant dans sa vasque de marbre. Ainsi, du côté de la vallée, une couronne de verdure enserre le pied des vieilles murailles fortifiées, et la ville éblouissante de blancheur, qui descend en terrasses sur le flanc sud du Djebel Dersa depuis l'ancienne kasbah et la résidence des khalifes, offre, avec la bordure ocrée de ses remparts, les carreaux de céramique étincelants de ses gracieux minarets, et la riche et ravissante guirlande ombreuse de ses jardins, un spectacle vraiment

L'école française de Tétouan (Maroc espagnol), juin 1942

L'école française de Tétouan (Maroc espagnol), juin 1942

féerique. À l'intérieur, dans la pénombre, les ruelles tissent leur toile d'araignée, resserrées entre les hautes façades étroites et secrètes. Parfois le portail d'une mosquée, ou d'une élégante vieille demeure, vient rompre cette énigmatique monotonie, et le regard plonge alors dans des cours blanches, décorées de carreaux multicolores, de fontaines et de buissons en fleurs. Ou bien les venelles animées des artisans, bordées par les échoppes des brodeurs et des teinturiers, des orfèvres, tisserands, tanneurs, peintres sur bois, fabricants de sandales, débouchent en étoile sur une petite place, où l'on retrouve la lumière du soleil et le bleu du ciel. Et partout des fontaines ! – Fontaines monumentales parées de sculptures antiques près de la mosquée Mamora et de la « Porte du Mûrier », la Bab-El-Tout, – gracieuse fontaine de la mosquée Sidi Ben Messaoud, fontaines jumelles de Sidi Es Saidi.

Car, battue comme elle est de grands vents, tantôt joyeux, tantôt lugubres et violents, vents de mer annonciateurs d'orage, bourrasques venues de l'intérieur des terres et dévalant le Rif, ou chargées de l'haleine salée de Gibraltar, Tétouan mériterait bien le nom de « cité des vents ». Mais le sien, dérivé de l'arabe « Tseltaoun », signifie « les sources ». Et les sources du Djebel Dersa, qui alimentent ses fontaines, sont quasiment sacrées pour les Tétouanais. Sans elles, comment arroserait-on les jardins pendant la saison chaude, où mènerait-on boire les chevaux et les mulets, où se réunirait-on au crépuscule – et comment procéderait-on aux ablutions rituelles dans la fraîcheur de la cour de mosquée pavée de marbre, comment écouterait-on le clapotis des fontaines?

Mais parce que la ville a des sources et des fontaines un sentiment presque sacré, à Tétouan on souffre souvent du manque d'eau : car l'administration de la cité n'aurait jamais osé capter une source là-haut, dans les gorges du Djebel, pour alimenter une fontaine à l'intérieur des vieux murs ! –

Et comme Tétouan se développe et déborde de l'enceinte des remparts andalous, comme les jardins s'étendent sur les terrasses et que de nouvelles rues escaladent les flancs de la montagne, il a fallu, pour ces nouveaux quartiers, amener l'eau d'un ruisseau depuis les pentes du Beni Hozmar, de l'autre côté de la vallée, jusqu'à Tétouan. Mais cette source-là se tarit parfois dans la chaleur torride de l'été. Alors les jardins et les bêtes ont soif, et l'on voit des femmes voilées, des enfants en « djellabah » – petit manteau à capuchon –, et des serviteurs en pantalons bouffants, se rendre aux portes de la ville pour remplir leurs seaux et leurs bidons. Et quand ils reviennent chargés de leur précieux fardeau, pris dans un tourbillon de vent et de poussière, alors ils chantent les louanges de la « cité des sources » : car les vieilles fontaines de Tétouan ne se tarissent jamais.

Volubilis

National-Zeitung, 9 juillet 1942

« Volubilis », ce nom gracieux, doux comme le velours, aux sonorités pleines et allègres, est celui d'une ville romaine du Maroc, qui a existé sans doute pendant 800 ans environ, avant de sombrer dans l'oubli pour plus d'un millénaire. Sise au milieu de la plaine fertile bordant la province africaine de Mauritanie Tingitane, et construite sur une légère éminence, d'où elle saluait les montagnes bleues du Moyen Atlas, Volubilis était une ville frontalière au plus extrême du Limes de l'Empire romain. Vivant sous la menace des sauvages tribus berbères, elle était fortifiée de remparts et de tours, comme de nos jours encore les villes marocaines du Sultan. Mais déjà au Ier siècle après Jésus-Christ, le gouverneur Marcus Valerius Severus, lui-même d'origine carthaginoise, était marié à une Berbère de race pure, qui était prêtresse, attachée au culte de divinités romaines. Après avoir réprimé une révolte des tribus, Severus obtint la citoyenneté romaine pour les habitants de Volubilis. Et la ville, qui, isolée à l'extrême lisière du monde civilisé, aurait pu rester une cité de garnison provinciale, devint, grâce à l'art de vivre de ses habitants et à la force rayonnante de la romanité, un lieu florissant de paix, de grâce, de joie et d'harmonie artistique.

Palmyre, en plein désert de Syrie, est plus somptueuse, mais plus barbare, Baalbek est plus colossale, et l'on pourrait énumérer ainsi bien des lieux qui, dans l'enceinte du Limes, l'emportent sur Volubilis l'Africaine en grandeur, en rang et en importance historique. Devant les vestiges romains – aqueducs brisés au Portugal, thermes romains en Suisse, murs d'Hadrien et d'Antonin en Écosse, temples géants au cœur du désert –, on est souvent saisi de stupeur, parce qu'ils témoignent de la grandeur de Rome, de l'ampleur historique de ses desseins, de la vigueur de sa politique de pénétration en pays barbare ; mais on perçoit plus rarement cet esprit d'harmonie et d'équilibre qui caractérise les lieux où se menait une vie paisible et discrète, et en particulier les cités grecques, les monuments grecs. Telle devait être Volubilis. Ici, aux limites de la Mauritanie, les citoyens romains n'avaient plus rien à conquérir, ils n'avaient qu'à coloniser, sécuriser et administrer le patrimoine de la civilisation. Même les citadins cherchaient à s'unir aux belles femmes berbères. Les colons romains des alentours désiraient plus encore vivre en bonne intelligence avec les paysans, les nomades, les bergers, pour cultiver les glèbes fécondes et faire paître leurs troupeaux. Volubilis était sertie comme un joyau dans la couronne de ses champs, de ses oliveraies et de ses vignes, enchâssée dans sa paix agreste, sous la bénédiction d'un ciel doux et joyeux. Au IIe siècle, on construisit la Basilique et le Capitole, au IIIe, l'Arc de Triomphe de l'Empereur Caracalla, au débouché d'une magnifique artère qui traversait toute la ville, bordée de magasins, de colonnes et d'arcades. Mais, auprès de ces grands témoignages de triomphe et de richesse, les restes de superbes demeures privées parlent un langage plus vivant encore : des rangées de fines colonnes découpent harmonieusement l'espace de l'atrium, de ravissantes mosaïques pleines de fantaisie décorent le sol, qui était conçu pour conserver la fraîcheur en été, et pour recevoir en hiver la chaleur des hypocaustes. Les demeures les plus riches ont leurs propres bains, dont les mosaïques esquissent des oiseaux volant au-dessus de vagues où jouent poissons et divinités aquatiques. Dans une autre maison, un écuyer de cirque divertit le visiteur, – ou bien le cavalier retourné sur son âne qui s'avance à travers les rues est-il un adorateur chancelant de Bacchus? Dans la « maison d'Orphée » enfin, une ronde d'animaux fantastiques orne le sol du vaste atrium, le chanteur divin, sa lyre sur les genoux, trône au milieu sur un nuage, et tout autour évoluent les animaux du paradis mauritanien, qui hébergeait autrefois oiseaux, cerfs, ours, taureaux, ânes et singes, mais aussi des lions, des panthères et des éléphants : ils sont tous là, cortège joyeux et paisible, qu'animent et attirent les accents de la musique orphique !

Après avoir parcouru, ne serait-ce qu'une fois, les rues et ruelles blanches de Volubilis, qui peut s'étonner qu'on y ait trouvé en si grand nombre des œuvres d'art, qui ornaient les maisons des citoyens et faisaient partie de leur quotidien? – Parmi elles une foule de bronzes gracieux : figurines variées, éphèbes, cavaliers, têtes d'enfants, divinités. De bronze également le chien presque grandeur nature, babines retroussées, muscles raidis face à un assaillant : il semble si merveilleusement vivant, si tendu dans son élan, qu'on a l'impression de le voir respirer. La tête de marbre d'un jeune Berbère aux cheveux frisés, aux lèvres pleines, beau visage d'une mélancolie sauvage, est certainement née dans un atelier de Volubilis. Mais la statue de bronze

Volubilis (Maroc français), juin 1942

grandeur nature d'un éphèbe, bouleversant de beauté absolue et comme lévitant dans sa perfection – c'est en Grèce qu'un amateur éclairé de Volubilis a dû acquérir ce chef-d'œuvre !

Deux inscriptions du VIIe siècle attestent qu'à l'époque Volubilis était encore habitée et convertie au christianisme. Mais ses habitants étaient depuis longtemps coupés de Rome, la cité-mère, et menaient leur propre vie nourrie de l'héritage de leur riche passé et de la terre africaine – de même que, longtemps après la mort d'Alexandre et l'effondrement de son empire au cœur de la lointaine Asie, les florissantes cités de Bactriane conservèrent l'héritage hellénique et le mêlèrent à l'art perse et à la spiritualité bouddhique en d'étranges et fécondes synthèses. Mais pendant ce temps, au Maroc, l'Islam effaçait les dernières traces de christianisme et de tradition romaine. Le Sultan Moulay Idriss fondait la ville de Fez. Il fut enterré sur un double rocher, visible depuis Volubilis, et autour de sa tombe s'éleva la ville sainte de Moulay Idriss, qui aujourd'hui, avec ses maisons étroitement serrées les unes contre les autres, le réseau de ses ruelles en pente, et les tours et les toits verts de sa grande mosquée, règne sur le rocher et salue la campagne alentour. À quelques kilomètres de là, à l'abri des oliveraies, Volubilis est depuis longtemps tombée dans l'oubli. Personne ne sait quand ses derniers habitants l'ont abandonnée. Nulle trace de destruction violente. C'est comme si la belle ville, dans l'ombre de ses colonnes tombées à terre au fil du temps, avait plongé dans un sommeil volontaire.

Mais le nom est demeuré, le lieu a subsisté, et les troupeaux de moutons y pâturent, les champs fleurissent, les olives mûrissent, les roses sauvages forment voûte au-dessus des chemins, le soleil d'or réchauffe le marbre. Et l'harmonie qui plane au-dessus de ce lieu, palpitant dans l'éclatante lumière de ce pays, semble une émanation des merveilleuses sonorités de ce nom : Volubilis. Car si nous nous libérons un instant de la croyance angoissante que seul le présent compte, que seule l'heure présente est vivante, alors notre oreille et notre œil s'aiguisent, alors nous sommes à même de sentir à l'œuvre l'esprit du passé envoyant jusqu'à nous ce qu'il a d'immortel, sanctifiant le lieu, enrichissant sa vie, et nourrissant ses forces vives pour aujourd'hui et pour demain…

Zone espagnole

Neue Zürcher Zeitung, 21 juillet 1942

Dans cette bande de l'extrême Nord marocain, c'est comme si on portait des bottes de sept lieues, et aussi des lunettes magiques qui mêleraient terre et mer, montagnes et côtes, à la façon d'un kaléidoscope, faisant surgir, flamboyer, puis disparaître des images toujours nouvelles et toujours charmantes.

Accoutumé au gigantisme de l'Afrique, on était habitué, des jours, des semaines durant, à n'avancer jamais que d'un pas minuscule sur la carte. Sur le fleuve, on naviguait nuit et jour sans que varie jamais le spectacle mélancolique de ses eaux grises, entre les épaisses murailles vertes de ses rives et la foule des îlots épars, sans qu'on ait l'impression de se rapprocher de ses sources. Devenu prisonnier de la forêt vierge équatoriale, on pensait ne plus jamais pouvoir s'échapper de cet océan sans fin d'arbres et de plantes proliférantes. Et à la lisière des savanes, on pénétrait dans un pays différent, ondulant comme la mer, dans un monde qui vous ramenait très loin en arrière, un monde d'animaux et d'innocence. Le bateau sur le fleuve majestueux, l'homme avec ses forces limitées et le souffle bref de sa vie, qu'étaient-ils donc entre ciel et terre, entre côte et montagnes, au cœur du continent, au cœur des ténèbres?

Mais ici, au Maroc, un monde accueillant se déploie à nos pieds et nous invite à le contempler, à nous attarder. « Regarde », dit-il, « comme la terre est aimable et te fait accueil. Elle t'invite à te chercher un lieu où habiter, à puiser en toi le courage de cultiver tes propres champs, que le soleil fera mûrir, de te creuser un puits qui recueillera la pluie, de planter un jardin que les vents féconderont, que les fontaines arroseront, avec des arbres qui te donneront leur ombre, des olives, des oranges, des amandes qui te nourriront, des fleurs qui t'éblouiront de leur splendeur. Tes troupeaux trouveront de bons pâturages, tes lauriers fleuriront dans la vallée, la bénédiction du ciel sera sur ta maison, l'azur de la mer et des montagnes illuminera tes fenêtres ! »

Et encore : « Vois et comprends : la Terre se déplace à travers le temps, vers l'Est, à la rencontre du soleil, pour que la vie germe, s'accomplisse et passe, de même que chaque jour atteint sa pleine densité, puis redevient léger, pour glisser, libéré de la matière et semblable à un souffle, dans le sein du soir; regarde les saisons qui arrivent et s'en vont sans douleur, une fois leur ronde terrestre achevée. Apprends comment les terres ont émergé de la mer originelle et formé un réseau de ponts, comment leurs montagnes se sont élevées, accueillant les vallées au creux de leurs pentes, comment leurs plaines se sont déroulées, offrant leurs champs à la chaleur du soleil et s'abritant des vents derrière leurs bosquets, et comment les oiseaux ont dispersé les semences alentour. Et comment chaque arbre se déploie et demeure jusqu'à ce que son heure arrive, et comment les côtes scintillent et croissent et se fortifient comme des citadelles, baignées par la mer, jusqu'à ce que, le temps venu, elles sombrent sans bruit de nouveau. Découvre le beau visage de la Terre. Il est éphémère, accepte-le donc et trouve du bonheur à vivre sous ses lois. »

Et l'on enfile ses bottes de sept lieues et l'on escalade une colline du Rif, la kasbah de Tétouan, la verte montagne de Tanger, une tour mauresque dans les rochers du Djebel Dersa ou la montagne aux singes de Ceuta: il faudrait être aveugle pour ne pas accueillir avec émotion ces images, pour ne pas vouloir embrasser cette terre, et, renonçant à tous les désirs éphémères, pour ne pas les déposer en son giron comme une offrande. A-t-on jamais vu réunies tant de beautés terrestres revêtues de tant de bénédictions? Car tout ce qui est cher au cœur de l'homme et que la main des dieux a répandu à foison se trouve rassemblé dans la zone espagnole. Comme une royale muraille couronnée d'argent, s'élève sur ses arrières la chaîne des montagnes du Rif, en sorte qu'à l'intérieur, grâce à elle, nous sommes à l'abri du souffle brûlant; le Sahara est loin. Mais ces montagnes abritent des vallées verdoyantes, font jaillir des sources fraîches, captent le soleil et le projettent sur les petits champs à flanc de pente, et lancent sur les plaines les vents rafraîchissants. Et lorsqu'on détache son regard de leur éclat de velours, on aperçoit au loin, par-delà les champs de blé, la splendeur azurée de la mer: l'Atlantique, la Méditerranée, le détroit de Gibraltar? – Voyons un peu! – Ce qui, là-bas, derrière le cap gris-bleu et les maisons blanches de Ceuta, émerge comme un bonnet phrygien, c'est le Rocher de Gibraltar, et les montagnes aux délicatesses de pastel que l'on peut apercevoir par temps clair, appartiennent à l'Espagne – tant il est vrai que nous sommes tout près de l'Europe. Et seule la Méditerranée peut être aussi bleue, aussi lumineuse que le miroir d'eau lisse qui borde la baie du Rio Martine et les dunes de Rincon. Mais cette bande étincelante, aux tonalités argentées, qui forme le détroit près de Tanger, vois comme elle s'élargit, comme ses eaux se dissolvent dans les lames qui les emportent au large et sans cesse vont se briser, plus bas sur la côte, vers Larache, en gerbes d'embruns: ces lames sont le souffle visible, le souffle nuit et jour bruissant de l'Atlantique. Ici, la terre marocaine n'est qu'un récif, frère de la péninsule ibérique. Ici on ne connaît pas l'étouffante chaleur moite d'Afrique, ni celle, sèche et brûlante, du désert, ni l'obscurité de la jungle, ni la désolation des côtes abandonnées. Ici la terre s'élance au-devant de la mer, et la mer la rafraîchit et la vivifie de ses vents et l'enlace d'un ourlet de pierreries argent et bleu. Et, entre la côte lumineuse et les montagnes resplendissantes, elle fleurit, âpre et douce à la fois. Carthaginois et Phéniciens, Romains et Vandales, Byzantins, Goths et Arabes, – combien de peuples errants et conquérants ont foulé les routes du Maroc, combien ont été nourris par ses greniers à blé et par ses bosquets d'oliviers? À combien de temples et de villes ce pays a-t-il survécu? Seuls sont demeurés les Berbères, corsaires et guerriers, bergers et paysans, et leurs légendes chantent le passé héroïque, leurs chants louent le jour paisible et célèbrent la bénédiction des moissons. Et en ce lieu, où deux mers se séparent et où deux continents se rejoignent, si douce est l'humeur sublime du ciel, qu'il prolonge le jour et revêt le soir d'un manteau de velours et d'or. Personne alors ne redoute la nuit, qui s'incline enfin d'un geste auguste vers la terre pour la bercer dans ses bras vaporeux, et pour l'induire à attendre en silence la prière du jour naissant…

À la mémoire d'Annemarie Clarac-Schwarzenbach
Du, mars 1943

Il y a dix ans, quand j'étais encore rédacteur à la Zürcher Illustrierte, *Annemarie Clarac-Schwarzenbach est devenue notre collaboratrice. Quand, après la disparition de l'*Illustrierte, *nous avons fondé* Du, *elle nous a conservé sa sympathie; et lorsqu'elle est revenue de son voyage au Congo Belge, peu de temps avant sa mort prématurée, elle désirait vivement collaborer à notre revue. Nous publions ici huit de ses photos en hommage à sa mémoire. Ces clichés n'ont d'autre rapport entre eux que leur provenance, ils témoignent des longs et complexes chemins qui ont mené notre collaboratrice de par le monde. Nous avons repris ses sous-titres. Parmi tous les documents qu'elle a laissés, il n'y a pratiquement pas une seule photo qui ne soit accompagnée des explications et commentaires nécessaires : preuve évidente s'il en est de l'attention et du sérieux qu'elle apportait à son travail. C'est précisément cela qui faisait d'elle une collaboratrice d'une valeur absolument exceptionnelle. Elle ne photographiait pas pour donner à voir, mais pour faire connaître; ses photos font partie intégrante de ses articles, elles justifient et complètent le texte. En outre, elles sont souvent belles, quand la beauté se trouvait là; cependant, ce qu'elle recherchait n'était pas l'agrément de l'apparence, mais la vérité dans toute son ampleur.*

Dans notre souvenir, nous la reverrons toujours apparaître sur le seuil de notre salle de rédaction, revenant d'un long voyage ou nous faisant ses adieux avant un grand départ. Elle se comportait sans ostentation, sans faire le moindre cas du caractère inhabituel de son activité, elle était discrète, calmement résolue, à la hauteur de toutes les situations. Ses articles se distinguaient de ceux de tous les autres journalistes de notre Illustrierte *par le commentaire solide et scrupuleux des photos. Il semblait que l'analyse de relations économiques, les rétrospectives et vues d'ensemble historiques, les perspectives à ouvrir, n'exigeaient d'elle qu'une mobilisation intellectuelle modérée; à tout le moins, nul signe d'effort n'y paraissait, nulle allusion à quelque difficulté qui ce soit rencontrée dans son travail. Et c'est avec un calme affable qu'elle posait sur nos bureaux le produit de ses voyages.*

De temps à autre nous tentions d'attirer son attention sur des réalités plus proches. Nous voulions qu'elle nous aide à mieux comprendre notre propre pays; chez nous aussi, pensions-nous, il existait, dans l'obscurité de notre coexistence fédérale, des choses non exprimées, des choses lointaines et cachées à la connaissance de tous. Nous sous-estimions sa nostalgie des lointains. Rien ne pouvait la retenir. À peine posée, elle s'envolait à nouveau, comme un oiseau inquiet, comme si l'attendait au loin quelque découverte essentielle à sa vie. Entre nous les béquilles des conventions contractuelles n'étaient guère nécessaires. Notre collaboratrice tenait tous ses engagements, scrupuleusement, et aux dates fixées. Nous pouvions compter sur elle. Et alors que son succès croissant lui avait valu quantité de nouvelles propositions avantageuses, elle a maintenu la relation qui nous liait.

Ses origines lui permettaient de disposer dans sa patrie de tous les appuis et de tous les agréments d'une vie bien établie. Était-il possible, diront d'aucuns, d'entamer une existence dans des conditions plus propices? Elle ne voulait pas qu'on l'imagine esclave de la tradition. Elle souffrait du fardeau contrai-

gnant que supportent les êtres nés à l'ombre de personnalités extraordinaires – ce qui est à la fois avantage et complication. La révolte contre la tradition est un élément de toute jeune vie, on le sait bien, mais nul ne sait d'avance quelles proportions peut prendre la passion du voyage, quelles formes elle peut revêtir. Les meilleurs affronteront les dangers les plus grands. À la recherche de soi-même, il est possible de se perdre totalement.

Considérés sous cet angle, les grands voyages sont en quelque sorte un reflet de la vie intérieure, les signes brouillés de l'inquiétude d'un cœur. La matière journalistique que notre collaboratrice nous apportait était le fruit de grandes souffrances; les lecteurs superficiels y trouvaient distraction et information divertissante, sans se douter le moins du monde que tout cela était enfanté dans la douleur. Jamais un mot ne fut prononcé à ce propos entre notre collaboratrice et nous-mêmes. Elle se dissimulait derrière une objectivité rigoureuse. Ce qui relevait du reportage était le pont entre nous. Tout ce qui relevait du reportage était aussi le pont entre elle-même et le monde de sa patrie. C'était pour elle une satisfaction que d'être entendue. Que nous ayons pu l'y aider, que nous ayons trouvé le mode de présentation qui lui convenait, cela nous a liés durablement.

Ses qualités personnelles et sa position sociale privilégiée assuraient à Annemarie Schwarzenbach des appuis dans le monde entier, et elle s'en est servie pour son travail. Elle avait facilement accès aux gens influents, mais elle s'efforçait par ailleurs de rencontrer ceux qui ne le sont pas, ceux dont la vie se déroule dans une étroite sujétion, les exclus, les laissés-pour-compte, les gens simples, qu'il s'agisse du petit souffre-douleur d'un chauffeur du désert iranien ou du misérable soutier d'un petit vapeur sur le Mississipi. Parce que pour elle le voyage n'était pas du tourisme mais une quête, son intérêt pour l'inconnu était sans limite, elle y apportait toujours une absence de préjugés des plus fécondes.

Un jour où elle revenait d'un pays lointain, elle me montra une cicatrice toute récente qu'elle avait au tibia, souvenir d'une chute de cheval en Irak. Cela nous fit entrevoir – ce dont elle ne parlait jamais – les multiples dangers qu'elle courait dans ses expéditions, mais qu'elle affrontait un peu comme un soldat. Elle était grande, mince, gracieuse, d'une beauté reconnue par tous. Nous retrouvions constamment sur ses photos de voyage des nomades et des habitants de pays lointains aussi stupéfaits devant elle que devant un personnage sorti d'un conte de fée. Elle mentionnait volontiers dans ses articles des compatriotes expatriés, parce qu'elle savait bien que nous les publierions tout aussi volontiers, parce qu'il lui était agréable de penser que la Suisse était sa patrie, qu'elle était une enfant du pays. Elle a sauvé la mémoire de l'alpiniste suisse Lorenz Saladin, qui, comme elle, n'était jamais en repos. Elle a toujours conservé une maison à Sils, un foyer où ses amis séjournaient bien plus souvent qu'elle – à Sils où avait déjà trouvé refuge le philosophe qui s'était lui-même qualifié de fugitivus et errans.

On n'échappe pas à son inquiétude intime, le moi vous accompagne par-delà fleuves et montagnes; au fond de lointaines solitudes, Annemarie Clarac a laissé s'exprimer ses tourments profonds; elle a traduit sa plainte obscure en chants et en poèmes. Cessant d'utiliser la langue qu'exigeaient des analyses approfondies, elle a cherché refuge dans sa musique et ses photos, pour soulager son cœur trop lourd et pour exprimer les plus belles choses qu'il lui était donné d'éprouver. Elle est morte à Sils le 15 novembre 1942, à l'âge de trente-quatre ans.

Arnold Kübler

NOTES SUR LES JOURNAUX ET LES TAPUSCRITS

Neue Zürcher Zeitung
Quotidien de Zurich, fondé en 1821.

National-Zeitung
Quotidien de Bâle, fondé en 1877, de tendance libérale de gauche.

Die Weltwoche
Hebdomadaire suisse, fondé en 1933, d'orientation antifasciste.

ABC
Quotidien suisse de gauche, fondé en 1937.

Luzerner Tagblatt
Quotidien de Lucerne, fondé en 1852, de tendance libérale.

Thurgauer Zeitung
Quotidien du canton de Thurgovie, fondé en 1808, de tendance libérale.

Auto
Mensuel ou bimensuel, « Organe officiel de l'Automobile-Club de Suisse ».

«Une maison de campagne persane»
Tapuscrit, Téhéran, 15 juillet 1935. (Note : Première publication en 1990 dans *Auf der Schattenseite*, Lenos)

«Petites rencontres en Allemagne»
Tapuscrit, mai 1937. (Note : Première publication en 1990 dans *Auf der Schattenseite*, Lenos)

«Carson McCullers»
Tapuscrit, juin 1940. (Note : Première publication en 1990 dans *Auf der Schattenseite*, Lenos)

«Les feux de la liberté»
Tapuscrit, 1er août 1940. (Note : Première publication en 2008 dans *Die Weltwoche*, Nr. 31)

«La Suisse, le pays qui n'a pas tiré un coup de feu»
Tapuscrit, fin juillet 1940. (Note : Première publication en 1987 dans *Der Alltag*, Nr. 2)

TABLE

Achevé d'imprimer
en février deux mille douze
sur les presses de L.E.G.O. à Lavis, Italie,
pour le compte des Éditions Zoé
Composition Joseph Maye, Genève